키스의 여왕 2

키스의 여왕 2

이재익 장편소설

예담

차례

11화

드러나는 비밀

쇼는 여기까지!

이도준은 자리에서 일어나 기자들에게 공손히 인사한 후, 유리를 에스코트하며 기자회견장을 빠져나갔다. 쏟아지는 기자들의 질문이 메아리처럼 웅웅대면서 점점 멀어졌다.

혁이 운전하는 차 안에는 음악조차 없이 침묵이 감돌았다. 뒷좌석에 나란히 앉은 유리와 도준은 각자 다른 쪽 창밖으로 시선을 던지고 있었다.

도준은 문득 궁금해졌다.

'유리는 아직도 이선호를 사랑하고 있을까?'

"이런 미친 개새끼를 봤나!"

문지환 검사는 주먹으로 책상을 내리쳤다. 책상 위에 놓여 있던 물

컵이 파르르 흔들렸다.

검사실 벽에 매달린 텔레비전에서는 도준과 유리의 기자회견 장면이 나오고 있었다. 토론 프로그램인지 패널들이 둘러앉아 기자회견 내용을 몇 번씩 리플레이해가며 의견을 쏟아내고 있었다. 기자와 변호사는 물론이고 전직 형사에 추리소설 작가까지 패널로 나와서 도준이 제기한 이선호 대표 생존설의 가능성을 다각도로 분석했다.

그야말로 열띤 토론이었다. 채널을 바꿔봐도 오후 시간대 종편 채널들은 약속이나 한 듯 도준의 기자회견 내용을 방송하고 있었다.

"하루 종일 저것만 틀어대고 있겠군!"

문 검사가 주먹을 꽉 쥐었다. 눈앞에 도준이 있었다면 바로 갈겨버릴 태세였다.

"생각지 못한 수인데요?"

후배 검사는 몹시 걱정스러운 표정으로 텔레비전을 지켜보았다.

"이도준 저 자식, 김 대표 딸하고 파혼했다더니 이제 막 나가자는 건가?"

"그런데 여론이 이상하게 흘러가네요."

후배 검사의 말처럼, 이선호가 살아 있을 가능성에 대해 사람들이 진지하게 생각하기 시작했다. 대중의 호기심이란 눈덩이와 같아서 한번 커지기 시작하면 감당이 안 될 정도로 부풀어 오른다. 토론 프로그램에 출연한 패널들은 이선호가 살아 있다는 가설을 뒷받침하는 저마다의 시나리오를 내놓고 있었다. 그걸 가만히 보고 있자니 이선호가 죽었다고 생각하는 게 오히려 이상하게 느껴질 정도였다.

"선배님, 계속 이렇게 흘러가면 곤란하겠는데요? 저희도 재판 전에 뭔가 액션을 취해야 할 것 같습니다."

"그걸 누가 모르냐? 무슨 액션을 취할지가 문제지!"

후배 검사의 말이 맞았다. 도준이 장군을 불렀다. 멍군을 부르지 않으면 자칫 게임이 끝날 판이었다. 제대로 공격도 해보기 전에. 지금까지 한 번도 두뇌게임에서 져본 적 없는 문 검사의 머리가 빛의 속도로 돌아가기 시작했다.

그때 사무실 밖에서 시끄러운 소리가 들려왔다. 소리를 지르는 여자 목소리와 그 여자를 말리는 것 같은 직원들의 목소리가 섞여 나왔다. 소음이 점점 가까워지더니 노크도 없이 문이 벌컥 열렸다.

'감히!'

문 검사는 무서운 눈으로 무례한 방문객의 얼굴을 노려보았다. 어디서 얼핏 본 적도 있는 것 같은 젊은 여자였다. 그녀를 막지 못한 후배 검사가 급하게 변명을 하며 따라 들어왔다.

"죄송합니다, 검사님. 막무가내로 막 들어오셔서……. 이분은 법무법인 K&J 김성욱 대표님의 따님……."

민정이 그의 말을 끊고 문 검사에게 손을 내밀어 악수를 청했다.

"김민정이라고 해요. 반가워요, 문지환 검사님."

악수를 받으면서도 문 검사는 얼떨떨했다.

'김민정? 김성욱 대표의 딸이라면 이도준 변호사의 약혼녀? 얼마 전에 파혼한?'

"반갑습니다. 그런데 왜 저를……."

민정은 만만치 않은 깐깐한 표정으로 그녀를 경계하는 젊은 검사들을 쏘아보았다.

"문지환 검사님하고 둘만 얘기하고 싶은데요."

괜찮겠냐는 후배 검사들의 시선을 보며 문 검사는 고개를 끄덕였다.

다들 나가고 둘만 남았다. 착 달라붙는 미니원피스를 입은 민정은 소파에 앉자마자 긴 다리를 척 꼬았다. 가뜩이나 짧은 치마가 말려 올라가자 허벅지가 훤히 드러났다. 그녀의 새빨간 입술이 열렸다.

"이도준 변호사를 한 방에 날려버릴 수 있는 카드를 드리려고요."

백현서 기자와 정봉수 변호사는 공원처럼 조성되어 있는 카이스트 캠퍼스를 나란히 걸으며 경영대학 건물을 찾았다. 이선호의 친구 송유철의 연구실은 4층 끝 방이었다. 껑충한 키, 깡마른 몸에 안경을 쓴 젊은 남자가 두 사람을 맞았다.

"안녕하세요? 송유철이라고 합니다."

악수를 나누면서 백 기자는 조금 놀랐다. 이선호의 친구라면, 송유철은 고작 서른이 갓 넘은 나이. 이렇게 어린 나이에 카이스트의 교수라면, 대체 얼마나 똑똑했던 거야?

유철의 볼품없는 외모는 그의 직함 덕분에 미스터리한 이미지로 바뀌었다. 외모에 전혀 신경 쓰지 않는 천재 같은. 실제로 그의 연구실은 각종 경영학 서적과 논문들로 도서관을 방불케 했다. 특이한 건 책상 앞에 놓인 드럼 세트였다. 그러고 보니 벽에 전부 방음 처리가 되어 있었다.

"아, 연구실에 드럼 세트라니 안 어울리죠? 제 취미예요. 뭔가 막힐 때 한바탕 드럼을 두들기고 나면 막힌 생각이 뚫리거든요. 다행히 학교에서 방음시설을 허락해줘서 감사할 따름이죠."

"대단하시네요."

백 기자와 봉수를 연구실 중앙의 소파로 안내한 유철은 편안한 자세로 마주 앉았다.

"죄송하지만 수업에 들어가야 해서 30분밖에 시간이 없습니다."

이미 전화로 약속을 잡을 때 유철이 양해를 구했던 부분이었다.

"네, 바쁘신데 시간 내주셔서 감사합니다. 바로 여쭤보겠습니다. 인터뷰 내용은 녹음해도 괜찮을까요?"

"상관없습니다."

백 기자는 핸드폰의 녹음 기능을 켠 다음 질문을 하기 시작했다. 유철의 대답은 전에 인터뷰했던 김병훈과 크게 다르지 않았다. 그런데 한 가지, 다른 이야기를 했다.

"선호는 사실 썩 똑똑한 친구가 아니었어요. 사교성과 야망은 대단했지만 지적인 능력은 그냥 공부를 잘하는 정도였어요."

"똑똑하지 않았다…… 교수님의 기준이 너무 높은 거 아닐까요?"

"IT 업계에서 대단한 성공을 거두려면 몇 가지 전제조건이 필요해요. 빌 게이츠나 스티브 잡스처럼 컴퓨터에 미친 천재 엔지니어로 태어나거나 마크 저커버그나 엘론 머스크 같은 혁신가가 되어야 해요. 아니면 우리에게 이름이 별로 알려지지 않은 많은 CEO들처럼 뛰어난 경영자이거나요. 하지만 선호는 어느 쪽에도 해당되지 않았어요. 특히 천재는 절대로 아니었죠."

"학교 성적은 매우 좋던데요? 선생님도 칭찬을 아끼지 않……."

"하하. 학교 수학시험에서 100점을 맞는 것과 천재는 아무 상관이 없어요. 공부는 곧잘 했죠. 원래 공부는 꽉 막히고 말 잘 듣고 그저 열심히 하는 애들이 잘하죠."

지금까지 백 기자가 알고 있던 선호와는 전혀 다른 모습의 선호가 눈앞에 그려지는 순간이었다. 백 기자는 속으로 큰 충격을 받았다.

유철은 계속해서 선호에 대한 냉정한 평가를 이어나갔다.

"천재도 아닐뿐더러 전혀 혁신적이지도 않았어요. 오히려 선호는 꽉 막힌 녀석이었죠. 녀석하고 10년을 넘게 학교를 같이 다녔지만 그 녀석이 새로운 생각을 하는 걸 본 적이 없어요. 제가 카이스트 경영 대학원 교수입니다. 제가 평가하는 선호의 경영 실력은 빵점이에요. 학점으로 치자면, 잘 줘야 C 정도?"

"아니 그러면 어떻게 그런 대단한 성공을 이루었을까요?"

"일반 대중들은 잘 모르지만 이쪽 비즈니스를 제대로 하는 사람들은 다 알고 있어요. 녀석은 허수아비예요."

"네? 허수아비요?"

"한마디로 경영 전면에 내세우기 좋은 인물이죠. 잘생긴 외모에 뛰어난 화술, 유머감각, 좋은 학벌, 기가 막힌 친화력 등등. 허수아비 CEO로서는 딱 좋은 조건을 가진 놈이죠."

백 기자는 봉수를 돌아보았다. 봉수 역시 얼이 빠진 표정이었다. 유철은 벽을 가득 채운 거대한 책장을 한참 뒤적이더니 책을 한 권 꺼내 백 기자에게 건네주었다. 『스타 CEO들의 조작된 성공신화(Fake Epic of Celeb CEO's)』라는 제목의 책이었다.

"제가 작년에 쓴 책입니다. 기업가들 중에서 성공 스토리가 지나치게 과장되어 있는 CEO들의 허상을 꼬집는 내용이죠. 전부 아홉 명의 CEO 이야기가 나오는데 그중 한 명이 선호입니다. 읽어보시면 도움이 되겠네요."

"아, 그렇군요. 책이 나왔을 때 사람들이 충격 좀 받았겠는데요?"

"하하. 정반대죠. 혹평을 받고 별로 팔리지도 않았어요. 사람들은 자신이 믿는 신화를 계속 믿고 싶어 합니다. 비록 그것이 허상이라 할지라도요. 종교적인 신념과 비슷한 거죠. 그것에 도전하는 시도를 불쾌하게 여긴달까요."

"그렇군요."

백 기자는 책을 받아서 봉수에게 건넸다. 또 다른 방식으로 이선호의 진짜 모습에 접근하게 되었다. 어떤 길로 가든 진실이라는 목적지에만 도착하면 된다.

그날 저녁, 봉수에게 전화가 걸려왔다.

"누나! 송유철 교수님 책 다 읽었는데, 완전 대박이에요! 우리가 알던 이선호는 가짜였어요!"

둘은 다시 시내의 커피숍에서 만나 이야기를 나누었다. 봉수는 흥분을 가라앉히지 못하고 책 곳곳을 펼쳐가며 말했다.

"이 책에 따르면 이선호의 성공신화는 말 그대로 만들어진 신화예요. 극적으로 보이게끔 조작된. 먼저, 선호는 다른 벤처 사업가들과는 달리 밑바닥에서 시작하지 않았어요. 처음부터 막강한 투자처를 업고 사업을 시작했어요."

봉수는 책의 페이지를 뒤적여 일부분을 읽어주었다.

"이선호가 최초로 설립한 게임회사 '트레저 헌트'는 최초 자기 자본이 무려 250억 원에 달했다. 이것은 스타트업 게임업체로서는 유례없는 액수이다."

백 기자는 고개를 갸웃했다.

"벤처 사업체가 250억 원이라는 자본금으로 사업을 시작한다? 그게 말이 돼? 이선호의 집이 재벌이었나? 아버지가 평범한 교수라고 하지 않았어?"

"맞아요. 250억 원을 아들에게 대출 형편은 절대로 아니었겠죠. 25억 원도 힘들었을걸요?"

"투자를 받았겠지?"

"아무리 뛰어난 아이템이라고 해도 신생 게임회사에 200억 원이 넘는 돈을 투자할 사람이 있을까요? 계속 들어보세요."

봉수가 책의 일부분을 계속 읽었다.

"이선호의 첫 회사 트레져 헌트의 성공은 이선호의 천재성 덕분이 아니다. 뛰어난 사업 수완 덕은 더더욱 아니다. 이선호는 그 흔한 투자설명회조차 열지 않았다. 트레져 헌트의 성공은 자본금 250억 원 중 200억 원이 넘는 돈을 묻지 마 식으로 투자한 타일러 인베스트먼트 덕분이다."

'타일러 인베스트먼트? 타일러?!'

백 기자는 머릿속에서 번개가 치는 듯했다. 타일러는 영화「파이트 클럽」의 주인공 이름이다. 선호의 서재에서 찾은 책에 적혀 있던 바로 그 이름!

"사진하고는 상관없는, 제3의 인물이 타일러 인베스트먼트와 관련이 있을까?"

봉수는 바로 송유철 교수와 통화를 했다.

"교수님, 책에 쓰신 타일러 인베스트먼트에 대해서 아는 바가 좀 있으신가요?"

"타일러 인베스트먼트는 우리나라에서 몇 손가락 안에 드는 투자회사로 다양한 분야에 활발하게 투자하는 회사입니다. 그런데 책을 준비하면서 알아보니 IT 업계에 투자한 예는 선호의 회사 외엔 없더군요. 제조업과 금융, 원자재, 부동산 등이 주력 투자처예요."

"그럼 이선호에게 투자한 건 대단히 예외적인 케이스네요?"

"당연하죠. 게다가 그 당시 선호는 콘텐츠도 직원도 아무것도 없는 상태였는데 그런 애송이 사업가에게 수백억 원을 투자한다? 말도 안 되죠. 사실 저도 그 부분이 이상해서 타일러 인베스트먼트 쪽에 문의를 해봤습니다. 트레져 헌트에 투자한 배경이 무엇이냐고요. 하지만 사업 기밀이라면서 답변을 거절하더군요."

"하아……."

"다른 쪽으로 타일러 인베스트먼트에 대해 알아봤는데 선호와 관련한 거액의 투자 외에는 특별히 이상한 부분은 없는, 아주 건실하고 거대한 투자회사였습니다. 매년 천문학적인 돈을 굴리고 상상을 초월하는 이윤을 내는 곳이에요."

"대표가 외국 사람인가요? 이름이 타일러?"

"아니요. 기억이 안 나는데 전혀 다른 이름이었어요. 인터뷰를 요청했는데 몇 번이나 거절당했죠."

통화가 끝난 후, 두 사람은 핸드폰으로 타일러 인베스트먼트 홈페이지를 찾아 들어갔다. CEO의 사진과 인사말이 적힌 창을 여니 흰머리가 살짝 섞인 중년의 남자가 환하게 웃고 있었다. 이름은 안길수.

이 사람의 별명이나 영어 이름이 타일러일까?

사진을 보며 백 기자가 중얼거렸다.

"이선호보다 스무 살은 많아 보이는군."

"찾아가봤자 우릴 안 만나주겠죠?"

백 기자는 기자 생활을 하면서 이런 상황을 수없이 겪었다. 사실 대부분의 취재 대상이 절대 만나주지 않을 것 같은 사람들이었다. 그러나 보이지 않는 틈을 비집고 들어가 만나고 기사를 써온 것이 그녀의 기자 인생이었다. 백 기자는 CEO 인사말 아래 이메일 주소가 나와 있는 걸 확인했다.

"이메일이라도 보내자."

안길수 대표님께.

저는 백현서 기자라고 합니다. 이선호 대표의 실종사건과 관련된 특집 기사를 준비 중입니다. 그의 성공 스토리를 취재하려고 하는데 대표님의 이야기를 꼭 듣고 싶습니다. 잠깐이라도 시간을 내주시면 감사하겠습니다. 연락 기다리겠습니다.

백 기자는 망설이지 않고 전송버튼을 눌렀다. 짧은 이메일 한 통이 어떤 결과를 불러올지 상상도 하지 못한 채.

이선호의 학창시절 여자친구 최나리는 부산에서 회계사로 일하고 있었다. 근무시간에는 시간을 내기 어렵다고 해서, 백 기자와 봉수는 저녁시간에 맞춰 KTX를 타고 부산으로 향했다. 역에서 택시를 타고 약속장소로 가고 있는데 봉수의 핸드폰이 울렸다. 모르는 번호였다.

"여보세요?"

"안녕하세요. 여기는 타일러 인베스트먼트 안길수 대표님 비서실인데요."

봉수는 소름이 쫙 돋았다. 그는 핸드폰을 손으로 막고 백 기자에게 소리쳤다.

"왔어요! 연락이 왔다고요!"

"뭐? 무슨 연락?"

"타일러! 타일러 인베스트먼트 대표한테서요!"

백 기자의 눈도 번쩍 떠졌다. 봉수는 정신을 차리고 공손히 전화를 받았다. 비서는 단정한 목소리로 군더더기 없이 용건을 전했다.

"대표님께서 인터뷰 제안을 수락하셨습니다. 시간은 내일 오후 4시 반. 저희 회사로 오시면 됩니다."

"알겠습니다. 내일 찾아뵙겠습니다."

전화를 끊은 봉수는 얼떨떨한 표정으로 백 기자를 보았다. 백 기자도 믿어지지 않는다는 얼굴이었다.

"대박이다……. 진짜 연락이 왔네?"

"그러게요."

둘은 두근거리는 마음을 안고 약속장소인 카페에 도착했다. 최나리의 얼굴을 몰라서 전화를 걸자, 단정한 단발머리의 여자가 전화를 받았다. 봉수가 다가가서 인사를 건넸다.

"안녕하세요? 정봉수 변호사라고 합니다. 이쪽은 백현서 기자님이시고요."

"반갑습니다. 최나리라고 합니다."

세 사람은 악수를 나누고 적당한 자리에 앉았다. 서로 명함을 주고받은 후 대화를 시작했다.

"이선호 씨 사건 때문에 충격을 많이 받으셨겠어요?"

"그렇게 허무하게 사라질 사람이 절대로 아닌데. 그런데 뉴스를 보니까 키스의 여왕이 선호를 고소했다면서요? 제 생각에도 선호는 살아 있을 것 같아요."

"나리 씨가 생각하기에도 자작극이다?"

백 기자가 되묻자 나리는 고개를 끄덕였다.

"선호는 정말 비밀이 많았어요. 저하고는 고등학교 3년 내내 만났는데 만나는 동안 선호가 어떤 사람인지 전혀 알 수 없었어요. 말하자면, 그에게는 무슨 일이 일어나도 놀랍지 않을 것 같은? 야망도 정말 크고, 여러모로 범상치 않은 아이였죠."

"신주성 씨도 아시죠?"

"그 친구를 모른다면 우리 학교 졸업생이 아니죠."

"처음에는 이선호 씨와 신주성 씨가 친한 줄 알았는데 실제로 친구분들을 만나 이야기를 들어보니 아니더군요."

"왜 선호와 주성이가 친하다고 생각했어요? 그 원수지간을?"

"아, 이 사진 때문에요."

봉수는 『파이트 클럽』 책 속에서 찾은 사진을 나리에게 보여주었다.

"이 정도면 꽤 친해 보이는 사이 아닌가요?"

사진을 유심히 보던 나리는 빙긋 웃으며 말했다.

"이 둘은 친한 사이가 맞아요."

"네? 방금 전에는 원수지간이라고 하시더니……."

"사진 속의 이 아이는 신주성이 아니에요."

'이건 또 무슨 소리야?'

백 기자와 봉수는 미치기 일보 직전이었다.

"착각할 만하죠. 이 친구는 신주성의 동생이에요. 쌍둥이 동생, 신우성."

봉수와 백 기자는 서로를 돌아보았다. 쌍둥이 형제라니. 왜 그 생각을 못했을까?

"아니 그럼…… 왜 다른 친구들은 몰랐을까요?"

"다른 친구들은 알 리가 없죠. 주성이하고 우성이는 초등학교 때부터 다른 학교에 다녔거든요. 저는 만난 적이 있어서 알지만요. 선호는 주성이하고는 원수지간처럼 지냈지만 동생인 우성이하고는 아주 친한 사이였어요."

"다른 학교에 다녔다면서 둘이 어떻게 그렇게 친해지게 되었나요?"

"영화 때문에요."

백 기자와 봉수의 눈이 동시에 번쩍 떠졌다.

"둘 다 영화광이었어요. 특히 「파이트 클럽」이라는 영화를 좋아했는데, 그 영화를 따라서 우성이가 파이트 클럽을 조직했고 거기서 선호와 만났다고 했어요."

신우성. 사진 속 소년의 정체가 밝혀지는 순간이었다. 신우성과 이선호는 「파이트 클럽」의 추종자들이었다. 주인공의 이름을 따서 서로를 잭과 타일러라고 불렀겠지. 선호에게 책을 선물한 사람도 우성이 틀림없다. 백 기자의 온몸에 스릴의 전류가 짜릿하게 흘렀다. 그녀는 사진 속 소년을 가리키며 물었다.

"신우성은 어떤 아이였나요?"

"직접적으로는 잘 모르는데, 선호가 신우성 이야기를 엄청 했죠. 천재라고 했어요. 모든 방면에서 혁명적인 생각을 한다고 했었나? 그 당시 저에게는 굉장한 충격이었어요."

"왜죠?"

"선호는 절대로 누군가를 추종할 캐릭터가 아니었거든요. 항상 리더가 되고 싶어 했고, 앞에 나서고 싶어 했죠. 그런데 신우성은 그런 선호가 정말 절대적으로 추앙한달까? 그런 느낌이 들었어요."

"그렇군요. 특별히 떠오르는 그 당시의 사건이나 에피소드 같은 게 있을까요?"

"한번은 이런 일이 있었다고 들었어요."

나리의 차분한 설명에 따라 백 기자와 봉수의 머릿속에 15년 전 소년들의 이야기가 펼쳐졌다.

파이트 클럽에서 신우성을 만난 선호는 빠른 속도로 그에게 빠져들었다. 신우성은 모든 면에서 선호보다 우월했다. 일단 집안부터가 무시무시했다. 신우성의 아버지는 우리나라에서 다섯 손가락 안에 드는 재벌이었다.

아버지의 천재적인 경영감각을 고스란히 물려받은 신우성은 또래 아이들이 생각할 수 없는 지점들을 일찌감치 생각하고는 했다. 마치 사고뭉치 쌍둥이 형 주성에게 가야 할 재능까지 동생 우성이 독차지

한 것 같았다. 아버지가 쌍둥이 형제를 멀리 떨어진 다른 학교에 보낸 것도 형과 동생의 능력이 너무나 비교가 되기 때문이었다.

선호도 자부심이 대단한 아이였지만 신우성과 함께 있을 때면 그에게 압도될 수밖에 없었다. 언제나 최고가 되고 싶어 하는 선호의 성격상 신우성은 친해지고 싶고 닮고 싶은 모델인 동시에 극복하고 싶은 대상이기도 했다. 선호는 신우성의 약점을 찾으려고 꽤나 고민했는데 그런 끝에 찾아낸 한 가지가 있긴 있었다. 부모의 막대한 재산이 아니었다면 지금처럼 호화로운 삶을 살지 못할 것이라는, 어떻게 보면 당연한 논리가 그거였다.

신우성은 종종 친구들을 불러 파티를 열고는 했다. 그날은 아버지가 소유한 특급 호텔의 펜트하우스에서 파티가 열렸다. 서울의 야경이 발아래 펼쳐지는 펜트하우스에서 파티를 즐기던 중, 선호가 슬쩍 신우성을 도발했다.

— 신우성. 넌 항상 아버지한테 감사하면서 살아야겠구나. 네가 앞으로 누릴 모든 것들은 아버지가 주신 것들일 테니. 이 멋진 파티룸을 포함해서 말이야.

그러자 신우성은 묘한 미소를 띠며 말했다.

— 내가 벌어도 이만큼은 벌 수 있어. 돈 버는 일이 뭐 어렵냐?

그 말에 선호는 극심한 자괴감과 반발을 느꼈다.

— 말도 안 되는 소리 마.

— 그럼 나를 시험해보든가.

— 널 어떻게 시험해?

— 기다려봐.

신우성은 잠깐 나갔다 오더니 선호에게 현금 백만 원을 건네주며 말했다.

— 이 돈으로 주식을 사. 단, 내가 정해주는 곳으로 투자하는 거야. 사야 할 주식, 살 타이밍, 팔 타이밍, 모두 내가 정해주지.

다음 날 신우성은 선호에게 프랜차이즈 세탁 업체의 주식을 사라고 지시했다. 선호는 시키는 대로 했다. 그 주식은 몇 달 만에 세 배로 뛰었다. 신우성의 지시에 따라 그 주식을 팔아서 이번에는 정유회사에 투자했고 다시 몇 배로 돈을 불렸다. 그다음에는 인터넷 결제 시스템 회사, 그다음에는 선물 옵션 프로그램으로 또 몇 배를 튀겼다.

신우성이 선호에게 준 백만 원은 1년 만에 3천만 원으로 불어나 있었다. 무려 30배. 백만 원이였기에 망정이지 1억 원이라면 30억 원이 되어 있을 뻔했다.

우성은 대수롭지 않게 말했다.

— 놀라지 마. 나한테 돈 버는 일은 숨 쉬는 거하고 비슷하니까. 내 눈에는 돈이 움직이는 흐름이 강물 줄기처럼 보인다니까. 심지어 내 손바닥 안에서 말이야.

선호는 엄청난 결과를 보면서도 인정하고 싶지 않아 떼를 썼다.

— 이건 온전히 너의 능력만이라고 할 순 없지. 너에겐 아버지나 아버지 회사를 통해 얻을 수 있는 정보가 있으니까.

— 후훗. 아버지한테 한 번도 그런 정보를 들은 적은 없지만, 너의 의심은 비교적 타당하다고 해두자. 그럼 이건 어떨까? 내가 앞으로 1년 뒤, 5년 뒤, 10년 뒤의 트렌드를 예측한다면?

— 그건 확인하는 데 너무 오래 걸려.

— 그럼 당장 1년 사이에 벌어질 일들을 몇 가지 예측해줄까?

우성은 미국 주택 시장의 폭발적인 팽창을 예측했다.

— 미국 역사상 유례없는 주택 시장의 호황기가 올 거야. 엄청난 규모의 금융 파생상품이 생겨날 거고. 다만 몇 년 뒤에는 거품이 꺼지면서 미국 경제는 폭삭 주저앉을걸? 그 영향은 우리나라에도 직격탄이 될 거고, 주식과 부동산 시장이 반토막 날 거야. 그사이 중국이 엄청난 성장세를 보일 거고.

그의 예측은 모두 맞아떨어졌다.

"꼭 그 사건뿐만이 아니었어요. 신우성은 마치 인간 세상에서 벌어지는 일들의 흐름을 전부 꿰뚫고 있는 것 같다고 했어요. 선호는 점점 신우성에게 빠져들었어요."

나리의 표정이 조금 어두워졌다.

"그러면서 선호는 신우성이 시키는 대로 움직였어요. 원래는 정치나 외교를 전공하려고 했는데 컴퓨터 쪽으로 학과를 바꾼 것도 신우성의 의견 때문이었어요. 저는 반대했죠. 선호는 공학보다는 사회과학 쪽이 훨씬 맞았거든요. 저뿐만 아니라 다른 주변 사람들도 말렸지만 선호는 결국 공대에 갔어요. 사실 선호가 제일 못하는 과목이 수학이었는데도 말예요."

"그랬군요……."

"그 무렵 정말 끔찍한 일이 일어났죠. 그 일을 겪으면서 저는 선호가 신우성의 노예가 되어버렸다는 걸 알게 됐어요."

"그 일이 뭐죠?"

나리는 되살리기 싫은 기억을 떠올리는 듯 미간을 좁혔다.

"뭐 이미 지난 일이니까……."

나리는 한숨과 함께 다시 오래전 그날로 돌아갔다.

고등학교를 졸업하던 해였다. 학생들은 들뜬 분위기에 휩싸여 있었지만 나리는 그런 분위기로부터 한 걸음 비켜서 있었다. 신우성의 요트에서 열리는 선상 파티에 가겠다는 선호 때문이었다. 선호가 신우성에게 지나치게 빠져드는 것을 걱정하던 차였기에, 이번만큼은 선호를 말리고 싶었다.

— 선호야. 내 말 오해하지 말고 끝까지 들어줘. 나는 신우성이 싫지 않아. 그를 잘 모르지만 대단한 사람인 것만은 확실하니까. 하지만 네가 신우성에게 너무 빠져드는 것 같아서 걱정이야.

— 그래서, 바보 같은 친구들하고 어울리라고? 미안하지만 난 그런 유치한 놈들하고 시간을 보낼 생각이 손톱만큼도 없어.

— 우리 나이에 어울리게 살자. 호화 요트에서 열리는 파티라니, 그게 고등학교 졸업생에게 가당키나 하니?

— 그냥 남들하고 비슷하게 살자는 말처럼 들리네?

— 왜 다르게 살아야 하는데?

— 다르게 태어났으니까.

— 맙소사. 대체 신우성이 너에게 무슨 짓을 한 거야?

— 신우성은 상관없어. 내 깨달음에 관한 문제야.

— 선호야. 제발 내 말 좀 들어봐. 신우성은 재벌집 아들이야. 곧 아버지의 기업을 물려받게 될 거고. 그는 원치 않아도 무척이나 특별한

삶을 살겠지. 하지만 넌…….

— 난 그저 그런 집에서 태어나 그저 그런 삶을 살게 될 거라고?

— 아냐! 그런 뜻이 아니야. 넌 지금 너 자체만으로도 대단해. 특별해! 너희 부모님도 마찬가지로 대단하시고. 넌 훌륭한 컴퓨터 프로그래머가 될지도 모르고 사업가가 되어 많은 돈을 벌 수도 있겠지. 하지만…….

— 신우성과 어울릴 정도는 아니다?

— 그렇게 표현할 수도 있겠지. 나쁜 뜻으로 하는 말이 아니야.

— 그래. 그저 그런 삶을 사는 사람들 중에서는 잘될 수도 있겠지.

— 선호야…….

— 신우성이 아무하고나 어울리는 줄 알아? 신우성은 각 분야에서 최고의 재능을 가진 아이들하고만 어울린다고.

— 미안하지만, 선호야. 너에게는 그런 재능이 없어.

— 알아. 하지만 난 그 아이들하고는 달라. 그 애들은 신우성의 친구일 뿐이지만 난 아냐.

— 그럼 너와 신우성의 관계는 뭔데?

— 우린 둘이면서 하나지.

— 뭐?

— 우린 형제야. 우리는 두 개의 머리를 가진 용이고, 서로의 삶을 공유하는 초인들이야.

— 오, 하느님…….

— 신우성과 내가 원하는 건 성공이 아니야. 성공은 너무 당연하고 또 시시하니까. 우린 그 이상을 원해.

나리는 깨달았다. 이미 그는 '보통 사람들'의 인생과는 전혀 다른 길에 발을 들여놓았음을.

"그날 이후 선호를 보지 못했어요."

"아……. 헤어졌나요?"

"신우성의 요트 파티가 계기였죠. 마약과 창녀들이 넘쳐나는 파티였다고 하더군요. 선호와 함께 갔던 친구에게 직접 들은 얘기예요."

"저런……."

"별로 놀라지도 않았어요. 더 많은 돈, 더 많은 자극, 더 많은 욕망, 더 많은 성공……. 마치 바벨탑처럼 끝 간 데 없이 올라갈 수밖에 없는 사람들이 있죠. 선호도 그런 사람이 되려 한다는 걸 알았으니까요."

"그랬군요……. 그 뒤로 두 사람의 소식은 못 들으셨어요?"

"그리고 몇 년 뒤 선호가 벤처 기업을 차렸는데 엄청 성공했단 얘길 들었어요. 그 뒤론 뭐 온 국민이 다 아는 성공신화죠."

"타일러 인베스트먼트라는 회사를 아시나요?"

"그럼요. 초대형 투자회사잖아요."

"혹시 신우성과 그 회사가 무슨 관계인지 아세요?"

"신우성하고요? 글쎄요. 신우성 소식은 못 들었네요. 신우성하고 타일러 인베스트먼트가 관계가 있나요?"

"이선호가 사업을 처음 시작할 때 타일러 인베스트먼트에서 200억원이 넘는 돈을 투자했대요. 제대로 된 사업 기획서를 마련하기도 전에요."

"세상에, 그럴 수가 있나요?"

기업 회계를 담당해서 투자사의 생리를 잘 아는 나리가 깜짝 놀라며 되물었다.

헝클어졌던 단서들이 백 기자의 머릿속에서 맞춰지고 있었다. 신우성과 이선호. 거대한 퍼즐의 마지막 두 조각이 언제 어떻게 맞춰질까?

나리와 헤어져서 서울로 올라오는 길에 백 기자는 송유철 교수와 통화를 했다. 나리에게서 들은 이야기를 전해준 후에 물었다.

"교수님께서는 신우성을 모르시나요?"

"처음 듣는 이야기입니다. 주성이한테 쌍둥이 동생이 있다는 건 전혀 몰랐네요."

"건호그룹 회장인 아버지의 뒤를 이어 일하고 있지 않을까요?"

"건호그룹 일가의 가정사는 그리 많이 알려져 있지 않아요. 주성이하고 나이 차이가 꽤 나는 형과 누나가 있긴 해요. 그 형이 그룹의 후계자인 신정우고요."

"그럼 신우성이라는 이름은 들어본 적도 없다?"

"네. 아, 학창시절에 주성이가 사생아라는 루머가 돌긴 했어요."

"신건호 회장이 정실부인이 아닌 다른 여자와의 사이에서 낳은 자식이라고요?"

"네. 그때는 주성이가 하도 사고를 쳐서 그런 루머가 돈다고 생각했는데, 뭐 확인할 길은 없었죠. 만약 그 루머가 사실이라면 쌍둥이 형제인 신우성이라는 사람도 사생아겠네요."

"그래서 재계에 알려져 있지 않을 수도 있겠군요."

"어쩌면요. 확인을 안 해봤으니 알 길이 없네요. 이제 와서 건호그룹 일가에서 그런 사실을 인정할 리도 없고요."

"잘 알겠습니다."

전화를 끊은 뒤 백 기자와 봉수는 오늘 알아낸 정보들을 정리했다. 그리고 도준에게 업데이트된 정보를 담은 이메일을 보냈다.

하늘이 유난히 맑은 토요일 아침. 도준은 유리의 집까지 와서 그녀를 차에 태웠다. 재판 준비도 할 겸 유리가 이제부터 매일 사무실로 나오기로 한 것이다. 사무실로 향하는 차 안에서 도준은 유리에게 지금까지 취합된 정보를 전해주었다.

"신우성이 타일러 역할을 했네요. 조종자의 역할. 아마 타일러 인베스트먼트도 신우성의 사업체일 거고요."

유리가 말했다.

"그건 아니라잖아. 타일러 인베스트먼트는 안길수라는 중견 경영인이 대표로 있어."

"그 사람도 분명 신우성과 관련이 있겠죠."

"내 예상도 그렇긴 한데, 지금까지 계속 예상이 빗나가기만 해서 자신이 없어졌어."

"하긴 그것도 그러네요. 저도 예상했던 것들이 다 틀렸으니까요."

도준은 가로수길의 브런치 카페에 차를 세웠다. 오랜만에 바깥 공기도 쐬고 사람들 구경도 하면서 식사를 하고 싶은 생각이 굴뚝같았지만, 결국 테이크아웃으로 결정했다.

사무실에 들어가니 직원들이 유리를 보고 반색했다. 특히 막내 슬기는 어쩔 줄을 몰라 했다.

"어머, 언니! 오랜만이에요!"

유리는 신입사원처럼 꾸벅 허리를 굽혀 인사했다.

"오늘부터 재판일까지 매일 출근하게 되었습니다. 잘 부탁드립니다."

그녀는 카페에서 사온 커피를 직원들에게 돌리고 도준의 사무실에 들어와 포장해온 음식을 먹었다.

"맛있네요."

"나중에 재판 끝나면 야외 테이블에서 먹자. 볕 좋은 날 아침에 브런치 먹으면 좋잖아."

"좋죠……."

유리는 잠깐 그런 순간을 떠올렸다. 따스한 봄바람이 들떠서 흔들거리는 5월의 아침. 브런치에 커피 한 잔을 앞에 놓고 서로를 마주 보는…….

'남은 내 생에 그런 순간이 허락될까? 그의 하얀 이마 위로 늘어진 머리카락을 아무렇지 않게 쓸어 넘겨줄 수 있는 그런 순간이…… 또 올까?'

그녀는 쓸쓸하게 웃었다.

'재판이 끝나면 하고 싶은 것도 참 많구나. 세상에서 제일 행복한 여자가 되겠네.'

유리의 시선이 벽에 걸린 스케줄표에 적힌 재판 날짜에 멈추었다. 도준은 날짜 위에 붉은 유성펜으로 몇 번이나 동그라미를 쳐놓았다.

멀게만 느껴지던 운명의 날이 어느새 성큼 다가와 있었다.

타일러 인베스트먼트 본사 빌딩은 역삼동 한복판에 위치해 있었다. 77층에 달하는 초고층 빌딩 아래에 서서 백 기자와 봉수는 약속이나 한 듯 위를 올려다보았다. 꼭대기가 보이지 않을 정도로 높았다. 목이 부러질 것 같았다. 아득한 높이의 빌딩이 마치 그들이 찾아야 할 진실처럼 멀고도 멀게 느껴졌다.

그래도 많이 왔다. 아무것도 모른 채, 두 소년이 찍힌 사진 한 장만 달랑 들고 나섰을 때를 생각하면……. 진실이 100층짜리 건물 꼭대기에 있다면 70층 정도까진 온 걸까? 그들은 타일러 인베스트먼트 본사인 타일러 타워의 정문을 힘차게 밀고 들어갔다.

빌딩 안에 들어선 백 기자와 봉수는 외관보다 더 세련된 빌딩 내부에 또 한 번 놀랐다. 광활한 로비에서는 수많은 비즈니스맨들이 바쁜 걸음을 옮기고 있었다.

봉수는 움츠러드는 기분을 피할 수 없었다. 설령 진실을 밝혀낸다 해도 과연 대적이나 할 수 있을까? 상대가 너무 거대한 느낌이었다.

"오긴 왔지만…… 대체 왜 우리를 보자고 한 걸까? 단순히 이메일을 보고 승낙해준 것 같진 않아."

백 기자가 의심스럽다는 듯 말했다.

"제 생각도 그래요. 이렇게 어마어마한 투자회사의 대표가 기자 이메일 한 통에 시간을 내준다? 말이 안 되죠."

"그것부터 물어봐야겠네."

그들은 중앙에 위치한 인포메이션 센터로 가서 약속을 확인했다.

직원이 직접 두 사람을 안내해주었다.

소리도 진동도 없이 대표실 직통 엘리베이터가 올라가다가 멈췄다. 77층이었다. 문이 열리자 검은색 정복을 입은 구릿빛 피부의 여자가 공손히 인사를 했다. 한눈에 봐도 근육질의 탄탄한 몸매를 자랑하는, 범상치 않은 인상의 여자였다.

"안녕하세요? 대표님께서 기다리고 계십니다."

백 기자는 기자 특유의 관찰력으로 주변을 두리번거리며 여자를 따라갔다. 그녀의 눈은 고성능 카메라와도 같았다. 눈에 보이는 것들을 모조리 머릿속에 기억해두는.

이렇게 비밀스러운 곳은 처음이었다. 버튼도 없는 직통 엘리베이터로만 들어올 수 있는 곳으로, 복도부터 호위병처럼 늘어선 CCTV 카메라가 그런 분위기를 더해주었다. 무슨 사무실인지 알 수 없는, 금속으로 된 문도 여러 개 있었다. 조명도 사무실치고는 지나치게 어두웠다. 게다가 창문이 없어 햇빛이 전혀 들지 않았다. 뱀파이어라도 살고 있는 걸까?

"분위기 참 희한하네."

백 기자가 봉수를 보며 중얼거렸다. 봉수도 고개를 끄덕였다.

그들을 안내하던 검은 유니폼의 여자가 복도 끝의 문 앞에 멈춰 섰다. 그녀는 로봇처럼 무표정한 얼굴로 문을 열어주었다.

문 안에 펼쳐진 광경은 더욱 예상 밖이었다. 아무리 회사의 대표라고 해도, 이토록 거대한 사무실은 잡지에서도 본 적 없었다. 100평은 족히 넘어 보이는 사무실 한가운데에는 할리우드 저택에서나 볼 수 있는 수영장이 있었다. 당구대와 탁구대, 골프 연습장도 있었다. 작은 극장에서 쓸 법한 스크린도 벽에 걸려 있었다. 복도에서는 구경도 할 수 없었던 외부 창이 큼직큼직하게 벽면에 뚫려 있었는데 창밖으로 강남의 빌딩숲 전경이 펼쳐져 보였다.

"쫄지 마, 봉수야."

"누나가 쫀 거 같은데요?"

둘이 애써 농담을 주고받는데 멀리서 반백의 신사가 다가왔다. 홈페이지에서 사진으로 봤던, 타일러 인베스트먼트의 대표 안길수였다. 그는 신사의 미소를 띠며 악수를 청했다.

"오셨군요. 어느 쪽이 백 기자님이시죠?"

"접니다."

백 기자가 손을 내밀어 악수를 받았다.

"반갑습니다!"

악수를 하는 안길수 대표의 손에서 나이를 무색케 하는 힘이 느껴졌다.

"이쪽은 정봉수 변호사입니다."

"만나서 반갑습니다."

그는 손님 접대용 소파로 두 사람을 안내했다.

"이렇게 시간을 내주셔서 감사합니다. 무척 바쁘실 텐데 어떻게 인터뷰에 응해주실 생각을 하셨는지요?"

"저는 인터뷰를 좋아합니다. 우리 회사를 널리 알릴 기회인데 마다할 이유가 있나요? 허허."

'거짓말.'

백 기자는 송유철 교수가 했던 말을 떠올렸다.

— 인터뷰를 요청했는데 몇 번이나 거절당했죠.

'왜 이런 불필요한 거짓말을 하지? 인사치레인가? 아니면 뭔가를 숨기고 있나?'

"어쨌든 감사합니다. 시간이 별로 없다고 하시니 바로 여쭤보겠습니다."

"네. 30분 뒤에 또 다른 손님이 와서요."

백 기자는 녹음을 하겠다고 양해를 구하고는 첫 질문을 던졌다.

"이선호 대표의 사업 초기에 이례적인 투자를 하셨던데 그 배경에 대해 여쭤봐도 될까요?"

"이례적이라는 말에 동의할 수 없군요."

안길수 대표는 어깨를 으쓱하며 말했다.

백 기자는 인터뷰를 대비해 갖고 온 자료를 아이패드를 열어 보여주었다. 그리고 송유철 교수가 준 책의 일부분을 읽었다.

"이선호가 최초로 설립한 게임회사 '트레져 헌트'는 최초 자기 자본이 무려 250억 원에 달했다. 이것은 스타트업 게임업체로서는 유례없는 액수이다. 이선호의 첫 회사 트레져 헌트의 성공은 이선호의 천재성 덕분이 아니다. 뛰어난 사업 수완 덕은 더더욱 아니다. 이선호는 그 흔한 투자설명회조차 열지 않았다. 트레져 헌트의 성공은 자본금 250억 원 중 200억 원이 넘는 돈을 묻지 마 식으로 투자한 타일러 인베스트먼트 덕분이다."

거기까지 읽고 백 기자는 책을 내려놓았다.

"우리나라에서 가장 저명한 비즈니스 스쿨의 교수가 쓴 책의 일부분입니다. 이래도 이례적이라는 표현이 과하다고 생각하시는지요?"

안길수 대표는 허허 웃었다.

"학자들이란 다 그렇지요. 매일 한다는 말이 무슨 법칙, 룰, 관례……. 실전 필드에서 그런 것들은 말장난일 뿐이지요. 카이스트, 서울대, 미국의 와튼스쿨, 하버드, 예일 뭐 다 마찬가지죠."

안길수 대표의 목소리는 단호하고 확신에 차 있었다.

"저희 타일러 인베스트먼트가 길지 않은 시간 동안 여기까지 성장할 수 있었던 이유는 도전과 개척정신에 있습니다. 이선호 대표는 저희 회사의 가치와 잘 어울리는 인물이었습니다."

"제가 알아본 바에 따르면 타일러 인베스트먼트에서 IT 업계에 투자한 예는 이선호 대표의 회사밖에 없더라고요. 제조업과 금융, 원자재, 부동산 등이 주력 투자처고요."

"새로운 발상이 새로운 투자처를 마련하는 법이니까요. 요즘 들어서는 IT 업계 쪽의 투자도 적극적으로 검토하고 있습니다."

"그렇군요. 그런데 그 당시 이선호는 콘텐츠도 직원도 아무것도 없는 상태였는데 이선호의 어떤 점이 투자를 결정하게 만들었을까요?"

"사실 일이백억 원 정도의 투자액은 저희 회사에서 전사적으로 신경 쓸 정도의 비즈니스는 아닙니다. 저도 그 당시에 포트폴리오를 직접 검토한 건 아니고요."

"실무자 선에서 결정된 투자라는 말씀인가요?"

"천 억 원이 넘는 금액의 최종 투자 결정은 매주 개최되는 위원회에서 이뤄지지만 그 이하는 각 분야의 이사급에서 결정을 내리고 집행합니다. 그런 자율성이 우리 회사를 경쟁사보다 더 빠르게 움직일 수 있도록 만들었죠."

안길수 대표의 말대로 타일러 인베스트먼트는 무척 빠르게 움직이고 그만큼 빠르게 성장했다. 회사가 상장된 지 겨우 10년 만에 여기까지 왔으니까.

"그렇다면 대표님께서는 이선호 대표를 만나본 적이 없으신가요?"

"왜 없겠습니까? 다만 사업 초기가 아니라 그가 획기적인 성공을 거둔 후에 만났죠. 우리는 서로에게 고마워했어요. 학자들이나 원칙주의자들은 우리를 삐딱한 시선으로 볼 수 있지만, 사실 IT 업계에서 우리 회사와 이선호 대표와의 관계는 가장 이상적인 관계죠. 꿈과 자본의 결합이랄까요."

백 기자는 다음 이슈로 넘어갔다.

"타일러라는 회사 이름은 어떻게 지으신 건가요?"

안길수 대표의 눈빛이 흔들리는 것을 백 기자는 놓치지 않았다.

'예상하지 못했던 질문인가? 한 방 더 먹어봐.'

"제가 좋아하는 영화 중에 「파이트 클럽」이라고 있는데요, 혹시 거기 남자 주인공 이름을 딴 건 아니겠죠? 하하."

안길수 대표는 금방 아무렇지 않은 표정으로 돌아왔다.

"저희 회사가 처음 설립될 때 메인 투자자들 중 한 명이 타일러라는 이름을 제안했고, 그 이름이 채택된 걸로 알고 있습니다."

"이런 경우, 보통 회사 이름은 창업주의 이름에서 따지 않나요?"

"저희 회사를 창업한 공동창업주는 모두 세 명인데, 그중에서 타일러라는 이름을 가진 사람은 없습니다."

'지금이다!'

백 기자는 동물적인 감각으로 타이밍을 잡아냈다.

"그럼 신우성 씨는요?"

아까보다 더 크게, 안길수 대표의 표정이 헝클어졌다. 베테랑 복서가 주먹의 느낌만으로 상대가 입은 데미지를 짐작할 수 있는 것처럼, 백 기자는 상대의 표정만 봐도 내면의 상태를 알 수 있었다.

'걸렸구나.'

백 기자는 폴라로이드 사진을 확대 복사한 종이를 꺼내 안길수 대표 앞에 내밀었다.

"이선호 대표가 어린 시절에 찍은 사진입니다. 바로 옆에 있는 친구가 신우성 씨라고 하더라고요. 건호그룹 신건호 회장님의 사생아라는 소문이 있죠. 혹시 귀사 타일러 인베스트먼트의 최대주주 중 한 명이 아닌가요?"

안길수 대표는 천천히 고개를 내저었다.

"아닙니다. 원하시면, 자료를 보여드릴 수도 있습니다."

안길수 대표는 잠시 자리를 떴다. 책상에서 태블릿 PC 한 대를 갖고 오더니 자료를 찾아 띄웠다. 벽에 설치된 거대한 스크린에 모니터처럼 화면이 떴다.

"지금 보시는 자료가 작년 기준, 우리 타일러 인베스트먼트의 지분 현황입니다. 최대주주 목록이 20위까지 리스트업 되어 있는데, 한번 보시죠."

백 기자는 리스트를 확인했다. 최대주주의 이름은 신우성이 아니라 낯선 외국 이름이었다. 2위에도, 3위에도 신우성이라는 이름은 없었다. 안길수 대표의 이름이 12위에 있을 뿐.

카운터펀치를 맞은 느낌이었다. 다 맞춘 줄 알았던 퍼즐이 마지막

한 조각을 남기고 헝클어져버린 것 같은, 더러운 기분.

"그럼 대표님은 신우성이라는 이름은 전혀 모르시나요?"

"하도 많은 사람들을 만나다 보니 그런 이름을 가진 사람을 만난 적이 있을지도 모르죠. 하지만 인상적인 기억은 나지 않네요."

백 기자의 직감은 분명 신우성이 안길수 대표와 관련이 있다는 쪽을 가리키고 있었다. 그러나 회계상으로는 신우성과 타일러 인베스트먼트는 아무 상관이 없었다. 적어도 최대 투자자 20위 안에는 없다.

"원하시면 투자자 명단을 더 뽑아드릴까요? 100위까지는 공시된 자료가 있습니다만."

안길수 대표가 말했다.

"그래주시면 감사하겠습니다."

"이메일로도 보내드리고 출력도 해드리지요."

그가 태블릿 PC의 버튼을 누르자 잠시 후 직원이 프린트된 종이를 갖고 왔다. 백 기자가 자료를 받아들자마자 안길수 대표는 짝, 소리가 나게 손바닥을 부딪쳤다.

"자, 그럼. 시간이 다 된 것 같군요. 5분 뒤에 또 다른 미팅이 있어서요. 여기까지 오셨으니 작은 기념품을 드리고 싶네요."

안길수 대표가 잠시 자리를 뜬 사이, 백 기자는 핸드폰 녹음기를 끄고 저장된 음성 파일과 인터뷰 중간에 작성한 보고서를 도준에게 바로 전송했다. 금방 안길수 대표가 이메일로 준 대주주 명단도 함께 첨부해서.

안길수 대표는 타일러 인베스트먼트의 로고가 박힌 만년필 두 자루를 백 기자와 봉수에게 건네주었다.

"몽블랑에서 제작한 기념품이랍니다."

"아, 감사합니다. 잘 쓰겠습니다."

"부디 멋진 기사를 쓰시는 데 오늘의 만남이 도움이 되었으면 좋겠군요."

안길수 대표는 사무실 문 앞까지 두 사람을 배웅해주었다.

"조심해서 돌아가십시오."

유리는 사이버대학교에 등록해 본격적으로 법학 공부를 시작했다. 그리고 매일 도준의 사무실로 출근했다. 차에서 나누는 대화는 유리의 공부에 관한 내용이 대부분이었다. 잘 모르는 부분을 도준에게 물어보면 도준은 언제나 친절하게 대답해줬다.

"형사소송법 제200조의2 제5항을 보면 피의자를 체포하고 48시간 이내에 구속영장을 청구하지 않을 시에는 즉시 석방해야 한다고 되어 있잖아요? 그 얘기는 48시간 동안은 경찰이 피의자를 잡아놓을 수 있다는 뜻인가요?"

"아니, 그렇지 않아. 문자 그대로 그렇게 해석하기 쉽지만 그건 경찰이 영장 없이 피의자를 구금할 수 있는 최대한의 시간을 정해놓은 것뿐이야. 영장을 신청하지 않는 경우에는 신문조서를 마치면 바로 피의자를 풀어줘야 해."

"그렇군요!"

"경찰청 훈령에도 나와 있는 얘기지. 기본적으로 모든 법률 조항에는 최대한 인권을 보장하는 정신이 깔려 있어. 무죄추정의 원칙처럼 말이야. 그게 잘 안 지켜져서 문제지."

이런 식의 대화가 끊임없이 이어졌다.

사무실에 도착하자 백 기자가 보내온 이메일이 그들을 기다리고 있었다. 두 사람은 함께 앉아서 안길수 대표와의 인터뷰를 듣고 백 기자의 보고서를 읽었다.

이번에도 가설이 무너졌다. 신우성은 타일러 인베스트먼트와 관련이 없었다. 그때 유리가 의문을 제기했다.

"안길수 대표라는 사람의 대답, 마치 질문을 다 예상하고 준비해놓은 것 같지 않아요?"

"백 기자도 그렇게 쓰긴 했네. 뭔가 숨기는 듯한 인상을 주긴 한다고. 게다가 신우성의 이름이 나오자 몹시 당황한 기색을 보이기도 했다고."

"저는 대주주 명단을 이렇게 쉽게 보여줬다는 게 더 찜찜해요. 뭔가 켕기는 사실을 덮으려는 의도가 아닐까요?"

"켕기는 사실이라……. 그게 뭘까……."

"신우성이요."

"신우성은 명단에 없어."

"그래서 더 의심이 가요. 이 명단에 이름이 없다! 똑똑히 봐라! 이렇게 눈속임을 하는 것 같다는 거죠. 마술사들이 관객을 속일 때 일부러 더 과장해서 보여주는 것처럼."

유리의 지적에 도준은 한 번 더 대주주 명단을 뚫어지게 보았다. 마치 암호문이라도 되는 양.

안길수 대표를 만나고 나오는 길 역시 검은 유니폼의 여자가 엘리베이터로 두 사람을 안내했다. 백 기자도 봉수도 머리가 복잡했다. 천 피스짜리 퍼즐의 마지막 조각이 안 맞는데…… 999개의 조각을 엎고 다시 시작해야 하나? 복도를 따라 늘어선 CCTV 카메라가 비웃는 눈동자처럼 느껴졌다.

그런데 미로처럼 길고 긴 복도를 걸어가는 도중에 상상도 하지 못한 일이 벌어졌다. 벽과 구분조차 가지 않은, 무늬도 없는 금속 문들 중에 하나가 열렸다가 황급히 닫혔는데 그사이로 보인 남자의 얼굴이 백 기자의 눈에 들어온 것이다.

'이선호?'

백 기자는 순간 자신의 눈을 의심했다. 분명 이선호와 다르게 생겼지만, 이선호라고 생각되는 얼굴이었다. 게다가 그는 백 기자와 눈이 마주치자 도망치듯 황급하게 문을 닫아버렸다.

봉수에게 말할 틈도 없이, 백 기자는 안내하는 여자를 앞질러 뛰어갔다. 선호의 얼굴이 보였던 문으로 달려가 문손잡이를 잡으려는 찰나, 누군가가 그녀의 뒷덜미를 낚아챘다.

"이게 무슨 짓입니까!"

날카로운 목소리로 날아든 경고와 함께 백 기자는 무서운 힘에 눌려 쓰러졌다. 검은 유니폼의 여자였다. 그녀는 절도 있는 동작으로 순식간에 백 기자의 무릎을 꺾고 제압했다. 그러나 뒤이어 달려온 봉수가 여자의 허리를 잡고 백 기자에게서 떼어냈다.

"이거 놔!"

여자와 봉수가 엎치락뒤치락하는 동안 백 기자는 겨우 일어나서 문손잡이를 잡을 수 있었다. 봉수는 선호의 얼굴을 못 본 듯, 여자와 몸싸움을 벌이며 백 기자에게 소리쳤다.

"누나! 왜 그래요? 대체 무슨 일이에요? 네?"

백 기자는 그에게 설명해줄 시간조차 없었다. 다만 이렇게 소리칠 뿐이었다.

"이선호야! 이선호가 이 방에 있다고!"

다른 직원들이 복도를 달려오는 소리가 점점 가까워지는 것을 들으면서, 백 기자는 문손잡이를 돌렸다. 이선호! 그러나 문은 열리지 않았다. 안에서 잠긴 문은 손잡이가 돌아가다가 말았다. 손잡이가 부서져라 몇 번을 잡고 흔들었지만 헛수고였다. 악이 받쳤다. 백 기자는 주먹으로 문을 때리며 외쳤다.

"이선호! 이선호 맞지? 이선호! 문 열어! 문 열라고!"

그러나 결국 뒤따라온 남자 직원들에 의해 끌려가고 말았다.

"놔! 씨발, 이거 놓으라고!"

몸부림을 치며 욕을 했지만 직원들은 아랑곳하지 않고 백 기자와 봉수를 완전히 제압했다. 둘은 바닥에 엎드린 자세로 등 뒤에서 두 손을 잡혔다. 얼굴이 바닥에 눌린 채 서로 눈이 마주쳤다.

"누나, 진짜 이선호 맞아요?"

"맞아."

그렇게 말하면서도 백 기자는 확신은 하지 못했다.

'이선호를 찾으려는 간절함 때문에 그렇게 믿고 싶은 게 아닐까?'

봉수가 직원들에게 항의했다.

"이거 놔요. 무슨 권리로 이런 폭력을 행사하는 겁니까? 당장 놓지 않으면 경찰에 신고할 겁니다! 저 변호삽니다!"

그래도 소용없었다. 그때 여자 목소리치고는 무척이나 낮은 음성이 들렸다.

"놔드려."

짧은 명령에 직원들이 즉각 손을 놓았다. 백 기자와 봉수는 옷을 털며 일어났다.

목소리의 주인공은 자그마한 체구의 여자였다. 서른쯤 되었을까? 미인이라고 할 수는 없지만 안경 너머로 보이는 눈빛이 무척이나 예리했다.

"대체 이게 무슨 짓입니까!"

"그건 오히려 제가 돌려드려야 할 질문인데요? 대체 무슨 짓입니까? 이곳은 회사의 사옥입니다. 왜 허락받지 않은 곳을 함부로 침입하려고 했죠? 사유재산 침해로 처벌받을 수 있다는 사실, 모르나요?"

"반가워서 그랬어요. 제가 아는 사람이 방에 있어서요."

"누구죠?"

"이선호 씨요."

"지금 당신이 무슨 소릴 하는지 알고나 있는 겁니까?"

"제가 봤어요. 바로 이 방에서요!"

여자는 고개를 갸웃하더니 손바닥으로 문을 쓰다듬었다.

"확실해요? 이 안에 있는 사람이 이선호라는 게?"

"세상일에 100퍼센트란 없죠. 하지만 전 분명히 봤어요."

안경 쓴 여자는 빙긋이 웃더니 문손잡이 윗부분에 자신의 신분증을 가볍게 터치했다. 그러자 삑 하는 전자음와 함께 손잡이 위 푸른 램프가 켜졌다. 문손잡이를 당기자 철컥, 문이 열렸다.

12화

진실은 나의 힘

백 기자와 봉수는 주먹을 꽉 쥔 채 문 안쪽을 들여다보았다.

"말도 안 돼……."

백 기자가 다리에 힘이 풀린 듯 그 자리에 주저앉았다.

문 안쪽은 방이 아니라 밀폐된 기계실이었다. 빌딩 내의 시스템을 담당하는 것으로 짐작되는 컴퓨터와 기계장치들이 문 안쪽을 가득 메우고 있었다. 애초부터 사람이 들어갈 공간조차 없었다. 전혀.

"이런. 이선호가 아니라 고양이 새끼 한 마리 못 들어가겠는데요?"

여자가 어깨를 으쓱하며 말했다.

봉수가 혹시나 하는 마음에 구석구석 확인해봤지만 문 안쪽은 그냥 벽일 뿐이었다. 기계들과 전선, 각종 레버들로 가득 찬 벽.

"말도 안 돼……. 난 분명히 봤어……. 분명히 이선호를 봤다고. 혹시 내가 얼굴을 잘못 봤다고 해도, 누군가 이 문을 열었다가 황급히 닫는 장면만큼은 확실히 봤다고!"

백 기자는 너무 당황한 나머지 넋이 나간 사람처럼 중얼거렸다.

"됐죠? 이제 나가주시죠."

직원들에 의해 끌려가다시피 엘리베이터로 가는 두 사람의 뒷모습을 안길수의 노회한 시선이 응시하고 있었다.

백 기자와 봉수는 포장마차에서 술을 마셨다. 백 기자는 소주를 연신 입에 털어 넣으며 씩씩거렸다.

"이건 진짜 아니야. 내가 분명히 봤다고. 아니, 이선호가 아니더라도 최소한 이선호하고 닮은 사람이 그 방에서 나오려다가 나랑 눈이 마주치고 다시 들어가는 걸, 똑똑히 목격했다고!"

"누나, 방 자체가 없었잖아요. 그 여자 직원 말대로 고양이 한 마리 들어갈 틈이 없는, 막힌 곳이었다고요."

"그러니까 미칠 노릇인 거지!"

"잊어버려요."

"너, 내가 미친 사람 같아?"

"아니 그게 아니라……. 직접 확인했잖아요. 그 문 안에는……."

"알아! 안다고, 씨발!"

봉수가 백 기자의 손을 잡아주었다.

"누나가 분명히 봤다는 사실을 믿을게요."

"봉수야. 나 미치겠어……. 억울해서 미치겠다고."

그때 백 기자의 핸드폰이 울렸다. 도준의 사무실 번호였다. 전화를 받아보니 유리였다. 그녀의 용건을 듣기 전에 백 기자가 먼저 금방 일어났던 일을 전해주었다. 유리는 굉장히 큰 충격을 받은 듯했다.

"기자님, 정말…… 이선호를 봤나요?"

"네. 잊을 수가 없어요. 지금까지 헛것을 보거나 한 적이 한 번도 없는데……. 뭔가에 홀린 기분이네요."

유리의 길고 긴 한숨 소리가 들려왔다. 백 기자는 괜히 유리에게 이선호 이야기를 했나 싶은 생각에 마음이 무거워졌다. 그녀는 얼른 화제를 바꾸었다.

"그건 그렇고, 왜 전화하셨어요?"

"혹시 신우성의 얼굴을 아시나요?"

"다 같이 갖고 있는 폴라로이드 사진밖에 없죠. 어릴 때 사진."

"아무리 검색을 해도 사진이 없어요. 일부러 지운 것처럼 흔적도 없어요. 사진도 글도."

"헐……. 뭐지?"

그때 백 기자의 머리 한쪽이 번뜩였다.

"아! 나리 씨한테 물어보면 되겠네요!"

"나리 씨요?"

"이선호의 학창시절 여자친구요. 신우성이 다 컸을 때 사진을 갖고 있을지도 몰라요."

"좋아요! 그럼 되겠군요! 사진을 구한 다음에 내일 도서관에서 타일러 타워 준공식 사진을 찾아보세요. 그 정도로 큰 건물이라면 아마 준공식 기사가 났을 거예요. 관련 사진들도 있을 거고요. 거기에 신우성이 있다면, 신우성과 타일러 인베스트먼트의 관계를 밝힐 단서가 되지 않을까요?"

유리의 말에 백 기자는 눈앞이 환해지는 기분이었다.

"손유리 씨, 당신 정말 천재군요."

"놀리지 말아요. 그리고 하나 더. 톰 아라야라는 인물을 알아봐주세요."

"톰 아라야? 그 사람이 누군데요?"

"타일러 인베스트먼트의 최대주주예요. 무려 30퍼센트의 지분을 갖고 있어요. 재산이 몇 조쯤 되는 부자겠죠. 그런데 이 사람에 대한 자료가 전혀 없어요. 언론 기사도 없고 페이스북, 트위터, 아무것도 안 나와요."

"알겠어요. 찾아볼게요."

"다니시느라 많이 힘드시죠? 제가 고기 쏠게요. 이번에는 한우 꽃등심으로."

유리의 목소리는 따뜻했다. 신경이 끊어질 듯 예민했던 백 기자를 안아주는 음성이었다.

"고마워요, 유리 씨."

창밖으로 노을이 불타고 있었다.

안길수 대표의 집무실에는 마일즈 데이비스의 재즈 피아노 연주가 흐르고 있었다. 복잡한 고민을 할 때 그가 애청하는 음악이었다. 수영장을 몇 번이나 왕복한 그는 머리에서 물이 뚝뚝 떨어지는 채로 수영장 모서리에 서 있었다.

'쥐새끼 같은 놈들. 문을 열려고 하다니.'

그는 잠시 눈을 감았다가 떴다.

"전화기."

딱 한 마디를 하자 비서가 핸드폰을 들고 왔다. 안길수는 수영장에서 나가지 않은 채 어디론가 전화를 걸었다. 상대가 전화를 받자 그는 단호한 음성으로 말했다.

"마스터. 당신의 뒤를 캐는 놈들이 있습니다."

백 기자와 봉수는 아침부터 국립중앙도서관을 찾았다. 검색 컴퓨터를 통해 마이크로필름을 샅샅이 뒤졌다. 타일러 타워 오픈행사와 관련된 기사는 모두 120여 건, 이미지 자료는 300장이 조금 넘었다. 둘은 업무를 분담했다.

"제가 기사를 맡을게요."

"오케이. 내가 이미지 자료를 확인할게."

백 기자와 봉수 앞에는 프린트를 한 사진이 한 장씩 놓여 있었다. 어젯밤 최나리가 보내준 신주성의 고등학교 졸업앨범 사진이었다. 신주성은 자살했지만, 쌍둥이니까 얼굴만큼은 신우성과 같을 터였다. 그 얼굴과 조금이라도 닮은 얼굴을 찾기 위해 백 기자와 봉수는 수백 장의 사진을 뒤지고 있었다.

사진의 종류는 다양했다. 웅장한 외관을 찍은 사진도 있고, 실내 곳곳을 찍은 사진도 있었다. 오픈식 행사에 참가한 사람들도 사진 곳곳에 등장했다. 안길수 대표의 얼굴은 가장 흔하게 보였다. 거대한 로비에서 열린 축하파티를 찍은 사진이 많았는데 안길수 대표는 환하게 웃는 얼굴로 곳곳에서 등장했다. 인물이 없는 건물 사진을 빼도 사진은 200장 가까이 되었다.

"신우성…… 신우성……. 어디 있니……."

백 기자는 애써 초조함을 누르고 꼼꼼하게 사진을 살펴보았다. 사진을 400퍼센트 크기로 확대한 다음 왼쪽부터 위에서 아래 순으로 샅샅이 얼굴을 확인하는 식이었다. 옛날에 좋아하던 그림책이 떠올랐다. 『월리를 찾아라』. 비슷비슷한 줄무늬 옷을 입고 있는 아이들 중에서 월리를 찾아내면 얼마나 기쁘던지.

'이건 완전히 '신우성을 찾아라'군.'

시간이 흐를수록 간절함은 절망으로 바뀌어갔다. 기사를 검색하던 봉수가 입을 열었다.

"기사에는 없어요. 신우성이라는 이름은 전혀 등장하지 않네요. 그런데 톰 아라야는 가끔 등장해요. 최대주주로."

"톰 아라야는 어떤 사람인데?"

"대형 투자회사의 1대 주주치고는 알려진 자료가 전혀 없네요? 금융계의 숨은 거물 정도 되지 않을까요?"

"미치겠군!"

백 기자는 이제 몇 장 남지 않은 사진으로 시선을 던졌다. 1층의 파티 장소에서 찍은 사진이었다. 파티에 참석한 다른 투자회사의 CEO가 사진의 주인공이었다. 성마른 얼굴의 남자 주변으로 수많은 이들이 찍혀 있었다. 백 기자는 그들의 얼굴 하나하나를 확인했다. 빛의 속도로 움직이던 그녀의 눈동자가 딱 멎었다.

"봉수야. 찾았다."

그녀가 손가락으로 가리킨 곳에 얼굴이 있었다. 바로 신우성의 얼굴이. 투자회사의 빌딩 오픈식 파티에 어울리지 않게, 검은색 티셔츠에 데님 팬츠 차림이었다. 선글라스를 끼긴 했지만, 신우성이 확실했다. 손에 샴페인 잔을 든 그에게서는 불청객이 아니라 주인의 느긋함이 느껴졌다.

"어! 진짜 신우성이다!"

봉수도 탄성을 질렀다.

"이 새끼……. 드디어 잡았어……."

소름이 백 기자의 몸을 훑어 내렸다. 그녀는 원본 파일을 출력하고 신우성의 얼굴을 확대한 부분 화면도 출력했다. 뒤이어 몇 장의 사진을 함께 보던 백 기자와 봉수의 눈이 동시에 커졌다. 이선호가 있었다. 사진 속에서 신우성과 이선호는 나란히 서 있었고, 그 옆에 안길수까지 보였다.

"봉수야. 내가 잘못 본 거 아니지?"

"맞아요, 누나. 이선호, 신우성, 안길수. 셋 다 맞아요."

세 사람은 뭔가 이야기를 나누는 모습이었다. 이 사진 한 장으로서 신우성을 전혀 모른다던 안길수의 거짓말이 모두 들통난 셈이었다. 심지어 트레져 헌트 프로젝트가 성공하기 전까지는 이선호를 만난 적이 없다는 말도 거짓말이었다. 타일러 타워의 오픈식은 지금으로부터 10년 전, 이선호가 사업을 시작하기도 전에 있었으니까. 실제로 사진에 찍힌 이선호와 신우성은 스무 살을 갓 넘긴 청년의 얼굴이었다.

백 기자와 봉수는 하이파이브를 하며 환하게 웃었다. 멀리 도서관 구석에서 자신들을 지켜보고 있는 누군가의 시선을 감지하지 못한 채.

유리는 길고 어두운 복도를 걷고 있었다. 복도 양쪽으로는 벽과 구분이 잘 가지 않는 문이 늘어서 있었다. 안개와 같은 조명 속으로 한 걸음 한 걸음을 옮기는데 어디선가 문이 여닫히는 소리가 들렸다.

"선호 씨? 당신이에요?"

저 앞에서 문이 철컥 열리더니 누군가가 복도로 나왔다. 그는 복도로 나오자마자 빠른 속도로 걷기 시작했다. 점점 멀어지는 그의 등을 보는 유리의 마음이 안타까웠다.

"선호 씨? 당신 맞아요? 멈춰봐요!"

유리도 달리기 시작했지만 앞선 사람과의 거리는 좀처럼 좁혀지지 않았다. 그런데 어느 순간, 그가 걸음을 딱 멈췄다. 유리도 놀라서 걸음을 멈췄다. 가슴이 미친 듯이 뛰었다. 그의 얼굴을 확인해야 한다는 마음과 정체 모를 두려움이 팽팽하게 맞서 그녀의 걸음을 잡고 있었다.

결국 용기가 두려움을 이겼다. 유리는 조심스럽게 그를 향해 다가갔다. 마침내 그의 앞에 선 유리는 천천히 손을 뻗었다.

"당신이에요?"

그가 고개를 돌렸다. 그의 얼굴에는 사람의 눈 코 입 대신 잿빛 콘크리트가 가득했다.

유리는 식은땀에 흠뻑 젖은 채로 잠에서 깼다. 그녀는 여전히 어둠 속에 있었다. 아직 해가 뜨지 않은 모양이었다. 핸드폰 화면을 켜보니 새벽 5시 50분이었다. 보통 때보다 한 시간을 일찍 일어난 셈이었다.

'정말 선호 씨가 살아 있는 걸까?'

유리는 한숨을 쉬며 머리를 쥐어뜯었다.

오늘도 유리는 도준과 함께 사무실로 출근했다. 그들이 제일 먼저

한 일은 백 기자의 이메일을 확인하는 것이었다. 이메일을 보는 도준의 눈빛이 예사롭지 않았다. 유리도 입이 딱 벌어졌다. 사진 속에 스무 살의 이선호가 있었다. 신우성, 안길수 대표도 함께.

"이미 이때부터 이 셋은 서로 알고 있었어."

도준은 부르르 떨리는 목소리로 말하며 선글라스를 끼고 웃고 있는 스무 살 청년의 얼굴을 노려보았다. 신우성. 『파이트 클럽』에서 잭이 타일러를 숭배하듯 이선호가 신처럼 따르던 인물. 우리나라 최고 재벌의 사생아. 천부적인 투자 감각의 소유자. 그는 실존하는 인물이었다.

'그가 이 모든 사건의 배후에 있는 인물일까? 아니면 아직 우리가 모르는 뭔가가 더 있을까? 그런데 왜 서류상으로는 타일러 인베스트먼트와 아무 상관이 없지? 이토록 대단한 젊은이가 왜 구글 검색에도 등장하지 않을 정도로 사라져버렸을까?'

도준이 거대한 퍼즐판에 다시 뛰어든 사이, 유리는 숨은그림찾기라도 하듯 모니터 화면에 뜬 사진을 유심히 살폈다. 그녀의 얼굴에 점점 당황하는 표정이 떠올랐다.

"이럴 수가……."

그녀는 핸드폰을 꺼내 뭔가를 검색했다. 그리고 딱 벌어진 입을 손으로 막았다.

"왜? 유리야, 왜 그래?"

"신우성이 입은 티셔츠……."

유리는 떨리는 손가락으로 사진 속의 신우성을 가리켰다. 신우성은 그 나이 또래의 젊은이들이 즐겨 입는 록밴드의 로고가 프린트 된 검은색 셔츠를 입고 있었다. 도준은 신우성의 티셔츠를 자세히 들여다보았다. 해골 그림과 함께 'SLAYER'라는 록밴드 이름이 적혀 있었다. 아무리 봐도 유리가 왜 이렇게 놀라는지 알 수 없었다.

"티셔츠가 왜?"

유리는 자신이 검색한 핸드폰 화면을 보여주었다. 거기에는 '슬레이어'라는, 신우성의 티셔츠에 인쇄된 록밴드의 사진과 설명이 나와 있었다.

"슬레이어?"

Slayer는 1982년 Kerry King(기타), Jeff Hanneman(기타), Dave Lombardo(드럼), Tom Araya(베이스, 보컬)의 라인업으로 결성된 록밴드이다. 극단적으로 과격한 사운드를 추구하며 수많은 헤비메탈 팬들에게 신으로 추앙받는 밴드이다.

"이 록밴드가 뭘 어쨌다는 거야?"

"멤버들 중에 보컬과 베이스를 맡은 멤버 이름을 보세요."

Tom Araya! 타일러 인베스트먼트의 최대주주 이름이었다.

"뭐야……. 이 록밴드 리더가 타일러 인베스트먼트의 최대주주라고?"

"그럴 리가요. 동명이인이겠죠."

"그런데 뭐가 그리 놀랄 일이지?"

"슬레이어는 이선호가 제일 좋아하는 록밴드였어요. 거의 신적으로 추앙했죠."

선호에게는 유리가 이해하지 못하는 특이한 취향이 몇 가지 있었는데 그중 하나가 음악 취향이었다. 그는 록 음악을 좋아했는데 그중에서도 보통 사람들은 소음이라고 여길 법한 과격한 장르의 음악을 주로 들었다. 그의 방에 들어갔다가 음악 소리가 하도 시끄러워서 기겁을 한 적도 몇 번 있었다.

언젠가 유리가 물었다.

— 대체 이런 음악을 어떻게 듣죠? 저에게는 소음이에요.

— 이런. 슬레이어를 소음이라고 하다니.

— 슬레이어?

— 한번 중독되면 헤어날 수 없는 그룹이지.

선호는 유리의 귀에 헤드폰을 씌워주고는 노래를 플레이이했다.

「워 앙상블(War Ensemble)」. 고막을 두드리는 드럼 소리와 찢어지는 기타 리프가 경쟁하듯 데시벨을 높였다. 화끈하긴 했지만 오래 듣기는 힘들었다.

유리는 딱 1분을 버티고는 헤드폰을 벗었다. 귀가 다 얼얼했다.

— 전 중독되기 힘들겠네요.

— 안타깝군. 15년 동안 내가 숭배해온 형님들인데.

선호와의 기억을 떠올린 유리가 확신했다.

"신우성이 10년 전에 이 티셔츠를 입었던 걸 보면, 둘이 함께 탐닉하던 그룹이 틀림없어요."

"소설 『파이트 클럽』처럼?"

"그렇죠. 둘이 같이 좋아하던 『파이트 클럽』의 주인공 이름을 따서 투자회사를 만들었으니……."

"둘이 같이 좋아하던 슬레이어의 리더 이름을 따서 가명을 만들었다?"

"가명으로는 그런 대규모 주식을 소유할 수 없죠. 개명을 했겠죠."

"그런 이름이 개명으로 받아들여질 리가 없잖아?"

"우리나라가 아니라 다른 나라로 귀화하면 문제는 간단해지죠."

도준은 유리의 거침없는 추리에 혀를 내둘렀다.

"그렇다면 신우성이라는 인물에 대한 정보가 전혀 없다는 점도 설명이 되지."

"선호 씨가 슬레이어라는 그룹을 얼마나 좋아하는지, 제가 기겁을 한 사건이 있었어요. 그런 헤비메탈 음악에 열광하는 사람치고 그의 팔다리에는 문신이 없었어요. 그런데 유독 등에 문신이 집중되어 있었죠."

"어떤 그림인데?"

"그림이 아니었어요. 의미가 이어지지 않는 단어들이었어요. Show, Hell, Raining, South, Seasons……. 열두 개의 단어들이 적혀 있었죠. 알고 보니 슬레이어의 정규 앨범 타이틀 첫 단어를 적어놓은 거였어요. 매번 새 앨범이 나올 때마다 한 단어씩 추가한다고 하더군요. 지금까지 열두 개의 앨범을 냈나 봐요. 단어 개수가 열두 개였어요."

선호의 등을 처음 보았을 때 하도 신기해서 찍어놓은 사진이 핸드폰에 아직 남아 있었다. 유리는 도준에게 사진을 보여주려다가 말았다.

"보통 팬이 아니군. 신우성도 그 정도로 슬레이어를 좋아했을까?"

"티셔츠를 입은 걸 보면 팬인 건 확실하죠. 만약 이름까지 정말 슬레이어의 리더 이름하고 똑같이 바꿨다면, 그 사람 등에도 문신이 있는지 궁금하네요."

"톰 아라야……. 이름을 바꾸고 은둔하고 있는 투자 천재 슈퍼 리치. 어쩌면 이선호는 그의 분신일까?"

"아마도요."

도준은 유리의 어깨를 툭툭 쳐주었다.

"대단해. 훌륭한 변호사가 되겠는걸?"

유리가 수줍은 미소를 지어 보였다. 도준은 그 뒤에 하려던 말을 삼켰다.

'우리나라에서 제일 예쁜 변호사가 되겠네.'

보라는 수많은 직원들에게 철의 여인으로 통했다. 어떤 상황에서도 절대 당황하는 법이 없어서였다. 그녀가 놀라거나 허둥대는 모습을 본 사람은 한 명도 없었다. 그런데 지금 자신의 집무실 컴퓨터 앞에 앉아 있는 그녀의 얼굴이 하얗게 질려 있었다. 컴퓨터 모니터에 뜬 한 줄의 문장 때문이었다.

— 나를 몹시 실망시키는군, 보라.

다른 사람들에겐 평범한 문장일 수 있지만, 보라는 느낄 수 있었다. 마스터가 쓰는 글자 한 자 한 자에 서린 분노를.

— 어쩌다가 이렇게까지 된 거지?

— 죄송합니다. 지금 사람을 붙여놨습니다.

— 상황이 더 위험해지면 친구들에게 알리는 수밖에 없어. 그렇게 되면 당신의 안녕도 책임질 수 없어.

— 절대 그런 일이 없도록 하겠습니다.

— 내 인내심의 여유가 별로 안 남았다는 사실을 명심해.

— 명심하겠습니다.

— 재판이 며칠 안 남았지?

— 네.

— 친구들도 흥미롭게 지켜볼 테니, 당신의 말이 잘 뛰어주기를 기도해.

— 최선을 다하겠습니다.

— 쥐새끼들은 언제 처리할 건가?

— 적당한 때를 봐서…….

— 적당한?

— 죄송합니다. 최대한 빨리 처리하도록 하겠습니다.

— 확실하게 처리하고 보고하도록. 그리고 마지막으로, 이선호 녀석 얘기를 안 할 수가 없군.

— 선호요?

— 아무래도 안 되겠어.

마스터가 이렇게 말할 때는 이미 마음의 결정을 내린 뒤라는 사실을 보라는 잘 알고 있었다. 길고 가느다란 보라의 손가락이 키보드 위에서 부르르 떨렸다.

유리와 도준은 재판을 사흘 앞두고부터는 매일 시원을 만났다. 지금까지 서로 준비한 것들을 공유하고 재판에서 나올 검찰 측의 공격을 대비하기 위해서였다. 수많은 예상 질문을 서로 던지고 답했다. 일종의 모의재판이었지만 도준과 시원이 내뿜는 불꽃에 유리는 눈이 부실 지경이었다. 법이라는 테두리 안에서 서로 싸우고 토론하고 절충하는 변호사들의 모습이 조각 같은 영화배우나 격투기 파이터들보다 훨씬 더 멋지고 섹시해 보였다.

가끔 그녀도 자기 의견을 개진하고 논리를 보탰다. 법률 공부를 시작한 후 제법 실력이 늘기도 했다. 두 변호사들에게 칭찬을 받을 때면 연기를 잘했다고 감독에게 칭찬받을 때보다 더 기뻤다. 그녀는 알고 있었다. 재판을 앞두고 긴장을 풀어주기 위해 그들이 농담도 하고 분위기를 즐겁게 해준다는 사실을.

그러나 그런 여유도 연습이기에 가능한 것일 뿐 재판이 코앞으로 다가오자 그녀의 얼굴에서는 웃음기가 싹 사라졌다.

그리고 재판일을 하루 앞둔 날, 도준의 차를 타고 사무실로 가는 길에 시원에게 전화가 걸려왔다. 도준은 블루투스로 전화를 받았다.

"아침부터 무슨 일이야?"

도준의 침착한 목소리와 달리 시원의 다급한 목소리가 차 안으로 쏟아졌다.

"도준아, 큰일 났다. 지금 티비 볼 수 있어?"

민정은 최대한 가련한 여자처럼 보이기 위해 신경을 많이 썼다. 옷은 아무 장식도 없는 흰색 원피스를 입었다. 품도 넉넉하고 길이도 무릎까지 내려와 그녀의 육감적인 몸매가 드러나지 않았다. 열다섯 살 이후 하루도 빠짐없이 해오던 화장도 아예 하지 않았다. 당차다 못해 부담스러운 눈빛을 누그러뜨리기 위해 표정 연습까지 했다. 기자회견 장소도 도준과 유리가 이선호를 고소한다는 기자회견을 열었던 바로 그 호텔이었다.

이 모든 것이 철저하게 계획된 쇼였다. 그녀가 아닌 문지환 검사에 의해. 물론 문 검사는 자신이 관여했다는 흔적을 절대 남기지 않았다. 모든 지시는 만나서 직접 했고, 한 줄의 지시사항도 기록으로 남기지 않았다. 기자들 명단과 연락처도 프린트를 한 종이로 건네줄 정도였다.

민정은 명단에 있는 모든 언론사에 연락했다.

— 안녕하세요? 저는 키스의 여왕 손유리의 변호인 이도준 변호사의 약혼녀입니다. 그녀와 제 약혼자와의 부적절한 관계에 대해 기자회견을 열 예정입니다.

그 메시지를 받고 오지 않을 기자는 없었다. 기자 명단에 백현서 기자가 빠져 있었던 건 우연이 아니었다. 유리와 도준을 미행하던 문 검사의 레이더에 백 기자가 포착되었다. 그녀가 이미 도준의 진영으로 넘어갔음을 간파하고 연락을 하지 않은 것이다.

기자회견장에는 도준과 유리가 기자회견을 열었을 때보다 더 많은 기자들이 몰렸다. 민정은 최대한 감정을 쥐어짜 연기했다. 슬픔에 가득 젖은 시선을 늘어뜨린 채 수많은 카메라 앞에 섰다. 그녀가 등장하자 기자회견장에 섬광탄이라도 떨어진 양 카메라 플래시가 번득였다.

민정은 속으로 중얼거렸다.

'Fuck. 이렇게 많은 카메라 앞에 이렇게 거지 같은 꼴로 서다니. 화장도 안 하고! 지금 이 모욕까지 고스란히 쳐서 되갚아주마.'

그녀는 떨리는 목소리로 입을 열었다.

"먼저 귀한 시간을 내서 이 자리에 와주신 기자님들께 감사를 드립니다. 한 명의 연약한 여성으로서 억울함을 호소할 길이 없어 이렇게까지 할 수밖에 없었음을 이해해주시기 바랍니다."

그녀는 호흡을 가다듬고, 떨리는 손으로 물잔을 잡고는 물을 한 모금 마시다가 엎질러버렸다. 그녀 옆을 지키던 호텔 직원이 놀라서 물을 닦아주었다. 민정은 그런 식으로 충분히 기자들의 갈증을 부추긴 뒤에 본론을 꺼냈다.

"저는 이도준 변호사의 약혼녀입니다. 제 약혼남 이도준 변호사는 아시다시피 전 세계의 주목을 받고 있는 이선호 대표 피살 사건의 용의자 키스의 여왕 손유리 씨의 전 변호인입니다."

그녀가 말하는 동안에는 아무도 셔터를 누르지 않고 플래시도 터지지 않았다. 그저 숨죽인 집중과 침묵뿐이었다.

"저는 더 이상 이도준 변호사의 약혼녀가 아닙니다. 일방적으로 파혼을 통보받았기 때문이죠. 바로 그녀, 손유리 때문에요."

기자들 사이에서 웅성거림이 일었다. 종편과 케이블TV 카메라들은 현장을 고스란히 담아 텔레비전으로 내보내고 있었다.

"제 약혼남과 손유리는 변호인과 의뢰인으로 만난 지 얼마 되지도 않아 부적절한 관계를 맺어왔습니다. 이선호 대표가 죽었다고 확인되지 않았으니 손유리 씨는 엄연한 유부녀이고 둘의 관계는 불륜입니다."

이 대목에서 민정은 눈물을 떨어뜨렸다.

'후후. 나도 연기자나 할 걸 그랬나?'

다시 카메라 플래시의 세례가 한바탕 퍼붓고 지나갔다.

"저는 깊은 슬픔에 빠져 아무것도 할 수 없었습니다. 모두 제가 안고 가려고 했지요. 그러나 얼마 전, 그들이 이선호 대표를 비난하고 그가 모든 것을 꾸몄다는 식으로 기자회견을 하는 것을 보고는…… 이대로 있어서는 안 되겠다는 생각이 들었습니다."

그녀는 목소리를 한 톤 높였다.

"자기 남편이 살아 있는지 죽었는지도 모르는 상황에서 불륜을 저지르는 여자가 정상일까요? 저는 그녀가 무서워서 가끔 텔레비전의 자료화면에서라도 그녀가 나오면 눈을 못 쳐다보고 채널을 돌려버립니다."

기자들 틈에, 제일 뒤쪽에서 사진도 찍지 않고 기자회견을 지켜보는 사람이 있었다. 문지환 검사였다. 마치 사건과 관련된 일이기에 온 것처럼 팔짱을 끼고 기자회견을 지켜보는 그를 알아보는 기자는 아무도 없었다. 모두들 민정에게만 시선이 쏠려 있었으니까.

지금 막 민정이 내뱉은 대사는 문 검사가 직접 그녀의 핸드폰 메모장에 적어준 거였다. 손유리의 이미지에 섬뜩함을 입혀야 한다는 취지에서였다. 민정은 정말 겁을 먹은 사람처럼 부르르 떨면서 그가 일러준 대사를 멋지게 소화했다. 문 검사는 박수라도 치고 싶은 마음을 간신히 참았다.

민정은 남은 대사도 셰익스피어 연극의 여주인공처럼 처절하게 읊었다.

"남편을 죽인 여자가 제 약혼자까지 빼앗아갔습니다! 저는 아직도 기다리고 있습니다. 이도준 변호사가 그녀의 마수에서 벗어나, 제발 정신을 차리고, 제게 돌아오기를요……."

문 검사는 속으로 연출 지시를 내렸다.

'여기서 눈물 쏟고!'

민정이 오열을 터뜨렸다. 그녀는 허공을 향해 울부짖었다.

"도준 씨! 제발 돌아와요! 제발……. 당신까지 해치면 어쩌려고 그래요? 제발요……."

민정은 더 이상 말을 잇지 못하고 두 손에 얼굴을 묻어버렸다. 기자들의 플래시 세례가 절정에 달했다. 그녀는 느긋하게 우는 모습을 보여주고, 진정을 하고, 기자들의 질문을 받았다.

"이도준 씨는 김민정 씨의 부친이 대표로 있는 법무법인 K&J의 변호사 아닌가요?"

"그랬습니다. 그러나 파혼과 동시에 회사에서도 나가버렸습니다. 뭔가에 홀린 듯이, 모든 것을 버리고 키스의 여왕에게 가버렸습니다."

문 검사는 주먹을 불끈 쥐었다.

'좋아! 뭔가에 홀린 듯이! 표현 굿! 내가 가르쳐준 대사도 아닌데 잘하는군! 손유리를 팜므파탈 살인마처럼 만들어버렸어.'

다른 기자가 질문했다.

"굉장히 쇼킹한 기자회견인데요, 불륜의 증거가 있나요?"

"네. 손유리 씨와 제 약혼자 모두 국민들에게 얼굴이 알려진 공인인 만큼 지금 이 자리에서 증거 사진을 공개하도록 하겠습니다."

호텔 직원이 미리 준비한 스크린 위에 사진들을 띄우기 시작했다. 사진은 한두 장이 아니었다. 열 장도 넘는 사진들이, 누가 봐도 로맨틱한 연인들 같은 분위기로 찍혀 있었다. 특히 도준이 유리와 함께 바람을 쐬러 소래포구에 갔을 때, 노을 지는 바닷가에서 둘이 포옹하는 모습이 찍힌 사진이 압권이었다. 게다가 유리의 숙소로 들어가는 도준의 차 사진까지 찍혀 있었다.

"재판이 얼마 남지도 않은 와중에, 자기 숙소까지 남의 약혼자를 불러들이는 유부녀가 바로 그 여자, 키스의 여왕의 본 모습입니다!"

분노에 찬 민정의 목소리가 기자회견장에 쩌렁쩌렁 울렸다. 천하의 악녀에게 남자를 빼앗긴 여인의 분노가 고스란히 전해졌다.

"사진뿐만이 아닙니다. 저는 벌써 한 달도 더 전에…… 제 두 눈으로 못 볼꼴을 보고 말았습니다. 미국에 살던 제가 약혼자를 만나러 귀국했던 날입니다. 약혼자의 집으로 찾아갔는데 손유리가 떡하니 샤워를 하고 나오다가 저와 마주쳤습니다."

기자들의 웅성거림이 극에 달했다.

"그녀는…… 그녀는…… 뻔뻔하게도 제게 묻더군요. 누구시냐고……."

민정은 다시 오열했다. 전국의 시청자들, 그리고 어쩌면 재판을 맡을 판사에게도 확실하게 심어주기 위해. 손유리의 극악한 이미지를.

이제 마지막 대사가 남았다. 그녀는 눈물로 홍건한 얼굴을 꼿꼿이 들고 몸을 부들부들 떨며 말했다.

"손유리는 살인마가 맞습니다. 이미 제 영혼을 죽였으니까요. 그리고 아마 지금도 손유리는 제 약혼자의 사무실에 있을지도 모릅니다. 이미 이도준 변호사는 이 사건에서 손을 떼서 둘은 변호인과 의뢰인의 관계도 아닌데 말이죠."

문 검사는 기자들 뒤에서 들리지 않게 박수를 쳤다.

'이도준, 차시원, 이 건방진 새끼들아. 보고 있냐? 애송이 녀석들. 이미 게임은 끝났어. 재판은 할 필요도 없지만 너희들에게 한 수 가르쳐주기 위해 붙어주지.'

도준과 유리는 급히 사무실로 달려와 기자회견의 뒷부분을 지켜보았다.

유리는 머릿속이 하얘졌다. 신혼여행을 떠난 바다 한복판에서 남편이 사라진 날에 느낀 절망감과 맞먹을 정도였다.

'재판을 하루 남기고 어떻게 이런 일이…….'

어떻게 이 상황을 넘겨야 할지 당장은 방법이 전혀 떠오르지 않았다.

도준 역시 받은 충격의 크기는 마찬가지였다. 이건 최악의 악재였다. 지난번 이선호를 고소함으로써 돌려놓은 여론의 물줄기를 완전히 반대 방향으로 되돌리는 사건이었다.

다들 그렇게 생각하지 않겠는가. 살인 용의자로 몰린 마당에 남의 약혼자를 가로챌 정도면, 자기 남편을 죽이는 것 정도는 일도 아니지 않겠냐고. 누가 봐도 손유리는 사악한 영혼을 가진, 거침없는 요부였다. 재판장도, 배심원단도 모두 그렇게 생각할 터였다.

그때였다. 노크도 없이 문이 벌컥 열리더니 슬기가 뛰어 들어왔다.

"변호사님! 큰일 났어요!"

'큰일이 또 났다고?'

도준은 대답할 힘도 없어 슬기를 보기만 했다. 쿵쿵, 사무실 문을 주먹으로 두드리는 소리가 지금 상황을 짐작케 해주었다.

"기자들이 몰려왔어요!"

김 부장도 와서 다급하게 말했다.

"변호사님, 일단 사무실 문을 안에서 잠갔는데 지금 기자들이 밖에 잔뜩 와 있습니다. 손유리 씨가 우리 사무실에 있는지 확인만 해달라고 하는데요?"

도준은 민정의 기자회견 뒷부분을 떠올렸다. 그녀의 마지막 대사를…….

— 아마 지금도 손유리는 제 약혼자의 사무실에 있을지도 모릅니다. 이미 이도준 변호사는 이 사건에서 손을 떼서 둘은 변호인과 의뢰인의 관계도 아닌데 말이죠.

마녀의 올가미에 걸렸다. 만약 지금 둘이 함께 있는 모습이 카메라에 찍히기라도 하면…… 유리의 이미지는 돌이킬 수 없이 망가져버린다. 더 망가질 이미지가 남아 있는지도 의문이지만.

유리는 막막한 눈으로 도준을 보고 있었다. 슬기도, 김 부장도 마찬가지로 도준의 결정을 기다리고 있었다. 도준은 할 말이 없었다. 슈퍼맨이라고 해도 지금 이 위기를 해결할 순 없을 테니까. 까마득한 벼랑 위에 유리와 손을 잡고 서 있는 기분이었다. 너무 아찔해서 걸음을 옮길 수도, 눈을 돌릴 수도 없었다.

그때 도준의 핸드폰이 울렸다. 기자인 줄 알고 안 받으려고 했는데, 액정을 확인한 슬기가 말했다.

"차 변호사님이세요!"

도준은 전화를 받았다.

"시원아."

시원의 목소리는 급하면서도 단호했다.

"이도준. 지금 유리 씨도 사무실에 같이 있지?"

"응."

"기자들이 몰려갔지?"

"지금 사무실 문 밖에 몰려와 있어."

"절대! 절대로 열어주지 마. 유리 씨 사진이 찍히면 끝이야!"

"일단은 버티겠지만…… 언제까지고 이러고 있을 순 없잖아. 당장 내일이 재판인데 여기서 밤이라도 새라고?"

"내가 갈게. 어떻게든 수를 써볼게."

"알겠어."

시원의 목소리가 절박했다. 진심으로 걱정하고 있었다. 그의 마음이 도준을 뭉클하게 만들었지만 지금은 고맙다는 인사도 할 여유가 없었다.

도준은 헤밍웨이의 소설 『노인과 바다』의 한 장면을 떠올렸다. 겨우 잡은 고기를 뗏목에 묶어서 집으로 돌아가는데, 상어 떼가 뗏목을 둘러쌌다. 뼈까지 다 뜯어먹기 전에는 안 물러가겠단다. 사무실을 포위한 기자들을 어떻게 해야 할까?

시원은 사무실에서 뛰쳐나와 곧바로 대표실로 올라갔다. 김성욱 대표는 회사의 주요 고객 중 하나인 국내 최대의 건설회사 대표와 차를 마시고 있었다. 비서까지 뿌리치고 벌컥 문을 연 시원을 보고 김 대표는 몹시 당황하고 불쾌한 표정을 지었다.

"차 변호사, 이게 무슨 짓인가?"

시원은 건설회사 대표에게 허리 굽혀 인사하는 것으로 양해를 구하고 김 대표에게 귀엣말을 했다.

"딱 1분만 시간 내주시죠. 아니면 클라이언트가 보는 앞에서 제가 더 큰 결례를 범하게 될 것 같네요."

김 대표는 시원의 분위기를 파악했다.

"급한 일이 있나 봅니다. 잠시만 기다려주시죠. 곧 돌아오겠습니다."

그는 건설회사 대표에게 양해를 구하고는 대표실에서 나왔다. 바로 따라 나온 시원은 문이 닫히자마자 따져 물었다.

"기자회견, 보셨나요?"

"아, 그게 오늘이었나?"

김 대표는 모르는 척 되물었다.

"대표님, 제 앞에서 그러실 필요 없습니다. 이미 알고 계셨죠? 따님이 그런 기자회견을 한다는 걸?"

"나도 말려봤네만, 자식 이기는 부모가 어디 있겠나?"

"지금 이 상황이 내일 재판에 얼마나 악영향을 줄지 모르십니까?"

"이봐, 차 변호사. 변호사는 재판에 최선을 다하면 되는 거야. 외부요인, 여론, 이런 것들까지 변호사가 다 신경을 쓸 필요는 없다고!"

"대표님."

시원은 더없이 냉정한 눈으로 김성욱 대표의 시선을 마주했다.

"진정으로 이 재판에서 이기고 싶으신 겁니까?"

"그걸 말해 뭐하나. 나는 이 회사의 대표야. 그렇게 큰 재판에서 이기고 싶은 건 당연하지."

"그 마음이 크십니까, 아니면 도준이를 향한 미움이 더 크십니까?"

결국 시원이 묻고 싶은 건 그거였다. 김 대표는 대답 전에 시원의 눈길을 피하고 말았다.

"나를 공과 사도 구분 못하는 사람 취급하지는 말게나."

김 대표는 시원을 밀어내고, 다시 대표실로 들어갔다.

시원은 멍하니 그 자리에 서 있었다. 그러다 닫힌 문을 보며 침을 뱉듯 말했다.

"개새끼."

그의 마음속에 어떤 중대한 결심이 이뤄지는 순간이었다.

기자회견을 보고 발칵 뒤집힌 사람이 또 있었다. 제주도에 새로 지은 관광호텔의 스위트룸. 지석현 회장이 시가를 태우며 텔레비전을 보고 있었다. 민정의 기자회견 후 후속 기사들이 봇물 터지듯 쏟아졌다. 모두 약속이라도 한 듯 손유리를 질타하는 기사들이었다.

키스의 여왕이 아니라 불륜의 여왕?

팜므파탈 사이코패스 살인마의 전형인가?

재판을 하루 앞두고 밝혀진 손유리의 추악한 민낯

온 국민이 속았다!

현재도 이도준 변호사의 개인 사무실에 있는 것으로 알려져…….

종편 채널에서는 패널들이 모여 앉아 손유리의 무시무시함에 치를 떨었다. 불과 며칠 전까지만 해도 손유리가 억울한 희생자일지도 모른다며 이선호와 관련한 의혹 시나리오들을 쏟아내던 언론들이 일제히 돌아선 것이다.

지 회장은 피우고 있던 시가를 던져버렸다. 그를 수행하던 상도가 깜짝 놀라 시가를 주웠다. 언제나 침착하고 속을 알 수 없는 지 회장이 이렇게 감정을 드러내며 화를 낸 건 처음이었다.

"혁이한테 전화해."

상도는 바로 혁에게 전화를 걸어 지 회장을 바꿔주었다. 지 회장의 눈이 보일 듯 말 듯 감겼다. 어려운 상황에서 비책을 마련할 때 생기는 지 회장 특유의 표정이었다.

"혁아. 물어볼 게 하나 있다."

백현서 기자 역시 기자회견을 보고 패닉에 빠졌다. 최악의 상황이었다. 기자들은 인정사정이라고는 없이, 굶주린 이리 떼처럼 손유리라는 사냥감을 물어뜯을 것이다.

재판이 내일이다. 그때까지 여론의 물줄기를 바꾸는 건 불가능하지만 일단 지금 도준의 사무실에서 유리가 발견되는 일만큼은 막아야 한다. 만약 도준의 사무실에서 유리가 나온다면…… 내일 신문 1면 사진은 예약이다.

'어떻게 하지? 생각을 하자. 생각을…… 제발…… 제발…….'

백 기자는 머리를 쥐어뜯었다.

얼마나 그렇게 괴로워했을까? 순간 캄캄한 동굴 속에 비치는 실낱 같은 빛처럼 어떤 생각이 깃들었다. 그 방법이 맞는지 틀린지 곰곰이 생각해볼 시간도 없었다. 일단은 GO!

그녀는 도준이 아니라 시원에게 전화를 걸었다. 역시 절망에 빠져 허우적대고 있던 시원이 전화를 받았다.

"정신이 없으시겠지만, 지금부터 제 말 잘 들으세요, 변호사님. 지금 즉시 J&S 사무실로 가서 기자들을 만나세요. 그리고 이렇게 말하세요. 손유리가 다른 곳에서 기자회견을 하려고 기다리고 있다고. 그렇게 기자들을 유도해서 사무실 앞을 떠나게 한 다음, 유리 씨를 기자회견장으로 데려가는 거죠."

"그런 방법이! 거기까진 좋은데, 그럼 진짜로 기자회견을 하는 겁니까?"

"아주 간단하게요. 김민정의 발표 내용을 인정도 부인도 하지 마세요. 재판에서 모든 것을 다 밝히겠다고만 하세요. 김민정의 기자회견을 뒤집는 한 수는 아니지만, 적어도 손유리를 불륜녀로 인증하게 만드는 사진을 아침신문 1면에 제공하는 최악의 사태는 피할 수 있을 겁니다."

도준의 사무실 앞은 기자들과 보도차량으로 차가 막힐 지경이었다. 손유리가 사무실 안에서 나오는 장면을 찍기 위해서라면 밤이라도 새울 작정을 하고 온 사람들이었다. 심지어 바로 내일이 재판이었다. 도준의 사무실 문은 결국 열릴 수밖에 없었다. 기다리기만 하면 이기는 게임이었다.

기자들은 간헐적으로 사무실 문을 두드리며 열어달라는 요구를 했고, 안에서는 묵묵부답으로 응수했다. 그렇게 몇십 분을 끌었을까? 갑자기 뒤쪽에서부터 웅성거리는 소리가 번졌다. 시원이 찾아온 것이었다. 손유리의 현재 변호사이자 스타인 그는 기자들 앞에 당당히 섰다. 먹잇감에 굶주려 있던 카메라가 일제히 그에게 향했다.

"기자님들 안녕하십니까?! 지금 저희 의뢰인인 손유리 씨가 기자님들을 기다리고 있습니다."

시원의 말에 기자들이 일제히 질문을 쏟아냈다.

"어디서요?"

"손유리 씨는 지금 이 사무실에 있지 않나요?"

"기자회견입니까?"

시원은 능숙한 지휘자처럼 손을 들어 그들의 웅성거림을 가라앉혔다.

"아까 있었던 김민정 씨의 기자회견에 대한 대답 성격인 기자회견이라고 보시면 되겠네요. 장소는 H호텔입니다."

"이도준 변호사도 함께 있습니까?"

"이도준 변호사는 다른 사건 때문에 지방 출장 중인 걸로 알고 있습니다. 이번 기자회견은 저와 제 의뢰인 손유리 씨가 여는 기자회견입니다. 잠시 뒤에 만나시죠."

기자들의 질문이 계속 이어졌지만, 시원은 도로에 세워둔 자신의 스포츠카를 타고 사라져버렸다. 동네 아이들을 홀려 데려가는 피리 부는 사나이처럼, 그의 뒤로 보도차량들이 줄을 이어 따라갔다.

5분 후, J&S 사무실 앞에는 아무도 남아 있지 않았다. 혁의 차가 도착하고, 사무실 문이 열리고, 유리가 나와서 차를 타고 떠났다.

급조된 기자회견은 10분도 안 되어 끝났다. 기자들은 수많은 질문을 던졌지만 유리는 단 한마디만 했을 뿐이다.

"재판에서 모든 것을 밝히겠습니다."

유리는 K&J 사옥 회의실로 가서 혼자 시원을 만났다. 온몸에 힘이 하나도 남아 있지 않았다. 의자가 없었다면 바닥에 주저앉았을지도 몰랐다. 갑작스런 돌풍에 휩쓸려 하늘 위로 치솟았다가 떨어진 기분이었다. 입이 바짝바짝 말랐다. 안쓰러운 표정으로 그녀를 보던 시원이 말했다.

"오늘 많이 힘들었죠?"

"힘든 게 문제가 아니죠. 내일이 재판인데, 어쩌면 좋죠?"

"유리 씨, 저는 내일 법정에 서서 유리 씨를 대신해 싸울 변호사예요. 의뢰인이 변호사에게 숨기는 게 있다면, 그건 법정에서 고스란히 상대의 타깃이 되죠."

"저와 도준 씨의 관계를 말하는 건가요?"

"네."

시원은 이미 둘의 과거를 알고 있었다. 도준이 혼수상태에서 깨어난 후 함께 술을 마실 때 들었기 때문이다. 그러나 지금 의뢰인의 입을 통해 직접 듣고 싶었다.

유리는 눈을 감았다. 그녀의 감은 눈꺼풀 위로 파르르 떨리는 눈썹이 그 와중에도 아름다워 보였다. 나비의 날갯짓처럼 그녀가 눈꺼풀을 들어 올렸다. 그리고 아무것도 바르지 않아도 어떤 여자보다 더 고혹적인 입술을 열었다.

"도준 오빠하고 저는 연인이었어요. 오빠가 변호사가 되기 전에. 대학 다닐 때 사귀었죠. 서로 정말 애절하게 사랑하던 사이였어요.

둘 다 생계가 어려울 만큼 가난했거든요. 서로를 의지하면서 지옥 같은 가난을 버텼죠."

'지금도, 그때도 애절했군.'

시원은 유리에 대해 점점 자신이 없어졌다. 도준과 경쟁을 해보려고 했지만 지금 유리의 눈빛을 보니, 그녀는 어쩌면 도준이 그녀를 사랑하는 것보다 더 도준을 사랑하고 있었다. 적어도 지금의 애타는 눈빛은 그랬다.

"지금도 같은 마음인가요?"

그는 나지막이 물었다.

"모르겠어요. 제가 도준 오빠를 떠난 이후…… 전 감히 도준 오빠를 생각조차 할 자격이 없었으니까요. 그건 어쩌면 지금도 마찬가지예요."

"유리 씨와 도준이의 관계가 재판에서도 중요한 문제가 되어버렸어요. 이건 한 남자의 아내로서 충실함에 대한 증거가 되니까요."

"결혼하고 신혼여행을 떠날 때까지 도준 오빠를 다시 만날 거라는 생각조차 해본 적 없어요!"

"유리 씨의 성품에 대한 얘기를 하는 겁니다. 판사나 배심원은 당신의 성품을 추론할 테니까요."

"전 선호 씨를 사랑했어요. 그리고 일이 이렇게 되기 전까지 맹세코 눈곱만큼의 부정도 저지른 적이 없어요. 육체적으로도, 정신적으로도요."

"그 사실을 지금 누가 믿겠어요?"

"그럼 제가 어떻게 할까요?"

시원은 두 손에 얼굴을 파묻고 마른세수를 했다.

'어떻게 해명하는 것이 좋을까? 재판정에서 솔직히 말할까? 과거에 연인 관계였다고? 아니다. 그럼 더 의심을 살 테지.'

무거운 침묵 속에서 유리의 핸드폰이 울렸다. 도준이었다. 시원은 본능적으로 핸드폰 액정을 보고 말았다. 유리가 허락을 구하듯 시원을 쳐다보았다.

"받아요. 도청까지 되는 건 아닐 테니까. 어차피 불법 도청한 자료는 재판에서 쓸 수도 없고. 그렇다고 제 앞에서 사랑 고백을 할 건 아니죠?"

시원의 목소리 어딘가에 가시가 몇 개 박혀 있었다. 유리는 시원에게서 고개를 돌리고 전화를 받았다.

"네, 오빠."

"유리야. 괜찮아?"

유리는 눈을 감고 도준의 음성을 가두었다. 안부를 묻는 두 마디의 단어가 몸에 스미는 듯했다.

"네, 괜찮아요. 사무실이세요?"

"응. 넌 어디니?"

"차 변호사님하고 같이 있어요. 회의실이에요."

"잠깐 바꿔줄래?"

유리가 시원에게 핸드폰을 건네주었다.

"전화 바꿨다."

"고맙다, 시원아."

"고맙긴. 천재 전략가 백 기자님 아이디어대로 한 것뿐이야. 그리고 의뢰인한테 목숨을 바치는 변호사도 있는데, 이 정도는 해야지."

"내일 나도 재판정에 갈게."

"아냐. 오늘 기자회견도 있었는데 네가 오면 오히려 분위기가 안 좋을 수도 있어. 네 존재가 자꾸 신경 쓰일 거 아냐."

"안 오면 더 이상할 거야. 마치 비밀을 숨기는 사이처럼 보일 거 아냐."

듣고 보니 그렇기도 했다. 차라리 도준이 떳떳하게 모습을 드러내는 편이 나을지도 몰랐다.

"다른 건 다 준비가 됐는데…… 너하고 유리 씨 관계에 대해서는 내일 대체 뭐라고 해야 할지 모르겠다."

"내가 일방적으로 유리한테 반했다고 해. 그때 피살을 막은 일부터, 일맥상통하잖아. 대신 유리는 나한테 별로 관심이 없었다고."

"사진들은? 연인 사진 콘테스트에 출전해도 뽑힐 만큼 로맨틱하던걸?"

"내가 유리를 쫓아다녔다고 할게. 포옹도 내가 부탁해서 한 거고. 자기를 위해 총까지 맞은 전 변호사의 부탁을 야박하게 뿌리칠 수 없어서 들어줬다고 해."

"변명이 구차해."

"그래도 어쩔 수 없어. 이게 최선이야. 필요하면 내가 증언할게."

"그래도 괜찮겠어?"

"상황은 들어맞아. 내가 유리를 쫓아다닌 것도 말이 되고."

"너네 사무실로 유리가 매일 출근한 건? 그 사진들도 있던데."

"이선호의 행방을 찾기 위해. 심지어 사실이야."

"법정에서 이선호의 뒤를 쫓는다는 이야기는 자꾸 해서 좋을 게 없을 텐데? 판사가 그런 얘기를 계속 들어줄 리가 없어."

"그건 그렇겠지만, 어쨌든 유리의 이미지는 지켜야 해."

"미치겠다, 정말……."

시원은 어쩔 수 없다는 듯 어깨를 으쓱 올렸다. 좋은 방법이 아닌 줄 알지만 택할 수밖에 없는 상황이었다.

"내일, 잘 부탁한다."

시원은 별말 없이 고개를 끄덕였다. 늘 장난기가 흐르던 그의 눈에 비장함이 가득했다. 당연한 일이었다. 온 국민의 이목이 집중된 거대한 쇼 무대 위에 주인공으로 오르는 셈이니까.

찬사를 받을지, 비웃음을 살지 아직은 모른다. 회의실 창문으로 보이는 달이 음험한 기운을 드리우고 있었다.

같은 시간, 문지환 검사는 퇴근을 하려고 막 일어서는 참이었다. 오늘, 홈런을 쳤다. 재판을 하루 남긴 상황에서 벌인 민정의 기자회견은 여론의 추이를 단숨에 바꿔놓았다. 이제 판사도, 배심원들도 키스의 여왕에게 유죄를 선고하는 데 아무런 부담을 느끼지 않을 것이다. 준비는 다 끝났다.

사무실을 막 나서려는데 전화가 걸려왔다. 이보라 대표였다.

"오늘 기자회견 잘 봤어요. 검사님 작품인가요?"

"하하. 작품이라고 말씀하시니 쑥스럽습니다."

"잘하셨어요. 내일도 멋진 활약 기대하겠습니다."

"오실 건가요?"

"그럼요. 제 동생의 억울한 죽음을 밝히는 자리인데요."

"최선을 다하겠습니다."

"재판이 끝나면 검사님을 뵙고 싶어 하는 분들이 많을 거예요. 좋은 꿈 꾸세요."

보라와의 통화를 마친 문 검사는 사무실의 불을 끄고 나왔다.

이제 날이 밝으면 그는 온 세계의 주목을 받으며 무대에 오를 것이다. 그리고 승리자가 되어 축배를 들 것이다. 찬란하게 펼쳐진 출세가도의 앞에 서서.

민정과 유리의 연이은 기자회견으로 정신이 쏙 빠졌던 백 기자는 늦은 밤이 되어서야 봉수를 만났다. 작은 맥줏집에 노트북을 들고 앉아서 두 사람은 이야기를 나누었다.

"내가 며칠 밤낮을 곰곰이 생각해봤는데 말이야. 아무래도 이제 우리 둘이서만 뛰기에는 한계에 다다른 것 같아. 다른 사람 힘을 빌려야 할 것 같아. 지원군이랄까?"

"다른 사람이라면?"

"우리처럼 의혹을 갖고 있고, 능력도 있고, 인맥도 있는 인물."

"그런 사람을 어디서 찾냐고요."

"너도 알고 나도 아는 사람이 한 명 있지. 송유철 교수."

"굿! 일단 이메일을 보내놓죠."

봉수는 카이스트 경영대학원 홈페이지에 들어가서 송유철 교수의 이메일 주소를 알아낸 다음, 노트북을 열고 이메일을 썼다.

안녕하세요? 얼마 전에 학교로 찾아뵈었던 기자 백현서입니다. 그때 말씀드린 대로 이선호 대표에 관한 특집 기사를 준비하던 중 충격적인 사실들을 알게 되었습니다. 그중 몇 가지는 교수님께서도 관심을 기울일 만한 것들입니다.

저희는 이선호 대표가 살아 있다는 것을 확신하며 그 배후에는 신우성이라는 인물이 있다고 믿습니다. 저희가 밝혀낸 사실에 의하면, 신우성은 미국으로 건너가 톰 아라야라는 이름으로 살고 있는 것으로 보입니다. 교수님도 잘 아시다시피 톰 아라야는 타일러 인베스트먼트의 최대 주주이기도 합니다.

더 자세한 이야기에 관심이 있으시다면 답장이나 전화를 부탁드리겠습니다.

자정이 다가오는 시각, 유리는 홀로 거실에 서 있었다. 그녀의 시선은 커튼 틈으로 보이는 달을 향해 가 있었다. 어릴 때부터 그녀는 기도를 할 일이 있으면 늘 달을 보며 기도했다. 시험을 잘 보게 해달라고, 가난을 이기게 해달라고, 아빠의 건강을 위해서도 달을 보며 기도하고는 했다. 그러나 이번처럼 간절한 기도는 없었다. 신을 믿지 않으면서도 그녀는 두 손을 꼭 모으고 간절히 빌었다.

'내일 저를 심판해주옵소서. 죄가 있다면 저를 벌하시되, 죄가 없다면 저를 구원해주시옵소서.'

서울특별시 서초구 서초중앙로 157. 서울중앙지방법원의 웅장한 청사 위로 태양이 떠올랐다.

법원 앞의 넓은 공간에는 이른 새벽부터 헤아릴 수 없을 만큼 많은 기자들이 진을 치고 있었다. 세기의 재판을 기다리면서.

서울중앙지방법원은 종로구, 중구, 강남구, 서초구, 관악구, 동작구 등 여섯 개 구의 민사, 형사 소송을 관할하는 제1심 법원이다. 1895년 4월 15일 한성재판소로 출발하여 이름과 건물을 바꿔가면서 지금에 이른, 100년이 넘는 역사를 가진 법원이었다.

수많은 사람들의 운명이 이곳에서 결정되었다. 항상 정의가 승리한 것은 아니었다. 때로는 악인이 승리하고, 의외의 행운이 의외의 사람들에게 돌아가기도 하고, 또 어떤 시기에는 법이 아닌 정치역학에 의해 판결이 기운 적도 있었다.

크게 민사재판부, 형사재판부, 파산재판부 등 3개 부로 나뉘는데 유리의 사건을 담당하는 부는 형사재판부의 열한 개 합의부 중 하나였다. 유리의 재판은 세 명의 판사가 배석하고 국민 배심원단도 참여하는 대형 재판이었다.

인터넷으로 미리 배부한, 법정 수용 가능 인원수를 꽉 채운 126장의 방청권은 몇 분 만에 동이 났다. 재판이 시작되기 30분 전에 이미 방청석은 빽빽하게 차버렸다. 자리가 없어 서서 구경하는 사람들도 제법 있었다. 이보라 대표와 그녀의 수행원들의 모습도 보이고, K&J 김성욱 대표도 앉아 있었다. 사람들의 시선을 피하기 위해 모자를 푹 눌러쓴 도준도 변호인단 쪽 방청석에 자리를 잡았다. 하필 김성욱 대표 바로 뒷자리였다. 둘은 말없이 악수로 인사를 대신했다.

도준은 민정이 벌인 기자회견이 김성욱 대표의 묵인 없이는 절대 벌어질 수 없는 사건임을 잘 알고 있었다. 하지만 재판 당일 따질 일은 아니었다. 벌써부터 심장이 쿵쾅거렸다. 지금은 방청객일 뿐인데 변호사로서 법정에 섰을 때보다 훨씬 더 떨렸다.

문지환 검사를 비롯한 검찰 측 사람들이 들어왔다. 이어서 피고인 측이 입장했다. 시원의 뒤를 따라 유리가 법정에 들어서자 방청석에서 작은 웅성거림이 일었다. 그녀는 장식이 없는 검은색 원피스 차림이었다. 화장 역시 옅었다. 목에 걸린 에메랄드 목걸이가 도준의 눈에 쏙 들어왔다. 행운의 보석. 그녀의 생일선물로 줬던 목걸이였다.

가슴에 번호표를 단 배심원들이 줄지어 입장해 자리에 앉고, 드디어 세 명의 판사가 들어오자 엄숙한 목소리가 법정에 울려 퍼졌다.

“일동 기립!”

판사석에 앉아 피고인 손유리의 얼굴을 보는 노정렬 주심판사는 무거운 표정으로 법정 안을 둘러본 뒤 입을 뗐다.

“지금부터 서울중앙지방법원 2016고합 203호 이선호 살해 및 시신 유기 사건에 관한 재판을 시작합니다.”

‘드디어.’

도준은 주먹을 불끈 쥐고 전쟁의 서막을 지켜보았다.

판사가 변호인 측을 보며 물었다.

“피고인 출석했나요?”

“네.”

유리가 힘주어 대답했다.

“법무법인 K&J 차시원, 이기욱, 박원구 변호사님 출석하셨고, 수사 검사 문지환, 이우영, 주철원 검사님이 출석하셨습니다. 먼저 인정신문 하겠습니다. 피고인 이름이 어떻게 되나요? 직접 말씀해주세요.”

"손유리라고 합니다."

시원은 법정에 서본 경험이 많지 않았다. 특히 재판을 끝까지 마친 경험은 손에 꼽을 정도로 적었다. 최근에는 변호사라기보다는 방송인으로 활동했고, 변호사 시절에도 그는 합의를 이끌어내는 명수였지 진흙탕 승부를 즐기는 타입은 아니었다. 그러나 오늘만큼은 타협도, 합의도 불가능했다. 진흙탕 속에서 숨이 끊어질 때까지 싸우고 또 싸워야 하는 무대에 오른 것이다.

피고인 인정신문이 끝나자 노정렬 판사가 문 검사에게 말했다.

"검찰 측 기소요지 진술하세요."

문 검사는 검은색 양복에 짙은 푸른색의 넥타이를 맸다. 윤이 나는 옥스퍼드 구두를 신은 그는 당당하게 일어섰다. 여유로운 리듬으로 법정 안을 천천히 둘러본 후 마지막 시선을 재판장에게 향했다.

"본 사건 기소요지는 공소장에 기재된 죄명, 적용 법조 공소사실 기재와 같습니다. 공소사실을 요약하면 다음과 같습니다. 피고인은 남편과 단둘이 신혼여행을 떠난 요트 안에서 남편을 살해하고 시신을 유기했습니다."

시원은 문 검사의 카랑카랑한 음성을 들으며 목소리부터가 타고난 검사라고 생각했다.

"사건 현장의 위치는 제주도 해상이며 아직까지 시신은 확보되지 않은 상황입니다. 사건이 벌어진 요트 안에서는 치사량에 이르는 혈흔을 비롯해, 수면제를 탄 와인병 등의 명백한 살해 증거가 발견되었습니다. 본건 공소사실에 적용된 죄명은 형법 제250조 1항입니다."

판사를 보고 말하던 문 검사는 슥 몸을 돌려 배심원단과 시선을 맞추었다.

"게다가 피고인은 수사가 진행되는 도중에도 본인의 전 변호인과 부적절한 관계를 맺은 것으로 드러났습니다. 해외에서도 이번 사건의 추이를 관심 있게 지켜보는 가운데 말이죠."

'이런 개자식. 굳이 안 해도 될 이야기를!'

시원은 속으로 욕을 뱉었다. 문 검사의 입을 틀어막고 싶었으나 기소요지를 진술할 때는 끼어들 수가 없었다.

"피고인의 범죄행위 및 이후의 태도는 검찰과 사법부를 농락했음은 물론 대한민국의 국격에도 손상을 입혔다고 하겠습니다. 법과 원칙에 따라 엄정하게, 또 신속하게 재판이 진행되어야 할 것으로 생각합니다."

법정이라는 무대에 선 문 검사는 난공불락의 요새를 지키는 장군처럼 당당했다.

노정렬 판사는 시원을 보며 말했다.

"피고인 신문에 앞서서 피고인은 각계의 신문에 대해서 진술을 거부할 수 있고 이익 되는 사실을 진술할 권리가 있습니다. 먼저, 이익되는 사실이나 이 사건 공소에 대한 의견을 진술하시겠습니까?"

유리는 시원을 돌아보았다. 며칠 전부터 재판을 대비하면서 준비했던 모두진술이 있었다. 원래 계획대로, 그 진술을 해도 괜찮을지 물어보는 것이었다. 시원은 허락의 의미로 고개를 끄덕였다.

유리는 천천히 심호흡을 했다. 법정의 공기가 느껴진다. 다 똑같은 서울 하늘 아래 공기일진대, 몇 배는 더 밀도가 높은 것처럼 빽빽하게 폐를 메운다. 그런데 참 이상하지. 이 느낌이 싫지 않았다. 막상 입을 떼려니 이 공간이 그렇게 두렵지 않았다. 카메라 앞에 설 때보다 오히려 덜 떨리는 기분이었다.

그녀는 바로 그 순간, 자신이 가진 가장 큰 무기가 무엇인지 깨달았다. 유명인인 차시원 변호사도 아니고, K&J라는 국내 최대의 로펌도 아니고, 몸을 던져 그녀를 지켜준 도준 오빠도 아니다. 진실. 그것이 그녀의 제일 큰 무기다.

키스를 부르는 입술이라고 찬양받던 유리의 입술이 열렸다. 그녀의 새로운 인생을 예고하는, 운명적인 진술이 시작되었다.

13화

암살

"존경하는 재판장님, 그리고 제 사건에 관심을 갖고 와주신 방청객 여러분. 저는 오늘 화려한 스포트라이트를 받는 배우가 아니라 법의 보호가 절실한 일개 개인으로 서 있습니다."

그녀의 목소리는 종소리처럼 또렷했다. 영화나 드라마 속에서 남자들의 혼을 빼앗던 달콤한 목소리가 아닌, 강한 힘이 느껴지는 목소리였다. 시원을 포함해 법정 안에 있던 사람들 모두가 놀랐다. 그들 앞에는 여린 배우 손유리가 아닌 다른 사람이 서 있었다.

"오늘 저는 화장품이 든 핸드백을 놓고 법전을 들고 왔습니다."

유리는 정말로 검은색 가죽 표지의 법전을 들어 보였다.

"대한민국의 헌법 제10조. 모든 국민은 인간으로서의 존엄과 가치를 가지며, 행복을 추구할 권리를 가진다. 국가는 개인이 가지는 불가침의 기본적 인권을 확인하고 이를 보장할 의무를 진다. 그리고 헌법 제11조 1항. 모든 국민은 법 앞에 평등하다. 누구든지 성별, 종교

또는 사회적 신분에 의하여 정치적, 경제적, 사회적, 문화적 생활의 모든 영역에 있어서 차별을 받지 아니한다."

그녀는 낭랑하게 헌법을 외워서 인용했다. 한 글자도 틀리지 않고.

"오늘 재판에 앞서서 제가 드리고 싶은 말씀이 모두 헌법 10조와 11조에 들어 있습니다. 저의 남편이 유명인이라는 이유로, 저 또한 배우라는 이유로 사람들은 극적인 호기심을 품은 채 색안경을 끼고 이 사건을 보고 있습니다."

그녀는 노정렬 판사와 눈을 똑바로 맞추었다.

"저는 오늘 이 자리에서 배우도, 재벌의 아내도 아닌 한 사람의 대한민국 국민으로서 평등한 잣대로 법의 심판을 받고자 합니다. 오늘 이 법정에서 오고 갈 증거와 증언, 법리적인 해석 역시 평범한 형사재판과 똑같이 이루어지기를 희망합니다. 그것은 헌법이 보장하는 저의 권리이기 때문입니다."

노 판사는 적지 않은 충격을 받았다.

'이 여자, 무슨 변호사처럼 말하고 있잖아? 얼굴만 예쁘장하게 생긴 줄 알았더니…….'

유리는 배심원들과도 당당하게 시선을 마주했다.

"어제 이후로 국민들이 저를 보는 따가운 시선, 잘 알고 있습니다. 그러나 저는 언론에서 부풀려진 의혹과 달리 한 남자의 아내로서 부끄러운 행위를 한 적이 없습니다. 저의 명예를 걸고 말씀드립니다. 만약 저의 정조가 이 사건의 진위를 밝혀내는 데 필요하다면, 망설이지 않고 증명해 보이겠습니다. 그러니 적어도 이곳 법정에서만큼은 의혹과 가십은 접어두고, 증거와 논리에 의해서 저를 심판해주시기를 바랍니다. 이상입니다."

유리는 마지막으로 재판장과 배심원들에게 고개 숙여 인사했다. 시원은 놀라움과 동시에 박수라도 쳐주고 싶었다. 며칠 전에 그와 함께 연습했을 때보다 훨씬 더 호소력이 강한 모두진술이었다.

잠시 멍하니 앉아 있던 노 판사가 다시 진행을 했다.

"예, 잘 들었습니다. 그러면 변호인 측에서 모두진술 하시겠습니까?"

시원이 자리에서 일어났다.

"존경하는 재판장님. 그리고 배심원 여러분. 저는 먼저 이 재판이 얼마나 피고인에게 부당한 상황에서 시작되었는지를 말씀드리고 싶습니다. 본 재판은 살인 행위가 완벽하게 증명되지도 않은 상황에서 열리는 위험적 가능성을 품고 있습니다."

시원의 진술을 듣고 있던 문 검사가 보일 듯 말 듯 고개를 끄덕였다. 시원의 발언 내용을 공감해서가 아니었다. 자신의 예상대로 시원이 진술해서였다.

"우리나라는 명백히 증거재판주의를 따르고 있습니다. 형사소송법 제307조는 이렇습니다. 사실의 인정은 증거에 의하여야 한다. 범죄 사실의 인정은 합리적인 의심이 없는 정도의 증명에 이르러야 한다."

시원은 고개를 돌려 문 검사와 눈을 마주쳤다.

"검찰 측에서는 시신도 발견되지 않은 상황에서 저희 의뢰인을 살인 용의자로 규정짓고 있습니다. 과연 합리적인 의심이 1퍼센트도 남지 않을 정도로 충분한 증명을 해낼 수 있을지, 이번 재판을 통해 확인해봐야 할 일입니다."

시원은 배심원들을 보며 당당하게 선언했다.

"이 재판의 핵심은 바로 여기 있습니다. 과연 살인죄가 성립될 만큼 충분한 증명이 이루어지는가! 만약 그렇지 않다면, 이 재판은 열려서도 안 되는 부당한 재판이 됩니다."

시원은 기도하듯 두 손을 코앞으로 모았다.

"그러므로 존경하는 재판장님과 배심원 여러분께서는 머릿속에 떠도는 의심을 한 치의 남김도 없이 꺼내놓으시기를 바랍니다. 저도 그러겠습니다. 검찰 측에서는 이런 모든 의혹을 남김없이 밝혀주셔야 합니다."

문 검사는 속으로 중얼거렸다.

'건방진 새끼가 겁 없이 날뛰는군. 어디서 명령질이야?'

"그리하여 재판이 끝났을 때! 여러분들은 가슴에 손을 얹고 자문해주시기 바랍니다. 저희 의뢰인 손유리가 남편 이선호를 살해했다는 명제에 있어서, 만약 좁쌀만큼의 의심이라도 남게 된다면 형사소송법 제307조를 떠올려주십시오."

시원은 한 글자 한 글자 힘주어 말했다.

"사실의 인정은 증거에 의하여야 한다. 범죄 사실의 인정은 합리적인 의심이 없는 정도의 완벽한 증명에 이르러야 한다!"

그는 재판장과 배심원들에게 공손하게 인사하고 자리로 돌아가 앉았다.

도준은 고개를 끄덕였다.

'그렇지. 잘하고 있어.'

이제 검투사들의 싸움이 시작되었다. 도준은 직접 칼을 들고 나설 수 없음이 원통할 뿐이었다.

노정렬 판사의 단단한 목소리가 법정에 울렸다.

"다음으로 피고인을 신문하도록 하겠습니다. 검찰 측에서 신문하시겠습니까?"

"네."

문 검사는 짧게 대답하고는 튀어 오르듯 일어나 유리 앞으로 다가왔다. 유리는 고개를 들어 문 검사와 시선을 마주했다. 마치 호랑이가 코앞에서 입을 벌리고 있는 기분이었다. 물리면 살이 찢어지고 뼈가 으스러질 송곳니가 번득이고, 핥기만 해도 피부가 쓸린다는 혀가 널름거렸다.

그런데 문 검사는 신문을 하는 대신 관찰이라도 하듯 유리를 이리저리 보고 있었다. 그의 시선은 법정에 어울리지 않는, 마치 연예인을 구경하는 일반 시민의 시선 같았다. 왜 이러는 걸까……. 유리가 당황해할 때쯤 문 검사의 얇은 입술이 열렸다.

"손유리 씨는 자신의 별명을 알고 계신가요?"

'뭐지? 대체 이 질문은?'

유리는 며칠 전부터 시원이 반복해서 경고했던 말이 떠올랐다.

— 지난번 검찰 신문 기억나죠? 첫 질문이 남편을 사랑합니까였잖아요. 우리가 아무리 준비해도 검찰 측에서는 예상 못한 각도로 찌르며 들어올 겁니다. 그러니 질문이 뭐든 당황하지 말고 차근차근 답해요. 도저히 안 되겠다 싶으면 제가 중간에 흐름을 끊을 테니까.

정말이었다. 첫 질문으로 별명을 물어볼 줄은 상상도 하지 못했다.

"알고 있습니다."

"이 법정에서 손유리 씨가 알고 있는 자신의 별명을 말해주실까요?"

"키스의 여왕입니다."

"네. 우리나라 사람이라면, 아니 아시아에서도 수많은 한류 팬들이 다 알고 있는 별명이죠. 왜 그런 별명이 붙었는지, 본인에게 여쭤보면 민망할 수도 있으니까 제가 말해보겠습니다."

문 검사는 유리의 입술을 뚫어지게 보면서 말했다.

"어떤 남자든 손유리 씨의 입술을 보면 입을 맞추고 싶어진다는 의미에서 붙은 별명이죠?"

유리는 점점 혼란스러워졌다. 문 검사의 의도를 도저히 파악할 수 없었다.

"피고인? 대답해주세요."

"네. 그렇게 알고 있습니다."

"제가 보기에도 손유리 씨의 입술, 또 얼굴은 무척이나 매력적이네요. 손유리 씨 본인도 자신이 예쁘고 매력적이라는 사실을 잘 알고 있죠?"

"그건…… 어떻게 대답해야 할지……."

유리는 마른침을 삼키고 시원을 돌아보았다. 시원이 이의를 제기했다.

"재판장님! 지금 검사 측은 재판과 전혀 상관없는 질문을 하고 있습……."

"상관있습니다. 피살당한 이선호와 아내 손유리와의 관계에 관한 중요한 질문입니다."

시원이 채 말을 끝내기도 전에 문 검사가 강한 톤으로 말을 끊었다. 노 판사는 입술을 깨물었다.

'쉽지 않은 재판이 될 거라고는 생각했지만 처음부터 이럴 줄이야.'

그는 일단 검찰 측의 손을 들어주었다.

"들어봅시다."

"질문을 바꿔보죠. 손유리 씨는 다른 사람들에게 외모에 대한 칭찬을 많이 들었죠? 매력적이라는 식의. 그리고 숱한 남자들의 대시도 받았죠?"

유리는 작은 목소리로 예, 라고 대답했다.

"제가 사진을 몇 개 갖고 왔습니다."

문 검사가 눈짓으로 신호를 보내자 보조하는 후배 검사가 배심원들에게 크게 확대된 사진들을 차례로 보여주었다. 유명한 남자 연예인들과 재벌 3세의 사진과 기업 이름이 적힌 사진이었다. 누구나 알 만한 스타였고 재계 순위 20위 안에 드는 기업들이었다.

"이 사진들 속의 남자들에게는 공통점이 있습니다. 뭘까요? 여성들이 열광하는 꽃미남 스타, 굴지의 재벌그룹 3세, 유력 정치인의 아들……. 대체 공통점이 뭘까요?"

문 검사는 빙긋 웃으며 자기 질문에 대답했다.

"이 사람들의 공통점은 모두 키스의 여왕에게 반해 대시를 했던 사람들이라는 겁니다."

배심원들이 웅성거렸다. 그러자 시원이 벌떡 일어섰다.

"이의 있습니다. 지금 검사 측은 전혀 증명되지 않은 소문을 확인된 사실처럼 말하고 있습니다!"

노 판사가 문 검사에게 물었다.

"검사는 사진 속의 인물들이 피고인에게 특별한 호감을 표시했다는 근거가 있습니까?"

문 검사는 여유로운 표정으로 답했다.

"확인해볼 방법이 있지만, 가장 간단한 방법은 피고인의 대답을 들어보는 거겠죠? 피고인, 제 말이 틀렸습니까?"

유리는 알고 있었다. 문 검사가 법정에 들고 나온 사진 속 남자들은 모두 그녀에게 직간접적으로 데이트 신청을 했던 사람들이었다. 그녀에게 직접 연락이 온 경우도 있고, 기획사를 통해 의사를 전달한 사람도 있었다. 유리는 아직도 문 검사의 의도가 무엇인지 파악하지 못한 채 답했다.

"네. 맞습니다."

"피고인은 이렇게 대단한 남자들에게 수없이 대시를 받았으니 자신이 남성들에게 얼마나 매력적인지 충분히 알았을 겁니다. 이 점에 있어서는 배심원 여러분도 직관적으로 동의하리라 믿습니다. 그럼 첫 번째 증인을 신청합니다."

•

신은 송유철 교수에게 명석한 두뇌를 주는 데 집중한 나머지, 남자로서의 매력을 깜빡했다. 학창시절부터 그는 여학생들에게 동경의 대상이 아닌 놀림의 대상이었다. 껑충한 키에 비해 너무나도 깡마른 몸, 거기에 두꺼운 안경까지 쓴 그는 대학교를 졸업할 때까지 한 번도 여자를 만난 적이 없었다.

그에게 호감을 가졌던 여자들은 많이 있었다. 그러나 조금만 대화를 나누면 다들 지루해했다. 그는 어떻게 하면 여자를 재미있게 해줄 수 있는지 알지 못했다. 옷을 바꿔 입듯 쉽게 여자를 갈아 치우는 친구들에게 방법을 물어봤지만 이론은 이론일 뿐, 여전히 여자 앞에 서면 입이 굳어버렸다.

여자만 빼면 그의 인생은 완벽했다. 뛰어난 학생이었던 그는 뛰어난 교수가 되었다. 그러나 아이러니하게도 성공할수록 여자에 대한 욕망은 더욱 강렬해졌다. 결국 그는 여자를 사는 쪽을 택했다. 돈을 주고 여자를 사는 일은 경영학적 관점에서 보면 매우 훌륭한 거래였다. 감가상각이 기하급수적으로 늘어나는 대상을 수억 원을 주고 구입할 필요도 없고, 생산성이 제로인 활동에 인생의 대부분을 허비하는 일도 피할 수 있었다.

한번 시작한 매춘은 그의 일상을 잠식해 들어갔다. 주변에서도 그의 은밀한 사생활을 알기 시작했지만 그는 멈출 생각이 없었다. 오늘도 인터넷 채팅사이트를 통해 조건을 맞춘 여자를 만나 차에 태웠다. 보통은 호텔로 들어갔지만 오늘은 차에서 간단하게 해결할 생각이었다. 그는 이럴 때 애용하는, 전철이 다니는 고가 아래의 비밀스러운 공터로 차를 몰았다.

스포츠카로 유명한 브랜드인 포르쉐를 사면서도 스포츠카가 아닌 SUV를 고집한 이유도 바로 지금 같은 상황 때문이었다. 빌어먹을 2인승 스포츠카에서는 사랑을 나눌 수 없으니까!

"포르쉐는 처음 타보네요."

서른쯤 되어 보이는 여자가 뒷좌석 네파 가죽시트를 어루만지며 중얼거렸다.

"나도 당신처럼 섹시한 여자는 처음이야."

둘은 격정적으로 입맞춤을 시작했다. 그는 다급하게 여자의 옷을 벗겼다. 여자의 입술이 그의 성기를 품기 직전이었다. 창문이 깨지는 소리와 동시에 그녀의 몸이 축 늘어졌다. 구멍이 난 그녀의 머리에서 피가 흘러나왔다. 놀란 그가 비명을 지르기도 전에, 또 한 발의 총알이 그의 이마 한가운데를 관통했다. 그는 입을 벌린 표정 그대로 생을 마감했다.

문지환 검사가 첫 번째 증인으로 부른 사람은 유리의 전 소속사 대표였다. 노정렬 판사가 먼저 증인 인정신문을 했다.

"증인선서 하세요. 선서서에 있는 내용을 읽으면 됩니다."

이 대표는 심호흡을 하고 선서 내용을 읽었다.

"양심에 따라 숨김과 보탬이 없이 사실 그대로 말하고 만일 거짓말이 있으면 위증의 벌을 받기로 맹세합니다."

이 대표의 목소리가 가늘게 떨렸다. 노 판사의 엄숙한 목소리가 이어졌다.

"나중에 증언이 거짓말로 밝혀지면 위증죄로 처벌받습니다. 검사, 신문하세요."

문 검사가 증인석 앞으로 다가왔다.

"증인은 지금 어떤 일을 하고 있습니까?"

"연예기획사를 운영하고 있습니다."

"피고인 손유리 씨가 소속되어 있던 회사죠?"

"네, 맞습니다."

"이선호 씨 이전에도 손유리 씨에게 반해서 대시를 하는 남자들이 많이 있었죠? 기획사 대표로서 아는 한에서 말씀해주신다면?"

"다들 알다시피…… 손유리 씨가 워낙 아름답고 인기도 많아서…… 남자들이 많이……. 네."

"그렇다면 이선호 씨를 만나러 갈 때도 그가 손유리 씨에게 반할 가능성이 있다고 생각했겠군요?"

"네……. 아무래도 그런 경우를 많이 보다 보니까."

"그리고 역시 피고인에게 한눈에 반했고요."

"그런 것까지는 제가 잘……."

"인터뷰를 보면 세 번째 만남에서 이선호 씨가 청혼을 했다고 하네요."

"네, 맞습니다."

"보통 그 정도면 한눈에 반했다고들 하죠."

"그렇게…… 말할 수도 있겠죠."

"알겠습니다. 신문을 마칩니다. 수고하셨습니다."

문 검사는 싱긋 웃는 얼굴로 자리로 돌아갔다. 도준은 문 검사의 의도를 깨달았다. 유리가 계획적으로 접근해 선호를 유혹했다는 인상을 주려고 하는 것이다. 그 의도는 제대로 먹혀들었다. 더구나 전날 민정의 기자회견으로 인해 유리에게 남자를 쉽게 유혹하는 여자라는 이미지가 깊이 새겨져 있어 문 검사의 증인 신문은 더욱 효과적이었다.

'부숴야 한다. 재판장과 배심원들에게 각인된 유리의 잘못된 이미지가 더 단단해지기 전에 얼른 부숴야 한다. 시원아!'

시원은 슈트 재킷의 단추를 잠그며 증인석 앞으로 나왔다. 그는 애써 여유를 잃지 않은 표정으로 물었다.

"대표님이 손유리 씨를 봐온 기간이 얼마나 되시나요?"

"데뷔하고부터 지금까지 쭉 봐왔습니다."

"기획사 대표로서 소속 연예인들의 이성교제에 대해서도 신경을 많이 쓰시나요?"

"아무래도 그렇죠. 민감한 이슈니까요."

"손유리 씨의 남자관계에 대해서 말씀해주신다면요?"

"아…… 사실 별로 말씀드릴 게 없는데요."

"무슨 뜻이죠?"

"연애를 한 적이 없으니까요."

"몇 년 동안 단 한 번도요?"

"네."

"아까 증언으로는 손유리 씨에게 접근한 남자들이 많다고 했는데요. 유명 연예인이나 재벌 3세도 있지 않았나요?"

"네. 흔히 말해 잘나가는 남자들이 많았지요."

"그런데도 전혀 교제를 한 적이 없다?"

"네. 남자에 별로 관심이 없었어요."

"그렇다면 이선호 씨와의 만남은 굉장히 이례적인 경우네요."

"처음이자 마지막이죠. 저도 놀랐습니다."

"손유리 씨도 적극적이었나요?"

그때 문 검사가 끼어들었다.

"이의 있습니다! 지금 변호인은 피고인의 감정 상태를 타인에게 물어보고 있습니다. 증인이 정확히 알 수 없는 영역입니다."

시원도 가만있지 않았다.

"타인이라고 할 수 없습니다. 기획사 대표에게 소속 연예인들의 감정 상태를 확인하는 일은 일반 회사의 팀장이 팀원들의 업무 역량을 파악하는 일과 비슷합니다. 충분히 합리적인 판단이 가능하다고 생각합니다!"

노 판사는 잠시 고민하다가 이 대표에게 말했다.

"증인. 확신이 서지 않으면 대답할 필요 없는 질문입니다."

그러나 이 대표는 확신에 찬 모습과 목소리로 말했다.

"아니요. 제가 손유리 씨를 처음 본 이래로, 유리는 어떤 남자에게도 적극적이었던 적이 없습니다. 이선호 대표를 만날 때도 마찬가지였고요."

시원의 조각 같은 얼굴에 섹시한 미소가 스쳐 지나갔다.

"이상입니다."

시원은 깔끔하게 신문을 마치고 자리로 돌아왔다. 도준은 마치 자신이 변론을 한 것처럼 짜릿했다.

'잘했어, 시원아!'

첫 번째 증인이 그렇게 법정에서 물러났다.

문 검사는 여러 장의 사진을 배심원들에게 나누어주었다. 사건 현장인 요트에서 찍은 루미놀 시약 검사 사진이었다. 문 검사의 자신만만한 목소리가 울려 퍼졌다.

"두 번째 증인을 신청합니다."

두 번째로 증인석에 앉은 사람은 국립과학수사연구원의 채인호 연구원이었다. 감색 양복에 노타이 차림으로 나온 그는 무테안경에 예리한 눈빛을 지닌, 전형적인 의사 분위기의 인물이었다. 문 검사가 먼저 신문을 진행했다.

"채 연구원은 병리학 박사시죠? 공신력을 확인하기 위해 실례지만 학력을 밝혀주실 수 있겠습니까?"

"네. 연세대학교 의과대학을 졸업하고 존스홉킨스 대학에서 박사 학위를 취득했습니다."

"국과수에서는 언제부터 일하셨죠?"

"올해로 7년째입니다."

"주로 어떤 업무를 담당하고 계시죠?"

"혈흔 분석과 사체 감식입니다."

"한 가지 묻겠습니다."

문 검사는 재판장과 증인, 그리고 배심원들을 삼각형으로 연결했을 때 정중앙을 이루는 위치에 딱 섰다.

"우리가 피를 어느 정도 흘리면 과다출혈로 사망하죠?"

"혈액의 양은 일반적으로 자기 체중을 알면 계산이 가능합니다. 보통 여성은 전체 체중의 7퍼센트, 남성은 8퍼센트를 계산하면 몸속 혈액의 양이 계산되지요."

"병원 기록에 의하면 이선호 씨의 몸무게는 71킬로그램입니다. 사건이 있기 6개월 전의 기록이니까 큰 변화는 없었겠죠? 몸무게 70킬로그램인 성인 남자라고 치면 전체 혈액의 양은 대략 5에서 6리터 정도가 되겠네요?"

"그렇습니다. 이 중 1퍼센트인 50밀리리터는 매일같이 몸에서 빠져나갑니다. 소변, 침, 땀, 피부호흡을 통해서요. 1퍼센트는 골수에서 조혈모세포를 통해 생성되어 관상동맥을 통해 좌심방으로 들어오게 되고요. 이것이 혈액순환이 됩니다. 혈액의 10퍼센트까지는 출혈이 되어도 아무 이상을 느끼지 못합니다. 하지만 20퍼센트가 넘는 양이 출혈되면 즉시 수혈을 받아야만 생명을 이어갈 수 있고, 30퍼센트 수준에 이르면 바로 과다출혈로 사망하게 됩니다."

"그렇다면, 아까 예를 든 몸무게 70킬로그램의 성인 남자의 경우에는……."

"1리터 정도 출혈이 생기면 위독한 상태가 되겠죠. 2리터가 넘어가면 즉시 사망에 이르고요."

"감사합니다."

문 검사는 재판장 앞으로 다가갔다.

"재판장님. 사건 당시 피해자의 출혈 상황을 알아보기 위한 간단한 실험을 해도 괜찮겠습니까?"

노정렬 판사는 시원에게 시선을 돌렸다.

"재판을 지체하지 않고 변호인이 동의한다면, 허락하겠습니다."

문 검사는 어깨를 으쓱하며 시원의 대답을 기다렸다. 시원은 고개를 끄덕였다.

문 검사가 눈짓으로 지시를 하자 검찰청에서 나온 직원들이 재판정 바닥에 커다란 비닐을 깔고는 그 위에 나무판을 올려놓았다. 나무판 표면에는 흰색 페인트가 칠해져 있었다. 문 검사가 재판장과 배심원들에게 설명을 했다.

"제가 미리 제출한 사진을 봐주시죠."

배심원들 앞에는 국과수 감식반에서 루미놀 검사를 한 현장 사진이 놓여 있었다. 호화롭고 드넓은 거실 바닥 위를 형광색 혈흔이 가득 덮고 있었다.

"지금 여기 깔린 나무판은 사건 현장인 데스티니호 요트 바닥과 같은 재질입니다. 시각적인 이해를 돕기 위해 흰색으로 칠했을 뿐입니다. 그리고 이 나무판의 전체 넓이는 데스티니호 침실 넓이의 8분의 1이라는 사실을 기억해주십시오."

문 검사는 형광색 액체가 담긴 페트병을 오른손에 높이 들어 보였다.

"이제부터 피 대신, 피가 루미놀 검사를 했을 때 발현하는 색인 형광색 액체를 바닥에 뿌려보겠습니다. 이 액체의 점성은 혈액과 같은 농도로 맞춰져 있습니다. 액체 또한 국과수에 의뢰해 받은 것임을 밝힙니다. 참고로 이 페트병의 용량은 500밀리리터입니다."

그는 페트병 뚜껑을 열고 액체를 부었다. 형광색 액체가 흰색 나무판 위에 천천히 퍼졌다. 실험을 지켜보는 배심원들의 눈빛이 날카로웠다. 페트병에 담긴 액체의 절반을 부었다. 어른 한 명이 누울 만한 크기의 나무판을 다 덮기에는 많이 모자란 양이었다. 검찰 직원이 대걸레를 갖고 와서 나무판을 닦아냈다. 형광색 액체는 대부분 닦여나가 육안으로 보이지 않았다.

"자, 이제 사건 당시의 상황과 동일한 상황이 되었습니다. 제가 나눠드린 루미놀 검사 사진과 대조해서 보시죠."

문 검사는 특수 렌즈가 부착된 안경을 재판장과 배심원들에게 나눠주었다. 시원 역시 안경을 받아서 실험 장면을 확인했다. 사진 속 현장 사진과 비슷하긴 했으나 얼핏 봐도 지금 한 실험 결과가 핏자국이 듬성듬성해 보였다.

"어떠십니까? 사건 현장인 침실 바닥은 그야말로 피로 뒤덮여 있는 반면, 지금 실험 결과는 그 정도는 아니라는 사실을 눈으로 확인할 수 있습니다. 그러면 액체의 양을 늘려볼까요?"

문 검사는 나무판을 새 걸로 교체한 뒤 새로 갖고 온 500밀리리터 페트병의 액체를 전부 부었다. 역시 대걸레로 닦아낸 뒤 안경으로 확인하자 비로소 실제 사건 현장과 흡사하게 보였다. 문 검사는 증인석의 채인호 연구원을 보며 말했다.

"전문가로서 이 실험의 결과를 해석해주신다면요?"

"루미놀 용액은 아주 옅은 혈흔까지도 감지해내지만 당연히 혈액의 양이 많고 농도가 높을수록 형광색이 짙게 나타납니다. 검사님이 말씀하신 대로 이 나무판의 넓이가 사건 현장 바닥의 8분의 1이니까……. 제가 사건 현장을 직접 감식한 결과에 따르면 침실 면적의 절반 정도에서 비슷한 농도의 혈흔이 발견되었거든요. 지금 실험한 나무판 면적의 네 배 정도의 면적이죠. 그러니까…… 적어도 사건 현장에서 2리터 이상의 출혈이 있었다는 뜻입니다."

"아까 과다출혈의 정도를 설명해주신 부분을 접목해서 말씀해주신다면요?"

"피해자는 현장에서 즉사했을 겁니다."

"혹시 사람의 체질이나 건강 상태에 따라 달라지기도 하나요? 아주 건강한 경우 자기 체중의 30퍼센트를 넘게 피를 흘려도 살 수 있다든가…….”

“불가능합니다.”

“단언하시는군요?”

“단언할 수 있습니다. 사실은 20퍼센트 정도만 흘려도 빨리 조치를 취하지 않으면 위험합니다.”

“이상입니다.”

문 검사가 실험 현장을 치우라고 눈짓하자 직원들이 앞으로 나왔다.

“워워워! 그냥 놔두세요.”

갑자기 시원이 앞으로 나섰다.

“재판장님? 저도 실험 현장을 보면서 증인 신문을 해도 될까요?”

노정렬 판사가 미간을 찌푸렸다.

‘이 자식, 또 무슨 꿍꿍이인 거야?’

“그렇게 하세요.”

“감사합니다.”

시원은 재미있는 볼거리라도 되듯 실험 현장을 휘휘 돌다가 증인 앞에 딱 멈춰 섰다.

“왜, 우리가 헌혈을 하잖습니까? 피의 성분을 간단히 설명해주신다면요?”

“아, 혈액이라는 게 보통은 그냥 피를 생각하지만 의학적으로는 성분이 나누어집니다. 헌혈도 성분을 나눠서 하기도 하고요. 있는 그대로의 혈액은 전혈이라고 부르고, 혈소판이나 혈장을 따로 헌혈 받아 보관하기도 합니다.”

“그럼 각각 성분마다 유통기한이 다른가요?”

"네, 다릅니다. 전혈은 한 달 정도가 유통기한이고요, 혈소판은 헌혈한 순간부터 5일이 유통기한입니다. 그래서 혈소판의 경우 헌혈 끝나는 시간까지 표시해서 라벨링을 하지요. 혈장은 보존기간이 제일 긴데요, 냉동보관 할 경우에 1년 넘게 보존이 됩니다."

"이유가 뭔가요?"

"전혈과 혈소판에는 살아 있는 세포 혈구가 들어 있습니다. 그래서 냉장보관만 가능합니다. 반면 혈장은 살아 있는 세포 혈구가 없기 때문에 냉동보관을 해도 괜찮습니다."

"아하! 살아 있는 세포라!"

시원은 문 검사가 나눠준 루미놀 검사 현장 사진을 들어 보였다.

"루미놀 검사에서 반응을 보이는 성분은 어떤 것인가요?"

"음…… 그건 루미놀 검사의 원리를 알아야 하는데, 간단히 설명드리면 이렇습니다. 루미놀과 과산화수소 혼합액을 혈색소 헤민에 작용시키면 촉매작용에 의해 강한 화학적 발광을 일으킵니다. 이 반응을 이용한 것이 루미놀 시험입니다."

"그러니까, 루미놀 반응은 피 전체가 아니라 피 속의 특정 물질, 뭐라고 하셨죠?"

시원은 이미 공부를 해서 알고 있으면서도 재판장과 배심원들의 주의를 환기하기 위해 다시 물었다.

"헤민입니다. 헴이라고도 하고요."

"네, 헤민. 그 헤민이라는 것과 반응을 하는 원리군요?"

"그렇습니다."

"헤민이라는 건 뭔가요? 혈액 세포인가요?"

"아뇨. 세포가 아니라 색소입니다. 넓게 보자면 천연색소의 일종이라고 할 수 있죠. 우리 혈액이 붉은색을 띠는 이유가 헤민 때문이라고 보면 이해가 쉬울 것 같습니다."

"그러면, 헤민은 냉동을 해서 오래 보관해도 상관없겠네요?"

"그럼요. 실제로 루미놀 반응 자체가 오래된 혈액과도 반응을 합니다."

시원은 바닥에 놓여 있던 빈 페트병을 휙 집어 들었다. 변호사가 아니라 마치 마술사 같은 유려한 동작으로.

"통상 우리가 1년에 헌혈할 수 있는 양이 얼마죠?"

"성인의 경우 한 번에 400밀리리터 정도씩 헌혈하는데 1년에 5회 정도 가능합니다."

"생각보다 많군요! 지금 제 손에 들린 병이 500밀리리터짜리니까…… 1년이면 피 2리터 정도는 쉽게 모은다는 얘기네요?"

"그렇습니다."

"그렇다면, 이런 가설을 세운다면 어떻습니까?"

시원은 빈 페트병을 보며 물었다.

"어떤 사람이 한 1년 정도 혈액을 미리 조금씩 모아둡니다. 2리터 정도 혈액이 모였을 때 요트 바닥에 피를 뿌린 다음 눈에 안 보이게 닦아냅니다. 그다음 루미놀 검사를 하면 아까와 같은 검사 결과가 나오나요?"

채인호 연구원은 잠시 생각을 하더니 답했다.

"그렇습니다."

시원은 박수 소리가 날 만큼 두 손을 짝 모은 후 재판정을 돌아보왔다.

"지금 들으셨겠지만 피고인이 살인혐의를 받고 있는 가장 유력한 증거가 바로 혈흔입니다. 그러나 이 증거 자체가 이토록 쉽게, 법정에서 과학실 실험을 하듯 조작이 가능한 증거라는 것입니다."

문 검사가 벌떡 일어섰다.

"재판장님! 아직 남아 있는 증거가 많습니다! 변호인은 마치 혈흔 반응이 혐의 입증의 유일한 증거처럼 호도해서 말하고 있습니다!"

노정렬 판사가 고개를 끄덕였다.

"일리 있습니다. 검사 쪽의 실험과 결과에 여러 가지 변수가 작용될 수 있다는 변호인 측의 주장은 인정하겠지만, 변호인은 증거에 대한 자의적 평가를 삼가주세요."

"알겠습니다. 제 신문은 여기까지입니다."

시원은 재판장에게 목례를 하고 자리로 돌아갔다. 노정렬 판사는 헛기침을 한 번 하고는 정회를 선언했다.

"오늘 재판은 여기까지 하겠습니다. 다음 기일은 9월 21일 오후 2시입니다."

사람들이 차례로 법정을 빠져나가기 시작했다. 도준은 조심스럽게 유리에게 다가갔다. 얼굴을 감추기 위해 후드티에 모자를 푹 눌러쓴 모습이었지만 유리는 한눈에 도준을 알아봤다.

"도준 씨, 와 있었어요?"

"응. 수고했어. 긴장 많이 했지?"

"생각했던 것보다 훨씬 더 떨리네요."

"모두진술, 멋졌어."

"그래요? 다행이네요."

"나보다 더 변호사 같던걸?"

"저, 결심했어요. 이 재판이 끝나면 로스쿨에 들어가기로요."

"농담이지?"

"아뇨. 헌법 제1조만큼 진지해요."

"미치겠네. 로스쿨이 장난인 줄 알아?"

"장난이라고 생각한 적 없어요. 저 학부도 법대 나왔고, 요 몇 달간 고시 공부하듯 법학서적을 보고 있다고요."

"그게 얼마나 갈지……."

"대본 볼 때보다 법전 볼 때가 더 흥미진진하다면, 인정해줄 거예요?"

"일단 재판 끝나고 얘기하자."

"교도소에 가서도 법 공부는 할 수 있죠?"

"어허! 재수 없는 소릴."

도준은 피고인석 책상을 주먹으로 세 번 때렸다. 부정 타는 것을 막는 서양식 동작이었다.

"하나만 약속해줘요. 제가 변호사 자격증을 따면, 도준 씨 사무실에 취직시켜줘요."

도준은 어이가 없는 얼굴로 유리를 보았다. 그녀는 알 수 없는 의미를 품은 표정으로 생글생글 웃었다.

"웃음이 나와?"

"도준 씨 그렇게 입으니까, 복학생 같아요."

복학생? 도준도 웃음을 터뜨리고 말았다.

시원은 화장실 변기 앞에 서 있었다. 몸이 비워지면서 마음에 평안이 찾아왔다. 재판 내내 콜레스테롤이 혈관을 채우듯 몸 안에 빽빽하게 자리 잡고 있던 긴장이 비로소 녹아 사라지는 기분이었다.

어쨌든, 첫 번째 공판이 끝났다. 대단한 승리를 거둔 건 아니지만 큰 실수도 없었던, 어쨌든 안타는 날렸다고 할 만했다.

"방송하느라 바쁜 줄 알았더니, 실력이 제법이던걸?"

익숙한 목소리에 옆을 보니 문지환 검사가 바로 옆 변기에 서서 볼일을 보고 있었다.

"검사님도 고생하셨습니다."

"보니까 자꾸 공소사실 자체를 엎으려는 것 같던데, 헛수고하지 말라고 충고해주고 싶군."

"헛수고인지 아닌지는 봐야 알겠죠."

"순진한 친구 같으니라고. 지금 이 상황에서 갑자기 재판을 멈출 수 있을 것 같아?"

시원은 볼일을 마치고 지퍼를 올린 다음 문 검사를 돌아보았다.

"검사님. 충고는 감사한데, 한 가지."

그는 문 검사의 눈을 보며 또박또박 물었다.

"왜 반말이시죠?"

"뭐?"

어이없다는 얼굴로 시원을 보던 문 검사의 표정이 천천히 일그러졌다.

"그럼 다음 기일에 뵙겠습니다."

시원은 화장실 밖으로 나가기 직전에 뒤를 돌아보았다. 역시 볼일을 마치고 세면대에서 머리를 정돈하고 있는 문 검사에게 한마디를 덧붙였다.

"아참, 검사님. 바지 지퍼 열렸어요."

시원이 나간 후 문 검사는 바지 지퍼를 확인했지만 지퍼는 제대로 닫혀 있었다. 문 검사가 이를 갈았다.

"차시원 이 개자식……."

강동훈은 후배들에게 인기가 많은 경찰은 결코 아니었다. 오히려 후배들이 기피하는 팀장이라고 해야 옳겠다. 그럼에도 불구하고 그는 성동경찰서 강력계에서 가장 존경받는 형사였다. 20년 가까이 현장을 지켜온 베테랑 형사인 그는 관리자급으로 승진 기회가 있을 때마다 이런저런 핑계를 대며 현장에 남고는 했다. 오죽하면 후배들이 붙여준 별명이 현장중독자였다.

13일의 금요일인 오늘도 강동훈 형사는 살인사건 현장에 출동했다. 오늘 벌어진 범죄는 강도 살인 사건이었다. 그것도 총기에 의한 살인, 그리고 절도.

"포르쉐를 참 안 어울리는 자리에 세워뒀네요."

함께 출동한 후배 형사가 중얼거렸다. 그의 말대로 현장은 도심에서 멀리 떨어진 외곽 중에서도 외딴 곳이었다. 고가도로 아래의 그늘진 구석. 이런 고급차가 서 있을 법한 장소가 아니었다. 차 안을 본 강동훈은 단숨에 이유를 알아챘다. 뒷좌석에 다리를 벌리고 앉은 남자, 그리고 남자의 사타구니에 얼굴을 처박은 여자. 둘은 그 상태로 죽었다.

"아하! 특별한 장소에서 여자친구하고 재미를 막 보려던 참이었나

본데, 안타깝네요."

"여자친구는 아니야."

"네? 어떻게 알죠?"

"남자를 봐. 최고급 차에, 최고급 코트, 최고급 구두를 고집하는 스타일이야. 뭐랄까, 상당히 과시하기 좋아하는, 클래스에 집착하는 취향이랄까. 그런데 여자를 봐. 천박한 머리 스타일에 옷차림, 구두 색깔까지. 잘 봐줘도 섹스파트너, 아마도 거리의 여자를 데리고 온 걸 거야."

유니폼을 입고 차 안팎을 샅샅이 뒤지던 감식반은 총알과 지갑을 발견했다. 지갑을 열어보니 현금이 몽땅 털려 있었다. 후배 형사가 지갑 안의 신분증을 확인했다.

"남자 이름은 송유철…… 주소는 대전. 멀리서 오셨네. 와우. 카이스트 교수님인데요? 상당히 젊네. 천재인가 봐요. 이런 분이 왜 여기서 이런 위험한 짓을 벌였을까요?"

"이런 사람일수록 짜릿함을 추구하는 법이지."

"이런! 여자 핸드백에는 콘돔이 세 개나 들어 있네요. 거리의 여자가 맞군요. 아니면 콘돔 수집가이거나. 지갑이 털린 거로 봐서는 강도 살인 같은데 흉기가 총이라니……. 무슨 할리우드 영화도 아니고……. 용의자들을 어떻게 좁혀나가죠?"

강동훈은 미심쩍은 것들이 눈에 보이기 시작했다. 아마도 다른 형사였다면 지나쳤을, 그런 아주 작은 것들이었다. 시신의 상태와 총알의 각도, 차 유리가 깨진 모습 등등을 유심히 살피던 그는 결론을 내렸다.

"단순한 강도 살인이 아니야."

"총기 살인이니 아무래도 그렇겠죠?"

"게다가 남자와 여자의 총상을 봐. 둘 다 정확하게 머리 한가운데 총을 맞았어. 그리고 유리창을 봐."

"유리창이 무슨 상관이죠?"

"차 유리, 그것도 싸구려 차 유리가 아니라 포르쉐의 SUV 유리창을 이렇게 깨려면 최소한 주먹만 한 해머나 야구배트가 필요해. 상식적으로 네가 차 안에서 이 짓을 하고 있는데 누가 밖에서 유리창을 깨면, 태연하게 계속 재미를 볼 수 있겠어?"

"아하……."

후배 형사는 고개를 끄덕였다. 남자와 여자 모두 자세가 흐트러지지 않은 채로 죽었다. 그 말은 누군가 그들을 노리고 있다는 사실을 전혀 깨닫지 못한 상태에서 기습적으로 총을 맞았다는 이야기다.

"유리창을 깨고 총을 쏜 게 아니라 먼저 총을 쏴서 죽인 뒤에, 그다음에 유리창을 깼다는 얘기지."

"그것 말고도 강도 살인이 아니라는 다른 증거가 있을까요?"

"이런 고가도로 아래에 세워둔 차를 우연히 터는 강도 녀석들이 한밤중에 차 안에 있는 사람을 이렇게 정확하게 쏠 수 있을까?"

강동훈은 바닥에 떨어진 차 유리 조각을 집어 들었다.

"이렇게 새카맣게 선팅까지 되어 있는 차 유리를 뚫고? 강도 녀석들이 해병대 특전사 출신일까? 초능력을 가졌나?"

그는 당시 상황을 머릿속에 그리듯이 중얼거렸다.

"범인은 한 명이 아닐 거야. 고도로 훈련된 킬러일 가능성이 높고.

적외선 안경 같은 장비를 썼을 확률도 크고. 게다가……."

강동훈은 결정적인 단서를 손으로 가리켰다. 그의 검지 끝이 향한 곳은 송유철 교수의 왼쪽 손목이었다.

"위블로 시계를 차고 있군. 내가 알기로 중고로 팔아도 몇백만 원은 받는 물건인데. 총까지 쏴서 사람을 죽인 강도가 겨우 현금 몇십만 원을 털어가면서 저런 명품 시계를 놓고 간다?"

강동훈은 확신에 찬 얼굴로 결론을 내렸다.

"이건 강도 살인으로 위장한 계획적 살인이야."

오랜만에 만나는 미심쩍은 사건 앞에서 베테랑 형사의 피가 끓기 시작했다.

백현서 기자와 봉수는 지금까지 등장한 인물들의 관계도를 분석하고 확인하는 작업에 몰두해 있었다. 신우성이 톰 아라야라는 이름으로 바뀌는 과정을 증명해내야 했다. 구청에 전화를 걸어 신우성의 귀화 신청 사실을 확인하려고 했지만 개인정보라서 알려줄 수 없다는 대답만 돌아왔다.

"미치겠네. 어느 나라로 튀었는지는 알아야 잡으러 가든가 하지."

기자라는 신분의 한계를 느끼며 답답해하는 백 기자의 핸드폰이 요란하게 울렸다.

"네, 백현서입니다."

"안녕하세요 기자님. 성동경찰서 강력계 형사 강동훈이라고 합니다."

"네, 그런데요? 무슨 용건이시죠?"

"송유철 교수에게 이메일을 보내셨죠?"

"네. 그런데요?"

"송유철 교수님이 자신의 차에서 죽은 채로 발견되었습니다."

"잠깐만요, 송유철 교수가 죽었다고요?"

"네. 계획적인 살인으로 보고 수사를 진행하던 가운데 매우 흥미로운 이메일을 찾아냈습니다. 바로 백 기자님이 보낸 이메일이죠."

백 기자는 송유철 교수의 얼굴을 떠올렸다. 다소 신경질적으로 보이는 성마른 인상이긴 했지만 날카로운 지성이 엿보이던 얼굴. 그가 죽었다고? 그에게 도움을 청하려고 했는데…….

강동훈 형사는 헛기침을 한 번 하고는 말했다.

"우리가 서로 도울 수 있을 것 같다는 생각이 드는군요."

도준과 유리, 시원, 백 기자, 봉수. 다섯 명이 오랜만에 한데 모였다. 다른 사람들의 눈에 띄면 곤란할 것 같아서 고심 끝에 정한 장소는 무려 시원의 사무실. 비서가 급히 사온 휴대용 가스버너로 고기를 구웠다. 고기는 물론이고 쌈과 다른 야채들도 넉넉했다. 분위기는 화기애애했다. 누가 보면 무죄를 선고받고 벌이는 축하파티라고 생각할 정도였다.

시원은 작정한 듯 술과 고기를 먹었다. 평소의 절제되고 깔끔한 이미지를 오늘만큼은 잠시 벗어둔 듯했다. 시끌벅적한 대화의 주제 속에 재판 이야기는 없었다. 다들 암묵적인 약속이라도 한 것처럼 그 이야기를 비껴갔다. 한창 분위기가 무르익었을 때쯤, 백 기자가 모두 주목해달라며 입을 열었다.

"어제 전화를 한 통 받았습니다. 성동경찰서 강력계 소속 형사였어요."

영문을 모른 채 의아해하는 사람들에게 백 기자는 상황을 찬찬히 설명해주었다.

"강동훈 형사 말로는 단순한 피살 사건이 아니라 전문 청부업자에 의한 살인 같답니다. 그런데 송유철 교수가 우리를 만난 이후에 개인적으로 신우성과 타일러 인베스트먼트를 조사하고 있었대요. 경찰에서 송 교수의 이메일을 살펴보다가 우리가 보낸 이메일을 보고 연락을 한 거죠."

살인사건이 일어났다. 죽음이라는 사건은 살아 있는 자들을 숙연케 하는 법.

"송유철 교수의 죽음이, 우리 사건과 관련이 있는 걸까요?"

도준이 물었다.

"강동훈 형사를 만나보면 알겠죠."

백 기자의 목소리에는 신념과 용기가 넘쳤다. 도준이 조심스럽게 말했다.

"좋습니다. 대신 첫째도 안전, 둘째도 안전임을 명심하세요. 아셨죠?"

"우리 변호사님, 자상도 하셔라. 알겠습니다!"

백 기자는 장난스럽게 군인처럼 눈썹 위로 손을 올려 경례했다. 도준은 옆에 앉은 봉수의 손을 꼭 잡고는 작은 목소리로 말했다.

"기자님이 위험하게 의욕을 부리시면 네가 반드시 막아야 해. 알겠지?"

"네, 대표님."

그러나 또다시 누군가 죽었다는 사실에 유리는 고개를 들기 어려울 만큼 마음이 무거워졌다. 지금 여기 모여 있는 사람들에게도 마찬가지였다. 모두 다 나를 위해 애써준다는 고마움과 모두 다 나 때문에 고생이라는 죄책감은 종이 한 장 차이였다.

한숨을 내쉬던 그녀가 고개를 들자마자 도준과 눈이 마주쳤다. 그는 마치 위로해주려고 기다리기라도 한 것처럼 사랑스러운 눈빛으로 고개를 끄덕였다.

'괜찮아. 다 잘될 거야.'

강동훈 형사는 퇴근을 하려고 책상을 정리하던 중이었다. 점퍼를 걸치고 자리에서 막 일어서려는데 등 뒤에서 부르는 소리가 들렸다.

"강동훈 형사님?"

남자치고는 높고 또렷한 음성이었다. 고개를 돌려보니 작은 체구에 매서운 눈빛을 가진 젊은 남자가 서 있었다.

"누구시죠?"

몸에 딱 맞는 양복 차림의 남자는, 주변을 둘러보고 듣는 사람이 없음을 확인한 후에 인사를 건넸다.

"저는 국정원의 민정우 요원입니다."

"국정원이요?"

강동훈은 순간적으로 송유철 살인사건을 떠올렸다. 강도 살인으로 접수되었던 사건을 청부살인으로 보고한 데다 타일러 인베스트먼트, 이선호 대표와의 연관성이 의심된다는 보고서까지 올렸으니 국정원의 주의를 끌었을 수도 있다.

민정우는 예의 바르지만 딱딱한 태도로 말했다.

"송유철 교수 살인사건 보고서를 읽어보았습니다. 몇 가지 미심쩍은 부분이 있어서 확인을 해보려고요. 저희가 맡아야 할 사건인지 아닌지 아직까지는 판단이 서지 않아서요."

"저희 쪽에서도 충분히 해결 가능한 사건입니다. 사실 이제 막 수사를 시작한 단계라서 저희도 확실하게 가늠은 되지 않습니다만."

"현장을 직접 조사하셨다고요?"

"네."

"청부살인으로 보인다는 소견도 잘 보았습니다. 혹시 이 지역에서 활동하는 범죄조직의 움직임과 관련이 있나요?"

"제가 아는 바로는 없습니다."

"타일러 인베스트먼트 이야기를 해보죠. 송유철 교수가 최근에 타일러 인베스트먼트를 집요하게 조사한 흔적이 있다고요? 보고서에는 간단하게만 적어놓으셨던데, 구체적으로 말씀해주실 수 있을까요?"

"이메일을 살펴봤는데, 최근에 집중적으로 타일러 인베스트먼트에 이메일을 보냈더군요. 보내는 족족 거절당했고요. 카이스트의 교수답지 않은, 뭐랄까, 집요하게 매달리는 모습이랄까요?"

"무슨 내용이던가요?"

"톰 아라야라는 인물에 대한 정보를 요구하는 내용이었습니다. 처음에는 정중히 인터뷰를 부탁하다가 계속 거절당하니 점점 협박성으로 어투가 바뀌었지요."

"협박이요?"

"국세청까지 들먹였더군요."

민정우의 미간이 찌푸려졌다. 그는 핸드폰에 메모를 적었다.

"톰 아라야가 누구죠?"

"타일러 인베스트먼트의 최대주주라고 하더군요. 저희 쪽에서도 톰 아라야 씨를 만나고 싶다고 회사에 요청했는데 쉽지 않아 보입니다."

"왜죠?"

"자기네 회사 직원이 아니라 투자자라서 자기들이 약속을 잡아줄 수 없다고 하더군요. 게다가 우리나라 사람이 아닌 미국 시민권자라서 경찰 수사도 쉽지 않아 보이고요. 국정원이 나서면 또 모르겠지만요."

민정우는 고개를 끄덕이며 말했다.

"아버지는 이렇게 말씀하셨죠."

"아버지라면?"

"저희 아버지 이야깁니다. 이상해 보이는 일을 그냥 넘어가지 마라. 단서는 항상 이상해 보이는 지점에서 시작한다. 카이스트의 교수가 스토커처럼 투자회사를 상대로 조르고 협박했다는 사실은 충분히 이상한 지점이네요."

"이상하죠. 아주 이상해 보여요. 게다가 또 이런 이메일도 있었습니다."

강동훈은 핸드폰에 저장해놓은 백 기자의 이메일을 보여주었다. 이메일을 읽은 민정우의 눈이 날카롭게 빛났다.

"형사님. 아무래도 이 사건은 저희가 자세히 살펴봐야겠습니다."

"사건을 이관시키겠다는 말씀이십니까?"

"아무래도 그래야 할 것 같습니다."

"가능하면 공조 수사를 했으면 합니다."

민정우는 자신보다 몇 살 더 많아 보이는 건장한 형사를 응시했다.

"사실 체형과 말투만 봐도 경찰이 임무를 대하는 태도를 알 수 있죠. 강동훈 형사님은 자기관리가 철저하고 원칙과 의욕을 고루 갖춘 경찰의 분위기를 진하게 풍기고 있어요. 하지만 저는 아직 일선 형사와 공조 수사를 해본 적이 없습니다. 여러모로 내키지 않아요, 형사님. 공조 수사는 곤란……."

그때 강동훈의 핸드폰이 울렸다. 그는 잠시 기다려달라는 손짓을 하고 전화를 받았다.

"네, 강동훈 형사입니다. 아, 네. 네, 그래요? 잘됐군요. 그런데 지금 국정원 쪽에서 수사를 맡을지도 모르겠는데요. 아, 네. 그래요? 아…… 알겠습니다. 네. 그럼 또 통화하지요."

강동훈은 전화를 끊고 어깨를 으쓱하며 말했다.

"아무래도 공조 수사를 할 수밖에 없겠는데요?"

"왜죠?"

"지금 제가 받은 전화, 아까 보여드린 이메일을 쓴 백현서 기자라는 분입니다. 그분이 국정원은 부담스럽다며 만나기 곤란하다고 하네요. 노련한 만큼 의심도 많은 분인가 봐요. 저하고 이미 친분이 두텁게 쌓인 터라 저하고만 계속 연락을 취하고 싶어 하네요."

거짓말이었다. 친분이 두텁기는커녕 아직 얼굴도 본 적 없는 사이였다. 그러나 강동훈 형사는 이번 사건을 놓치기 싫었다.

민정우 요원은 어쩔 수 없다는 표정으로 고개를 끄덕였다.

"그럼, 일단 같이 만나보시죠."

강동훈은 회심의 미소를 지었다. 국정원 요원을 속이는 통쾌한 기분이 아주 그만이었다. 전화 내용은 사실 정반대였다. 국정원 얘기를 꺼내자 백 기자는 무척 좋아했다. 잘됐다는 말을 몇 번이나 했다.

강동훈은 민정우에게 악수를 청했다. 파트너로서의 악수였다.

"잘해봅시다!"

미팅은 민정우 요원의 주도로 이루어졌다. 백 기자와 봉수, 민정우, 강동훈 이렇게 네 사람이 시내 호텔 다이닝 룸 테이블에 모여 앉았다. 대화는 주로 민정우 요원과 백 기자 사이에서 이뤄졌다.

백 기자는 지금까지 알아낸 것들을 차분하게 설명해주었다. 사진과 기록을 함께 보여주면서.

"이건 국립중앙도서관의 기록물에서 찾아낸 사진입니다. 타일러 인베스트먼트의 현재 대표 안길수, 건호그룹 신건호 회장의 아들로 추정되는 신우성, 그리고 이선호 대표. 셋이 무척 가까운 사이처럼 보이죠? 그런데 신우성은 이즈음 공기처럼 사라져버려요. 어디서도 이름을 볼 수 없고, 실제로 그를 만난 사람도 없고요. 타일러 인베스트먼트의 최대주주인 톰 아라야 역시 마찬가지죠. 엄청난 재벌일 텐데 그의 얼굴을 봤다는 사람도 없어요."

"신우성이 톰 아라야일 것이다?"

"네. 제 추측은 그래요."

"그 사람과 이선호 대표와의 연관성은요?"

"학창시절부터 이선호는 신우성의 추종자였대요. 둘은 소설 『파이트 클럽』을 따라한 비밀 서클에서 만났죠. 혹시 그 소설 보셨나요?"

"영화로 봤죠."

"『파이트 클럽』을 보면 잭이 타일러라는 인물을 추종하잖아요."

"그게 이선호와 신우성의 관계다? 타일러 인베스트먼트라는 이름도 거기에서 따왔고?"

민정우의 질문에 백 기자는 고개를 끄덕였다. 민정우가 다시 물었다.

"매우 흥미로운 가설이긴 한데, 혹시 조금이라도 뒷받침할 만한 증거가 있을까요?"

백 기자는 핸드폰을 꺼냈다. 그러나 핸드폰을 여는 대신, 민정우에게 승부수를 던졌다.

"기브 앤 테이크. 제가 갖고 있는 증거와 지금까지 세워놓은 가설을 공유하는 대신, 그쪽에서도 약속해주셔야 할 게 있습니다."

예상치 못한 백 기자의 한 수에 민정우는 당황했다.

"뭘 약속해드리면 될까요?"

"톰 아라야를 직접 만나게 해주세요."

그 말에 민정우는 깜짝 놀랐다. 강동훈을 돌아봤으나 자기 소관이 아니라는 듯 어깨를 으쓱할 뿐이었다.

"음……. 그 문제는 그렇게 간단하지가 않습니다. 만에 하나, 만날 기회를 얻는다고 해도 그쪽에서 분명히 인원수를 제한할 겁니다. 아마 많아야 두 명?"

"그럼 요원님하고 저하고 가면 되겠네요."

"하하하. 기자를 만날 리가 있겠습니까? 저야 국정원이라는 정부 조직을 통해 요청을 하니까 어쩔 수 없이 만나주기야 하겠지만. 이러면 어떨까요? 톰 아라야를 만나서 나눈 이야기를 하나도 빼놓지 않고 전해드리겠습니다."

백 기자는 묘한 미소를 흘렸다.

"이런. 어쩌죠? 저는 원래 전해 들은 이야기는 잘 믿지 않아요. 게다가 정부 쪽 사람들의 이야기라면 더더욱요."

"저도 마음 같아서는 그렇게 해드리고 싶지만 톰 아라야 쪽에서 허락할 리가……."

"국정원 요원은 괜찮고요?"

"아마도요."

"그럼 제가 국정원 요원이 되면 다 해결되겠군요."

"네?"

백 기자는 점심 메뉴를 제안하듯 아무렇지 않은 목소리로 말했다.

"톰 아라야를 만나는 날만 국정원 요원인 것처럼 신분증을 달고 들어가겠다는 겁니다."

"기자님. 그건 일종의 공문서 위조예요."

"안 걸리면 되잖아요? 걸릴 일이 뭐가 있죠? 한마디도 하지 않을게요. 그냥 충실한 조수처럼 옆에 앉아서 지켜보고만 있을게요."

"안 됩니다."

민정우는 고개를 내저었다.

"안타깝네요. 그럼 저도 어쩔 수 없어요."

백 기자는 민정우의 눈앞에서 핸드폰을 거두었다. 민정우는 아쉬운 마음을 감추지 못했다. 백 기자가 얄밉게 말했다.

"저희 만남은 여기에서 마무리 짓도록 하죠. 저는 우리 양쪽이 진심으로 모든 정보를 공유하고 비밀을 밝혀내는 데 성공할 거라고 생각했는데, 아쉽군요."

백 기자는 핸드폰을 흔들었다.

"이 안에 그 열쇠가 있을지도 모르는데 말이죠. 요원님이 원하던 바로 그 단서 말예요."

민정우는 자기도 모르게 주먹을 꽉 쥐었다.

다이닝 룸에서 나오자마자 봉수는 난리가 났다.

"여기까지 와서 이렇게 깽판을 치면 어떡해요, 누나!"

"깽판이라니. 승부수를 던진 거지. 일종의 쇼부랄까."

"망했어요. 겨우 조력자를 구하나 했는데."

"너 저런 놈들이 얼마나 이기적인지 몰라서 그래. 만만하게 보이면 이용만 당하고 끝이라고. 우리가 원하는 걸 얻어야지. 톰 아라야 얼굴은 직접 봐야 하지 않겠어?"

"아, 미치겠네."

"뭘 미쳐."

백 기자는 봉수를 잡아끌며 작은 목소리로 말했다.

"호텔 나가서 얘기하자. 저놈들이 도청장치를 설치했을지도 모르니까."

"헐!"

"조심해서 나쁠 거 없어."

두 사람은 근처 카페로 향했다.

"봉수야. 우리 내기할까?"

"뭘요?"

"민정우 요원한테 다시 전화 온다, 안 온다. 난 전화 온다에 10만 원 걸지."

"올 리가 없어요."

"그럼 넌 안 온다에 10만 원."

"누나, 말이 돼요? 국정원에서 국정원 요원을 사칭하게 해준다고요?"

"필요하면 도청도 하고 사람도 죽이고 건물도 폭파하는 놈들이야. 신분증 위조? 수백 번은 해봤을걸?"

그 말과 동시에 백 기자의 핸드폰이 울렸다. 액정을 확인한 백 기자는 봉수에게 윙크했다.

"내가 뭐랬어?"

그녀는 목소리를 가다듬고 전화를 받았다. 통화를 하는 얼굴이 점점 밝아졌다. 전화를 끊은 백 기자는 봉수에게 손을 내밀었다.

"10만 원, 컴 온 요."

14화

승부수

타일러 인베스트먼트의 안길수 대표는 1분 가까이 손에 든 서류 한 장에서 눈을 떼지 못하고 있었다. 국정원에서 온 서면 요청서였다. 예의 바르게 표현하긴 했지만 요지는 간단했다.

— 톰 아라야를 만나게 해달라.

요청서에 적혀 있진 않았지만 거절할 시에는 더 강하게 요청이 들어올 것임은 쉽게 예상할 수 있었다. 어쩌면 미국 FBI와 연계될 가능성도 있었다.

'어쩌다 국정원이…….'

안길수 대표는 지난번에 인터뷰를 왔던 기자들을 떠올렸다.

'그놈들이 이렇게까지 소란을 키운 것일까? 처음부터 아예 싹을 잘랐어야 했나? 아니면 최근에 귀찮게 들쑤시고 다니던 송유철 교수 때문인가?'

마스터에게 보고하기 전에 사태를 정확하게 확인할 필요가 있었다. 어쩔 수 없이 통화를 하는 수밖에.

안길수 대표는 비서를 불렀다.

"송유철 교수하고 전화 연결해."

공손히 인사하고 나간 비서는 10분 뒤에 다소 심각한 표정으로 돌아왔다.

"대표님, 송유철 교수가 사망했답니다."

"뭐?"

안길수의 머릿속에 번개처럼 꽂히는 인물이 있었다.

"설마…… 설마……. 이 정도로 멍청한 짓을 하진 않았겠지!"

그는 떨리는 손으로 핸드폰을 들었다. 이건 비서 앞에서도 할 수 없는 이야기였다. 그는 비서를 나가게 한 다음 이보라에게 전화를 걸었다. 전화는 해외로 로밍된 후에 연결되었다.

"송유철 교수를 아나?"

보라는 말이 없었다.

"혹시 자네가 꾸민 짓인가?"

"직접 뵙고 말씀드리겠습니다."

"마스터도 알고 계신가?"

"아니요."

안길수의 목소리가 부들부들 떨렸다.

"이런 미친……. 지금 어딘가?"

"싱가포르입니다."

"당장 날아와."

"알겠습니다. 본사로 갈까요?"

"아니. 회사로 오지 마. 별장으로 와."

"알겠습니다."

"만나서 다시 얘기하겠지만, 마스터한테 보고를 드릴 일이 생겼어. 정확하게 말해주게. 자네의 짓인가?"

보라는 잠시 뜸을 들이다가 힘겹게 대답했다.

"네."

"맙소사……."

"그자가 너무 쑤시고 다니는 통에 어쩔 수 없었습니다. 타일러뿐만 아니라 저희 회사 쪽도……."

"그럴 거면 일을 정확하게 처리했어야지! 지금 내 손에 뭐가 들려 있는지 아나?!"

안길수는 최근 몇 년간 이렇게 화를 낸 적이 없었다.

"국정원에서 냄새를 맡았어! 일처리를 어떻게 했길래!"

보라는 말이 없었다. 침묵의 길이를 통해 그녀가 얼마나 당황했는지를 알 수 있었다. 그녀는 분노를 꾹 누른 목소리로 말했다.

"수습하겠습니다."

"뭘 어떻게 수습하겠다는 거야? 지금 국정원에서 마스터와의 면담을 공식 요청했어!"

"마스터를 만나겠다고요? 아니 어떻게 거기까지……."

"나도 지금 꼬리가 어디까지 밟혔는지 모르겠어. 중요한 건 네가 아주아주 큰 실수를 저질렀다는 거야."

"마스터는 알고 계신가요?"

"이제 통화할 참이야."

"그럼 먼저 통화하시고 제가 또 전화 드리겠습니다."

"아마 먼저 전화하시겠지. 기다려."

안길수는 전화를 끊고 물을 한 잔 마셨다. 천천히 심호흡을 하면서 분을 가라앉혔다. 송유철 교수가 눈엣가시이긴 했다. 그를 제거한 건 잘한 행동일지도 몰랐다. 문제는 일처리를 똑바로 하지 못했다는 것이다.

안길수는 마스터에게 전화를 걸었다. 마스터는 용건을 얘기하지 않아도 기가 막히게 사안의 심각성을 예측하는 재주가 있었다.

"마스터. 아무래도 꼬리가 밟힌 것 같습니다."

"본론을 얘기해."

"국정원에서 마스터를 만나겠답니다."

"왜지?"

"송유철 교수가 죽었습니다."

"송유철? 아…… 자네가?"

"아니요. 이보라가 처리했습니다."

"그런데?"

"세련되게 마무리가 되지 못한 모양입니다."

안길수는 조용히 기다렸다. 마스터의 침묵은 불가침의 영역이었다.

"요즘 들쑤시고 다닌다는 기자놈들하고도 연관이 있나?"

"그것까지는 모르겠습니다. 아직 폰은 확보하지 못해서요."

"미행은 잘 붙여놨겠지?"

"네. 매일 보고받고 있습니다."

"사태 파악하고, 특별한 이슈가 있으면 바로 보고하도록."

"알겠습니다. 국정원은 어떻게 할까요?"

"한국 정부가 날 원한다는데, 만나줘야지."

"네, 마스터."

"한국 기자들한테 붙여놓은 미행은 확실하지?"

"베테랑들입니다. 송유철 교수 같은 일은 없을 겁니다."

"최대한 빨리 정리해. 다들 한 번 실수는 용서한다고 하지. 하지만 난 그렇지 않다는 걸 잘 알 거야."

"잘 알고 있습니다."

인사도 없이 전화가 끊겼다.

안길수의 등줄기에 땀이 흘렀다. 두 가지 생각이 떠올랐다. 이보라가 불쌍했다. 그리고 그는 이보라처럼 되고 싶지 않았다.

바로 구용을 호출했다. 안길수가 은밀한 일들을 처리할 때 믿고 맡기는 수족 같은 부하였다. 각종 내전에 일곱 번이나 참여한 용병 출신인 구용은 뛰어난 지략가이자 맨손으로든 무기를 들고든 누구와도 싸워서 진 적이 없는 불패의 파이터이기도 했다.

"부르셨습니까, 대표님?"

"백현서 기자한테 붙여놓은 애들, 확인해봐."

원래는 매일 저녁 구용에게 보고를 받는데 지금은 비상사태였다.

"지금요?"

"지금 당장."

안길수의 표정에서 상황의 긴박함을 읽은 구용은 바로 전화를 걸었다. 그는 표정이 드러나지 않은 얼굴로 짧게 통화를 마치고는 보고했다.

“오늘 형사들을 만났답니다.”

“뭐?! 이것들이…….”

안길수의 표정이 일그러졌다. 형사뿐 아니라 국정원 요원도 만났을 거다. 위험한 놈들이 한데 뭉쳐버렸다. 이건 최악의 패다. 조심해야 한다. 정말 조심해야 한다.

구용은 지금 막 들어온 문자를 보면서 계속 보고했다.

“형사는 신원을 확보했습니다. 강동훈. 성동경찰서 강력계 소속이고요. 이혼한 아내와 딸이 하나 있습니다. 주소도 확보했습니다. 다른 한 명은 신원이 확보되지 않고 있습니다.”

“국정원 요원일 거야. 이 녀석들이 벌써 만났다면 상황이 또 달라지는데…….”

안길수는 다시 마스터에게 전화를 걸어 상황을 보고했다. 경찰과 국정원 요원까지 이미 만나버린 이상 섣사리 손을 썼다가는 결정적인 의심을 살 수도 있었다.

마스터 역시 고심하는 기색이 역력했다.

“안길수 대표. 내가 이런 일까지 판단하고 지시를 내려야 할 정도로 자네가 멍청한 줄은 몰랐네.”

“죄송합니다. 아무래도 마스터의 최종 결정이 필요한 사안 같아서…….”

“내가 사람을 죽일 날짜까지 찍어줘야 하나!”

마스터가 소리를 질렀다. 안길수는 눈을 질끈 감았다.

길고도 괴로운 침묵이 지나가고, 다시 마스터의 서늘한 목소리가 들려왔다.

"내 입장은 변함없어. 최대한 빨리. 단, 절대 꼬리 밟히는 일 없이 처리해."

"알겠습니다."

이번에도 마스터는 인사 없이 전화를 끊어버렸다. 안길수는 멍해진 정신을 가다듬기 위해 잠시 심호흡을 했다. 구용은 충직한 개처럼 그의 명령을 기다리고 있었다.

"구용."

"네, 대표님."

"세모이면서 동그라미인 모형은 없지. 짝수이면서 홀수인 수도 없고. 하지만 내가 지금 지시하는 미션은…… 세모이면서 동그라미인 도형을 그려야 할지도 몰라. 짝수이면서 홀수인 수를 찾아내야 할지도 모르고."

"말씀해주십시오."

"그 기자들, 처리해. 최대한 빨리. 단, 경찰이나 국정원의 의심을 받지 않게."

"빨리라는 게 어느 정도인지?"

"그 판단도 너에게 맡기겠다. 의심하지 않을 상황만 만들어지면 당장이라도 좋아."

"알겠습니다."

"대신, 네 손으로 직접 처리해."

구용은 고개를 끄덕였다.

보스니아, 이라크, 멕시코, 인도네시아, 프랑스, 미국……. 그는 세계 곳곳에서 수많은 이들을 '처리'했다. 살인은 그의 직업이었고, 그는 자신의 일을 무척 사랑했다.

민정우의 자택에 초대받은 사람은 모두 세 명이었다. 강동훈 형사, 백 기자, 그리고 봉수. 백 기자와 봉수는 그의 집 앞에서 아연실색할 수밖에 없었다. 언뜻 봐도 무척이나 호화로운 저택이었기 때문이다.

국정원 요원이라고 해봤자 공무원일 텐데, 어떻게 정원까지 딸린 거대한 저택에 사는지 이해가 잘 가지 않았다. 나이라도 많으면 평생 열심히 돈을 모았구나 싶을 테지만, 민정우의 나이는 기껏해야 사십 대 중반 정도밖에 되어 보이지 않았다.

"엄청 부잣집 아들인가 봐요?"

봉수도 정원을 둘러보며 중얼거렸다.

"그러게."

민정우가 나와 있었다. 검은색 정장을 입은 모습만 보다가 편안한 저지 차림의 모습을 보니 다른 사람 같았다. 옷이 바뀌니 말투까지 바뀐 듯 민정우는 친절하게 그들을 맞이했다.

얼떨떨한 기분을 떨치지 못한 채 백 기자와 봉수는 민정우의 안내를 받아 집으로 들어갔다. 2층 저택인 집안 역시 고풍스러움이 가득했다.

"집이 정말…… 대단하군요."

백 기자가 감탄하며 말했다.

"저희 할아버지께서 지으신 집입니다. 한때는 팔려고 내놓기도 했는데 살 사람이 없더라고요."

민정우는 보통 집의 거실만 한 주방으로 안내했다. 열 명은 앉을 수 있는, 역시 수십 년은 되어 보이는 커다란 식탁에 강동훈 형사 혼자 앉아 있었다. 그와 인사를 나누고 백 기자와 봉수가 자리에 앉자 가정부로 보이는 중년의 여자가 그릇과 와인을 가져다주었다.

"시장하실 텐데, 먼저 먹고 이야기를 나누죠. 아직 밤은 많이 남았고 할 얘기도 많으니까요."

거창한 식사가 이어졌다. 식사가 끝나자 식탁 위에 간단한 치즈와 과일 안주가 놓였다. 와인을 마시면서 본격적으로 대화가 이어질 참이었다.

잠시 자리를 비운 민정우는 뭔가가 잔뜩 담긴 커다란 상자를 가지고 오더니 식탁 위에 올려놓았다. 상자 속에서 그가 제일 먼저 꺼낸 것은 손바닥만 한 크기의 액자들이었다.

"이분은 저희 할아버지입니다. 국정원의 전신이라고 할 수 있는 중앙정보부의 핵심 간부셨죠."

민정우가 보여주는 액자 안에는 20세기 초반의 패션을 고스란히 보여주는 양복 차림의 남자가 서 있었다. 흑백사진 속 남자는 자신만만한 자세와 표정으로 카메라를 응시하고 있었다. 민정우와도 어딘가 닮아 보였다.

"군인 출신이신 조부께서는 중앙정보부와 이후 안기부의 요직을 두루 거치셨고, 은퇴 후에도 사업을 크게 하셔서 많은 돈을 버셨지요. 그런데 예순아홉 살 생신 때 의문의 죽음을 맞으셨어요. 5월의 어느 화창한 날, 제주도로 여행을 갔다가 말을 타고 산책을 나갔는데 목이 부러진 채로 발견되셨어요."

민정우는 또 다른 액자를 보여주었다. 이번에는 컬러사진이었다.

딱 봐도 민정우의 아버지라는 것을 알 수 있었다.

"할아버지가 돌아가신 후로 가세는 급격하게 기울기 시작했습니다. 할아버지의 사업을 돕던 아버지는 충격을 견디지 못하고 술에 빠지셨고, 결국 이 집을 제외한 재산을 전부 날리고는 돌아가셨습니다. 어머니도 얼마 안 있어 자살을 하셨고요. 제가 열두 살 때의 일입니다."

민정우에게 이토록 엄청난 가정사가 있을 줄은 상상도 하지 못했기에 백 기자와 봉수는 상당히 당황했다.

"부모님이 모두 돌아가시고 저는 할머니하고 둘이서 이 집에 살았습니다. 그 많던 하인들은 모두 떠나고 오직 가정부 한 명만이 남아서 겨우겨우 살림을 했죠."

백 기자와 봉수, 강동훈은 민정우의 입을 통해 그날 밤의 운명적 순간을 함께 공유했다.

꼬마 정우가 기억하기로 할머니는 언제나 신중하고 말이 없는 성격이셨다. 그러나 남편과 아들, 그리고 며느리까지 모두 잃은 뒤 그녀는 조금씩 총기를 잃고 치매를 앓기 시작했다. 다른 치매 환자들처럼 헛소리를 할 때와 제정신일 때가 왔다 갔다 했는데, 언젠가부터 그녀는 자신의 죽음을 예감한 듯 가끔 정신이 돌아오는 때가 되면 정우를 불렀다. 유일하게 남은 혈육인 어린 손자의 손을 꼭 잡고 눈을 맞추고는 같은 이야기를 되풀이했다.

"우리 집안의 비극은 아빠나 할아버지 탓이 아니야."

그녀는 몹시 하고 싶은 말이 있지만 차마 하지 못하는 것처럼 보였다. 정우는 그저 사춘기에 들어서면서 아버지와 할아버지를 증오하게 된 자신을 달래기 위한 말이라고 생각했다. 그는 열네 살 때부터 담배를 피웠고, 열다섯 살 때는 또래 친구와 싸우다가 심하게 다치게 하는 사고를 쳤다. 술도 남들보다 일찍 입에 댔다.

하늘이 열린 것처럼 비가 쏟아지던 어느 날 밤이었다. 정우는 세 살 많은 동네 누나의 집에서 걸음도 제대로 못 걸을 정도로 술을 마시고 섹스를 하고 비를 쫄딱 맞고는 집으로 돌아왔다. 쉴 새 없이 번개가 치고 천둥이 쿵쾅거리는 수상한 밤. 할머니는 현관문 앞에 서서 정우를 기다리고 있었다. 그녀는 어느 때보다 제정신인 것처럼 보였다.

"정우야. 할 말이 있다."

그러나 정우는 뻗어서 자고 싶은 마음밖에 없었다.

"다음에, 할머니."

다른 때 같았으면 가볍게 안아주고 그를 놓아줬을 할머니가 그날따라 그의 손목을 꽉 잡았다. 쾅! 폭발음과도 같은 천둥소리와 함께 할머니의 얼굴 위로 번개가 번득였다. 그녀는 공포영화의 캐릭터처럼 무섭게 말했다.

"너도 알잖니. 할머니에게는 다음이 없다는 걸."

정우는 그녀를 뿌리칠 수 없었다. 그녀 주위로 거역할 수 없는 공포가 스멀거렸다. 그녀는 다리에 힘이 없어 흔들리는 걸음을 겨우 옮겨 지하실로 향했다. 엄마가 목을 매달고 죽은 장소여서 정우는 몇 년 동안 지하실에 들어가지 않았다. 정우뿐 아니라 찾는 사람이 아무도 없는 지하실에는 먼지와 거미줄만 자욱했다.

"여기 뭐가 있는데요?"

할머니는 정우의 질문에 대답하지 않았다. 대신 그녀는 지하실 구석에 방치되어 있던 벽난로 앞에 쭈그려 앉았다. 사용한 지 십수 년이 넘은 벽난로에서 타다 남은 장작을 헤쳤다. 케케묵은 재와 먼지가 어렴풋한 빛 속을 떠돌았다. 정우는 아무래도 할머니가 다시 정신이 나갔다고 생각했다.

"할머니, 거기 아무것도 없어. 그만해."

"아무것도 없다고 생각한 곳에서 항상 뭔가가 나오는 법이지."

다행인지 불행인지 할머니의 목소리는 지극히 정상이었다. 한참 동안 벽난로 바닥을 치운 할머니는 정우를 돌아보았다.

"이것 좀 도와주겠니?"

정우는 할머니 옆으로 갔다. 그의 눈에는 평범한 벽난로 바닥으로 보였는데…….

"양쪽 끝을 세게 누르면 열릴 거야."

"할머니. 이런 곳에 뭐가 있을 리가 없잖……."

푸념을 하며 벽난로 바닥을 꾹꾹 눌러보던 정우의 얼굴이 굳었다. 바닥 한쪽에 뭔가 움푹 들어가는 곳이 느껴졌다. 거기에 손을 넣고 힘을 주니 벽난로 바닥이 뚜껑처럼 열리는 것이었다. 그 아래에는 커다란 상자가 들어 있었다. 할머니는 정우의 손을 꼭 잡고 말했다.

"지금은 여자들이 사업도 하고 정치도 하는 시대지만, 내가 어릴 때는 그러지 않았어. 여자들은 철저히 남편의 내조만 했지. 그래서 나도 네 할아버지가 평생 뭘 했는지 알지 못한다. 그러나 이것만은 분명히 알지. 그이가 억울하게 죽었다는 사실. 그리고 이 상자 안에 그이의 억울함을 밝혀줄 비밀이 들어 있다는 사실 말이야."

"이 상자가 뭔데요?"

"네 할아버지는 돌아가시기 얼마 전에 이런 말을 하셨다. 놈들이 나를 노리고 있다고."

"놈들이 누군데요?"

"나도 똑같은 질문을 했지만 그이는 정확하게 대답해주지 않았어. 다만 이렇게 부탁했지."

— 만약 나한테 무슨 일이 생기면, 내가 이런 이야기를 했다는 사실을 절대 경찰에 알리지 마. 그러면 당신과 우리 가족들이 다 위험해질 수 있으니까. 몇 년이 지난 다음에 잠잠해지면 지하실 벽난로 바닥을 열어봐. 그 안에 내 보물들이 있어.

"나는 그이가 노망이 들었다고 생각했어. 지금 나처럼 심하지는 않지만 그때 그이도 치매가 왔었거든. 그런데 진짜로 그 말을 한 지 불과 며칠 뒤에 그런 일이 생긴 거야. 우리 가족의 안전을 위해, 그이가 시키는 대로 했지. 미심쩍은 일은 그이의 장례식 날에도 벌어졌어. 너는 갓난아기여서 기억 못하겠지만, 정체불명의 사람들이 들이닥쳐서 우리 집을 샅샅이 뒤진 적이 있었단다."

정우는 기억하지 못했다. 할아버지는 그가 세 살도 되기 전에 돌아가셨으니까.

"하지만 놈들은 벽난로 아래의 보물을 발견하지 못했지. 할아버지의 장례를 치르고 꼭 1년째 되던 날…… 내가 발견했단다."

할머니는 정말 보물상자라도 되듯이 벽난로 아래에서 꺼낸 상자를 쓰다듬었다.

"이 안에 뭐가 있는데요?"

"나도 모른다. 상자를 보는 순간, 이건 여자가 봐서는 안 될 물건이라고 직감했으니까. 너도 알다시피…… 나는 언제 잘못될지 모르는 상태잖니. 그래서 이제 유일하게 남은 이 집의 남자인 너에게 이 상자를 맡기는 거다."

할머니의 눈에 눈물이 고이기 시작했다.

"내 사랑하는 손자, 정우야. 나는 네가 얼마나 힘든 시간을 겪어야 했는지 잘 안다. 나 역시 감당할 수 없이 힘들었으니까."

엄마가 목을 매달고 죽은 후 한 번도 울어본 적 없는, 동네의 말썽쟁이 민정우의 눈에도 눈물이 고이기 시작했다.

"너에게는 두 가지 선택이 있다. 이 상자를 벽난로 안에서 불태워버리든가, 아니면 이 상자를 열고 우리 집안을 이렇게 만든 비밀과 마주하든가."

할머니는 정우를 꼭 안았다.

"잊지 말아다오. 아빠도, 엄마도, 할아버지도…… 그리고 나도 널 사랑했단다. 너에겐 아직 기회가 있어. 부디 이 상자가, 네가 내팽개친 너의 삶을 다시 시작하게 해주는 계기가 되기를 바랄 뿐이다."

지하실의 어둠 속에서 끌어안은 할머니와 소년의 뺨에 눈물이 흘러내렸다.

"할머니는 그리고 며칠 뒤에 돌아가셨어요. 현관의 흔들의자에 앉은 채로, 평화롭게 돌아가셨죠. 저는 약을 끊었고, 쓰레기 같은 친구들과도 작별했어요."

민정우는 상자를 쓰다듬었다. 램프의 요정 지니가 튀어나올 것만 같았다.

"이 상자 안에 담긴 비밀을 감당해내기 위해서 저는 완전히 다른 사람이 되어 열심히 살았죠. 할아버지가 그랬던 것처럼, 보다시피 국정원 요원이 되었고요."

민정우는 비밀 결사 조직의 리더처럼 엄숙하게 말했다.

"누군가에게 이 상자의 비밀을 공개하는 건 처음입니다."

그가 제일 먼저 상자 안에서 꺼낸 건 금방이라도 부스러질 듯한 오래된 신문 스크랩이었다. 그냥 오래된 게 아니라 수십 년은 족히 넘어 보일 정도로 옛날 신문이었다.

"50년 전, 여대생 이정순이 국도변에서 시체로 발견됩니다. 복부에 두 발의 총을 맞은 채로요. 용의자로 그녀의 친아버지가 잡혔고요. 아버지는 무혐의를 주장했고 증거도 석연치 않았지만 결국 그는 20년이 넘는 형을 살고 풀려났습니다. 이 사건과 관련한 의혹이 끊이지 않았죠. 여자가 당시 최고 실세였던 국무총리와 내연관계라는 사실이 밝혀지고 몰래 아들까지 낳은 것도 확인되었지만…… 결국 진범은 잡히지 않았어요."

민정우는 상자에서 두꺼운 노트를 꺼냈다. 표지가 가죽으로 된, 백과사전처럼 거대한 책이었다.

"조부께서는 그 시절, 당시 중앙정보부에서 서열 세 번째의 자리에 계셨습니다. 하지만 박정희 대통령 및 그의 측근들과 대립하게 되면서 자연스럽게 중앙정보부의 핵심 권력에서부터 멀어지게 되셨죠. 특히 이정순 사건이 결정적이었습니다. 당시 정권은 이 사건을 덮으려고 했지만 조부께서는 말년의 인생을 바쳐 끈질기게 추적했죠. 그러면서, 단순히 그 사건뿐 아니라 몇 가지 미스터리한 사건들과 맞닥뜨리시게 됩니다. 그러다 결국 전두환 시절, 안기부에서 나오시게 됐고요. 그리고 결국…… 목이 부러진 채로 발견되셨고요."

백 기자는 원래 음모론 신봉자가 아니었다. 그러나 진실이라는 꽃을 피우기 위한 씨앗이 의심이라는 건 누구보다 잘 알았다.

민정우는 따로 갖고 온 비닐 폴더를 들어 보였다.

"조부께서는 우리 현대사 이면의 수많은 미스터리들의 배경에 어떤 특별한 세력이 있다는 결론에 이르렀습니다."

그는 손에 들고 있던 비닐 폴더를 백 기자와 강 형사 앞에 내려놓았다. 백 기자는 떨리는 손으로 폴더를 열었다. 그 안에는 어떤 남자의 신상명세기록이 들어 있었다.

이름 : 톰 아라야

나이 : 33세

키 : 182cm

혈액형 : A (RH+)

주소 : 41-22 Main Street Manhattan, NY 11355 USA

전과 : 없음

그리고 사진이 있었다. 신우성과 얼굴이 비슷한 것 같기도 하고 아닌 것 같기도 했다.

"맞는 것 같기도 하고 아닌 것 같기도 한데……."

강 형사조차 고개를 갸웃했다. 민정우가 빙긋 웃었다.

"국정원의 몽타주 전문가에게 물어봤습니다. 100퍼센트 동일인이라고 확신하더군요. 게다가 일부러 성형수술을 해서 눈과 코의 모습을 바꾼 것 같다고요. 아마 이름을 바꾸면서 작정하고 얼굴 모양을 바꾼 것 같아요."

"아니, 이 사람을 어떻게 찾았어요?"

백 기자는 어리둥절했다. 미국 인구가 3억 명이 넘는데…….

"FBI에 제 동료가 있습니다. 지난번에 제가 그 친구에게 도움을 크게 준 일이 있어서 이번에는 도움을 좀 받았죠. FBI의 데이터베이스를 찾아보니 미국인 중에 톰 아라야라는 이름을 가진 사람은 모두 384명이더군요. 그중에서 신우성과 같은 나이는 21명. 그 사람들 사진을 전부 신우성의 사진과 대조해봤지요."

"이제 신우성이 톰 아라야라는 사실은 확실하게 밝혀졌네요!"

봉수가 엄지를 치켜들었다.

"민정우 요원은 톰 아라야가 아까 말한 그 세력의 일원이라고 생각하는 거요?"

강 형사가 물었다. 민정우는 고개를 끄덕였다.

"나이가 너무 어리잖아요? 이정순 사건 때는 아예 태어나지도 않았는데?"

민정우는 대답 대신 상자 안에서 또 다른 노트를 꺼내 강 형사에게 건넸다.

"그 노트 안에 답이 있을 겁니다."

강동훈과 봉수, 백 기자는 함께 노트를 읽기 시작했다. 민정우의 할아버지가 손글씨로 적은 일종의 음모론 노트였다. 단순한 음모론이 아니었다. 근거 자료가 갖추어져 있었다. 자연과학으로 치자면 가설과 실험을 기록해놓은 일지랄까? 내용은 대략 이랬다.

해방과 6.25 전쟁 이후 우리나라가 급격한 성장을 이루는 과정에서 막대한 부와 권력을 축적한 이들이 생겨났다. 그들은 자신들의 이득을 위해 함께 힘을 합쳤다. 기업을 사고팔고 필요에 따라서는 망하게 만들기도 했다. 막대한 자금을 바탕으로 유력 정치인을 키우기도 했고 도시를 만들기도 했다.
그리고 언제인가부터 그들은 마치 도박판의 말처럼 사람을 조종하는, 일종의 게임을 즐기기 시작했다. 국무총리와 여대생을 만나게 해 그 사랑의 과정과 끝을 지켜보았고, 희대의 사기꾼을 기업의 총수로 둔갑시키고 또 궁극에는 몰락시키기도 했다. 수많은 의문사, 실종사건, 미해결 사건들을 만들어냈다. 보통 사람들은 상상할 수도 없는 판돈을 걸고 게임처럼 사건의 추이를 지켜보았다. 마치 천상의 신들이 인간사를 내려다보며 조종하듯이. 그 모임은 극소수의 당사자들만 서로의 존재를 알고 있으며 철저한 보안을 유지했다.

다들 노트를 읽고 내려놓자 민정우가 말했다.

"아까 강동훈 형사님이 말씀하셨죠? 톰 아라야는 클럽의 멤버가 되기에 너무 어리지 않느냐고. 맞습니다. 이 클럽의 원년 멤버들은 이미 죽었거나 죽음을 목전에 둔 노인들이겠죠. 그러나 멤버들이 바뀐다면?"

"프리메이슨처럼요? 결원이 생기면 새 멤버를 뽑는 식으로?"

봉수의 말에 민정우는 빙긋 웃으며 검지로 봉수를 가리켰다. 마치 영특한 대답을 한 학생을 보는 선생님처럼.

"제가 여러분께 공유할 수 있는 것들은 대략 다 보여드린 것 같습니다. 보셨다시피 할아버지의 추적은 미완성에 그쳤습니다. 이제 남은 것은 저의 몫입니다."

"민정우 요원도 그동안 '클럽'의 정체를 추적해온 겁니까? 국정원에 보고도 하고?"

강 형사가 물었다.

"아니요. 보고를 해도 공식적으로 고려되지 않을 게 뻔했죠. 자료만 빼앗기고 끝날 수도 있고요. 물론 저 혼자서 수십 년 전에 끊겨버린 사건의 고리를 다시 이어나가는 일도 엄두가 나지 않았고요. 그저 혼자 이 상자를 가끔 꺼내보는 게 고작이었죠. 하지만 전 그날을 한 번도 잊은 적이 없어요. 돌아가시기 전에 이 상자를 제게 건네주던 할머니의 눈빛, 우리 가문의 비극을 돌이킬 수 있는 방법은 비밀을 밝히는 것밖에 없다던 그녀의 절절한 목소리, 그리고 밤새 내리치던 번개와 천둥까지요."

민정우의 표정은 비장했다.

"처음 강동훈 형사님의 사건 보고서를 읽었을 때는 송유철 교수의 사건이 '클럽'과 관련되어 있다고 생각하지 못했어요. 그러나 타일러 그룹이라는 엄청난 배후가 연결되는 순간…… 깨달았죠."

창밖에서 비가 내리기 시작했다. 그것은 어떤 징조와도 같았다.

"사라졌던 고리가 나타났다는 것을요. 조부께서 목숨을 걸고 쫓던 비밀 클럽의 꼬리가 제 눈에 보인 거죠. 이제 저는 목숨을 걸고 그 꼬리를 잡아보려고 합니다."

민정우는 백 기자와 봉수, 그리고 강 형사에게 동의를 구하는 듯 말했다.

"이 일은 정말 위험한 일입니다. 제가 여러분의 목숨까지 요구할 순 없어요. 여러분 중 누구라도 여기서 그만 손을 떼겠다면 말리지 않겠습니다."

긴 침묵이 흘렀다. 먼저 백 기자가 앞에 놓인 와인잔을 쭉 비웠다.

"해보죠. 그 시절과 지금은 또 다르니까. 그때는 저처럼 유능한 기자가 없었을 테니까요."

백 기자의 씩씩한 태도에 민정우는 놀란 눈빛이었다. 봉수도 누나의 뒤를 따랐다.

"저도 더 가보겠습니다."

결국 강 형사도 고개를 끄덕였다.

민정우는 아주 깊게 심호흡을 한 뒤 백 기자를 보며 말했다.

"이제 당신이 가진 것들을 보여주시죠."

백 기자는 핸드폰으로 사진을 보여주었다. 유리와 도준이 발견한 책『파이트 클럽』앞에 적힌 글과 폴라로이드 사진이었다. 민정우는 책에 적힌 'From Tyler to Jack'이라는 글과 폴라로이드 사진에 쓰인 2000년 2월 2일이라는 날짜를 유심히 보았다.

백 기자가 설명했다.

"사진이 들어 있던 책의 발행일은 2012년이에요. 누군가가 최근에 이선호에게 이 책을 선물했다는 뜻이죠. 무려 12년 전에 찍은 폴라로이드 사진을 끼워서. 톰 아라야. 또는 그의 지시를 받은 누군가가."

민정우는 눈을 지그시 감고 생각하다가 입을 열었다.

"저도 이선호가 살아 있다는 데 한 표 보태죠."

"톰 아라야에게 물어봐야겠군요."

백 기자가 당차게 말했다.

보라는 쿵쾅거리는 심장을 진정시킬 수가 없었다. 벽과 바닥 모두 검은 대리석으로 이루어진 방에는 은은한 촛불 조명이 비치고 있었다. 방 한가운데는 새하얀 시트로 덮인 매트리스가 놓여 있었다. 마치 종교 의식이라도 치러질 장소 같았다. 그녀는 직감할 수 있었다. 오늘 의식의 제물은 바로 자신이라는 걸.

어둠 속에서 누군가가 걸어 나왔다. 어른거리는 불빛에 얼굴이 드러났다. 한때는 신우성이었고, 비즈니스 관계에 있는 몇몇 사람들에게는 마스터라고 불리는 인물. 톰 아라야였다.

톰의 얼굴을 본 보라는 무릎을 꿇고 고개를 숙였다.

"마스터, 죄송합니다. 제가……."

"일어나."

톰의 목소리는 남자치고는 무척이나 높고 가늘었다. 그러나 보라는 괴물의 포효라도 들은 것처럼 몸을 부르르 떨었다.

그녀는 몸을 일으켜 섰다. 군인처럼 차렷 자세로. 톰은 그녀에게 몇 발자국 더 다가갔다. 그리고 명령했다.

"벗어."

보라는 이를 꽉 물었다. 그녀에게 다른 선택지는 없었다. 마스터의 명령을 거역한다는 것은 끔찍한 죽음을 의미하기에. 악마에게 영혼을 판 파우스트처럼 그녀는 마스터의 명을 따를 수밖에 없었다.

그녀는 심호흡을 연거푸 한 뒤 천천히 재킷의 단추를 풀었다. 재킷을 벗어 바닥에 놓고는 블라우스의 단추를 하나씩 풀기 시작했다. 레즈비언인 그녀는 어른이 된 이후 남자 앞에서 옷을 벗어본 적이 없었다. 시킨 대로 옷을 다 벗고 나면 과연 무슨 일이 벌어질지 그녀는 상상조차 할 수 없었다. 치마와 브래지어 차림이 된 그녀는 수치심에 쿡쿡 찔리는 기분을 참으며 치마까지 벗었다. 이제는 완전한 속옷 차림이었다.

"왜 멈추지?"

"속옷까지 다 벗나요?"

"왜 그동안 일이 엉망이 되어버렸는지 알겠군. 확실하게 마무리를 하지 못하는 성격이군."

"아닙니다!"

그녀의 입술이 파르르 떨렸다.

톰이 그녀 앞으로 천천히 다가왔다. 그녀는 자기도 모르게 뒷걸음질을 쳤다. 톰은 그녀의 턱에 손가락을 올렸다가 천천히 내렸다. 목선을 타고 흐르는 섬뜩한 느낌에 보라는 주먹을 꽉 쥐었다.

"이제 벌을 받아야겠지?"

보라는 순종의 의미를 담아 고개를 끄덕였다.

"누워."

보라는 커다란 매트리스 가운데에 천천히 누웠다. 매트리스의 네 모서리에는 줄이 달린 걸쇠가 있었다. 톰은 그녀의 팔목과 발목을 직접 걸개에 조였다. 이제 그녀는 꼼짝도 할 수 없는 처지가 되어버렸다.

누가 무슨 짓을 하더라도 무방비로 당할 수밖에 없는. 톰은 그녀 앞에 쪼그려 앉아서는 권투선수들이 끼는 마우스피스를 입에 물렸다.

"아름다운 이가 부러지면 안 되잖아."

그는 매트리스 옆에 놓여 있던 가죽 채찍을 들었다. 채찍은 한눈에 보기에도 매우 오래된 물건이었다. 심지어 끝부분에는 피와 얼룩이 켜켜이 덮인 것 같기도 했다. '위대한 손들'의 최초 멤버였던 톰의 할아버지가 쓰던 채찍이었다. 톰의 아버지 신건호 회장도 이 채찍을 쓴 적이 딱 한 번 있었다.

20년 전, 신 회장이 '위대한 손들'에게 게임을 제안했다. 내용은 간단했다. 당시 가요계에서 최고의 인기를 누리던 힙합 듀오 중 한 멤버를 독살하고 혐의를 애인에게 덮어씌운다. 이후에 그녀가 유죄 선고를 받을지, 형량은 얼마나 받을지 등을 게임판에 올려놓는 것이다. 돈은 매 단계마다 걸 수 있었다. '위대한 손들'은 전통에 따라 다수결 투표를 했고 이 게임을 승인했다. 역시 전통에 따라, 게임을 제안한 멤버인 신 회장이 게임을 세팅했다.

공연을 마친 날 밤에 타깃이 된 가수를 죽이는 데는 성공했다. 그렇게 게임이 깔끔하게 세팅되나 싶었는데 뒤처리에서 문제가 생겼다. 애인이 무죄로 풀려나면서, 실제로 신 회장의 지시를 받아 암살에 참여했던 킬러의 꼬리가 밟힐 뻔한 위험천만한 일이 벌어졌던 것이다. 물론 경찰이 진범을 잡는다고 해도 '위대한 손들'의 존재가 드러날 염려는 없었다. 게임 세팅을 위한 모든 지시는 철저하게 녹음이나 녹취가 불가능한 상황에서 구두로만 이루어지고 돈 거래 역시 100퍼센트 현금으로만 이루어지니까. 그러나 제안한 게임이 무효가 된다는 것은 '위대한 손들'의 멤버로서 무척이나 자존심 상하는 일이었다.

결국 큰 문제 없이 넘어갔지만, 신 회장은 일처리를 맡았던 책임자를 불러 벌칙을 수행했다. 그는 그 자리에 톰을 동석시켰다. 고령인데다 건강이 급격히 나빠진 자신을 대신해 톰을 '위대한 손들'의 후계자로 결정한 뒤의 일이었다.

벌칙은 도쿄 시부야의 58층 빌딩 펜트하우스에서 이뤄졌다. 지금처럼 아무것도 없는 벌칙의 방에 커다란 매트리스가 놓였고, 주방용품을 제조하는 중견 기업의 젊은 대표가 알몸으로 매트리스에 묶였다. 게임의 실제 세팅을 맡았던 그는 신 회장의 자금 지원 없이는 하루도 기업을 운영할 수 없는 완벽한 하수인이었다.

신 회장은 이제 갓 스물이 넘은, 마흔 살 넘게 차이가 나는 아들에게 말했다.

— 잘 보거라. 돈만으로는 완벽한 충성심을 얻을 수 없어. 진정으로 완벽한 충성은 공포에서 나온단다.

톰이 보는 앞에서 아버지는 채찍을 휘둘렀다. 매트리스에 묶인 남자의 입에서 비명이 터지고 피가 튀고 살점이 쪼개지는 광경을, 톰은 매우 흥미롭게 지켜보았다.

드디어 톰은 아버지가 휘두른 채찍을 들고 섰다. 그는 이제야 진정한 '위대한 손'이 된 느낌이었다. 누군가를 완벽하게 조종하고 복종시키기 위해서는 결국 폭력이 수반될 수밖에 없다던 독재자들의 논리를 이해하는 순간이었다.

"보라. 개인적인 감정은 없어."

말이 끝남과 동시에 그는 있는 힘껏 채찍을 휘둘렀다. 바람을 가르는 소리와 고막을 찌르는 비명이 차례로 검은 대리석 방 안의 공기를 뒤흔들었다.

톰은 한 대를 내리친 뒤 잠시 얼떨떨한 표정으로 서 있었다. 지금껏 그가 맛보지 못한 쾌감이었다. 여태껏 인간이 맛볼 수 있는 모든 감각을 경험했다고 생각했는데…….

꽉 문 이 사이로 새어나오는 보라의 흐느낌을 들으면서 그는 다시 채찍을 휘둘렀다. 아까보다 더 강하게.

창밖으로 들어오는 햇살이 따스했다. 병실 안에는 아빠의 몸과 연결된 생명유지장치들이 낮은 전자음을 내고 있을 뿐 다른 소리는 없었다.

유리는 의식이 없는 아빠의 손을 꼭 잡고 책을 읽어드렸다. 불교신자였던 아빠가 평소에 좋아하던 법정 스님의 글이었다.

"오늘 우리가 겪는 온갖 고통과 그 고통을 이겨내기 위한 노력은 다른 한편 이 다음에 새로운 열매가 될 것이다. 이 어려움을 어떤 방법으로 극복하는가에 따라 미래의 우리 모습이 결정된다."

스님의 말씀이 마치 자기 자신에게 하는 말 같아서, 유리는 숙연한 마음으로 책을 읽었다.

"세상사란 지금 당장 겪고 있을 때는 견디기 어려울 만큼 고통스러운 일도 지내놓고 보면 그때 그곳에 그 나름의 이유와 의미가 있었음을 뒤늦게 알아차리게 된다."

'그럴까? 정말 그럴까? 이 폭풍이 지나가고 나면, 나는 어떤 사람이 되어 있을까?'

적막한 병실 안에서 유리는 기도했다. 그녀가 아니라 아빠를 위해.

"아빠. 꼭 다시 일어나셔야 해요. 떳떳한 딸이 되어 효도하게 해주세요."

그녀는 아빠의 주름진 손을 뺨에 갖다 댔다. 잠깐이나마 재판 생각으로부터 해방되어 맛보는 고요와 평화였다.

넓은 창으로 보이는 하늘 멀리서 먹구름이 몰려오고 있었다.

백 기자의 보고를 받은 도준은 몹시 흥분하면서 또한 걱정스러웠다. 경찰과 국정원 요원이라는 든든한 조력자가 생겼다는 소식은 반갑기 그지없었다. 그러나 그녀가 전해준 거대한 음모론은 그조차도 감당하기 어려웠다. 한국 현대사의 미스터리들, 상상을 초월하는 재력가, 권력자들의 비밀 결사……. 이런 것들과 유리가 연관되어 있다고 생각하니 아찔했다.

보고를 받았으니 유리하고도 공유를 해야 했다. 도준은 백 기자에게 들은 내용을 최대한 알기 쉽게 설명해주었다. 유리 역시 엄청난 충격을 받은 듯했다.

"만약 정말 제가 그런 엄청난 비밀 결사의 타깃이라면, 재판에 이긴다 하더라도 무사할 수 있을까요?"

유리의 걱정은 충분히 타당한 걱정이었다. 도준은 그녀를 쓰다듬는 기분으로 말했다.

"걱정 마. 공판 준비는 잘돼가?"

"네. 다음 공판에는 증거물 위주로 재판이 진행된대요. 차 변호사님하고 모의재판을 몇 번이나 했네요."

"그래. 잘했어. 오늘은 일찍 자."

이선호 살인사건에 대한 두 번째 공판이 열렸다. 오늘도 법원 주변에는 기자들이 굶주린 늑대 떼처럼 몰렸다. 비가 내리고 바람도 거센 날씨인데도 방청석 역시 가득 찼다. 도준은 지난번 공판과 마찬가지로 후드티에 야구모자를 푹 눌러쓴 차림으로 방청객들 사이에 얼굴을 숨기고 섞여 앉았다.

문지환 검사와 시원, 유리가 차례로 입장해서 자리에 앉았다. 지난번 공판이 양측의 실력을 가늠하기 위한 워밍업이었다면 오늘은 진검승부가 벌어질 예정이었다. 양측의 공방을 위한 증거품과 증인들이 줄지어 있었다.

유리는 지난번의 블랙원피스와 반대로 크림색의 밝은 옷을 입고 왔다. 도준이 선물해준 에메랄드 목걸이가 목에서 반짝거렸다.

법정의 문이 열리고 법복을 입은 세 명의 판사가 줄지어 들어오자, 엄숙한 목소리가 법정을 울렸다.

"일동 기립!"

판사 세 명이 재판장석에 좌정하자 기립했던 재판정 안의 사람들도 자리에 앉았다. 노정렬 판사는 헛기침으로 목을 가다듬고 두 번째 공판을 시작했다.

"지금부터 서울중앙지방법원 2016고합 203호 이선호 살해 및 시신유기 사건에 관한 두 번째 공판을 시작합니다. 먼저 증거물에 대한 조사를 하겠습니다. 검찰 측이 신청한 증거에 대해서 조사를 한 다음, 피고인과 변호인이 신청한 증거에 대해 조사를 하겠습니다. 문 검사님?"

문 검사는 법정에 놓인 증거를 손으로 가리켰다.

"데스티니호에서 발견된 와인병입니다. 그리고 이 와인병에서 수면제 성분이 검출되었다는 국립과학수사연구원의 보고서를 제출합니다."

문 검사는 노 판사와 배심원들에게 보고서를 제출했다.

"표류하던 데스티니호에서 구출된 후 피고인이 작성한 조서를 보면, 이선호와 와인을 여러 잔 마셨다는 기록이 있습니다. 술과 수면제에 취한 상황에서는 항거 불능의 상태에 빠지기 쉽다는 점은 따로 증명하지 않겠습니다."

시원이 뭔가 말하려다가 그만두었다. 문 검사가 계속했다.

"그리고 사건 발생 후 이선호와 피고인이 함께 살던 집에서 수면제가 발견되었고, 국과수의 보고서에 따르면 와인병에서 발견된 수면제와 같은 성분이라고 합니다. 이는 피고인이 피해자를 항거 불능의 상태로 만든 후 범행을 저질렀다는 강력한 증거가 됩니다."

판사가 시원을 보며 물었다.

"변호인, 진술하시겠어요?"

"네."

시원은 증거 앞으로 가서 섰다. 그는 마치 소믈리에라도 된 것처럼 와인병을 들어 유심히 보기도 하고 심지어 텅 빈 병의 냄새를 맡아보기도 했다.

문 검사는 인상을 버럭 썼다.

'저 미친놈이 지금 뭐 하는 거야?'

기다리던 노 판사도 한마디 했다.

"변호인, 신속하게 진술해주시기 바랍니다."

"아, 죄송합니다. 시간을 끌려던 게 아니라 이 와인이 어디서 온 것인지를 유심히 본 것뿐입니다."

시원은 와인병을 들고 배심원들 앞으로 갔다.

"와인 좋아하십니까? 저는 상당히 즐기는 편입니다. 와인을 좋아하시는 분들은 아시겠지만, 세상의 모든 와인이 우리나라에 수입되는 건 아닙니다. 우리나라에서 살 수 없는 와인도 아주 많죠. 게다가 같은 종류의 와인이라 하더라도 연도에 따라 수입이 되는 연도가 있고 안 되는 연도도 있습니다."

시원은 손에 든 와인병의 라벨을 가리키며 말했다.

"이 와인은 칠레산 와인입니다. 칠레의 대표적인 와인 명가 중 하나인 콘차이 토로 사의 프리미엄급 와인이죠. 와인 이름은 돈 멜초. 와인 스펙테이터라는 믿을 만한 와인 평가에서 TOP100에 여러 차례 선정된 바 있는 명품이라고 할 수 있죠."

노 판사가 다시 끼어들었다.

"변호인, 여기는 와인 동호회가 아닙니다. 빨리 증거에 대한 진술을 하세요."

"설명이 좀 필요한 부분이라서요. 금방 끝내겠습니다."

시원은 양해를 구하고 와인병 라벨에 붙은 숫자를 가리켰다.

"이 숫자 보이시나요? 2011. 바로 이 와인이 생산된 연도를 말하죠. 원래 이 와인, 돈 멜초는 우리나라에 수입이 되는 와인인데 2001년과 2003년산이 수입되었습니다. 수입사에 확인한 결과 2011년산은 수입을 하지 않은 것으로 밝혀졌습니다."

문 검사가 손을 번쩍 들었다.

"이의 있습니다. 그 사실이 이 증거의 효력을 감한다는 뜻인가요? 그렇게 보기 어렵습니다."

문 검사의 말에 노 판사는 고개를 끄덕였다.

"변호인, 보충진술 부탁합니다."

"피고인 손유리가 아니라 다른 사람이 이 와인을 구입해서 요트에 실어놓았을 가능성이 많다는 뜻입니다."

다시 문 검사가 반론했다.

"피고인이 해외에서 와인을 구입해왔을 가능성도 있습니다. 게다가 원래 요트에 다른 사람이 실어놓은 와인이라고 하더라도, 그날 밤 피고인이 수면제를 탔을 확률도 충분히 존재합니다."

"그래요? 만약 피고인이 그렇게 손쉽게 와인병에 수면제를 탈 수 있었다면, 마찬가지로 다른 사람도 그럴 수 있었다는 뜻이 아닌가요? 예를 들면 이선호가 직접? 그렇다면 이 증거물은 피고인의 혐의를 증명하는 증거로 채택될 수 없습니다."

배심원들 중 몇몇이 고개를 끄덕였다. 문 검사가 날카롭게 소리쳤다.

"이의 있습니다! 지금 미리 인정받지 못한 가정을 사실처럼 말하고 있습니다. 이 법정은 이선호의 살해 및 시신유기 사건을 다루고 있는 법정입니다. 변호인은 이선호가 스스로 존재를 감추었다는 궤변을 마치 기정사실처럼 표현하고 있습니다."

"인정합니다. 변호인은 증명할 수 없는 가정을 사실처럼 진술하지 마세요."

"제 진술은 아직 끝나지 않았습니다. 남아 있는 진술로, 이선호가 살해당한 것이 아니라 스스로 자취를 감추었다는 사실이 증명될지도 모릅니다. 진술 계속해도 될까요?"

노 판사는 엄숙한 표정으로 고개를 끄덕였다.

"피고인과 이선호가 허니문을 떠났던 문제의 요트, 데스티니호는 철저하게 이선호 쪽에서 준비한 요트입니다. 심지어 피고인은 허니문을 떠나기 직전까지 데스티니호의 존재 자체도 몰랐습니다. 그건 피고인이 구조된 직후에 작성한 조서에도 나와 있습니다. 피고인의 진술은 실제 조서와 일치합니다. 그리고, 와인병과 관련된 증거물을 추가로 요청합니다. 바로 코르크마개입니다."

시원은 법정 안의 테이블 위, 와인병 옆에 나란히 놓인 코르크마개를 들어 보였다.

"이 코르크마개에서도 수면제 성분이 검출되었습니다. 그건 요트에서 와인병을 딴 후에 수면제를 넣은 것이 아니라! 미리 와인에 수면제를 탄 후에 코르크마개로 밀봉을 하고 실어놓았다는 뜻입니다. 아까 검사님이 제기한 의문은 이제 해결되었으리라 믿습니다."

그는 다시 배심원들 앞에 섰다.

"자, 우리 한번 생각해봅시다. 피고인이 존재조차 모르고 있던 요트에서 마시려고 우리나라에서는 팔지도 않는 수입산 와인에 수면제를 미리 넣어서 다시 밀봉한 후에 가져갈 확률이 얼마나 될 것 같습니까?"

배심원들 몇몇의 표정이 눈에 띄게 변했다. 처음에는 유리의 혐의를 강화하는 것 같았던 증거물이 반대의 효과를 내고 있었다.

"이렇게 물어보면 어떨까요? 요트를 준비한 이선호 쪽에서 수면제가 든 와인병을 미리 갖다놓았을 가능성이 클까요, 아니면 요트의 존재조차 몰랐던 피고인이 우리나라에서는 팔지도 않는 와인에 수면제를 타서 다시 밀봉한 후에 들고 갈 가능성이 클까요?"

"이의 있습니다! 변호인은 또다시 이선호가 사건을 꾸몄다는 가설을 기정사실인 것처럼 말하고 있습니다."

문 검사의 말에 시원이 바로 반박했다.

"아닙니다. 저는 이선호가 그랬다고 하지 않았습니다. 이선호 쪽의 다른 인물이 수면제가 든 와인병을 미리 세팅했을 가능성에 대해서도 생각해보자는 이야기였습니다."

다른 인물이라는 말에 잠시 장내가 술렁거렸다. 노 판사가 고개를 갸웃했다.

"이선호 쪽의 다른 인물이라면, 지금 변호인은 어떤 특정한 사람을 지칭해서 말하는 겁니까?"

승부수를 던질 타이밍이었다. 어쩌면 이 한 수가 엄청난 역공이 되어 타격을 입힐지도 몰랐다. 그러나 시원은 도전해보기로 했고, 유리도 동의한 작전이었다.

"네. 그렇습니다. 검사 측에서 양해하신다면 지금 증인을 요청해도 될까요?"

문 검사는 당황한 기색이 역력했다. 미리 합의하지 않은 증인을 갑자기 요청하는 일은 재판에서 흔치 않은 경우니까. 노 판사는 어깨를 으쓱했다.

"검사? 양해하실 건가요? 검사 측에서 반대한다면 변호인은 오늘 공판 후에 정식으로 증인 요청을 하세요."

찰나의 순간에 문 검사의 머리가 재빠르게 돌아갔다. 이 재판에는 이미, 재판을 시작하기 전부터, 논리 외의 감정이 개입되고 있었다. 이도준 피습사건으로 손유리에 대한 옹호 여론이 형성되는가 하면, 김민정의 기자회견으로 다시 손유리는 천하의 무서운 불륜녀가 되었다. 괜히 밀리는 인상을 줘서는 안 된다. 어떤 증거, 어떤 증인을 데리고 오더라도 혐의를 입증할 수 있다는 인상을 줘야 한다. 문 검사는 자신만만하게 얘기했다.

"네. 좋습니다. 다만 증인을 데려오느라 시간이 걸리는 건 곤란합니다."

시원은 고개를 내저었다.

"그럴 일 없습니다. 바로 이 자리에 있으니까요."

다들 의아한 표정으로 시원을 쳐다보았다. 시원은 천천히 몸을 돌려 방청석을 응시했다.

"이보라 씨를 증인으로 신청합니다."

보라는 채찍세례를 당하고 3일 밤낮을 꼬박 앓았다. 그녀의 주치의가 끔찍한 상처를 치료했다. 첫날 밤은 극심한 고통으로 혼수상태를 몇 번이나 겪었고, 둘째 날에는 허용가능한도까지 진통제를 맞으며 버텼다. 의사의 만류에도 불구하고 3일째 되는 오늘, 그녀는 재판에 참석했다. 만신창이가 된 등에 특수붕대를 감고, 모르핀을 잔뜩 맞은 채로. 그런데 미친 변호사 녀석이 갑자기 그녀를 증인으로 신청한 것이다.

시원과 눈이 마주쳤다. 능글능글한 빛을 흘리는 변호사놈의 두 눈을 뽑아버리고 싶었다. 그녀는 전혀 예측하지 못한 상황이기에 예스도 노도 답할 수 없었다. 주변 사람들의 따가운 시선을 받으며 계속 앉아 있을 뿐이었다. 노 판사가 그녀를 보며 물었다.

"이보라 씨? 지금 변호인께서 본인을 증인으로 요청했습니다. 받아들이시겠습니까? 본 법정은 증언을 전혀 강제하고 있지 않습니다. 내키지 않으시면 거부하셔도 됩니다."

보라는 지금 증인 요청을 거부하는 것이 판사와 배심원들에게 어떤 영향을 줄지 잠시 생각했다. 만약 재판이 유리하게 풀리는 상황이었다면 절대 이런 무례한 요구를 받아들이지 않았을 것이다. 그러나 누가 봐도 재판은 아슬아슬한 상황이었다. 모르핀을 몇 번이나 맞아도 소용없이 등에서 느껴지는 극심한 고통은 그녀에게 경고하고 있었다. 최선을 다하지 않으면 더 나쁜 쪽으로 흘러갈 거라고.

"증인 요청, 받아들이겠습니다."

보라의 말이 떨어지자 방청석이 술렁였다. 그녀는 법원 직원이 안내하러 다가오기도 전에 스스로 자리에서 일어나 증인석으로 발걸음을 옮겼다. 가만히 앉아 있을 때도 등에 불이 붙은 것처럼 아팠지만 걸음을 옮기자 척추까지 긁히는 고통이 그녀를 공격했다. 보라는 이를 악물었다. 판사와 배심원들에게 당당하고 자신 있는 모습을 보여줘야 하니까.

보라는 증인석에 서서 법원 직원이 갖다준 선서서에 있는 내용을 읽었다. 법원 안에 차가운 그녀의 목소리가 울려 퍼졌다.

"양심에 따라 숨김과 보탬이 없이 사실 그대로 말하고 만일 거짓말이 있으면 위증의 벌을 받기로 맹세합니다."

증인석 앞에 선 시원이 물었다.

"피고인의 진술에 따르면 데스티니호를 준비한 당사자가 증인이라고 합니다. 맞나요?"

"준비라는 단어의 정의가 너무 포괄적이군요. 그 요트를 최고의 허니문 요트에 걸맞게 꾸미라고 지시를 내리긴 했지만 제가 직접 요트에 가서 뭔가를 한 건 아닙니다. 그러니 요트를 준비했다는 표현보다는 요트를 준비하도록 지시했다는 표현이 맞겠네요."

"좋습니다. 그럼, 그 요트에 와인을 실으라는 명령도 했나요?"

"잘 기억이 나지 않습니다. 그렇게 세세한 지시를 내리는 타입은 아니라서요."

"그럼 그때 실제로 요트의 허니문 세팅을 담당했던 직원을 증인으로 신청할 수 있을까요?"

"그들이 원하지 않는다면 제가 강제할 방법은 없습니다."

"최대한 협조는 해주시겠다는 뜻으로 받아들여도 되겠습니까?"

"네."

시원은 와인병을 가리키며 말했다.

"재판을 지켜보셨겠지만 와인병의 코르크마개에서도 미량의 수면제 성분이 검출되었습니다. 그 말은 즉 와인병에 미리 수면제를 타놓고, 다시 마개를 밀봉한 채 요트에 실었다는 뜻입니다. 이 논리까지는 증인도 인정하십니까?"

"네. 물론 그 와인병을 손유리가 들고 탔다는 가능성까지 포함해서요."

"좋습니다. 그렇다면……."

시원은 함께 변호인단에 앉아 있던 후배 변호사에게 눈짓했다. 그는 미리 준비해온 빈 와인병과 코르크마개를 건네주었다.

"자, 여기 현장에서 발견된 와인과 정확히 똑같은 와인병과 코르크마개가 있습니다. 여기 앉아 계신 배심원 여러분들 중에서……."

시원은 배심원단 중에서 누가 봐도 가장 덩치가 큰, 얼굴과 체격 모두 강호동을 닮은 남자에게 다가갔다.

"실례지만 다른 사람들보다 힘이 센 편이신가요?"

"그런 편입니다. 대학교 때까지 유도 선수였습니다."

"와우. 그렇다면 손힘은 자신 있겠군요."

"팔씨름은 아직 누구한테도 져본 적 없습니다."

"그럼 이 와인병에 코르크마개를 끼워보시겠어요?"

남자는 자신 있는 표정으로 어깨를 으쓱하고는 빈 병과 코르크마개를 받아들더니 병에 끼우기 시작했다. 하지만 코르크마개를 다시 밀어 넣는 일은 쉽지 않았다. 거구의 사내가 제법 힘을 주고서야 마개가 들어갔다. 남자는 고개를 흔들며 혀를 내둘렀다.

"아…… 이거 쉽지 않네요."

"그 정도면 됐습니다."

시원은 남자로부터 다시 와인병을 받은 후 사람들에게 보이며 말했다.

"사실 와인 코르크마개는 생산지에서 기계로 넣습니다. 보통 힘든 일이 아니거든요. 게다가 코르크만 넣는다고 되는 일이 아닙니다. 새 와인처럼 보이게 하려면 얇은 금속이나 비닐로 뚜껑을 감싸야 합니다."

시원은 유리를 가리키며 물었다.

"저 여자분이 할 수 있었을까요?"

그러자 문 검사가 반박했다.

"가능성은 얼마든지 있습니다! 남자의 도움을 받았을 수도 있고, 기구의 힘을 빌렸을 수도 있고요!"

걸렸다! 시원은 자기도 모르게 얼굴에 피어나려는 웃음을 꾹 참았다. 표정 관리가 중요한 대목이었다. 그가 드리운 낚싯대 근처에 물고기가 어른거리기 시작한 것이다. 그는 문 검사의 말에 재반박을 하지 않고 보라에게 물었다.

"증인은 어떻게 생각하십니까? 증인도 검사의 말처럼 손유리가 누군가의 도움을 받았거나 기구를 이용해서 수면제를 넣고는 새 와인처럼 만들어 요트에 들고 탔다고 생각하십니까?"

"네."

보라의 목소리는 확신에 차 있었다. 시원은 월척을 확신하며 되물었다.

"그건 매우 용의주도한 행동인데요?"

"네. 저는 손유리가 매우 용의주도하게 제 동생을 죽였다고 생각합니다. 제 동생에게 접근했을 때도 그랬으니까요."

잔뜩 굳어 있던 보라의 얼굴에 미소가 그려졌다.

'바보 같은 변호사 녀석. 자기 의뢰인의 신뢰를 스스로 갉아먹고 있군. 고마워.'

미소 짓는 사람은 보라뿐만이 아니었다. 시원도 입가에 미소를 머금고 있었다.

‘그렇지! 지금이다! 당겨!’

시원은 있는 힘껏 낚싯대를 당겼다.

15화

그를 만나다

톰 아라야가 만나자고 제안한 장소는 엉뚱하게도 경상북도 울진, 그중에서도 관동팔경으로 유명한 망양정 해변에 위치한 그의 별장이었다. 백현서 기자는 민정우 요원이 직접 운전하는 차를 타고, 네 시간 만에 울진에 들어섰다. 대한민국 최고의 천연림이라고 불리는 불영계곡의 절경이 눈을 사로잡았다.

내비게이션의 주소를 따라 한참 더 달리다 보니 지중해의 바다 같은 코발트색 바다가 나왔다. 파도가 쉴 새 없이 밀려들고 해변에서도 인적이 드문 곳에 믿어지지 않을 만큼 미래지향적인 디자인의 대저택이 있었다. 이웃은 전혀 없이 딱 한 집만 존재했다. 언뜻 보면 고급 펜션 같기도 한 그 집이 설명해주지 않아도 톰 아라야의 별장임을 알 수 있었다.

건장한 체격의 남자가 집 앞에서 기다리고 있었다. 그는 차에서 내린 백 기자와 민정우를 보고 깍듯하게 인사했다.

“하우스 원(One)에 오신 것을 환영합니다. 따라오시지요.”

그는 톰의 별장으로 성큼성큼 걸어갔다. 민정우와 백 기자는 차례로 그의 뒤를 따라 걸었다.

“대표님께서 기다리고 계십니다. 미리 약속드린 대로 인터뷰 시간은 한 시간입니다. 그리고 두 분의 신분증을 확인할 수 있을까요?”

“물론이죠.”

민정우는 먼저 자신의 신분증을 꺼내 남자에게 보여주었다. 백 기자는 가슴이 뛰기 시작했다.

‘가짜 신분증이 들통나면 어떻게 될까? 인터뷰는 물 건너가는 거겠지?’

민정우가 직접 만들어준 신분증이라 안심은 됐지만, 세상일은 어디서 잘못되는지 미리 알 수 없는 법이니까.

그 남자는 불안하게시리 민정우의 신분증을 형식적으로 보지 않고 꼼꼼하게 보며 신분증 사진과 얼굴을 대조하기까지 했다. 그는 민정우의 신분증을 돌려주고 백 기자의 신분증을 받았다. 그녀는 침을 꿀꺽 삼켰다. 어릴 때 성적을 위조한 성적표를 엄마한테 검사 맡을 때보다 백배는 더 떨렸다.

신분증을 유심히 보던 남자가 무표정한 얼굴로 고개를 들고는 백 기자의 얼굴을 뚫어지게 응시했다. 백 기자는 직감했다. 뭔가 큰 문제가 생긴 것을. 잠시 후 남자의 입에서 상상도 하지 못한 말이 흘러나왔다.

“당신이 국정원 요원이라고요? 위조한 신분증이군요.”

오 마이 갓. 백 기자는 심장이 오그라들어 아무 말도 할 수 없었다.

그녀는 겨우 고개를 돌려 민정우를 바라보았다. 민정우의 표정은 냉담했다.

그제야 그녀의 머릿속에 의심의 불이 켜졌다.

'민정우가 가짜라면 어떡하지? 나는 왜 민정우가 진짜 국정원 요원이라고 믿었지? 대체 무슨 근거로? 그저 알량한 신분증을 보여줘서? 할아버지가 남긴 음모론 상자를 보여줘서? 그 모든 것이 나를 여기로 데려오기 위한 미끼였다면?'

백 기자는 주변을 둘러보았다. 사람 한 명, 아니 수십 명쯤 죽여서 파묻어도 영원히 아무도 찾아내지 못할 곳이었다.

'아…… 큰일 났다…….'

남자의 입에서 더욱 무서운 말이 흘러나왔다.

"백현서 기자님. 이러시면 곤란하죠."

백 기자는 감전된 것처럼 몸을 부르르 떨었다.

'당신이…… 내 이름을 어떻게 알지? 이미 가짜로 판명된 신분증에는 엉뚱한 이름이 적혀 있을 뿐인데?'

"제가 설명 드릴게요!"

민정우가 백 기자의 앞을 막아섰다. 바로 1초 전까지 민정우를 의심하면서 지옥으로 변했던 백 기자의 마음이 약간은 누그러졌다. 그렇다고 상황이 해결된 건 하나도 없었다.

"당신이 이분의 진짜 이름을 아는 걸 보니 제가 설명할 필요가 없을지도 모르지만, 그래도 설명하겠습니다."

민정우가 당황해서 속사포처럼 말을 쏟아내는 모습은 처음이었다.

"당신 말대로 이 사람은 국정원 요원이 아닙니다. 네, 맞아요. 제가 신분증을 위조했어요."

남자는 로봇처럼 냉랭한 얼굴로 물었다.

"국정원 요원이 국정원 신분증을 위조하다니. 상부에 허락을 맡고 한 일인가요?"

"아니요. 제가 단독으로 결정한 일입니다. 이 모든 작전은 제가 계획하고 실행에 옮긴 겁니다. 이 기자분은 아무 죄가 없어요."

기대도 하지 않았던 보호막에 백 기자는 감동했다.

'상남자로군!'

민정우는 여전히 백 기자의 앞을 막고 서서 열변을 토했다.

"당신은 톰 아라야 대표님의 부하직원이지요? 비서이신가요? 어쨌든 저는 국정원 요원이 맞습니다. 이 기자분이 허락이 안 된다면 저만이라도 뵙고 싶습니다."

"대표님께서는 이미 다 알고 계십니다."

백 기자는 어안이 벙벙했다.

'뭐지? 뭘 어떻게 알고 있다는 얘기지?'

"두 분 다 들어오라고 하시는군요."

그 말과 동시에 남자는 벽에 손을 댔다. 그러자 소리도 없이 벽의 일부분이 문처럼 슥 열렸다.

하아……. 백 기자는 정신을 차릴 수 없었다.

'너무 멀리 온 것일까? 겁도 없이?'

민정우는 망설이는 그녀와 눈을 맞춰주었다. 자기만 믿으라는 듯이. 그리고 미지의 집 안으로 먼저 들어갔다. 백 기자도 그를 따라 걸음을 옮겼다.

집 안의 느낌을 한마디로 표현하라면 우주선이었다. 금속성 재질의 벽과 바닥 천장은 어떤 무늬도 없이 옅은 은색이었다. 게다가 밖에서는 분명히 새카만 검은색 벽으로 둘러싸여 있었는데 안에 들어오니 밖의 풍경이 훤하게 보이는 유리벽이었다.

평소라면 대체 이런 집을 이런 곳에 어떻게 지었는지 몹시 궁금했겠지만, 지금 백 기자는 과연 이곳에서 살아 나갈 수 있을까 외에 다른 생각은 전혀 들지 않았다.

백 기자가 들어오자 문은 소리 없이 닫혔다. 어떻게 해야 문이 열리는지 도무지 알 수 없었다.

'나는 내 맘대로 여기서 나갈 수도 없겠구나.'

백 기자는 자꾸만 스멀거리는 공포와 싸우면서 민정우의 뒤를 따라갔다. 그러지 않으려 해도 자꾸만 다리가 후들거렸다.

안내하던 남자는 우주선 안 같은 공간과 복도를 지나 어느 방 앞에 멈춰 섰다. 그곳이 방문이라고 알 수 있는 유일한 표시는 벽에 깜박이는 녹색 불빛밖에 없었다. 남자는 불빛 앞에 멈춰 서더니 벽을 보며 물었다.

"손님들 모시고 왔습니다."

그러자 아까 집에 들어올 때처럼 벽이 갈라지면서 문이 열렸다. 남자는 따라 들어가지 않고 손짓으로 민정우와 백 기자를 방으로 안내했다.

이제 드디어 톰 아라야를 만나는 것인가? 백 기자는 심호흡을 하고 방으로 들어갔다. 등 뒤로 문이 닫혔다.

방은 지금까지 집에서 본 공간과는 완전히 다른 느낌이었다. 일단 바닥이 나무였다. 한쪽 벽은 역시 밖의 풍경이 그대로 보이는 유리벽이었다. 보통 아파트의 거실보다도 훨씬 넓은 방 한가운데에 책상이 있고 그 뒤에 한 남자가 서 있었다. 품이 넉넉한 검은색 바지에 역시 검은색 티셔츠 차림이었다. 적당한 키에 적당한 체격, 그리고 깨끗하게 면도한 얼굴이었다.

정성껏 갈아놓은 먹 냄새가 방 안에 가득했다. 남자는 붓을 들고 뭔가를 그리고 있었다. 다가가서 보니 사군자 그림이었다. 백 기자는 아예 다음에 벌어질 상황을 예상하지 않기로 했다. 지금까지 벌어진 모든 사건들이 그녀의 예상을 뛰어넘었으니까.

남자는 그리고 있던 난초 잎을 끝까지 쭉 뻗은 다음에야 붓을 벼루 위에 내려놓고 고개를 들었다.

"아, 오셨군요."

10년 전에는 신우성라는 이름으로 불렸던 남자. 타일러 인베스트먼트의 최대주주인 억만장자. 베일에 싸인 은둔자. 톰 아라야가 서 있었다.

"멀리까지 오게 해서 죄송합니다."

톰은 두 사람 앞으로 걸어와 악수를 청했다. 활짝 웃으면서. 지금까지의 행동으로 봐서는 전혀 기인 같지 않은, 예의범절을 제대로 배운 상류층 사람 같았다.

톰은 방 한쪽 구석에 놓여 있는 소파로 두 사람을 안내했다. 민정우와 백 기자가 나란히 앉자 톰은 그 앞에 섰다.

"손님이 오는 일이 거의 없어서 앉을 곳이 충분치 않습니다. 저는 서 있는 걸 좋아하니까 신경 쓰지 마십시오."

"집이 아주 멋지군요?"

민정우가 말했다.

"아, 이 집이 조금 특별하죠. 특별한 장소인 만큼요. 혹시나 비행하던 외계인들의 눈에 확 띌 수 있게 만들었죠. 제 소원이 외계인을 만나보는 겁니다."

천진한 소리를 하는 걸 보니 영화와 음모론을 좋아하는 평범한 삼십 대 초반 남자 같기도 했다. 톰은 시계도 보지 않고 말했다.

"인터뷰 시간이 많지 않습니다."

빨리 용건을 꺼내라는 얘기였다. 민정우는 핸드폰의 녹음기능을 활성화시키고 바로 물었다.

"단도직입적으로 묻겠습니다. 당신이 이선호 실종사건의 배후인가요?"

톰은 빙긋이 웃으며 민정우를 응시했다.

같은 시간. 서울중앙지방법원의 재판정에서는 차시원 변호사가 승부수를 던지고 있었다. 그는 증인석에 선 보라를 보며 물었다.

"지금 증인께서는 피고인이 매우 용의주도하다고 증언을 해주셨는데, 그렇다면 제가 이해가 안 가는 사실이 하나 있네요. 수면제를 미리 준비해서 와인에 넣고 눈치 못 채게 다시 와인병을 밀봉해서 요트에 갖고 탈 정도로 용의주도한 사람이…… 왜 불리한 증거가 될 게 뻔한 와인병은 떡하니 요트 안에 놔뒀을까요?"

시원은 천천히 고개를 돌려 보라와 문 검사의 표정을 차례로 살폈다. 당황한 기색이 역력했다. 그리고 둘은 서로를 보고 있었다. 마치 작전을 상의하는 한 팀처럼.

시원은 두 사람의 시선 사이를 자연스럽게 가로막고 섰다.

"증인. 이 점에 대해서는 어떻게 생각하는지 말씀해주세요. 증인이 그토록 용의주도하다고 확신한 손유리가 왜 자기한테 불리한 증거들을 이토록 허술하게 내버려뒀는지."

보라는 아무 말도 하지 못했다. 시원은 계속 낚싯대를 감아올렸다.

"시간이 없었던 것도 아니고, 무려 열흘이나 혼자 요트에 있었는데요. 이런 와인병 따위, 싱크대에서 깨버린 다음 바다에 던져버리면 아무도 찾지 못할 텐데요?"

보라는 점점 현기증이 심해져갔다. 모르핀 약효가 떨어지면서 난도질당한 등의 고통이 밀려들어서인지, 시원의 연이은 기습공격 때문인지는 알 수 없었다. 다만, 자꾸 의식이 흔들리는 것만은 분명했다.

'판사도, 배심원들도 지금 나의 당황한 모습을 보고 있겠지? 빌어먹을. 뭐가 어디서부터 꼬인 걸까…….'

보라가 아무 말도 못하고 무방비 상태로 당하고 있자 문 검사가 나섰다.

"재판장님! 지금 변호인은 증인의 개인적 의견을 지나치게 강요하고 있습니다. 증인은 대답하기 곤란한 질문에는 대답하지 않을 권리가 있습니다."

노정렬 판사는 고개를 갸웃했다.

"글쎄요. 지금 변호인의 질문이 그토록 대답하기 곤란한 질문인지는 모르겠지만…… 어쨌든 증인은 곤란한 질문에는 대답하지 않아도 됩니다."

그때 보라가 증인석에서 스르륵 일어났다. 그녀의 모습은 마치 쓰러져 있던 좀비가 일어난 것 같아 보였다. 그 정도로 그녀의 얼굴은 창백하고 몸에는 힘이 없어 보였다. 노 판사가 외쳤다.

"증인! 신문 중에 일어나면 안 됩니다! 앉으세요!"

그녀는 소리가 들리지도 않는 것처럼 계속 서서 몸을 흔들거렸다. 다들 놀라서 웅성거리는 틈에 그녀가 중얼거렸다.

"가만히 있지 않을 거야……."

그리고 그녀는 픽 쓰러져버렸다.

'어…… 뭐지?'

시원도, 문 검사도 예상하지 못한 상황에 얼이 빠졌다. 방청석에 있던 그녀의 비서들이 뛰어나오고 방청객들이 비명을 지르고…… 법정은 순식간에 난장판이 되었다.

"정숙하세요! 정숙!"

노 판사의 말에도 사람들의 소란은 가라앉지 않았다. 이미 도준이 총에 맞는 장면이 전국에 생중계된 일이 있기에, 보라가 쓰러진 것 또한 테러라고 생각했는지 비명을 지르며 법정을 뛰쳐나가는 사람도 있었다. 뭔가 심상치 않은 일이 발생했음을 감지한 기자들이 열린 법정 문 사이로 슬쩍 들어와 사진을 찍어댔다.

법원 직원들이 황급하게 보라를 병원으로 실어가고도 소란은 계속되었다. 결국 노정렬 판사의 입에서 이 말이 튀어나오고 말았다.

"오늘 재판은 이것으로 마칩니다! 검사, 변호인, 앞으로 나오세요!"

문 검사는 심각한 얼굴로 회의실 테이블에 앉아 있었다. 상석에 앉은 그를 중심으로 양옆에 후배 검사 두 명이 앉아 있었다. 함께 재판에 참여했던 검사들이었다. 그들은 벌이라도 받는 것처럼 고개를 푹 숙이고 있었다.

검찰 내부에서도 두 번째 공판은 완전히 진 게임이라고들 했다. 어떤 검사는 이보라의 증인 신청을 허락한 것 자체가 잘못이었다고 말하기도 했고, 또 어떤 검사는 시원의 공격으로부터 보라를 지켜주지 못한 것이 패착이라고 말하기도 했다.

그러나 아무도 문 검사 앞에서 그런 소리를 하지는 못했다. 지금 문 검사의 표정은 건드리기만 해도 폭발할 것 같았으니까. 문 검사는 후배 검사들을 모아놓고 10분을 넘게 아무 말도 하지 않고 인상만 쓰고 있었다. 회의실에 꽉 찬 긴장감이 폭발하기 직전에 문 검사가 입을 열었다.

"뭐라고 말들 좀 해봐."

그래도 후배 검사들은 고개를 푹 숙인 채 입을 떼지 못했다. 마치 자신들이 잘못해서 재판을 망친 것인 양.

"다음 공판에서도 밀리면 점점 더 힘들어진다."

문 검사의 목소리는 눈빛만큼이나 비장했다.

"선배님. 우리도 편법을 쓰죠."

"편법? 무슨 편법?"

"우리도 기습적으로 증인 신청을 하면 어떨까요?"

후배의 말에 문 검사는 한 여자의 얼굴을 떠올렸다.

"김민정 씨 말이지?"

"네, 선배님."

"나도 얼핏 그 생각을 해봤는데, 괜찮을까?"

"기자회견에서 할 얘기는 다 나왔지만 법정에서의 진술은 또 다르니까요."

"변호인 측에서 증인 신청을 안 받아들일 가능성도 높아. 차라리 미리 증인 신청을 할까?"

"즉석에서 해야 효과가 클 것 같은데요."

"흠…… 차시원이 과연 받아들일까?"

문 검사는 머릿속으로 수많은 경우의 수와 가능성의 크기를 점검하기 시작했다.

톰 아라야를 인터뷰하는 이곳 하우스 원의 방 안에서도 긴장이 팽팽했다. 민정우가 너무나도 직설적인 질문을 던졌기 때문이다.

"단도직입적으로 묻겠습니다. 당신이 이선호 실종사건의 배후인가요?"

톰은 빙긋이 웃으며 민정우를 응시했다.

"실종사건이라니요? 살인사건 아니었나요? 지금 한국에서는 살인사건 재판이 열리고 있는 것으로 알고 있는데요?"

"이선호 대표가 죽지 않고 살아 있다고 생각하는 사람들도 많습니다."

백 기자가 끼어들었다.

"손유리 쪽에서는 그렇게 주장하겠죠? 살인혐의를 벗을 수 있는 제일 확실한 방법이니까. 죽지 않았다면, 혐의 자체가 성립하지 않으니까요."

"적지 않은 사람들이 이선호가 살인현장을 꾸미고 사라졌다고 믿고 있습니다."

"하하하. 대체 왜죠? 도대체 이선호가 그렇게 사라질 이유는 뭘까요?"

민정우는 입이 근질근질한 사람처럼 윗니로 아랫입술을 질근질근 깨물었다. 마침내 그가 말해버리고 말았다.

"당신이 지시를 내려서요."

순간, 톰의 얼굴이 싸늘하게 굳었다. 톰은 민정우의 눈을 쏘아보았고, 민정우 역시 눈싸움에서 밀리지 않겠다는 심정으로 버텼다.

"민정우 요원. 당신이 만약 언론에 그런 인터뷰를 했다면 명예훼손 및 허위사실 유포로 전 재산을 다 날렸을 거요."

"이선호 대표와 당신은 어떤 관계입니까?"

"투자자와 기업가의 관계죠."

"단순히 그것뿐인가요?"

톰은 미간을 좁혀 민정우를 노려보았다. 그는 민정우의 마음을 읽고 싶어 하는 것 같았다. 대체 민정우가 갖고 있는 정보가 무엇인지. 톰은 무심한 척하며 말했다.

"투자자와 기업가 외에 또 무슨 관계가 있겠어요? 뭐 가끔 만나면서 친해지긴 했죠. 나이도 같고 관심사도 비슷했으니까."

"투자를 하면서 처음 알게 되었나요?"

"음…… 아마도요?"

민정우는 가방에서 사진 한 장을 꺼내 보여주었다. 도준과 유리가 선호의 서재에서 발견한 오래된 폴라로이드 사진을 확대 복사한 사진이었다.

“사진 속의 소년이 어릴 적의 톰 아라야 씨, 맞죠? 아, 이때는 톰 아라야가 아니라 신우성이라는 이름으로 불렸겠군요.”

톰의 표정이 무섭도록 싸늘하게 식었다. 백 기자는 주먹을 꽉 쥐었다. 손도 닿지 않던 무시무시한 상대의 배에, 비록 스치는 정도지만 처음으로 한 대를 때린 기분이었다.

“이 사진을 보니 기억이 나네요. 맞아요. 어린 시절에 선호하고 몇 번 어울린 적이 있어요. 오래전 일이라 깜박했네요.”

“몇 번 어울린 적이 있다라…… 이선호의 학창시절 여자친구의 말로는 당신과 이선호가 영화 「파이트 클럽」의 타일러와 잭과 같은 관계였다고 하던데요? 바로 이 사진에 적혀 있는 대로요.”

민정우는 사진 아래에 적혀 있는 ‘From Tyler to Jack’이라는 손 글씨를 가리켰다. 톰은 미동도 하지 않았다.

“왜 거짓말을 하시는지 알 수가 없네요. 뭘 숨기시려고?”

“숨길 게 뭐가 있겠어요. 다만 어린 시절의 기억을 하나둘씩 떠올리는 것뿐이에요.”

“이 사진을 어디서 발견한 줄 아나요? 바로 이선호의 서울 아파트에서 발견했죠. 불과 몇 년 전에 출간된 『파이트 클럽』 책 안에서요. 당신은 이제 와서 옛 기억을 떠올린다고 했지만, 아니요. 당신과 이선호는 어린 시절부터 지금까지 계속 타일러와 잭 놀이를 해왔어요. 바로 이 사진과 책이 그 사실을 증명하죠.”

“증명? 내가 보기엔 뭔가를 증명하기엔 너무나도 지엽적인 것 같은데? 그저 당신과 한국 친구들의 허황된 스토리에 우연히 맞아떨어진 것뿐 아닌가요?"

"미안하지만, 지금 제 주장을 뒷받침할 증인과 증언도 확보했습니다. 부디 그 증인은 누군가에게 암살당하지 않았으면 좋겠네요. 송유철 교수처럼요."

송유철이라는 이름이 튀어나오자, 얼음처럼 굳어 있던 톰의 표정에 한 줄기 금이 갔다. 그는 비웃는 투로 말했다.

"송유철? 그 친구가 죽었어요? 와우, 속이 다 시원한 일이네요."

"기쁜가요?"

"저와 타일러 인베스트먼트에 대해 온갖 루머를 퍼뜨리던 자격 미달의 경제학자였으니까요. 그의 가족에게는 안타까운 일이지만 와튼스쿨과 다른 학계를 위해서는 다행인 일이네요. 아, 이제 생각이 나네요. 이선호! 그 친구하고 어린 시절에 몇 번 어울리면서 그 또래 아이들처럼 역할 놀이도 하고 그랬던 일들이."

"어릴 때 했던 역할 놀이가 아닌 것 같은데요? 당신이 이 책과 사진을 이선호에게 보낸 건 아무리 빨리 잡아도 겨우 몇 년 전입니다. 어쩌면 이선호가 사라지기 직전에 보냈을 수도 있고요."

"네. 이제 생각납니다. 그 책을 우연히 다시 보고 옛날 추억이 떠올라 깜짝 선물을 보냈었죠. 몇 년 전에."

톰은 노회한 정치인처럼 아주 노련하게 민정우의 올가미를 빠져나갔다. 밀고, 당기고. 민정우와 톰 사이에는 팽팽한 긴장이 유지되고 있었다.

"파이트 클럽 놀이 얘기는 이쯤 하고, 이제 비즈니스 얘기를 해보죠. 당신과 타일러 인베스트먼트는 어떤 관계인가요?"

"뭐, 공시된 대로 제가 최대주주로 있습니다. 다만 전 회사 경영에는 참여하지 않습니다. 전문 경영인의 의견을 따를 뿐이죠. 아까 보여주신 자료에 있던, 이선호 대표의 옛날 회사에 대한 투자도 저와는 상관없는 일입니다."

"전문 경영인이라면, 이분을 말씀하시는 거죠?"

민정우는 백 기자가 구해온 사진을 들이밀었다. 타일러 타워 오픈식 날 톰과 이선호, 그리고 안길수가 함께 찍은 사진이었다.

톰은 사진을 보고는 잠시 미동도 없이 턱을 어루만졌다. 그는 고개는 움직이지 않고 눈만 치켜뜨고는 민정우를 노려보았다.

"대체 언제부터 제 뒤를 쫓고 계셨던 겁니까?"

"톰 아라야 씨. 당신이 생각하는 것보다 저에게는 훨씬 더 많은 정보가 있습니다."

"대단한 집념이네요. 이 사진 한 장으로 절 찾아내고 여기까지 왔다라…… 인정해드리죠."

"이야기가 너무 무겁게만 흐르는 것 같은데, 이번에는 패션 이야기를 해보죠. 이 티셔츠 말이에요."

민정우는 사진 속 스무 살의 톰이 입고 있는, 슬레이어 티셔츠를 손으로 가리켰다.

"헤비메탈 밴드 슬레이어를 좋아하시나 봐요? 당신의 두 번째 이름도 이 밴드의 보컬리스트 이름에서 따온 거 맞죠? 톰 아라야. 손유리 씨에 따르면 이선호 역시 슬레이어의 광팬이라고 했어요. 이선호의 등에는 열두 개의 단어가 적혀 있다는군요. 슬레이어가 지금까지 발표한 열두 장의 정규앨범 타이틀의 첫 단어를 순서대로 적어놨대요."

민정우의 말에 톰은 어깨를 으쓱했다.

"그런 문신이 있어요? 선호의 알몸까지 본 적은 없어서 잘 모르겠네요."

"어쩌면 당신 등에도 슬레이어의 문신이 있을지도 모르죠. 물론 당신이 이선호를 따라 한 게 아니라, 이선호가 당신을 따라 했겠지만요."

톰은 그저 피식 웃었다.

"아무리 국정원 직원이라고 해도 영장도 없는 요원에게 제 등까지 보여줄 의무는 없겠죠?"

"아, 그러라고 말씀드린 건 아닙니다. 제가 묻고 싶은 건 왜 톰 아라야라는 이름으로 개명을 했는지입니다."

톰은 잠시 생각에 잠겼다. 민정우의 질문에 어떤 덫이 있는지 분석하는 중인 것 같았다.

"다 알고 오셨겠지만 제 아버지는 세계 부호 순위에도 들어가는 굉장한 재벌입니다. 부동산 사업을 바탕으로 거의 모든 산업에 투자해서 막대한 돈을 벌었죠."

그는 신중하게, 천천히 말을 이었다.

"아버지 덕분에 저는 슈퍼 리치, 유명인사들의 삶을 가까이서 볼 수 있었습니다. 그러면서 내린 결론은 명료하죠. 사람들의 시선이 잠시 짜릿하게 해줄 순 있지만 결국은 행복을 갉아먹는 바이러스가 된다는 것을요. 그래서……."

백 기자는 속으로 끼어들었다.

'그래서, 당신은 뒤에 숨고 당신의 대리자들을 앞세워 사람을 게임판의 말처럼 조종하면서 은밀한 즐거움을 맛보았나? 마치 신이 인간을 조종하며 즐거워하듯? 이선호도 당신의 게임판 위 말들 중 하나였나?'

"그래서 저는 숨어 살기로 결심했지요. 이름을 바꾸고 대외활동은 일체 하지 않았어요. 회사의 경영은 안길수 대표가 맡아서 하고요. 저는 이 집에서 알 수 있듯이 새로운 미래를 여는 기술 개발에 주력하고 있습니다. 그리고 아시다시피 타일러 인베스트먼트는 한국에서 가장 많은 기부금을 내는 투자회사입니다."

"한마디로 말해서 당신은 법적으로 문제될 게 아무것도 없는 사람이다?"

"문제될 게 없는 정도가 아니라, 제 입으로 말하긴 쑥스럽지만 상을 줘야 할 사람이죠. 단 한 푼도 탈세한 적이 없는 모범시민이니까요."

"재미있군요."

"뭐가요?"

"제가 알던 거물급 악당들은 모두 같은 얘기를 하더군요. 자기가 모범시민이라고."

민정우가 연이어 질문을 하려는데 톰이 손을 들어 막았다.

"민정우 요원. 약속한 시간이 딱 10분 남았다는 사실을 알려드리죠."

'벌써 시간이 그렇게 되었나?'

백 기자는 놀라서 시계를 확인했다. 정말이었다. 그녀는 손을 들고 끼어들었다.

"남은 10분 동안 제가 딱 2분만 쓰겠습니다."

톰은 다시 여유를 찾고 젠틀하게 말했다.

"말씀하세요. 백현서 기자님."

"먼저 손유리 씨의 변호사가 전해달라고 한 얘깁니다. 만약 이선호가 살아 있고 연락이 닿는다면, 나타나주기만 하면 이번 소동에 대한 법적인 책임은 전혀 묻지 않겠다고요."

톰은 피식 웃고 말았다.

"아까운 1분을 낭비했군요. 다음 질문은요?"

"당신은 이선호 대표가 죽었다는 사실을 확신한다고 했죠? 그렇다면……."

톰 아라야도 민정우도 전혀 예상하지 못한 돌발 제안이 백 기자의 입에서 튀어나왔다.

"키스의 여왕 재판에 톰 아라야 씨를 증인으로 요청한다면, 응하시겠습니까?"

톰이 이를 꽉 물자 턱 근육이 꿈틀했다. 민정우는 황당하다는 얼굴로 백 기자를 돌아보았다.

'이런 미친…… 응할 리가 없잖아!'

그동안 백 기자가 봐온 톱클래스 유명인사들은 평소에는 지극히 냉정한 판단을 하다가도 궁지에 몰릴 때면 오히려 자신의 한계를 시험이라도 하듯 위험한 선택을 하고는 했다. 평소라면 받아들일 리 없는 제안이지만 지금 톰의 심리상태라면……. 게다가 이런 자들의 특징은 자존심이 극도로 강해서 자신이 내뱉은 말에 대해 강박적으로 집착하는 경향이 있다. 만약 지금 증인 출석에 응하겠다고 말한다면, 무슨 일이 있어도 그 말은 지킬 것이다.

톰 아라야는 흥미로운 제안이라는 듯 고개를 갸웃했다.

'제발…….'

대답을 기다리면서 주먹을 꽉 쥐고 있는 백 기자의 손에서 땀이 배어나왔다.

"그러지요. 오랜 친구의 억울한 죽음을 애도하는 의미에서라도, 당연히 그래야죠."

백 기자는 전율이 흘러 몸을 부르르 떨 수밖에 없었다.

"약속하시는 건가요?"

"네. 변호사님께 그렇게 전하세요. 제가 재판에 증인으로 출석하겠다고."

톰은 자리에서 일어나 민정우, 백 기자와 차례로 악수했다.

"만나서 반가웠습니다."

두 번째 공판이 끝난 뒤 유리는 사법시험을 앞둔 고시생처럼 법률 공부에 매진했다. 공판이 거듭될수록 그녀는 법의 매력을 느꼈다. 세상의 모든 제도와 마찬가지로 법 역시 완전하지는 않지만, 정의를 구현할 수 있는 가장 현실적인 방법임이 분명했다.

이 세상이 사람의 몸이라고 한다면 법률은 핏줄과도 같았다. 헌법처럼 굵직한 대동맥도 있고 자잘한 판례처럼 세속의 대소사까지 살피는 실핏줄 같은 법도 있었다.

오늘도 그녀는 로스쿨 학생들이나 보는 책을 파고들었다. 한참 공부를 하다 보면 밥때가 훌쩍 지나 있기 일쑤였다. 지금도 그랬다. 정신없이 책을 읽다 보니 8시가 훌쩍 넘었다.

"아…… 배고파."

유리는 혼잣말을 하면서 안경을 벗었다. 눈이 썩 좋은 편이 아니라서 책을 읽을 때면 안경을 썼다. 뭘 먹을지 마땅치 않아 라면이라도 끓여 먹어야겠다 싶었는데 시원에게 전화가 왔다.

"네, 차 변호사님."

"혹시 도준이한테 연락 받았어요?"

"아뇨? 무슨 일 있어요?"

"너무 좋은, 믿을 수 없을 만큼 좋은 소식이 있어요. 지금 막 도준이한테도 알려주었습니다."

"얼른 말해봐요. 좋은 소식이라면 언제든 환영이죠."

"톰 아라야가 우리 재판에 증인으로 나오겠답니다!"

유리는 순간 자신의 귀를 의심했다.

'톰 아라야? 배후에서 모든 것을 조종한 것으로 의심되는, 바로 그 톰 아라야?'

시원이 들뜬 목소리로 말을 이었다.

"사실 백 기자님이 톰 아라야를 만나고 와서 그 이야기를 해주긴 했었어요. 그래도 우리는 설마하고 믿지 않았죠. 증인 출석을 번복하는 일은 허다하니까요. 그런데 아까 제가 직접 톰 아라야의 비서와 통화했어요. 다음 주에 있을 세 번째 공판에 증인으로 출석하겠답니다!"

"정말 대단하네요! 어떻게 그럴 수 있죠?"

"지금 심정 같아서는 백 기자님한테 뽀뽀라도 해드리고 싶어요. 좋아하실지는 모르겠지만요."

유리는 지그시 눈을 감았다. 미안하고 또 고마운 사람이 너무 많았다. 보이지 않는 곳에서 그녀를 지켜주는 지석현 회장과 혁이, 전국을 누비며 불가능한 미션을 수행하고 있는 백 기자와 봉수, 법정에서 싸우고 있는 시원, 이 모든 것을 가능하게 만들어준 지휘관 도준…….

이제, 진실이 밝혀지려는 것일까?

손유리 재판의 세 번째 공판을 위한 변론 준비가 서울중앙지방법원 형사부에서 열렸다. 노정렬 판사의 심리로 문지환 검사와 차시원 변호사가 참석한 자리였다.

팽팽한 신경전 속에서 서로가 신청한 증거와 증인을 검토했다. 오래 걸리지 않아 문제가 터졌다. 문 검사 쪽에서 김민정을 증인으로 신청했기 때문이다. 시원은 펄쩍 뛰며 반대했다.

"안 됩니다. 절대 안 됩니다."

문 검사는 의외라는 표정을 연기하며 천연덕스럽게 물었다.

"왜죠? 무슨 문제라도 있나요?"

시원은 화가 머리끝까지 나 있었다.

"김민정 씨는 지난번 기자회견으로 저희 의뢰인을 전 국민 앞에 불륜녀로 만든 사람입니다! 신성한 법정에 그런 자를 증인으로 세울 수는 없어요."

문 검사는 시원을 무시하고 노 판사에게 강변했다.

"피고인의 여러 성향을 검증하기 위해 꼭 필요한 증인입니다."

노 판사는 미간을 찌푸린 채 시원을 쳐다보았다.

"기자회견을 했던 일 말고 또 다른 결격사유가 있나요?"

"대체 김민정 씨가 왜 이 재판에서 꼭 필요한 증인인지 납득을 못 하겠습니다!"

문 검사는 능글능글한 태도를 유지했다.

"변호인이 여기서 납득할 필요가 있나요? 재판에서 확인해보면 될 것 아닙니까?"

노 판사도 문 검사의 말에 고개를 끄덕였다.

"차 변호사? 검사 쪽 의견이 일리 있어 보이는데요? 게다가 검사 측에서는 변호인이 요청한 증거와 증인을 하나도 거절하지 않았어요."

시원은 다른 방법이 떠올랐다.

'그래. 여기서는 일단 받고 다른 방법으로 판을 엎자!'

"알겠습니다. 김민정, 증인으로 받아들이죠."

노 판사는 속 시원한 얼굴로 고개를 끄덕였다.

변론 준비를 끝내고 법원을 나선 시원은 바로 회사로 달려갔다. 김성욱 대표의 사무실로 올라갔더니 비서가 막아섰다.

"대표님은?"

"지금 클라이언트와 식사 가시고 안 계십니다."

"언제 돌아오시지?"

"돌아오시는 시간은 말씀 안 하셨는데요?"

"미치겠군."

시원은 김 대표에게 전화를 걸었다. 그러나 두 번 모두 전화를 받지 않았다. 의도적으로 피한다는 생각을 지울 수 없었다. 시원은 전화를 끊고 대표실 문을 열려고 했다. 비서는 곤혹스러운 표정으로 시원을 막아섰다.

"돌아오시면 제가 연락드릴게요."

"당신이 충실한 비서라는 사실은 기억해두지. 하지만 이건 몹시 중요한 일이라서."

시원은 비서를 밀치고 대표실 문을 열었다. 역시, 밥을 먹으러 나갔다는 김성욱 대표가 책상에 떡하니 앉아 있었다.

"어, 차변 왔나?"

"대표님, 지금 대체 뭐 하시는 겁니까? 클라이언트 만나러 나갔다고 비서가 그러던데요?"

"우리 비서가 잘못 알았나 보군."

단정한 검은색 정장 차림의 비서는 어쩔 줄 몰라 하며 고개를 푹 숙였다. 시원은 어금니를 꽉 물었다.

'계속 이렇게 비겁한 수를 두실 겁니까?'

비서가 나가자 시원은 문을 거칠게 닫고 김 대표 앞에 가서 섰다. 김 대표는 의자 등받이에 몸을 기대며 물었다.

"그래, 용건이 뭔가?"

"문 검사 쪽에서 따님을 증인으로 정식 요청했습니다. 불응하도록 해주십시오."

"허허, 이 사람 참. 법원의 명령인데 내 맘대로 이래라저래라 할 수 있나? 민사소송법 제303조 잊었나?"

"303조 다음에 310조도 있지요. 법원은 증인과 증명할 사항의 내용 등을 고려하여 상당하다고 인정하는 때에는 출석 · 증언에 갈음하여 증언할 사항을 적은 서면을 제출하게 할 수 있다."

"지금 나하고 법률 퀴즈라도 하자는 건가?"

"출석 대신 서면으로 제출하게 해주십시오."

"무슨 핑계로?"

"대표님! 이거 왜 이러십니까? 핑계는 100가지도 더 만들 수 있잖아요! 제가 서류 작성할까요?"

시원의 강경한 태도에 김 대표는 시선을 피하고 긴 숨을 내뱉었다.

"대표님, 지금 승소 가능성이 충분히 보이는 상황이에요! 여기서 분위기 뒤집히면 안 됩니다!"

"자네는 결혼도 안 하고 아이도 안 키워봐서 모르겠지만, 자식만큼 뜻대로 안 되는 것도 없네. 민정이 그 녀석 내 말을 듣질 않아."

"제 눈을 보십시오! 대표님이 방관하시는 건 아니고요? 손유리가 괘씸해서 이러시는 거 아닌가요? 대표님의 충직한 개처럼 굴던 도준이한테 배신감을 느껴서 이러시는 건 아니냐고요?"

"이 새끼가…… 보자보자 하니까 못하는 말이 없어!"

시원은 두렵지 않았다. 스스로를 훌륭한 변호사라고 자처하기는 싫었지만, 적어도 그는 변호사의 윤리강령을 아직 기억하고 있었다.

"대표님, 저희는 변호삽니다. 우리의 사사로운 감정보다는 의뢰인의 이익을 추구해야 합니다."

"누가 누굴 가르치려 들어!"

김 대표의 얼굴은 터질 것처럼 붉게 상기되었다. 시원은 침을 뱉는 기분으로 김 대표를 한 번 더 쏘아보고는 대표실을 나왔다. 가슴이 답답했다. 사무실로 다시 들어가고 싶은 마음이 통 들지 않았다. 그는 사무실에 가서 짐을 챙겨서는 바로 퇴근해버렸다.

집에 도착한 시원은 옷도 갈아입지 않고 바로 작은방으로 들어갔다. 방음시설을 갖춰놓은 그 방은 스스로가 이름 붙이길 '소음의 방'이었다. 방에는 전자기타와 앰프, 드럼 세트가 설치되어 있었는데, 스트레스가 쌓일 때면 그 방에 들어가 앰프 볼륨을 잔뜩 높여놓고 기타를 치거나 손바닥 살갗이 벗겨질 때까지 드럼을 두들기고는 했다.

메탈리카의 노래를 한껏 크게 틀어놓고 음악에 맞춰 기타를 연주했다. 10여 분을 그렇게 '소음'에 가까운 음률 속에 빠져 있다가 방을 나왔다. 얼마나 흥분했던지 셔츠가 땀으로 흥건히 젖어 있었다.

시원은 냉장고에서 레페 브라운 맥주 한 병을 꺼내 벌컥벌컥 마셨다. 그러고는 소파에 벌러덩 누웠다. 마음 같아서는 당장 회사를 때려치우고 싶었다. 지금 당장 그에게 K&J 파트너 변호사만큼 좋은 기회가 오진 않겠지만, 이런 형편없는 대표 밑에서 월급을 받는다는 사실 자체가 불쾌했다. 문제는 유리의 사건이었다. 아무리 더러운 꼴을 보더라도 재판이 끝날 때까지는 K&J에서 버텨야 한다. 의뢰인을 위해서는 그 편이 더 낫다.

'재판이 끝나면? 당장 퇴사해? 퇴사한 다음엔? 다른 로펌으로? 다시 방송국으로?'

스스로에게 묻는 질문이 이어졌지만 어떤 질문에도 대답하지 않았다. 일단 재판이 끝날 때까지는 재판에만 집중하자고 자신을 다독였다.

오늘은 정말 최악의 하루였다. 이런 날엔 정말 아무것도 하고 싶지 않았다. 모래사장에 떠밀려온 해파리마냥 소파에 축 늘어져 있는데 전화가 울렸다. 도준이었다.

"백 기자를 통해서 최종적으로 연락이 왔어. 3차 공판 때는 힘들고 4차 공판일이 나오면 꼭 출석하겠다는군."

"대체 무슨 의도일까? 사실 미국 연방법원도 아니고, 한국에서 하는 재판에는 안 나와도 그만이잖아?"

"어쨌든 우리한테는 소중한 증인이야. 그 사람을 찾아내는 데 걸린 시간과 노력만 해도 어마어마하다고. 판사와 배심원들에게 이선호 주변에 뭔가 엄청난 배후가 얽혀 있다는 인상만 줘도 톰 아라야의 역할은 충분해. 논리적인 접근이 아니라 느낌, 분위기를 만들어주자는 거지."

도준의 입에서 느낌, 분위기라는 표현이 나오니 시원은 잠시 막막해졌다. 그는 심호흡을 한 번 하고 입을 열었다.

"도준아. 이번 공판에는 오지 마라."

"왜?"

"검사 측 증인으로 김민정이 나올 거야."

"뭐? 그게 말이 돼? 이건 기자회견이 아니잖아! K&J에서 하는 공판인데 김 대표가 말려야지!"

"얘기해봤어. 이런저런 핑계를 대는데 결국 말릴 의사가 없어 보이더라. 미운 거지. 너도, 손유리도."

"그건 개인적인 감정이고! 유리는 지금 K&J에서 가장 중요한 의뢰인이잖아."

"도준아, 돌이킬 수 없어."

도준의 식식거리는 숨소리가 전화기를 통해 전해졌다.

"내가 공판에 안 가더라도 김민정이 재판정에서 무슨 헛소리를 할지 뻔하잖아! 유리를 천하의 사이코패스 불륜녀로 만들 거라고!"

도준의 말이 맞았다. 불 보듯 뻔한 일이었다. 그러나 막을 방법이 없다는 것이 시원에게는 뼈아픈 부분이었다. 동시에 시원은 문득 화가 치밀었다. 결국 이런 사태의 근본 원인은 도준에게 있다. 당사자인 그가 도리어 화를 내다니.

"넌 미안하지는 않냐?"

시원의 입에서 그 말이 나오는 순간, 분위기는 어색해져버렸다. 시원은 금방 자책하며 사과했다.

"미안하다 도준아. 쓸데없는 얘기를 했다."

"아냐. 맞는 말이지. 내가 처신을 잘못해서 이런 상황이 생겨버렸어."

처신이라는 표현이 시원의 귀에 걸렸다. 그는 머리가 복잡해서 뭘 어떻게 풀어내야 할지도 모를 지경이었다. 얼마 남지 않은 다음 공판에서 처절하게 박살날 거라는 공포가 거대한 눈뭉치로 변해 굴러오고 있었다. 도준의 목소리가 이어서 들렸다.

"넌 나에게 몹시 화가 나겠지. 나라도 그랬을 거야. 하지만 뻔뻔하게도 난 이렇게 말할 수밖에 없다. 다시 돌아간다고 해도 난 어쩔 수 없었을 거야. 어쩔 수 없이 그녀에게 흔들리고 그녀의 손을 잡고 그녀를 안아줄 거야."

평소 같았으면 다독여줬겠지만 지금 시원은 말이 곱게 나가지 않았다.

"대단한 사랑, 잘 지켜내길 바란다."

"미안하다, 시원아."

시원은 말없이 전화를 끊었다. 그리고 유리에게 전화를 걸었다. 도움을 청하기 위해서가 아니었다. 통보하기 위해서였다. 다음 공판 때 실컷 두들겨 맞을 각오를 하라는 통보.

은둔하듯 숨어 산 지가 벌써 몇 달이었다. 유리는 주로 혼자 식사를 해결했다. 가끔 누군가 같이 밥을 먹는 사람이라고 해봤자 재판 준비를 하면서 시원과 먹거나 아래층에 사는 혁 정도였다. 오늘도 유리가 같이 저녁이나 먹자고 하니까 혁은 언제나처럼 물었다.

"뭐 드시고 싶은 거 있습니까?"

"간단하게 시켜 먹자."

"뭘 시킬까요?"

그날 유리가 선택한 메뉴는 불닭이었다. 왠지 자극적인 매운맛이 당기는 밤이었다.

30분 뒤, 혁은 불닭을 들고 유리의 집으로 올라왔다. 둘은 사이좋은 남매처럼 식탁에 마주 앉아 불닭을 먹었다. 유리는 맥주, 혁은 쿨피스를 마시면서.

"너도 참 대단하다. 불닭을 먹으면서도 맥주를 참는구나."

혁은 부끄러운 듯 미소 짓고 말았다. 불닭을 먹는 혁의 이마에서 땀이 심할 정도로 많이 흘러내렸다. 연신 혀를 내밀며 매운 기운을 식히는 모습이었다. 건장한 청년이 겨우 불닭 때문에 어쩔 줄 몰라 하는 모습을 보니 귀엽기 그지없었다.

"너 매운 거 잘 못 먹는구나?"

"네."

"바보. 그럼 얘기하지! 다른 거 시킬걸."

"괜찮습니다."

"괜찮긴 뭐가 괜찮아! 완전 사우나에 온 사람 같은데!"

"죄송합니다."

"으휴! 미련곰탱이!"

유리가 티슈를 한 움큼 뽑아서 혁에게 건네주는데 전화가 울렸다. 시원이었다. 그녀는 맥주를 한 모금 마셔 입안의 얼얼한 기운을 씻어내고는 전화를 받았다.

"네, 차 변호사님."

별 생각 없이 받은 전화였는데 이런 끔찍한 소리를 듣게 될 줄은 몰랐다. 김민정이 증인으로 출두한다니.

유리는 내내 심각한 표정으로 통화하다가 전화를 끊었다. 혁은 그런 그녀를 가만히 지켜보고만 있었다.

"혁아, 어떡하지?"

"무슨 안 좋은 일 있습니까?"

"다음 주 공판에 김민정이 증인으로 나온대."

혁의 미간이 꿈틀거렸다.

"판사와 배심원들 앞에서 내 이미지를 완전히 사악하게 만들어버리려는 속셈이지."

지 회장님의 지시를 받고 유리를 지키기 시작한 이래, 혁은 한 번도 복잡한 계산을 한 적이 없었다. 스스로를 유리의 그림자라고 생각했으니까. 그림자가 생각이 많으면 허점이 생기기 마련이다. 그런데 지금 혁의 머릿속에 판단이 들어오고 있었다. 유리 누나를 위해 자신이 할 수 있는 일이 자꾸만 떠올랐다.

과격하지만, 이 난국을 타개하기 위한 유일한 방법 같았다.

김민정의 증인 채택이 결정된 후 며칠 동안 시원은 전의를 상실한 사람처럼 힘이 빠져 있었다. 그래도 공판을 포기할 수는 없기에 없는 힘을 짜내서 증거와 증인에 대한 조사를 진행했다. 이번 공판에는 묘한 증거가 포함되어 있었다. 이선호가 사라진 뒤 그의 집에서 검찰 수사관들이 수거해간 컴퓨터였다.

시원은 사무실에서 후배 변호사 한 명과 증거자료 보고서를 읽으면서 의견을 교환했다. 수사관들이 압수수색해 들고 간 컴퓨터는 총 네 대였다. 태블릿까지 포함하면 여섯 대. 태블릿 두 대에서는 사건과 관련된 특별한 파일이 없었는데 노트북 두 대의 하드디스크가 깨끗하게 포맷이 된 채 발견되었다. 유리와 선호가 각각 개인적으로 쓰던 노트북이었다. 꽤나 의심스러운 부분이 아닐 수 없었다.

더 찜찜한 건 포맷이 된 시점이었다. 유리가 선호의 집에 이사를 오고 며칠 안 있어서, 그러니까 결혼식을 올리기 직전이었다.

증거자료 보고서를 꼼꼼히 읽은 후배 변호사가 한숨을 내쉬었다.

"이건 좋지 않네요. 포맷 시기가 아주 불리해요. 이선호는 미국에 가 있고, 손유리 혼자 그 집에 있던 때란 말이죠. 누가 봐도 손유리가 포맷을 했다고밖에 볼 수 없어요."

후배 변호사의 말이 맞았다. 사소해 보이지만 아주 안 좋은 영향을 줄 수 있는 증거였다. 그녀가 거짓말을 하고 있다는 인상을 주게 될 테니까. 가뜩이나 김민정이 증인으로 나오는 공판에서.

시원은 손끝으로 볼펜을 빠르게 돌렸다. 그의 머릿속에서 뭔가가 빠르게 움직이고 있다는 뜻이었다. 후배 변호사가 다시 한숨을 쉬며 말했다.

"선배님, 죄송하지만 이 증거만큼은 어떻게 해보기가 어렵겠네요."

그러나 시원은 이것마저 포기하고 싶지는 않았다. 김민정이라는 슈퍼 악재가 있는 상황이니 다른 지점에서는 모두 포인트를 따야 한다. 그러지 않으면 진다 해도 처참하게 진다. 다음 공판에까지 영향을 줘서는 안 된다.

휙휙, 그의 손 위에서 펜이 돌아가다가 딱 멈췄다. 그는 후배에게 말했다.

"해커 한 명 섭외해."

"해커는 왜요?"

"일단 섭외해놔. 그다음에 설명해줄게."

시원의 눈이 날카롭게 빛났다.

세 번째 공판이 열렸다. 두 번째 공판에서 밀렸다고 생각한 문 검사는 재판이 시작하자마자 열띤 공세를 펼쳤다. 공판 시작 전부터 불안한 마음이었던 시원은 초반에는 확연하게 밀렸다. 노정렬 판사도 배심원들도 전에 비해 급격하게 의기소침한 시원의 변화를 느낄 수 있을 정도였다.

그러나 요트에 있던 침대 시트가 증거물로 나오자 시원의 반격이 시작되었다. 그는 하얀 시트를 재판장과 배심원들에게 들어 보였다.

"이 시트에서 핏자국이 보이시나요? 혹시 멀어서 그런 거라면 가까이서 한번 보시죠."

시원은 직접 시트를 재판장과 배심원들 앞에 가져가서 보여주었다.

"눈으로 안 보이는 작은 핏방울들이 튀었을지도 모른다는 생각을 하신 분도 계실까요? 그래서 증인을 한 분 모셨습니다."

첫 번째 공판에서 증인으로 나왔던 국립과학수사연구원의 채인호 연구원이었다. 연세대학교 의과대학을 졸업하고 존스홉킨스 대학에서 병리학 박사학위를 취득한, 공신력 있는 인물이라는 걸 재판장과 배심원들이 모두 알기에 시원이 따로 그의 커리어를 소개할 필요는 없었다.

"채 연구원님. 여기 증거물로 나와 있는 시트에 대해서도 루미놀 검사를 실시했나요?"

"네, 했습니다."

"어떤 결과가 나왔지요?"

"시트에서는 루미놀 반응이 나타나지 않았습니다."

"연구원님께서는 국과수에서 여러 가지 흉기에 따른 상처와 혈흔 등등도 연구하시죠?"

"정확한 표현으로는 혈흔형태분석이라고 합니다. 영어로는 'Blood Spatter'라고 부르는 기법이지요."

"간단히 설명해주시겠습니까?"

“인간의 몸이 상처를 입게 되면 혈흔이 생깁니다. 흔히 피가 난다고 하죠. 그런데 우리 눈에는 피가 상처 주위를 흐르거나 상처 근처 바닥 등등에 떨어지는 정도로 보이지만, 실상 눈에 잘 보이지 않는 핏방울들까지 멀리 튀어갑니다. 즉, 수천 개 핏방울의 위치가 증언하는 대로 범행 현장을 재구성하는 것이라고 할 수 있죠.”

“아하, 그러면 흘린 피가 많을수록 주위에 뿌려지는 핏방울 숫자도 많겠군요?”

“일반적으로는 그렇지요. 피라는 게 혈관을 따라 흐르잖습니까? 모세혈관도 있고 정맥도 있고 동맥도 있고. 일반적으로는 심장에 가까운 동맥일수록 피를 밀어내는 힘이 큽니다. 그런 혈관이 잘리면 피가 몇 미터까지 튀는 경우도 흔합니다.”

“지난 공판 때 검찰 측에서 했던 실험 기억나시죠? 이선호가 흘렸을 거라고 검찰 측에서 주장했던 혈액의 양 말입니다. 그 정도 피를 흘리려면 어느 정도의 상처여야 하나요?”

“그건…… 피를 흘린 시간을 고려해야 하는데…… 솔직히 손가락 한두 개 잘렸다고 단시간에 그런 양의 피를 흘리는 건 불가능하고요, 주요 동맥 중 하나를 절단해야 한 번에 그 정도 양의 피가 빠질 수 있겠죠.”

“그렇다면, 아까 말씀하신 혈흔형태분석 기법에 의하면 피가 상당히 멀리 튀었겠군요?”

“아무래도 그럴 가능성이 높습니다. 예전에 이런 사건이 있었습니다. 시골의 어느 노인회관에서 할아버지 한 분이 피를 흘리며 사망한 채로 발견되었는데 다른 증거는 없고 핏자국만 있었습니다. 머리를 때리면서 생긴 '충격 비산혈흔'과 살인도구를 휘두를 때 벽면에 방사된 '휘두름 이탈혈흔'이었지요. 그 혈흔을 유추해서 용의자를 특정할 수 있었습니다. 우리가 생각하는 것보다 핏방울은 훨씬 많이, 멀리, 또 정확하게 흔적을 남깁니다."

"그렇군요."

시원은 요트 침실의 사진을 보여주며 물었다.

"이 침실 바닥이 온통 피바다였습니다. 누군가 이 정도 출혈을 할 정도로 심각한 상처를 입었다면, 침대 시트에 피가 튀지 않을 확률은 얼마나 되나요?"

채 연구원은 잠시 미간을 찌푸리고 있다가 대답했다.

"거의 없습니다. 그 정도 면적이라면…… 침실 안에서 살인이 이루어졌을 경우, 침대 시트 어딘가에는 피가 튀기 마련입니다."

"이상입니다."

시원은 돌아와 자리에 앉았다.

유리는 시원의 역습에 박수를 쳐주고 싶었다. 그러나 이 작은 승리마저 잠시 뒤 민정이 증인석에 앉는 순간 퇴색될 거라고 생각하니 맥이 풀렸다.

문 검사가 일어나서 증거물인 시트 앞으로 다가갔다. 그는 시트를 손에 들고 재판장과 배심원들을 둘러보았다.

"존경하는 재판장님, 그리고 배심원 여러분. 우리는 지금 하얀색 침대 시트를 보고 있습니다."

유리는 겁이 덜컥 났다. 예전에 도준이 그랬다.

— 검사가 무슨 말을 할지 모르는 상황이라면, 뭔가 문제가 생기기

시작했단 뜻이야.

문 검사는 의기양양하게 물었다.

"정말 이 시트가 그날 밤 요트 침실에 깔려 있던 그 시트일까요?"

시원이 손을 번쩍 들고 외쳤다.

"재판장님! 지금 검사는 법원을 통해 정식으로 인정된 증거의 신뢰성을 부정하고 있습니다."

노정렬 판사는 고개를 끄덕였다. 그가 듣기에도 문 검사가 하는 소리는 이상하게 들렸으니까.

"검사는 적법한 절차를 통해 제출된 증거에 대해 왈가왈부하지 마세요."

"아, 물론 이 시트는 적법한 절차를 통해 정식으로 제출된 증거가 맞습니다. 이 시트는 분명 피고인이 발견된 요트에 깔려 있었지요. 현장 감식요원들이 수거해온 증거품이 맞습니다. 다만 제가 의문을 가지는 부분은! 살인이 벌어지던 바로 그 순간에 침대에 깔려 있던 시트인지 확신할 수 없다는 것입니다."

노 판사가 다시 주의를 주었다.

"검사! 계속해서 근거 없는 의심을 제기하면 신문을 멈추겠습니다."

"잠깐만 더 들어보시죠. 제 말은 피고인이 이선호를 살해한 후, 피가 튄 시트를 새 시트로 갈았을 가능성이 많다는 얘깁니다. 이 시트가 요트에 깔려 있던 시트는 맞지만, 살인이 벌어진 이후에 바꿔놓은 시트일 가능성이 높다는 뜻입니다."

유리는 허를 찔린 기분이었다. 시원 역시 당황했다. 단순하지만 생각도 못한 지점인데, 문 검사의 주장은 충분히 일리가 있었다. 뭐라도 말해야 했다. 뭐라도 말을 해서 문 검사의 주장에 흠집을 내야 했다. 시원은 충분히 생각하지 못하고, 급히 손을 들고 끼어들었다.

"지금 검사의 주장은 모순이 있습니다. 요트 안에서 피 묻은 시트를 처리하고 새 시트를 갈아 끼우고, 이런 일들을 쉽게 할 수 있는 것처럼 묘사하고 있습니다. 검증이 필요합니다!"

"쉽지 않나요? 검증까지 필요한가요?"

문 검사는 언제 준비했는지 주머니에서 일회용 플라스틱 라이터를 꺼내더니 시트에 불을 붙이는 시늉을 했다.

"태워서 재를 바다에 뿌리면, 끝 아닌가요?"

"……."

방청객들 중 몇몇이 웃음을 터뜨렸다. 시원은 죽고 싶었다. 문 검사의 공격이 이어졌다.

"제가 확인한 결과 요트 침실 안에는 이 시트 말고 다른 여분의 시트도 여러 장 있었습니다. 피 묻은 시트를 태워버리고 새 시트를 갈아 끼우는 일은 변호인 말처럼 어려운 일이 아니라 초등학생도 할 수 있는 간단한 일입니다. 굳이 '검증'을 해야 한다면…… 다시 말씀해 주십시오. 제가 침대 시트를 갈아 보이죠. 이상입니다."

문 검사는 의기양양하게 자리로 돌아갔다. 노 판사가 시원을 보며 물었다.

"변호인, 추가 신문 하겠어요?"

시원은 어금니를 꽉 물었다.

"추가 신문 없습니다."

노 판사는 고개를 끄덕이고는 다음 증거로 넘어갔다. 검찰 쪽에서 신청한 증거였다. 선호의 집에서 발견된 개인용 노트북의 하드디스크. 문 검사는 노트북을 사러 온 사람처럼 물끄러미 보고 있다가 불쑥 입을 열었다.

"이선호의 집에 있던 컴퓨터는 총 네 대였습니다. 태블릿까지 포함하면 여섯 대. 그중에서 손유리와 이선호가 개인적으로 쓰던 노트북 두 대의 하드디스크가 깨끗하게 포맷이 된 사실이 밝혀졌습니다."

배심원들의 눈빛에 의심이 차오르기 시작했다. 앞에서 나온 증거들에 비해 살인행위와 직접적인 연관성은 떨어질지언정, 논리적인 의심을 품기에는 더없이 좋은 증거였다.

"게다가! 포맷이 된 시점이 매우 의심스럽습니다. 피고인은 결혼식을 올리기 얼마 전부터 이선호의 집에서 살았습니다. 이선호는 당시에 결혼식 준비와 사업체 정리 등등의 일로 미국에 있었고요. 바로 그때 포맷이 된 겁니다."

문 검사의 말을 듣고 있던 유리는 당장이라도 손을 들고 항변하고 싶었다. 선호의 노트북은 건드린 적도 없다고. 그러나 근거가 없는 주장은 오히려 더 큰 의심을 불러일으킬 뿐이라는 사실을 알기에 분을 삼켰다. 문 검사는 거침없이 주장을 이어나갔다.

"이선호는 미국에서 돌아오는 즉시 결혼식을 올리고 신혼여행을 떠났습니다. 그사이 서울에 있는 집에는 들르지 않았고요. 즉, 이 노트북 역시 손댈 기회가 없었다는 뜻이죠. 결국……."

문 검사는 검지를 쭉 뻗어 유리를 가리켰다. 유리는 그의 손가락이 길게 늘어나 창처럼 자신을 찌르는 환영에 몸을 떨었다.

“이 노트북을 포맷할 수 있었던 사람은 피고인뿐이라는 결론에 도달합니다. 국과수에서는 어떻게든 하드디스크를 복구해보려고 애썼지만 결국 실패하였음을 알려드립니다. 이상입니다.”

법정 안에 잠시 정적이 흘렀다. 아까 시트 증거에 이어서 흐름이 완전히 문 검사 쪽으로 넘어가는 분위기였다. 시원은 자리에서 천천히 일어나 배심원들 앞에 섰다.

“사실 저는 재판과 방송 외에 다른 것들에 대해서는 그리 썩 전문적인 지식을 갖고 있지 못합니다. 솔직히 털어놓자면, 지금까지 제 손으로 컴퓨터를 포맷해본 적도 없으니까요. 혹시 여기 앉아 계신 배심원 여러분들 중에서 자기 컴퓨터를 포맷해본 적 있는 분 계신가요?”

배심원들이 손을 들기도 전에 문 검사의 날카로운 지적이 터져 나왔다.

“이의 있습니다! 해보지 않은 일이라고 해서 어려운 일이라는 뜻은 아닙니다. 지금 변호인은 배심원들의 개인적 경험을 보편적 행위의 난이도와 연결시키려고 하고 있습니다.”

노 판사는 고개를 끄덕였다.

“인정합니다. 배심원들은 방금 전 변호인의 진술은 신경 쓰지 마세요.”

시원은 어깨를 으쓱하고는 몸을 돌렸다.

“그래서, 저는 오늘 이 자리에 컴퓨터에 관한 전문가를 모셨습니다. 김상준 씨를 증인으로 신청합니다.”

마른 몸에 파리한 얼굴, 학생들이나 쓸 법한 안경을 쓴 젊은 남자가 증인석에 앉아 증인선서를 했다.

노 판사가 말했다.

"선서를 했으므로 이제부터 거짓말을 하면 위증죄로 처벌받습니다. 변호인, 증인 신문하세요."

시원은 증인석으로 다가가 물었다.

"증인의 직업은 무엇입니까?"

"저는 한국그룹 본사 보안 2팀장으로 일하고 있습니다."

"정확히 무슨 일을 하는 거죠?"

"그룹 본사 시스템망을 해킹이나 각종 컴퓨터 바이러스로부터 지키는 일입니다."

"그전에는 무슨 일을 하셨나요?"

"해커였습니다."

대답하는 남자의 목소리가 살짝 떨렸다. 시원은 고개를 끄덕이며 물었다.

"컴퓨터를 포맷하는 일이 어렵나요?"

"아니요. 컴퓨터 지식이 없는 사람이라도 전원 정도만 켜고 끌 줄 알면 누구나 할 수 있습니다."

유리는 흠칫 놀랐다. 이런 질문은 오히려 우리 쪽에 불리한 질문이 아닌가? 시원이 계속했다.

"그렇다면, 원격으로 컴퓨터를 포맷하는 일은요?"

"원격 포맷보다는 포맷하는 시점을 미리 예약하는 쪽이 더 수월하죠."

"포맷 시점을 예약한다? 그게 무슨 뜻이죠?"

"아, 그런 프로그램이 있습니다. 일반인들은 쓸 일이 없는 프로그램인데요, 일종의 바이러스라고 할 수도 있겠네요."

"예를 좀 들어주시겠어요?"

"음…… 몇 개가 있는데, 대표적으로 H2DM이라는 프로그램이 있습니다. 이 프로그램은 사용자가 원하는 시간에 컴퓨터를 자동으로 부팅시킨 후 자체 포맷을 하고 전원을 끄도록 해줍니다."

"오호. 그런 프로그램도 있어요?"

"네. 사실 해커들한테는 아주 간단한 원리의 프로그램인데요, 다른 바이러스에도 많이 응용됩니다."

"그렇다면, 누군가가 자기 컴퓨터에 그 프로그램을 깔아놓고 포맷 시점을 정해놓으면, 자기가 미국에 가 있더라도 서울에 있는 컴퓨터를 포맷할 수 있는 거네요?"

"네. 정해진 시간에 자동으로 포맷이 되죠."

"와우. 그 프로그램이 깔린 흔적을 찾을 수 있나요?"

"아니요. 그 프로그램은 하드디스크를 포맷하면서 자신까지 같이 지워버리거든요. 아무 흔적이 안 남습니다. 그런 프로그램이 여럿 있어요."

"아하, 그렇군요. 그렇다면 이선호 정도 되는 컴퓨터 전문가라면 그 프로그램을 알까요?"

그 질문에 전직 해커 김상준은 소리 내어 웃었다.

"이선호 씨가 그 프로그램을 아냐고요? 그런 프로그램을 개발할 수도 있을걸요? 전문가들한테는 구구단같이 간단한 프로그램이에요."

시원은 만족스러운 표정을 지으며 고개를 끄덕였다.

"이상입니다."

유리는 판사와 배심원들의 얼굴을 살폈다. 그리고 주먹을 불끈 쥐었다.

'역전이다!'

노 판사는 문 검사에게 물었다.

"검사, 신문하세요."

문 검사는 밥 먹다가 돌을 씹은 표정으로 대답했다.

"신문할 내용 없습니다."

그러자 노 판사는 고개를 끄덕이며 증인에게 말했다.

"증인은 이제 내려가도 좋습니다."

김상준이 증인석에서 내려가자 노 판사가 오늘 공판의 마지막 증인을 불렀다.

"검사 측에서 신청한 증인, 신문 시작하겠습니다. 김민정 씨?"

순백의 원피스를 입고 립스틱조차 바르지 않은 민정이 증인석으로 천천히 걸어왔다. 섹시하기 이를 데 없는 치렁치렁한 머리조차 여고생 같은 단발로 자른 모습이었다.

유리는 눈조차 마주치기 싫어서 고개를 떨구었다. 그러자 시원이 유리의 손을 잡았다.

"고개 들어요. 꼭 죄 지은 사람 같잖아요."

유리는 힘겹게 고개를 들었다. 그런데 고개를 들자마자 민정과 눈이 마주쳤다. 그녀가 보고 있었던 것이다. 민정은 오직 유리만 알아차릴 수 있는 희미한 미소를 지어 보였다. 유리는 등골이 서늘해졌다. 쿵쾅거리는 심장박동을 진정시킬 수 없었다.

'이제 무자비한 공격이 시작되겠지? 이번에도 반전이 있을까?'

16화

반전 또 반전

법정 전체가 긴장감으로 얼어붙은 가운데, 문지환 검사가 첫 질문을 던졌다.

"증인은 피고인과 어떤 관계인가요?"

민정은 슬픔에 잠긴 여자의 표정을 연기하면서 대답했다.

"최악의 인연이라고 할 수 있겠네요."

"구체적으로 표현해주시겠습니까?"

"손유리 씨가 제 약혼남을 유혹해서 제가 파혼을 당했거든요."

시원이 손을 번쩍 들었다.

"이의 있습니다! 지금 증인은 객관적인 사실이 아니라 본인 입장에서 감정적인 표현들을 사용하고 있습니다!"

문 검사가 바로 나섰다.

"제가 추가 질문을 통해 사실 관계를 정확히 확인하겠습니다."

노정렬 판사는 인상을 쓴 채 명령했다.

"정확하게 질문하고 정확하게 답하도록 하세요. 그리고 변호인도 아까부터 다짜고짜 이의를 제기해서 검사 쪽 신문을 끊어버리는데, 주의하세요."

시원은 고개를 숙여 미안함을 표시했다. 문 검사가 증인석으로 한 발 더 다가가서 신문했다.

"증인의 약혼남, 그러니까 파혼하기 전의 약혼남이 누구였죠?"

"손유리 씨의 변호사였습니다. 지금 앉아 계신 분 말고 그전 변호사죠."

"이도준 변호사, 맞습니까?"

"네."

"편의상 약혼남이라고 부르겠습니다. 아까 진술에서 피고인이 약혼남을 유혹했다고 하는데, 증거가 있나요?"

"네. 사진도 있고……."

그때 다시 시원이 손을 번쩍 들었다.

"2007년에 개정된 형사소송법 제308조의2, 위법수집증거능력배제 원칙에 어긋납니다. 증인이 불법적인 사설업체를 동원해 상대의 동의 없이 촬영한 사진은 본 법정에서 증거로 쓰일 수 없습니다! 그리고 이와 관련한 증인의 진술도 부적법한 경로로 얻은 증거에 기대고 있는 만큼, 피고인의 유무죄 판단에 어떠한 영향도 끼치지 말아야 할 것입니다!"

노 판사가 고개를 끄덕였다.

"검사. 법정에서 허용 가능한 증거만 언급하세요. 배심원들도 증인의 마지막 진술은 무시하세요."

문 검사는 이 정도 반격은 예상했다는 듯 계속 신문했다.

"증인이 약혼남과 손유리 씨의 부적절한 관계를 실제로 목격한 사례도 있나요?"

마치 태클을 전문으로 하는 미식축구 선수처럼 시원은 포기하지 않고 이의를 제기했다.

"검사의 신문은 이번 재판의 당 사건과 직접적인 연관이 없습니다! 오히려 피고인의 명예훼손 소지가 있습니다."

문 검사가 받아쳤다.

"매우 중요한 관련이 있습니다. 본 사건은 피고인의 남편이 살해당한 사건입니다. 피고인의 남자관계, 또는 남자관계로 인해 유추할 수 있는 피고인의 성향과 기질은 재판에 있어서 반드시 고려되어야 할 사항입니다!"

노 판사는 잠시 고심하다가 문 검사의 손을 들어주었다.

"검사의 신문, 더 들어보겠습니다."

시원은 손톱이 부러질 듯 주먹을 꽉 쥐었다. 결국 막지 못했다. 이제 걷잡을 수 없는 상황이 되어버릴 것이다.

"감사합니다."

문 검사는 노 판사에게 가볍게 목례를 한 후 다시 민정에게 물었다.

"증인? 다시 묻겠습니다. 증인이 약혼남과 손유리 씨의 부적절한 관계를 실제로 목격한 사례도 있나요?"

"네. 제가 미국에 살다가 귀국했을 때, 제 약혼남의 아파트에 잠깐 들렀는데 그 아파트에서 살고 있던 손유리 씨와 마주쳤습니다. 심지어 옷을 모두 벗은 채로요."

배심원들과 방청객들이 술렁이는데 시원이 또 손을 들었다. 어떻게 해서든 봇물처럼 쏟아져 나오는 흙탕물을 막아보려는 몸짓이었다.

"피고인에게 사실 관계 확인이 필요한 진술입니다!"

노 판사가 동의했다.

"인정합니다. 피고인, 진술할 부분이 있으면 진술하세요."

유리는 두근거리는 가슴을 손으로 꾹 눌렀다. 배심원들의 시선이 이미 싸늘해졌음을 느꼈다. 그들의 시선은 꼭 이렇게 말하는 듯했다. 무서운 여자군. 무슨 짓이든 저지를 수 있는. 저 여자의 말은 믿을 수 없어. 달리 연기자겠어?

여기서 무슨 말을 한들, 사람들의 부정적인 시선을 바꿀 수 있을까? 전부 말도 안 되는 변명처럼 들리지 않을까? 그러나 말해야 한다. 지금 진술을 거부하면 민정의 주장을 그대로 인정하는 꼴이 되니까.

유리는 애써 입을 뗐다.

"당시 저는 갈 곳이 없었습니다. 남편의 집은 기자들에게 둘러싸여 있었고, 얼굴이 알려진 연예인이다 보니 호텔에 가 있을 수도 없었습니다. 그래서 가장 믿을 수 있는 변호인의 집에 며칠 머무른 것뿐입니다. 맹세코 어떤 육체적인 접촉도 없었습니다."

시원이 거들었다.

"옷을 벗고 있는 모습을 목격했다는 증인의 진술은요?"

"그때 이도준 변호사는 집에 있지도 않았습니다. 출근하고 한참이 지난 뒤였죠. 저는 샤워를 하고 나오는 길이었습니다."

배심원들과 방청객들이 수군거리기 시작했다. 유리는 그 수군거림이 전부 비웃음으로 들렸다. 말도 안 되는 소리! 지나가던 개가 웃겠다!

문 검사가 시원을 보며 물었다.

"차시원 변호사님. 제가 변호사 생활을 안 해봐서 그런데요. 변호사가 의뢰인을 자기 집에서 며칠씩 재워주는 경우도 있나요? 그것도 이성의 의뢰인을? 그것도 누구든 키스하고 싶게 만든다는 매력적인 여자를?"

배심원들 중 몇몇이 웃음을 참지 못했다. 시원은 어금니를 꽉 물고 말했다.

"흔한 일은 아니지만, 가능하다고 봅니다."

"아, 그래요? 저도 빨리 검사를 그만두고 변호사를 해야겠군요."

더 많은 배심원들이 웃음을 터뜨렸다. 노 판사가 외쳤다.

"정숙하세요, 정숙! 검사 측 증인 신문 끝났으면 변호인이 신문하세요."

시원은 머릿속이 하얘져버렸다. 이제 그가 바보쇼를 펼칠 시간이었다. 일어서서 증인석 앞으로 가야 하는데, 도저히 발이 떨어지지 않았다. 입술을 잘근잘근 씹고 있는데 핸드폰 진동이 울렸다. 의외의 발신인이었다.

'혁. 뭐야…… 갑자기 왜 재판 중에.'

혁은 지금 재판이 진행 중인 걸 누구보다 잘 알고 있는 사람이다. 그런데 왜 메시지를 남겼을까? 시원은 슬쩍 메시지를 확인해보았다. 메시지를 읽은 시원의 눈이 번쩍 커졌다.

재촉하는 노 판사의 목소리가 울렸다.

"변호인! 재판이 지체되고 있어요! 신문 안 합니까?"

"아, 재판장님……."

시원은 후배 변호사에게 뭐라고 귀엣말을 했다. 그러자 후배 변호사가 슬쩍 재판정을 빠져나갔다. 시원은 자리에서 벌떡 일어나 말했다.

"새로운 증인을 신청합니다!"

노 판사가 물었다.

"증인 명단에 없는 증인입니까?"

"네, 그렇습니다."

문 검사는 어이가 없다는 듯 손을 들었다.

"누구든 간에 증인 목록에 없는 증인은 받아들일 수 없습니다."

시원은 노 판사에게 간청하는 눈빛을 보냈다.

"김민정 씨의 증언과 함께 꼭 들어봐야 할 증언이 있습니다."

노 판사는 문 검사에게 물었다.

"인정하실 겁니까?"

"인정 못합니다."

그러자 시원은 배심원들에게 호소하는 눈빛을 보내고는, 문 검사에게 다가갔다.

"저도 앞으로 공판에서 검사 측의 즉석 증인 신청 요구를 받아들이겠습니다."

보다 못한 노 판사가 둘을 불렀다.

"검사와 변호인, 둘 다 잠깐 앞으로 나오세요."

시원과 문 검사가 앞으로 나오자, 노 판사는 법정 안의 스피커와 연결된 마이크를 옆으로 치우고 둘에게만 들리도록 말했다.

"둘 다 계속 고집부릴 거요? 합의 보세요."

시원은 잃을 게 없다는 생각이었다. 이런 경우 거절하는 쪽이 뭔가 켕기는 게 있는 것처럼 보이니까. 문 검사가 시원에게 물었다.

"증인이 누굽니까?"

"저도 자세히는 모릅니다. 같이 온 후배 변호사가 뒤늦게 찾아낸 증인인 모양입니다."

시원의 거짓말이었다. 그는 금방 혁이 보낸 메시지를 통해 지금 법정 밖에서 기다리고 있는 증인이 누구인지 잘 알고 있었다. 문 검사가 혀를 찼다.

"아니, 누군지도 잘 모르는 증인을 이렇게 급히 신청한단 말입니까? 한심하군."

"한 번만 받아들여 주세요. 아까 약속한 대로 저도 한 번 받을게요."

문 검사는 막무가내인 시원을 째려보았다.

"나는 그렇게 주먹구구로 증인 부를 일이 없어요."

둘의 신경전을 지켜보던 노 판사가 결론을 내렸다.

"들어나 봅시다. 대신 본 재판과 큰 상관이 없는 증인인 경우 변호인은 불이익을 감수해야 될 거요."

"네, 알겠습니다."

시원은 감사의 표시로 고개를 조아렸고, 문 검사는 어쩔 수 없다는 듯 어깨를 으쓱하고 자리로 돌아갔다.

잠시 후, 법정 문이 열리고 들어온 사람은 크리스였다. 커다란 덩치에 잔뜩 주눅이 든 얼굴. 눈은 정면을 보지 못하고 고개를 숙인 채였다.

다들 크리스가 누군지 몰라 어리둥절해했다. 다만 유리는 그의 얼굴을 알아보고 기겁했다. 그녀는 시원에게 귓말을 했다.

"저 사람이 왜 여기에?"

"사실 저도 누군지 몰라요."

시원은 혁에게서 온 메시지를 유리에게 보여주었다.

— 변호사님. 김민정을 부술 수 있는 증인이 지금 법정 밖에서 기다리고 있습니다. 증인 신청 해주십시오.

시원이 오히려 유리에게 물었다.

"저 사람이 누군데요?"

유리는 시원에게만 들리게 속삭였다.

"이름은 크리스. 김민정의 정부예요. 유부남이고요."

시원은 민정의 얼굴을 확인했다. 크리스가 증인석 옆에 서는 순간, 그녀의 얼굴은 잿빛이 되었다. 그 순간, 시원의 머릿속에 무시무시한 질문이 떠올랐다.

'대체 김민정의 정부가 어떻게 증인으로 출석하게 되었지? 혹시…….'

시원은 증인석에 서 있는 크리스의 얼굴을 주시했다. 상처나 멍은 보이지 않았지만 심한 압박감을 느끼고 있음을 쉽게 알 수 있었다.

혹시 혁이나 지 회장이 협박과 폭행을 했다면…… 그리고 그 사실이 까발려진다면…… 심각한 역효과가 날 수도 있다. 크리스를 신문하는 것이 실이 될지, 득이 될지는 오늘 공판이 끝나봐야 확인할 수 있을 것 같았다.

"변호인, 증인 신문하세요."

노 판사의 말에 시원은 천천히 자리에서 일어났다. 증인석 앞으로 가는, 얼마 안 되는 거리가 살얼음판 같았다. 아래로는 수십 미터 깊이의 차디찬 호수가 있는……. 자칫하면 빠져 죽는다!

크리스는 손을 올리고 증인선서를 했다.

"양심에 따라 숨김과 보탬이 없이 사실 그대로 말하고 만일 거짓말이 있으면 위증의 벌을 받기로 맹세합니다."

노 판사가 다시 주지시켰다.

"증인, 위증을 하면 법에 의해 처벌받습니다. 형법 제152조 위증, 모해위증에 관한 법률에 의하여 5년 이하의 징역 또는 1천만 원 이하의 벌금에 처합니다."

보통 법조항까지는 언급하지 않는데 노 판사가 굳이 형법 조항을 들먹인 이유는 크리스에 대한 불신 때문인 것 같았다. 크리스는 보일 듯 말 듯 고개를 끄덕였다.

그의 옆에 앉은 민정의 얼굴 표정은 그야말로 가관이었다. 청순한 피해자 코스프레를 하던 그녀의 눈빛이 어느새 표독스럽게 바뀌어 있었다. 그러나 크리스는 민정과 한 번도 눈을 마주치지 않았다.

매의 눈으로 두 명의 증인을 살피던 시원은 궁금해 죽을 지경이었다. 대체 이 남자는 어떻게 여기까지 오게 된 걸까?

시원은 심호흡을 한 번 하고는 증인 신문을 시작했다.

"이름을 말씀해주세요."

"크리스 리입니다. 한국 이름은 이정진이고요."

"거주지는요?"

"미국에서 살고 있습니다."

"한국에는 자주 옵니까?"

"네. 사업차 한국에 머무르는 시간이 많습니다."

"옆에 계신 김민정 씨와는 어떤 관계입니까?"

크리스는 눈을 감고 한숨을 내쉬었다. 며칠 전에 겪은 끔찍한 악몽이 떠올랐다.

크리스는 도심 외곽의 낡은 건물 앞에 차를 세웠다. 해가 막 지고 어린 별들이 떠오른 초저녁이었다. 그의 집은 아니었다. 그의 집은 부유층들이 모여 사는 타운하우스 촌에 있었다.

1980년대 갱 영화에서나 등장할 법한 느낌의 우중충한 건물들이 모여 있는 이 거리는 그의 애인이 사는 곳이었다. 그녀의 이름은 모니카. 몇 달 전 헬스클럽에서 만난 여자로 회원들을 관리해주는 일을 하고 있었다.

라틴계의 특질이 고스란히 드러나는 이십 대 중반의 그녀에게 크리스는 첫눈에 관심이 갔다. 잘록한 허리와 쭉 뻗은 두 다리, 거기에 압도적으로 풍만한 가슴과 새카만 머리칼까지. 그녀는 남자들이 마다할 이유가 없는 여신이었다.

크리스는 운동을 하면서 그녀와 대화할 기회를 얻었고 가끔 커피 한잔하는 사이로까지 발전했다. 그녀의 생일을 미리 알아내고 빅토리아 시크릿의 최고급 언더웨어세트를 선물로 준 것이 유효했다. 남자친구가 없었던 그녀는 생일날 저녁 크리스를 집으로 불렀고 놀랍게도 한국식 불고기를 만들어주었다. 물론 정통 한국식 조리법과는 달랐지만 크리스를 배려해서 한국 음식에 도전했다는 사실이 감격스러웠다. 크리스는 진심으로 감탄했다.

— 한국에서 먹는 불고기 맛과는 다르지만, 정말 맛있군. 음식에도 섹시함이 흘러넘쳐.

그러자 모니카는 깊이를 알 수 없는 새까만 눈을 반짝였다.

— 당신이 원한다면 정말 섹시한 뭔가를 보여줄 수도 있는데.

그녀의 긴 손가락에 걸려 와인잔이 쓰러졌다. 하얀 테이블보가 붉은 와인에 젖어갔지만 그녀도 크리스도 신경 쓰지 않았다. 그들은 누가 먼저랄 것도 없이 침대로 갔고 격렬한 정사를 나누었다.

그 뒤로 크리스는 매주 한 번은 모니카의 아파트를 찾았다. 그를 아는 사람들이 살 턱이 없는 외곽의 구석진 아파트라는 사실이 더욱 마음에 들었다. 사람들 눈에 띌 염려가 없으니까.

차를 세운 크리스는 콧노래를 부르면서 계단을 올랐다. 그녀의 집은 5층이었지만 크리스는 항상 계단을 성큼성큼 뛰어 올라가곤 했다. 문 앞에 서서 벨을 누를 때까지만 해도 크리스는 무슨 일이 생길지 모르고 있었다. 벨을 눌렀지만 모니카가 대답이 없자 문손잡이를 돌려보았는데, 문이 열려 있었다. 뭔가 이상하다는 생각을 하면서 크리스는 집 안으로 들어갔다.

"모니카!"

대답 대신 흐느낌이 들려왔다. 침실이었다. 크리스가 달려가 보니…… 맙소사. 침대는 피투성이였다. 침대 옆에 주저앉은 모니카의 얼굴도 엉망이었다.

모니카는 피를 줄줄 흘리는 얼굴을 들어 크리스를 보았다. 크리스는 등골이 서늘해졌다. 달려가서 그녀를 안으려고 했지만, 옷에 피가 묻을까봐 조심스러웠다.

"이게 대체 무슨 일이야?"

모니카는 눈물에 젖은 목소리로 중얼거렸다. 아직까지도 공포에 질린 음성이었다.

"당신 아내가 사람들을 보냈어."

"뭐?"

"한국 사람들. 그 사람들이 날……."

아내가 청부업자라도 불러서 모니카를 폭행했단 말인가? 크리스가 아는 아내는 절대로 그럴 사람이 아니었다.

"말도 안 돼. 그럴 리가 없어."

"자기 와이프라고 편드는 거야? 내 꼴을 보고도 그런 말이 나와?!"

"모니카……."

"내 집에서 나가. 다신 내 얼굴 볼 일 없을 거야."

"모니카, 뭔가 오해가……."

"이 집에서 당장 꺼지라고!"

모니카는 귀가 찢어질 듯 소리를 질렀다.

"나가라고! 안 나가면 경찰을 부르겠어!"

크리스는 어쩔 수 없이 그녀의 집을 나왔다. 등 뒤로 모니카의 저주를 들으며.

"다신 내 눈앞에 나타나지 마, 이 개자식!"

곧 나누게 될 정사를 기대하며 신나는 발걸음으로 올라왔을 때와 달리 계단을 내려가는 그의 발걸음은 터벅터벅 힘이 없었다. 아무리 생각해도 아내는 이런 짓을 할 사람이 아닌데…….

오늘 아침만 해도 아내는 환하게 웃는 얼굴이었다. 아이들을 챙기고, 잘 다녀오라면서 키스를 해준 아내의 모습은 절대로 남편의 정부를 알아낸 사람의 모습이 아니었다. 게다가 청부 폭행이라니! 아내는 개미 한 마리 못 죽이는 사람인데.

계단을 다 내려왔을 때 크리스는 흠칫 놀랐다. 청바지에 검은색 셔츠를 입은 건장한 남자 두 명이 그를 가로막고 있었다. 크리스는 직감적으로 이들이 모니카를 폭행한 사람들임을 알아차렸다.

남자 둘 중 머리가 짧고 나이가 좀 더 들어 보이는 사람이 말을 건넸다. 한국어로.

"어이 크리스. 애인은 잘 만났나?"

내 이름을 알고 있다. 모니카도 알고 있다. 이 사람들이 맞다.

"당신들이 모니카를 폭행했어요?"

"뭘 그 정도로 폭행이라는 말을 쓰나. 그냥 귀여워서 쓰다듬어 준 것뿐인데."

크리스도 이제 반말로 물었다.

"아내가 보냈나?"

"그렇다고 할 수 있지. 말하자면 좀 긴데, 우리 차를 타고 가면서 얘기 좀 할까?"

남자 둘이 크리스의 팔을 잡으려고 했다. 크리스는 본능적으로 뿌리치고 도망가려고 했다.

"사람 잘못 골랐어!"

그런데 남자들 중 한 명이 그의 앞을 가로막았다. 크리스는 깜짝 놀랐다. 운동선수 출신의 거구인 자신을 이토록 강한 힘으로 압도할 수 있는 사람이 있다는 사실에.

안간힘을 써서 남자를 뿌리친 크리스는 차에 타려고 했다. 그러나 자동차 바퀴 네 개가 전부 바람이 빠져 있는 게 보였다.

"이 개새끼들이……."

남자들은 비웃는 표정으로 크리스를 보고 있었다.

"우리 차에 타라니까."

남자 중 한 명이 크리스의 차 바로 뒤에 세워져 있는 검은색 SUV의 문을 열었다. 놈의 허리춤에 차고 있는 총이 보였다. 크리스는 몸에 힘이 쭉 빠졌다.

'뭔가 심상치 않아. 뭔가 꼬여도 단단히 꼬이고 있어.'

크리스는 갑자기 달리기 시작했다. 남자들이 따라오는 발걸음 소리가 들렸지만 뒤도 안 돌아보고 어둠이 내린 거리를 질주했다. 한참을 달린 그는 골목길로 접어들었다. 모니카의 집에만 들락거렸지 주변은 영 낯선 동네여서 어디가 어디로 연결됐는지 알 수가 없었다. 크리스는 그냥 무작정 달렸다. 공포가 그를 밀어서 넘어뜨렸다. 손바닥과 팔꿈치, 무릎이 까졌지만 너무 긴장해서인지 아픈 줄도 몰랐다. 그는 골목 구석에 몸을 숨기고, 헐떡이는 숨을 고르며 기다렸다.

그런데, 그를 잡으러 온 남자들이 천천히 다가오는 발소리가 들렸다. 발소리는 점점 가까워졌다.

'안 돼…….'

크리스는 눈을 감아버렸다. 남자의 걸걸한 목소리가 들려왔다.

"어이, 아저씨. 숨어 있는 거 다 알아. 숨어 있다가 잡히면 엄청 아플 거야. 지금 나와주면 좋게 말로 해결할 수도 있는데. 응? 어딨어? 어서 잘생긴 얼굴 좀 보여주셔."

크리스는 간절하게 빌었다. 제발…… 제발 그냥 지나가라…….

그의 기도대로 남자들이 다른 방향으로 멀어졌다. 크리스는 들리지 않게 안도의 숨을 내쉬었다. 일단 무서운 상황은 피했다. 어떻게 해서든 이 빌어먹을 거리에서 탈출해야 한다.

남자들이 향한 방향과 반대쪽으로 조심스럽게 걸음을 옮기는데 그만 발끝이 철제 쓰레기통에 부딪쳤다. 깡— 끔찍한 소리가 골목에 울려 퍼졌다. 순간, 크리스는 뒤를 돌아보았고 역시 뒤를 돌아본 남자들과 눈이 마주쳤다.

'망했다!'

크리스는 다시 달리기 시작했다. 이번에는 숨을 생각조차 없었다. 잡히지 말아야 한다는 생각뿐이었다.

우범지대라서 그런지 해가 진 골목에는 경찰 코빼기도 보이지 않았다. 버림받은 도시처럼 그저 무심한 암흑뿐이었다. 어디선가 흑인 꼬마들이 요란한 슬랭으로 떠드는 소리가 들려왔다. 열어놓은 창문으로 흘러나오는 희미한 텔레비전 소리도 들렸다. 어느 쪽도 도움이 될 것 같지 않았다.

골목을 잘못 든 크리스는 막다른 벽 앞에서 좌절했다. 옆에 보이는 계단을 택하는 수밖에. 10층쯤 되는 낡은 건물의 계단을 뛰어 올라가니 텅 빈 옥상이 나왔다. 문을 닫고 잠그려고 했지만, 잠금장치가 고장나 있었다. 비상구는 하나뿐이었다. 놈들도 이 계단으로 올라오면…… 끝장이다. 크리스는 옥상 난간을 잡고 아래를 내려다보았다. 놈들의 모습은 보이지 않았다.

가버렸나? 얼마나 뛰었는지 온몸이 땀에 흠뻑 젖어 있었다. 크리스는 거친 숨을 몰아쉬며 난간에 등을 기대고 주저앉아 버렸다. 그런데…… 계단을 올라오는 발자국 소리가 바늘처럼 고막을 찔렀다.

'이런 제기랄!'

옥상 위에는 도망갈 곳이 없었다. 뛰어내렸다간 그대로 아스팔트 바닥에 짜부라질 높이였다. 크리스가 안절부절못하고 있는데, 옥상 철문이 열리고 남자가 모습을 드러냈다. 둘 중에서 나이가 좀 더 많은, 짧은 머리의 남자였다. 혼자 올라온 걸 보니 둘이 갈라져서 크리스를 찾는 모양이었다.

절망적인 심정이었던 크리스는 희망을 발견했다. 아까 총을 갖고 있던 남자는 지금 없다. 이놈 혼자뿐이라면, 그리고 이놈이 총을 안 갖고 있다면, 내가 제압할 수도 있다. 남자도 힘든지 가쁜 숨을 몰아쉬며 크리스에게 다가왔다.

"아 그 자식. 누가 왕년의 운동선수 아니랄까봐 겁나 빨리 뛰네."

"대체 왜 이러는 겁니까?"

"아까 말했잖아. 그냥 얘기나 좀 하자고."

"허튼 수작 말아요."

크리스가 신경 쓰는 부분은 딱 하나. 놈에게 총이 있느냐 없느냐였다. 그가 살펴본 결과, 총은 없어 보였다. 이제 여차하면 놈을 제압하고 도망갈 참이었다.

"그냥 얌전하게 차를 탔으면 말로 해도 될 일을, 왜 이렇게 뛰어다니면서 사람을 피곤하게 하냐? 엉?"

놈이 다가왔다. 바로 이때다!

크리스는 몸을 날려 남자를 덮치려고 했다. 그러나 그는 너무나도 자연스럽게 크리스를 피해버렸다.

"이 새끼! 사람 잘못 건드렸어!"

크리스는 주먹을 휘둘렀지만 이번에도 남자는 유연하게 피해버렸다. 그다음 날린 발차기까지 피한 남자는 크리스의 발목을 잡더니 휙 비틀어버렸다.

"으아악!"

대수롭지 않은 동작이었음에도 발목이 부러진 양 고통이 엄습했다. 남자는 고통에 몸부림치는 크리스의 가슴을 힘껏 걷어찼다. 그리 크지 않은 체구에서 어떻게 이토록 강한 힘이 나오는지 알 수 없었다. 갈비뼈가 부러졌는지 숨이 쉬어지지 않았다. 크리스는 가까스로 정신을 잃지 않고 버텼다.

남자는 손도 아니고 발끝으로 크리스의 얼굴을 툭툭 건드렸다.

"걱정 마. 어디 부러진 데는 없으니까. 딱 안 부러질 만큼만 힘 줬으니까 엄살 피우지 마. 덩치는 산만 한 녀석이."

크리스는 총이 있고 없고를 떠나 이 작자로부터 벗어날 수 없음을 깨달았다. 남자는 핸드폰을 꺼내더니 태연하게 전화를 걸었다.

"빨간 벽돌건물 옥상으로 올라와. 어. 1층에 잡화상 있는 건물. 가방도 들고 와."

가방? 무슨 가방? 크리스는 바닥에 쓰러진 채 공포에 떨어야 했다.

"대체 왜 이러는 겁니까? 제발 말 좀 해줘요!"

"그러게 처음부터 말을 듣지 그랬어? 내가 말했지? 도망치다 잡히면 엄청 아플 거라고. 내 인생 철학이 입 밖으로 낸 말은 반드시 지킨다는 거야. 아프게 해주겠다고 했으니까 아프게 해줘야지."

"이러지 말아요. 시키는 대로 할게요! 제발……."

남자는 크리스의 말은 들리지도 않는 것처럼 핸드폰을 만지작거리며 묵묵부답이었다.

잠시 후 총을 가진 남자가 네모난 가죽가방을 들고 옥상으로 올라왔다. 그제야 짧은 머리의 남자가 크리스 앞에 쪼그려 앉았다.

"자, 이제 약속한 대로 널 아프게 해줄게."

"제발…… 대체 왜 이러는 겁니까? 돈이 필요해요?"

"하하하. 왜? 돈으로 어떻게 해보시겠다? 하하하."

짧은 머리의 남자는 덩치 큰 남자가 갖고 온 가방에서 예리한 나이프를 꺼내 크리스의 목에 들이댔다. 서늘한 금속이 울대를 짓누르는 느낌에 크리스는 신음을 흘렸다.

짧은 머리 남자가 눈짓을 하자 덩치 큰 남자가 크리스의 손발을 플라스틱 수갑으로 묶었다. 크리스는 반항을 하려고 했지만 목에 겨눈 칼 때문에 꼼짝도 할 수 없었다. 덩치는 크리스의 입에 재갈을 물렸다.

'대체 날 어떻게 하려고 이러는 거지?'

공포의 손아귀가 크리스의 심장을 틀어잡고 있었다.

짧은 머리 남자는 가방에서 나뭇가지 등을 자르는 원예용 가위를 꺼냈다. 그리고 크리스의 신발과 양말을 벗겼다. 그제야 크리스는 그들이 하려는 끔찍한 짓을 직감했으나 이미 꼼짝도 할 수 없는 처지가 되어버린 뒤였다.

"흔히들 우리 몸에서 제일 감각이 무딘 곳이 발이라고 생각하는데, 발 입장에서는 참 섭섭한 소리지. 새끼발가락 정도는 없어도 될 것 같지? 천만의 말씀. 이번 기회에 새끼발가락이 얼마나 소중한지 알게 되기를 바랄게."

그러고는 1초의 망설임도 없이 크리스의 새끼발가락을 원예가위로 싹둑 잘라버렸다.

"우웁웁우웁!!!"

지금까지 한 번도 겪어본 적 없는 종류의 고통이 신체의 말단에서부터 머리 한복판까지 치솟았다. 크리스는 고통에 몸부림치며 소리를 질렀지만 손발에 채워진 수갑과 입에 물린 재갈 때문에 고통은 밖으로 나가지 못하고 몸 안에서 맴돌 뿐이었다.

"어때? 생각보다 많이 아프지?"

짧은 머리의 남자가 히죽이며 물었다. 크리스는 정신없이 고개를 끄덕였다.

"하나 더 잘라줘?"

크리스는 세차게 고개를 흔들었다.

"이번 기회에 새끼발가락의 소중함을 충분히 깨달았어?"

대체 이게 무슨 미친 소린가 싶었지만 크리스는 말 잘 듣는 학생처럼 고개를 끄덕였다. 끔찍한 고통은 서늘한 공포로 변해 그의 온몸을 장악했다. 남자는 잘려나간 발가락을 들어 크리스에게 보여주었다.

"자, 인사해. 그동안 새끼발가락한테 수고했다고 얘기한 적 한 번도 없잖아."

그는 피가 뚝뚝 흐르는 발가락을 눈앞에서 서너 번 흔들더니 옥상 밖으로 휙 던져버렸다.

'이런 미친놈들…….'

이미 땀범벅이 된 크리스의 눈에서는 눈물이 줄줄 흐르기 시작했다. 짧은 머리는 덩치에게 대수롭지 않게 말했다.

"처치해줘."

그의 말이 떨어지기가 무섭게, 덩치 큰 남자가 가방에서 소독약과 붕대를 꺼내더니 크리스의 발을 소독하고 단단하게 붕대를 감았다.

크리스는 지옥의 문 앞에 끌려온 기분이었다. 말로만 협박하는 놈들이 아니었다. 모니카를 곤죽으로 만들고, 신체 일부를 잘라버리는 일쯤은 아침에 시리얼을 먹듯 간단하게 해버리는 놈들이었다.

처치가 끝나자 짧은 머리 남자는 본론을 꺼냈다.

"어이 크리스. 소리 안 지를 자신 있어?"

크리스는 고개를 끄덕였다.

"소리 지르면 이번에는 엄지발가락하고 빠이빠이 해야 해. 그럼 자꾸 넘어지는 남자로 사람들한테 기억될 거야."

크리스는 다시 고개를 끄덕였다.

남자는 섬뜩한 협박을 하고서야 재갈을 빼주었다.

"허억……."

크리스는 이를 악물고 고통을 참았다.

"잘 들어, 크리스. 한국에서 지금 재판이 열리고 있어. 이선호를 살해한 혐의로 손유리가 재판을 받고 있지. 알고 있나?"

"네."

"며칠 뒤에 네 애인 김민정이 법정에 증인으로 설 예정이야. 손유리와 이도준 변호사가 불륜 관계라고 증언하려고."

크리스는 이 남자들이 왜 왔는지 어렴풋이 알 것 같았다.

"제가 민정이를 설득해서 증인으로 나가지 않도록 하겠습니다!"

그 말에 남자가 킥킥 웃었다.

"멍청한 소리 하고 있네. 누가 누굴 설득해? 네가 할 일은 김민정을 말리는 일이 아니라 너도 함께 증인석에 서는 거야."

"네? 제가요? 제가 무슨 증언을 하죠?"

"사실 그대로를 말하면 돼. 너와 김민정의 관계에 대해서."

"그건……."

"왜? 싫어? 우리가 위증을 하라는 것도 아니잖아. 사실 그대로를 말하라고."

크리스는 민정의 아버지를 떠올렸다. 한국에서 제일 큰 로펌의 대표다. 그런 사람의 딸을 법정에서 상간녀로 만들어버린다면…… 그는 어떤 식으로 보복을 할까? 그러나 어떤 식으로 보복을 해도 지금 이놈들처럼 미친 짓을 하진 않을 것 같았다. 최소한 손가락이나 발가락을 자르진 않겠지.

"지금 고민하고 있나? 그럼 고민을 덜어주지. 만약 며칠 뒤에 열리는 법정에 증인으로 나가지 않으면 손목을 잘라줄게."

크리스는 손목이 잘리는 고통을 상상하자 절로 입술이 벌어졌다.

"아, 걱정 마. 넌 아파할 필요 없어. 네 아들 녀석이 아프겠지. 무척 귀엽게 생긴 녀석이던데?"

"이 개자식들……!!!"

크리스는 분노로 몸을 부르르 떨었지만 남자의 손에 든 칼이 그의 눈알을 후벼 팔 것처럼 가까이 있었다.

"내가 할 말은 다 끝났어."

짧은 머리 남자는 일어서서 비상구로 내려가 버렸다. 망설일 줄을 모르는, 피도 눈물도 없는 놈이 확실했다. 덩치 큰 남자가 크리스의 손목과 발목을 죄고 있는 플라스틱 수갑을 풀어주고 떠났다.

크리스는 옥상 한가운데에 엎드려 흐느꼈다. 그는 민정을 만난 순간을, 그녀와 함께 침대에서 뒹굴던 순간을 뼈저리게 후회했다.

"빌어먹을…… 빌어먹을……."

그날 밤, 크리스는 눈물을 뚝뚝 흘리며 발가락을 찾아다녔다. 그러나 낯선 동네의 어둠 속에 내팽개쳐진 발가락은 끝내 발견되지 않았다.

며칠 후, 그는 아들의 손목을 지키기 위해 한국행 비행기를 탔다.

"옆에 계신 김민정 씨와는 어떤 관계입니까?"

시원의 질문이 크리스의 귓가에 아련하게 울렸다. 며칠 전에 겪은 끔찍한 악몽에 잠시 빠져 있던 크리스는 정신을 차리고 주위를 둘러보았다.

결국 와버렸다. 이 재판의 일부가 되어버린 것이다. 그것도 최악의 악역으로……. 크리스는 덜덜 떨리는 목소리를 가다듬고 말했다.

"내연 관계입니다."

그 순간 수많은 이들의 각기 다른 표정이 교차했다.

노정렬 판사는 믿을 수가 없었다. 갑자기 덩치 큰 재미교포가 증인석에 서더니 손유리의 불륜 관계를 폭로한 증인과 자신이 불륜 관계라고 폭로한 것이다.

문지환 검사는 할 수만 있다면 눈빛으로 크리스를 태워 죽이고 싶었다. 덤으로 김민정도 같이. 이건 재앙이었다.

민정은 문 검사보다 더욱 분노했다. 그녀의 상태는 이미 제어불능이었다. 언제 터질지 모르는 시한폭탄처럼 그녀 안의 시계가 재깍재

깍 돌아가고 있었다.

반대로 시원은 환호성을 지르고 싶었다. 지금까지 손유리에게 덮어씌워졌던 불신과 의혹의 올가미가 고스란히 민정에게로 옮겨가는 순간이었다.

유리는 다행이라고 생각하면서, 동시에 처참했다. 진흙탕 싸움으로 번져가는 재판의 흐름도 안타까웠지만 무엇보다 도준이 불쌍했다. 연민과 죄책감이 그리움으로 변해, 그가 사무치게 보고 싶었다.

시원은 정신을 차리고 공격을 이어나갔다.

"크리스 씨는 미혼이신가요?"

"아니요. 결혼했습니다."

배심원들과 방청객들 속에서 탄식이 흘러나왔다. 그들은 모두 고개를 푹 숙인 민정을 보고 있었다.

"김민정 씨와 내연의 관계는 언제부터 맺어오셨는지요?"

"그녀가 약혼할 즈음이었던 것 같습니다."

"약혼하고는 헤어지셨나요?"

"아니요. 지난달에도 만났습니다."

"내연 관계라면, 육체적 관계도 포함하는 관계인가요?"

"네……."

문 검사가 벌떡 일어났다.

"이의 있습니다! 증인의 주장은 사실관계 확인이 필요한 주장입니다! 지금 일방적으로 저희 측 증인을 모함……."

"증거가 있습니다. 그동안 주고받은 메시지들도 있고…… 관계를 가질 때 찍은 동영상도 있습니다."

크리스의 고백에 재판정은 심하게 웅성거렸다. 문 검사는 믿을 수 없다는 표정으로 자리에 털썩 주저앉았다.

노 판사가 외쳤다.

"정숙하세요, 정숙!"

시원은 재빨리 물었다.

"지금 말씀하신 동영상은 서로 합의하에 촬영한 것인가요?"

"네, 그렇습니다."

당사자가 아닌 사람이 남을 몰래 촬영하거나 도청을 하면 불법이지만, 자신의 대화를 녹음하거나 자신이 속해 있는 영상을 촬영하면 증거로서의 법적 효력이 생긴다. 게다가 상대의 동의하에 찍은 영상이라면 법적으로 완벽한 증거가 된다. 주장뿐이었던 민정과 달리, 크리스는 완벽한 증거를 갖고 온 것이다.

"증인도 김민정 씨와 이도준 변호사와의 약혼 사실을 알고 있었나요?"

"네. 자주 들었습니다."

"아, 그래요? 김민정 씨가 이도준 변호사에 대해 어떤 식으로 말했나요?"

"제가 듣기로 둘은 전혀 사랑하는 사이가 아니었습니다. 서로 필요에 의한 관계였달까요? 그리고 이도준 변호사가 총에 맞아 의식불명이었을 때, 김민정은 자동으로 파혼이 되게 생겼다면서 좋아했습니다."

다시 법정 안이 술렁였다. 아까 유리 때문에 파혼을 당했다는 민정의 주장이 새빨간 거짓말로 밝혀지는 순간이었다. 시원은 마지막 펀치를 뻗었다. 과감하게도 민정에게 물었다.

"증인 김민정 씨는 크리스 씨의 진술에 대해 하실 말씀 없습니까?"

아무도 민정의 얼굴을 볼 수 없었다. 그녀는 앉은 채로 죽어버린 사람처럼 고개를 푹 숙이고 있었다. 단발로 자른 그녀의 머리칼이 얼굴을 덮고 있었다.

"추가 진술 없으시면 크리스 씨의 진술을 모두 사실로 인정하는 것으로 받아들여도 되겠습니까?"

"……."

"알겠습니다. 이상입니다."

시원은 미소를 짓고 변호인석으로 돌아와 앉았다. 충격 때문에 다들 할 말을 잃어버린 정적 속에서 노 판사가 문 검사에게 말했다.

"검사, 신문하세요."

문 검사는 주먹을 꽉 쥔 채 꼼짝도 하지 않았다. 카운터펀치를 맞고 케이오된 선수와도 같았다. 일어나야 하지만, 일어날 수가 없는…….

'집중하자, 집중…….'

문 검사는 자신의 머리를 최대한의 강도로 짜냈다. 순간 실낱같은 빛이 보이는 것도 같았다. 그는 천천히 일어서서 크리스 앞으로 다가갔다.

"아무리 간통죄가 없어졌다고 하지만 본인의 불륜 사실을 고백하는 경우는 매우 드문데요. 심지어 법정에서…… 그것도 한국까지 날아와서……? 증인, 이렇게 증인석에 서게 된 이유가 뭔가요?"

그 말에 크리스의 표정이 흔들렸다. 문 검사는 그 모습을 놓치지 않았다. 뭔가 있구나!

시원이 손을 들고 제지했다.

"이의 있습니다. 증인은 증언을 하게 된 이유에 대해서는 설명할 의무가 전혀 없습니다."

"인정합니다. 검사의 질문은 없었던 걸로 하겠습니다. 계속 신문하세요."

문 검사는 죽기 직전에 회생의 실마리를 찾은 검투사처럼 천천히 법정 안을 걸어 다녔다. 그러다 넌지시 물었다.

"증인은 혹시 최근에 협박을 받은 적이 있나요?"

그 말에 크리스는 손으로 입을 막고 말았다. 법정에 선 후 계속 차오르던 공포가 그의 한계를 넘어버린 것이다. 사라진 발가락이, 아들의 손목이, 김성욱 대표의 알 수 없는 복수가 사방에서 그를 잡아당기고 있었다.

"잘못했습니다……."

크리스는 울먹였다. 때를 놓치지 않고 문 검사가 물었다.

"뭘 잘못했다는 거죠? 네?"

"잘못했습니다…… 제발……."

"증인! 울지 말고 똑바로 증언하세요! 뭘 잘못했다는 거죠? 누군가 지금 증인을 협박하고 있나요? 혹시 증인을 협박한 사람이 이 법정 안에 있나요?"

크리스의 불안한 눈동자가 이리저리 굴러다녔다.

"증인! 협박을 가한 사람이 이 법정 안에 있나요?!"

시원은 미칠 것 같았다. 만에 하나 크리스가 협박이나 폭행 사실을 털어놓는다면…… 극적인 역전승은 수포로 돌아간다. 그뿐이 아니다. 앞으로 재판에 있어서도 변호의 신뢰성에 치명타를 입게 된다.

'제발…… 제발 아무 말도 하지 마라…… 제발…….'

법정 안 모든 사람들의 시선이 크리스의 입에 쏠려 있었다. 그의 입술이 열릴까 말까 들썩이는 동안 문 검사와 시원의 속도 새카맣게 타들어가고 있었다.

"으허헉……."

크리스는 거대한 덩치를 들썩이며 흐느꼈다.

"증인! 위증을 했나요? 아까 증인선서에 의해 위증을 하면 처벌받습니다! 사실을 말하세요!"

시원이 나섰다.

"지금 검사는! 극도의 긴장감에 짓눌려 있는 증인을 부당하게 압박하고 있습니다! 더 이상 신문을 계속할 수 없는 상황입니다!"

문 검사도 가만있지 않았다.

"아닙니다! 지금 증인이 느끼고 있는 압박감과 공포가 어디에서 기인하는지 밝혀야 합니다!"

"아닙니다! 지금 증인이 느끼고 있는 압박감과 공포는 바로 검사의 고압적인 태도 때문입니다. 검사가 그렇게 노려보며 다그치는데 세상 그 누가 압박을 안 느끼겠습니까?!"

문 검사는 마침내 크리스 앞에 달려가서 똑똑히 말했다.

"증인! 형법 제12조에 의하면, 저항할 수 없는 폭력이나 자기 또는 친족의 생명 신체에 대한 위해를 방어할 방법이 없는 협박에 의하여 강요된 위증은 처벌하지 못합니다! 만약 위증을 했다고 해도 협박이 있었다면 증인에게는 죄가 없어요!"

시원이 달려가 문 검사와 증인 사이를 가로막았다.

"증인, 더 이상 증언하시지 않아도 좋습니다!"

"증인! 위증을 했나요? 협박이 있었나요?"

문 검사와 시원은 당장 서로에게 주먹이라도 날릴 태세로 맞섰다. 크리스는 웅얼거리는 소리로, 그러나 판사와 배심원들에게는 분명히 들리게 말했다.

"위증 아니에요…… 사실이에요……."

그 말을 들은 노 판사가 결정을 내렸다.

"자자! 검사, 변호인, 모두 그만하세요. 크리스 씨의 증언은 충분히 들은 것으로 보입니다. 검사는 만약 부족하다고 생각하면 다음 공판에 다시 증인 요청하세요."

길고 긴 재판의 끝이 선언되었다.

"오늘 공판은 이것으로 마칩니다. 다음 공판은 2주 후에 열립니다."

예스! 시원의 입가에 시원한 미소가 걸렸다.

오랜만에 다들 시원의 사무실에 모였다. 첫 번째 공판 후에 삼겹살 파티를 열었던 것처럼, 이번에는 피자와 맥주 파티를 열었다. 도준도 와서 축배를 들었다. 유리로부터 재판 과정을 들은 그는 믿을 수 없다는 표정을 지었다.

"정말 안타깝군."

"뭐가요?"

"그런 멋진 재판을 놓쳐서."

"오늘만큼은 차 변호사님한테 최고의 변호사 자리를 양보하세요.

오늘 차 변호사님은 정말 최고였거든요."

유리는 시원에게 몇 번이나 엄지를 들어 보였다.

뭐니 뭐니 해도 오늘의 주인공은 혁이었다. 그가 술을 입에 대지 않는 게 그저 안타까울 따름이었다.

"아니 어떻게 크리스를 데려올 생각을 했지?"

시원이 물었다. 혁은 화제의 중심에 놓이는 게 부끄러운지 심하게 낯을 붉혔다.

"예전부터 알고 있었습니다. 유리 누나가 그 여자 때문에 너무 괴로워하길래 지 회장님께 상의드렸더니 정리해주신 겁니다."

"진짜 대박이네. 난 정말 상상도 못했어. 오늘 공판은 정말 완전히 접고 나갔거든. 도저히 이길 패가 안 보이더라고. 이거 지 회장님한테 회사 차원에서 상이라도 드려야 하나? 감사패 만들어?"

시원의 농담에 다들 웃었다.

인터넷에서는 이미 기사가 올라오고 있었다.

손유리, 전 변호사의 파혼과 관련 없어

파혼 원인 제공자는 오히려 약혼녀?

기자들도 속았다! 두 얼굴의 약혼녀

비슷비슷한 제목의 기사들이 줄을 이었다. 댓글도 전부 유리를 동정하고 민정을 비난하는 분위기였다. 유리를 천하의 사이코패스 불륜녀로 몰던 여론은 어느새 뒤바뀌어 있었다. 하지만 유리는 달갑지만은 않았다. 또 무슨 일이 생기면 어떻게 바뀔지 모른다는 뜻이니까.

"다음 공판에 톰 아라야가 온다고 했죠?"
유리가 시원에게 물었다.
"네. 다음 공판에요. 제가 오는 길에 이메일로 날짜를 알려줬어요. 답이 왔으려나?"
시원은 핸드폰으로 이메일을 체크하고는 빙긋이 미소를 지었다.
"빠르기도 하셔라. 공판 전날에 입국하겠다고 답장이 왔네요."
톰 아라야의 이메일을 읽던 시원이 고개를 갸웃했다.
"헐……."
"왜요?"
"유리 씨하고 식사를 할 수 있냐고 물어보는데요?"
다들 서로의 얼굴을 돌아보았다. 유리도 얼떨떨했다. 전혀 생각지 못한 제안이어서.
"저 혼자요?"
"그런 말은 없어요."
그러자 도준이 나섰다.
"다 같이 보는 건 어떠냐고 물어봐. 나까지."
"왜? 유리 씨 납치라도 할까봐?"
시원이 또 농담을 했다.
"보고 싶어서. 대체 어떤 사람인지."
"오케이. 물어보지 뭐."
시원은 바로 답장을 썼다.
사무실 창밖으로 불타는 노을이 드리우고 있었다. 사람들의 시선 속에서 도준과 유리의 시선이 마주쳤다. 도준은 눈빛으로 말했다.

— 오늘도 수고했어, 유리야.

유리도 눈빛으로 말했다.

— 보고 싶었어요.

공판이 끝나자마자 문 검사는 후배 검사들을 데리고 크리스의 호텔을 찾아갔다. 크리스는 방에서 나오려고 하지 않았다. 방문도 열어주지 않았다. 문 검사는 직접 그의 방문을 주먹으로 두들기며 말했다.

"크리스 씨, 대한민국 검찰을 우습게 보면 안 됩니다. 당신, 기소할 수도 있어요."

방 안에서는 여전히 겁에 질린 목소리가 들려왔다.

"저는 대한민국 국민이 아니란 말입니다! 미국 시민이에요."

"미국 시민이 대체 왜 여기까지 와서 자기한테 불리한 증언을 했나요? 크리스 씨! 문 좀 열어보세요. 방 안에서 얘기만 하고 돌아갈게요."

"Leave Me Alone!"

문 검사는 당장이라도 문을 부수고 들어가고 싶었지만 겨우겨우 화를 누르고 목소리를 낮췄다.

"딱 10분이면 돼요. 약속할게요."

"제발 그냥 가세요, 제발……. 아무도 보고 싶지 않아요."

'하아…… 이 겁쟁이 새끼. 말로는 안 되겠구나.'

문 검사는 후배 검사를 보며 눈짓을 했다. 재빨리 달려간 후배 검사는 10분도 걸리지 않아서 호텔 지배인을 데리고 왔다. 설득을 했는지 협박을 했는지는 몰라도 호텔 지배인은 마스터키를 내밀었다.

"고객분이 고소를 하면 어떡하죠?"

"어디에 고소를 해요? 검찰에?"

문 검사는 지배인을 안심시키고는 마스터키로 문을 열었다. 그는 후배들에게는 들어오지 말라고 손짓하고 혼자 방으로 들어갔다.

크리스는 무릎을 세운 채 침대에 앉아 있었다. 문 검사를 본 그는 울상이 되어 중얼거렸다.

"오 마이 갓……. 당신들 정말 너무하는군요……."

문 검사는 천천히 그의 옆에 앉았다. 크리스는 저승사자라도 만난 듯 소스라치게 놀라며 몸을 피했다. 자세히 보니 팔다리에도 멍 자국이 여럿 있었다. 문 검사는 확신했다.

'뭔가 있어. 아주 단단히 협박을 당했어.'

"크리스 씨, 다 말씀하셔도 됩니다. 협박, 폭행 당하셨죠?"

17화

협박

크리스는 세차게 고개를 흔들었다. 그의 머릿속에는 끔찍했던 순간이 아직 생생하게 남아 있었다. 그리고 아까 재판이 막 끝나자마자 도착한 메시지도 있었다.

— 잘했어. 이제 나하고 얼굴 마주칠 일 없을 거야. 허튼짓만 안 하면. 마누라 엉덩이 두들기면서 토끼 같은 애들하고 행복하게 쭉 살아.

이제 다 끝났다 싶었다. 그런데 지금 검사라는 사람이 와서 계속 '허튼짓'을 하라고 부추기고 있었다.

'더 이상은 안 돼.'

크리스는 아직 남아 있는 용기를 다 끌어 모아 말했다. 문 검사의 눈을 보면서.

"당장 나가주세요. 계속 저를 힘들게 하면 미국의 변호사를 통해 당신을 고소하겠어요."

문 검사는 얼이 빠진 표정으로 크리스를 마주 보았다. 마지막으로 잡고 있던 동아줄을 놓친 사람의 얼굴이었다.

"한 가지만 솔직히 말해주세요. 오늘 당신이 법정에서 진술한 내용, 모두 사실인가요?"

"못 믿겠으면 확인해봐요. 김민정은 당신 편인 것 같던데."

문 검사는 김민정이란 이름만 들어도 분통이 터질 지경이었다. 재판이 끝나고 바람처럼 사라진 그녀는 전화도 받지 않고 있었다.

문 검사는 천천히 침대에서 일어나 명함을 건네주며 말했다.

"만에 하나라도 생각이 바뀌거나 제 도움이 필요하면 언제든 연락하세요. 대한민국 검사, 당신이 생각하는 것보다 셉니다."

유리의 아버지가 세상을 떠났다. 잠이 든 채로.

장례를 치르는 동안, 유리는 첫날에만 서럽게 눈물을 쏟고 다음 날부터는 울지 않았다. 이제 몇 되지 않는 내 편이 또 한 명 줄어들었으니 더 강해져야 한다고 생각했다. 아빠에게 부끄럽지 않은 딸이 되기 위해서라도.

아버지가 돌아가신 후 유리에게 변화가 생겼다. 그전까지는 기자들과 시민들의 눈길을 피해 칩거하다시피 살았다. 외출이라고 해봐야 재판 준비 때문에 시원의 사무실에 들르는 게 다였다. 그러나 이제 그녀는 밖으로 나오기 시작했다. 백화점이나 마트는 물론이고 공원을 산책하고 서점에 가기도 했다. 그녀를 알아보는 사람들이 웅성거리거나 사인을 받으러 오거나, 가끔은 응원을 해주기도 했다. 어쩌면 그런 눈들 중에 자신을 해칠 만한 사람이 있을지도 모른다는 사실도 유리는 알고 있었다. 그래도 그녀는 사람들 앞에 다시 나섰다.

시원은 그러지 말라고 펄쩍 뛰었지만 유리는 다시 숨어 사는 삶을 선택하고 싶지 않았다. 다행히도 혁이 정말 그림자처럼 그녀를 따라다녔다. 그녀가 불편함을 느끼지 않도록, 항상 그녀의 시선보다 반걸음 뒤에서 걸었다.

오늘 유리가 저녁을 먹기 위해 선택한 장소는 대형마트 지하의 푸드코트였다. 왜 하필 이런 곳이냐고 물어볼 법도 한데, 혁은 묵묵히 그녀를 따르기만 했다.

"사실은 배우가 되기 전에 이런 푸드코트를 진짜 좋아했어. 온갖 종류의 음식이 다 모여 있잖아. 뭘 먹을까, 고를 때면 부자가 된 기분이었어. 그런데 그때는 너무 가난해서 메뉴 중에서 제일 싼 거, 그리고 한 가지 메뉴밖에 못 골랐지."

푸드코트 입구에는 세기도 힘들 만큼 많은 메뉴들이 커다란 아크릴판에 적혀 있었다. 유리는 메뉴들을 보며 쓸쓸하게 말했다.

"초밥이나 스테이크, 무슨 세트 같은 건 비싸서 못 먹고 주로 비빔밥이나 분식 같은 걸 먹었지. 그때는 나중에 돈 많이 벌면 이것저것 비싼 메뉴도 막 시켜야지, 행복한 상상을 하고는 했는데 막상 배우가 되고 나니 시간도 없고 사람들 눈이 신경 쓰여서 오질 못했어."

혁은 대답도 하지 않고 묵묵히 그녀의 말을 듣기만 할 뿐이었다.

"나 오늘은 제일 비싼 메뉴를 시킬 거야. 너도 그래야 해. 알았지?"

"네."

"너부터 골라봐."

메뉴를 보던 혁은 베트남 쌀국수를 골랐다. 유리가 고개를 저었다.

"안 돼. 무조건 만 원 넘는 걸로 골라."

"그럼 쌀국수 세트 메뉴로 하겠습니다."

롤과 닭튀김이 함께 나오는 쌀국수 런치 세트는 만이천 원이었다.

"좋아. 나는 특선 초밥을 먹을래. 무려 이만사천 원짜리."

그녀는 메뉴를 고르면서 뿌듯한 미소를 지었다. 유리의 얼굴을 알아본 주변 사람들이 놀라서 수군거리기 시작했다. 그러나 그녀는 신경 쓰지 않았다. 오히려 속으로 아빠에게 말했다.

'아빠 딸 이제 더 이상 숨어 지내지 않으려고요. 아빠 딸 죄인 아니니까, 떳떳하게 사람들 앞에 나설 거예요. 맛있는 것도 먹고 좋은 옷도 입고요. 아침 햇살도 쬐고 저녁노을도 구경하고요.'

긴 하루였다. 톰 아라야와 타일러 인베스트먼트는 난공불락의 성처럼 성벽이 까마득했고, 시원은 어떻게 해서든 성벽을 기어 올라가 성으로 침투해야 했다. 시원은 다른 변호사들과 함께 집요하게 정보를 모으고 또 모았다. 그런데도 부족했다.

집에 들어간 시원은 샤워를 하고 맥주를 한 캔 따려다가 말았다. 시간이 너무 늦었다. 내일도 일이 많으니 조금이라도 일찍 잠자리에 들어야겠다 싶었다. 팬티에 면 티셔츠 차림으로 침실에 들어간 그의 눈에 뭔가 이상한 장면이 들어왔다.

가사도우미 아주머니가 항상 반듯하게 정돈해두는 침대 이불 한가운데가 불룩하게 솟아 있었다.

'베개가 있는 걸 모르고 이불을 덮으셨나? 이런 실수를 하실 분이 아닌데?'

별 생각 없이 이불을 걷어낸 시원의 입에서 비명이 튀어나왔다.

"으아아아아악!"

그는 비명을 지르며 바닥에 주저앉았다. 심장이 약한 사람이었다면 기절했을 법한 광경이 그의 두 눈을 찌르고 있었다. 이불 속에는 고양이가 누워 있었다. 길에서 생활한 지 한참 되어 보이는, 노란색 얼룩이 불규칙하게 몸을 덮고 있는 고양이였다. 이불을 젖혔는데도 꼼짝 않고 있는 걸 보면 잠든 게 아니라 죽어 있는 게 틀림없었다.

비현실적인 광경에 한동안 넋을 잃고 있던 시원의 정신이 조금씩 돌아오기 시작했다. 길고양이가 비밀번호를 누르고 들어와 침대에서 이불을 덮고 죽었을 가능성은 없다. 그렇다면 대체 누가?

그제야 시원은 깨달았다. 이렇게 끔찍한 짓을 한 놈이 아직 집에 머무르고 있을지도 모른다는 사실을!

온몸에 소름이 쫙 끼쳤다. 시원은 숨을 죽이고 침실을 돌아보았다. 보통 아파트의 거실만 한 넓이의 침실에는 침대 외에는 소파밖에 없어서 사람이 숨을 곳이 없었다. 그는 주먹을 불끈 쥐고 천천히 드레스룸으로 걸음을 옮겼다. 공식적인 자리에서 입는 슈트와 그가 즐겨 입는 캐주얼이 청팀 백팀처럼 마주 보며 깔끔하게 정리된 드레스룸에도 사람이 숨어 있을 만한 공간은 없었다.

침실에 딸린 화장실까지 확인한 시원은 문득 범인이 무기를 들고 있을지도 모른다는 생각이 들었다. 그러자 가뜩이나 얼어붙은 발걸음이 더 무거워졌다. 침실 안에는 무기가 될 만한 게 눈을 씻고 찾아봐도 없었다. 그나마 손에 잡을 만한 물건이 드라이어였다. 그는 오른손에 드라이어를 들고 조심스럽게 침실 문을 열고 나갔다.

넓디넓은 거실과 주방, 그리고 다른 방에는 숨을 곳이 많았다. 시원은 숨소리를 죽이고 발자국도 조심스럽게 떼면서 먼저 주방으로 향했다. 무기를 확보해야 하니까. 주방은 사람의 흔적이 없이 그대로였다.

시원은 드라이어를 내려놓고 다양한 종류의 칼이 꽂혀 있는 우드 블록에서 제일 큰 칼을 빼내어 손에 들었다. 드라이어보다 훨씬 안심이 되었다. 주방과 이어진 거실을 돌아봤지만 인기척은 느낄 수 없었다. 서재와 작은방까지 확인하고서야 마음이 조금 놓였다. 마지막으로 베란다와 다용도실을 체크한 후 집 안에 아무도 없음을 확신했다.

시원은 거실 소파에 털썩 주저앉았다. 아직도 칼을 내려놓지 못할 정도로 불안했다.

'한밤중의 죽은 고양이라니. 이걸 어떻게 해석해야 하지? 경찰에 신고해야 하나?'

그때 집 전화가 울렸다. 시원은 너무 놀란 나머지 또 소리를 지를 뻔했다. 핸드폰이 아니라 집 전화가 울렸다. 해가 진 뒤에 집 전화가 울린 적은 이 집에 이사 오고 처음 있는 일이었다. 천천히 소파에서 일어나 떨리는 손으로 전화를 받았다.

"여보세요?"

상대는 몇 초쯤 말이 없다가 나지막이 물었다.

"선물은 잘 받으셨나?"

"누구십니까?"

시원은 존댓말로 되물었다.

"나? 지금 당장은 고양이 사냥꾼 정도로 소개를 해줄까? 아니면 안락사 도우미?"

시원의 등에 소름이 쫙 끼쳤다.

"설마…… 손유리 씨 아버지도 당신이 한 짓입니까?"

상대는 말없이 낄낄 웃었다. 웃음소리만 들어도 악마의 속삭임을 들은 것처럼 소름이 끼쳤다.

"어이, 차시원 변호사. 내가 당신에 대해 좀 알아봤는데 말이야. 당신은 정의를 밝히고 몸 바쳐 재판을 하고, 이런 거 안 어울려. 잘난 얼굴하고 멋진 커리어로 방송 출연이나 하면서 편하게 살아."

"잘못 알아보셨네요. 저는 변호사입니다. 의뢰인을 위해 최선을 다할 의무가 있어요."

"의뢰인이 얼마나 중요한가?"

"그런 걸 말로 할 순 없지요."

"목숨을 걸 만큼?"

"……."

"대답해봐. 의뢰인이 네 목숨하고 바꿀 만큼 중요해?"

"지금 협박하는 겁니까?"

"응. 하지만 난 협박만 하고 끝내는 사람이 아니라는 걸 알아두는 게 좋을 거야. 이번에는 네가 고양이 시체를 발견했지만, 다음에는 파출부 아줌마가 네 시체를 발견할 거란 얘기지."

그 말에 시원은 다리 힘이 풀렸다.

"똑똑한 친구니까 더 이상 얘기 안 해도 알아들었으리라 믿어. 혹시라도 날 찾으려는 헛수고는 안 하는 게 좋아. 만약 내 얼굴을 보는 순간이 온다면, 아마 내 얼굴이 네가 보는 마지막 얼굴이 될 거야."

"그런 식의 협박은……."

"여러 가지 방법으로 너의 마지막을 준비해줄 수 있어. 자다가 타는 냄새를 맡을 수도 있고, 갑자기 수십 톤 트럭이 네 차를 덮칠 수도 있지. 엘리베이터에서 칼에 찔릴 수도 있고, 사우나에서 목이 졸려 죽을 수도 있어. 그러니…… 잘 판단하라고."

"당신 뒤를 밟을 생각은 없어요."

"다시 말하지. 재판에서 손을 떼."

전화는 끊겼다.

시원은 한동안 꼼짝도 하지 못했다. 전화기도 내려놓지 못했다. 그의 목에 서늘한 칼날이 닿아 있는 느낌이었다.

도준은 심각한 얼굴로 말이 없었다. 시원의 SOS 전화를 받고 한걸음에 달려온 그는 팔짱을 낀 채 죽은 고양이를 내려다볼 뿐이었다.

"누가 이런 짓을 했을까?"

"아마도 같은 사람이겠지. 아니, 최소한 배후는 같겠지."

"유리 아버님을 해친?"

시원은 핸드폰으로 고양이 시체 사진을 여러 각도에서 찍었다.

"사진은 왜?"

"일단 증거는 확보해놔야지."

"재판에서 까려고?"

"왜? 그럼 안 되나?"

"시원아, 생각해보자. 누군가가 피고인의 아버지를 암살하고 변호인의 집에 무단으로 침입해서 죽은 고양이를 놓고 갔다고 주장한다면, 문지환 검사가 가만히 있을까? 분명 자작극으로 몰 거야. 역풍이 엄청날 거고."

"그렇다고 내 집에 멋대로 들어와 고양이 시체를 던져놓고 간 일을 그냥 덮으란 거야? 협박은 어떻고? 유리 씨 아버님의 죽음은?"

"수사는 의뢰해야지. 용의자도 찾고. 전체 사건에 연결되는 단서가 잡힐지도 모르니까. 아직은 증거가 없잖아. 놈은 아주 철저해. 핸드폰이 아니라 집 전화로 통화를 한 것만 해도 그렇지."

"그게 왜?"

"핸드폰은 통화 중간에 녹음을 할 수 있잖아."

도준의 말에 시원은 허를 찔린 기분이었다.

"지금 네가 받았다는 살인범의 전화도 녹음된 게 없잖아. 오직 네 주장뿐이라고. 고양이 사진하고. 이런 건 아무 증거도 안 돼. 옛날 미국 마피아들이 이런 수법을 쓰곤 했어. 누군가를 협박할 때 경고의 메시지로 죽은 동물을 집에 갖다놔서 겁을 주곤 했대. 그래도 말을 안 들으면 암살을 하고."

전화로 들었던 섬뜩한 목소리가 시원의 귀에 울렸다.

— 재판에서 손을 떼.

도준도 시원도 침묵에 빠져들었다. 침대 위의 고양이처럼 말이 없었다. 먼저 정적을 깨뜨린 쪽은 시원이었다.

"경찰 수사는 의뢰하지 않겠어."

도준은 이해한다는 표정으로 고개를 끄덕였다.

"대신 변호는 계속할 거야."

"괜찮겠어?"

"협박으로 그만두는 건, 좀 모양 빠지잖아."

시원이 애써 농담을 했지만 도준은 웃지 않았다.

"그냥 협박이 아니야. 살해 협박이라고."

"알아. 난 그 목소리를 직접 들었어. 하지만 놈이 시키는 대로 할 순 없어. 대신 유리 씨한테는 비밀로 하자."

도준은 고개를 끄덕였다. 가뜩이나 공포와 싸우고 있는 그녀에게 또 다른 짐을 얹어주고 싶지 않았다. 문제는 시원이었다. 유리의 변호는 원래 도준이 할 일이었다.

"시원아. 아무래도 난 마음이 쓰인다. 이쯤에서 그만하는 게 어때?"

"왜?"

"네가 다칠까봐."

"이 새끼, 웃기네. 자기는 몸으로 총알까지 막으면서 의뢰인을 지켜놓고선 나보고는 고양이 시체 앞에서 도망가라고? 나도 좀 멋있는 변호사 역할 해보면 안 되냐? 나는 맨날 방송국이나 얼씬거리는 양아치로 살라고?"

시원은 여전히 유머를 잃지 않았다.

"이건 처음부터 내가 할 일이었어. 이제라도 내가 넘겨받을게."

시원이 그만하라는 듯 손을 들어 보였지만 도준은 멈추지 않았다.

"이제부터는 죽고 사는 문제야. 고양이가 아니라 네가 저 꼴로 누워 있게 될 수도 있다고!"

"지금 우리 둘의 모습이 어떤지 아냐? 마치 하나뿐인 여동생을 서로 지키겠다고 싸우는 큰오빠와 작은오빠 같아."

"내가 큰오빠야. 우선권은 나한테 있어."

도준의 말에 시원은 잠시 생각에 잠겼다. 도준은 다그치지 않고 침착하게 그의 결정을 기다렸다.

"도준아. 여기서 내가 도망가면 그거야말로 죽는 거야. 내 자신이 부끄러워서 견딜 수 없게 되어버린다고. 난 그렇게 살고 싶지 않아."

시원은 침대 한복판에 누워 있는 고양이 시체를 보며 마지막으로 말했다.

"계속 간다."

보라는 오랜만에 거품목욕을 즐겼다. 톰에게 받은 채찍 형벌로 등이 다 패인 탓에 한 달 가까이 샤워를 하지 못한 것이다. 상처는 어느 정도 아물었지만 점 하나 없이 매끄럽던 그녀의 하얀 등에 뱀과 지렁이들이 기어 다니는 듯한 흉터가 생겼다. 흉터의 크기로 볼 때 수술을 하더라도 완전히 없애기는 불가능했다.

그녀는 만족스러운 표정으로 거품을 가슴에 얹고 비볐다. 자신이 저질러버린 복수를 떠올리며. 복수를 덧없다고 하는 자들은 제대로 된 복수를 해본 적 없는 사람들이다. 이 세상에 복수보다 달콤한 초콜릿은 없다.

기분이 느긋해지자 욕망이 고개를 쳐들었다. 수지와 함께 욕조에서 즐길 순서가 온 것이다. 그녀를 막 부르려는데 핸드폰이 울렸다. 안길수였다. 보라는 금방 전화를 받지 않고 잠시 액정을 노려보았다.

'이 늙은 뱀 같은 자식이 무슨 냄새를 맡았나?'

이번 일은 보라가 혼자 판단하고 진행한 일이었다. 안길수와 상의하고 싶은 생각도 없었고 알려주고 싶지도 않았다. 마음 같아서는 손유리나 차시원을 바로 죽여버리고 싶었지만 그랬다가는 용의선상에 오르고 모든 것이 다 들통날 수도 있기에 작업이 쉬운 노인네를 타깃으로 고른 것이다. 그리고 시원에게는 강력하게 경고하는 차원에서 깜찍한 선물을 보냈다. 지금까지는 그녀의 계획 모두 성공적이었다.

보라는 욕조에 걸쳐놓은 수건에 손을 닦고 전화를 받았다.

"여보세요?"

"상처는 좀 어떤가?"

"걱정해주신 덕분에 많이 나았어요. 이젠 샤워도 해요."

"다행이군."

"무슨 일이시죠?"

"그 뉴스 봤나? 손유리의 아버지가 죽었다는군."

"그래요? 병원에서 장기간 연명을 하는 모양이더니, 결국 갔군요."

"처음 듣는 뉴스처럼 말하는군?"

"처음 듣는 뉴스예요."

"그 말, 믿어도 되나?"

"뭘 의심하는 거죠?"

"혹시 자네가 손유리의 아버지를 암살했을까봐. 자네는 항상 대담했으니까."

"그 정도로 대담하지는 못해요."

"만에 하나, 지나치게 대담한 짓을 저질렀다는 사실이 밝혀지면…… 이번에는 채찍질로 끝나지 않을 거야."

"와우. 무섭네요."

"농담으로 듣지 마."

"농담처럼 안 들려요. 마치 뭔가를 준비하고 계신 느낌이 드는걸요?"

"그 여기자를 칠 거야."

"백현서 기자요? 와우. 그거야말로 너무 대담하지 않나요?"

"마스터와 상의했어. 진작 처리했어야 했는데, 그 여자를 너무 얕봤어."

"조심해서 처리하세요. 그 여자 정말 보통내기가 아니더라고요. 뭐 어련히 잘 준비하시겠지만요."

"만약 손유리의 아버지가 암살되었다면, 그리고 그 사실이 알려진다면, 백 기자까지 처리하면 꼼짝없이 의심을 뒤집어쓸 수 있어."

"그건 걱정 마세요. 전 정말 모르는 일이니까요."

"믿어도 되지?"

"네."

"좋아. 그럼, 내 사냥개를 풀지."

톰 아라야의 전용기는 오호츠크 해 상공을 날고 있었다. 노르웨이산 원목으로 만든 실내에 지상보다 더 가까이에서 들어오는 햇살이 자연스레 스며들고 있었다.

톰 아라야는 유럽에서 중요한 계약을 마치고 돌아오는 길이었다. 그는 연어스테이크와 시저샐러드, 화이트 와인 한 잔으로 식사를 마쳤다. 식사가 끝나고 와인잔을 손에 든 채 회의실로 향했다. 변호사와 미팅이 있었다.

"자, 변호사님들! 제 비행기에서의 식사는 마음에 드셨는지? 우리 그럼 즐거운 시간을 가져볼까요?"

톰이 활기차게 문을 밀고 들어가자 회의실에서 미리 기다리고 있던 두 명의 변호사가 일어서서 인사를 했다. 나이가 많은 변호사 레이 크록은 타일러 인베스트먼트의 법무팀장이었다. 톰과 타일러 인베스트먼트의 비즈니스와 관련한 모든 상황을 꿰고 있는 인물이었다.

삼십 대 중반 정도 되어 보이는 젊은 변호사 한기준은 한국의 로펌에서 스카우트한 형사 전문 변호사였다. 한국 사법고시를 패스한 변호사들 중에 영어가 능통한 이를 골라 데리고 온 것이었다. 겨우 증인 출석일 뿐인데 전용기에 최고의 변호사 두 명을 함께 태울 수 있는 톰의 재력에 기준은 무척 감동을 받은 상태였다.

톰 아라야와 미리 만나기 위해 유럽까지 왔다가 전용기에 오른 그는 손유리의 재판과 관련한 산더미 같은 파일을 읽고 또 읽었다. 무슨 일이 있어도 톰 아라야가 원하는 결과가 나오도록 해주고 싶었다. 일이 잘 풀렸을 경우, 보상은 가늠조차 하기 어려웠다.

그가 톰에게 말했다.

"저는 대표님의 의견을 최대한 수렴해서, 재판에 유리한 쪽으로 변형시킨 후 문지환 검사에게 전달할 예정입니다."

"문 검사가 꼭 물어봐줬으면 하는 질문이 있어요."

"네, 말씀하십시오."

기준은 아이패드와 연결된 키보드에 손을 올리고 타이핑할 자세를 취했다. 톰은 와인을 홀짝이며 말했다.

"선호와 손유리의 관계에 대해 물어봐달라고 해요. 선호가 나한테 손유리에 대한 흥미로운 이야기들을 했거든요."

기준의 손가락이 재빨리 키보드를 두드렸다.

"증언뿐 아니라 증거도 있어요. 그 친구가 나한테 이메일을 가끔 보내곤 했는데 거기에 손유리를 언급한 부분도 있어요. 손유리의 살해동기를 간접적으로 뒷받침할 만한 내용이랄까요?"

"알겠습니다. 그리고요?"

"나와 타일러 인베스트먼트와의 관계에 관한 질문들은 안 하는 게 좋겠어요. 어차피 변호인 측이 꼬치꼬치 캐물을 테니까. 괜히 우리 편하고 그런 질문으로 시간을 낭비할 필요가 없죠."

기준은 고개를 끄덕이며 톰의 말을 적었다. 백번 맞는 말이었다. 재판도 쇼의 측면이 있다. 판사와 배심원이 관객인. 재미와 감동을 줘야 한다. 따분한 질문은 우리 편에서 할 필요가 없다.

"뭐, 그 정도면 되겠어요."

"네. 그다음은 변호인 측에서 던질 수 있는 예상 질문들입니다."

톰은 아까보다 더 신중하게 서류를 읽었다. 몇몇 지점에서는 미간을 찌푸리며 고개를 갸웃하기도 했다. 검사 측에서 보내온 질문을 검토할 때와 달리 이번에는 거의 모든 질문과 답을 기준과 꼼꼼하게 상의했다.

전용기 내에서의 열띤 토론이 한 시간이 넘도록 이어졌다. 기준은 대화를 나누면 나눌수록 놀라지 않을 수 없었다. 투자전문가인 톰은 사법체계와 재판제도에 대해 완벽하게 이해하고 그에 맞춰 사고하고 있었다.

어느 정도 준비가 마무리되자 톰이 기준에게 악수를 청했다.

"도움 줘서 고마워요. 난 한국에 도착할 때까지 옛날 영화나 한 편 볼 생각이에요. 100인치짜리 끝내주는 스크린이 있는데 같이 볼래요?"

"말씀은 고맙지만, 전 재판 관련 서류를 좀 더 보고 싶습니다. 그리고……."

기준은 용기를 내어 마지막 질문을 던졌다.

"한 가지만 더 여쭤봐도 되겠습니까?"

"얼마든지. 난 당신이 마음에 들기 시작했으니까."

"감사합니다. 음…… 모든 재판은 진실을 밝히는 게 목적이지만 재판에 임하는 사람들의 목적은 다 다르죠. 피고인은 피고인대로, 검사는 검사대로, 변호인은 변호인대로 원하는 결과가 있고 그 결과를 위해 싸우죠. 증인으로서 대표님이 원하는 재판의 결과는 뭔가요?"

톰은 말없이 고개를 끄덕끄덕하다가 손가락으로 기준을 가리키며 웃었다.

"미스터 한, 아주 좋은 질문을 했어요. 나는 당신처럼 노골적인 사람을 좋아해."

톰은 몸을 앞으로 기울여 기준과 얼굴을 가까이했다. 그리고 분명하게 대답했다.

"내가 이번 재판에서 원하는 결과는 이선호를 살해한 혐의로 손유리를 감옥에 집어넣는 겁니다."

"그렇다면…… 대표님이 증인으로 나서는 것이 그 목적을 이루는데 방해가 될 수 있다면 지금이라도 증인 출석을 취소할 생각이 있으신가요? 전 아무리 생각해도 재판에 안 나가시는 편이……."

"이봐요, 미스터 한. 당신이 진심으로 나에게 조언을 해준다는 건 충분히 알겠어요. 하지만 당신은 이걸 모르고 있어."

톰은 목소리를 낮춰 말했다.

"나는 어릴 때부터 행운의 여신과 개인적으로 대화를 나누는 능력이 있었어요."

그러면서 톰은 허공에 대고 귀를 기울이는 동작을 취했다.

"특히나 이렇게 하늘 높이 떠 있을 때는 그녀의 목소리가 더 잘 들리죠. 지금 그녀가 뭐라고 얘기하고 있냐면……."

톰은 장난을 치는 듯했지만 기준은 왠지 소름이 끼쳤다.

"재판 중에 엄청난 행운이 생길 거라는군요. 그 행운만 아니라면 당신의 말대로 잠자코 있는 편이 낫지만, 바로 그 행운을 극대화시키기 위해 내가 꼭 재판정에 출석해야 한다고 행운의 여신이 속삭이고 있어요."

'이 남자, 보통 사람이 아닌 건 확실해.'

기준은 더 이상 증인 출석의 필요성에 대해서는 논하지 않기로 했다. 다만 행운의 여신이 준비한 대단한 행운이 무엇인지가 궁금할 뿐이었다.

톰이 기준에게 윙크를 했다.

"궁금하죠? 대체 무슨 일이 벌어질지? 저도 몹시 궁금하답니다. 행운의 여신은 항상 저를 놀라게 만들거든요. 다만, 언제나 제가 이기는 쪽으로."

비행기가 난기류를 만난 듯 살짝 흔들렸지만 톰은 조금의 동요도 없이 와인잔을 들었다.

"행운의 여신을 위해 건배!"

다음 공판을 하루 앞둔 아침, 시원은 도준을 불러냈다. 며칠 내내 사무실에서 칩거하다시피 틀어박혀 있었더니 너무 답답해서 역삼동 스타벅스로 약속장소를 정했다. 시원은 에스프레소, 도준은 아메리카노를 시켰다.

"컨디션은 좀 어때?"

도준이 물었다.

"매일 밤 잠들기 전에 집 안에 죽은 동물이 있나 없나 확인해보는 습관이 생긴 것 말고는 괜찮아. 아, 악몽도 꾼다. 어제는 자고 있는데 이불 속으로 비단뱀이 기어 다니는 꿈을 꿨다니까. 너무 진짜 같아서 소리를 지르며 일어났더니 온몸이 땀범벅이더라고. 뭐 그 정도야."

"그러길래 나한테 넘기라니까."

"지금까지 고생했는데 마지막 스포트라이트를 양보하라고? 이도준 변호사 안 그렇게 봤는데 완전 도둑놈 심보구만?"

"난 스포트라이트 같은 거 별로 관심 없어."

"난 관심 있어."

"참, 내 제안도 슬슬 생각해봐."

"무슨 제안?"

"이번 재판 끝나면 나하고 동업하자는 제안."

시원은 황당하다는 표정으로 도준을 쳐다보았다. 예전에 처음 그 제안을 들었을 때는 실없는 소리라고 생각했다. 그러나 김성욱 대표와 감정의 골이 깊어질 대로 깊어진 지금, 도준과 티격태격하면서 회사를 꾸려나가는 것도 괜찮겠다 싶었다.

"혹시 들었는지 모르겠지만 유리는 이번 재판에서 이기면 로스쿨에 들어갈 거래."

시원은 입에 머금고 있던 커피를 뿜을 뻔했다.
“뭐? 레알?”
“응. 진지해.”
“그럼 연기 활동은?”
“연예계는 은퇴하겠대.”
“이런 미친! 이제 로스쿨 들어가서 졸업해봤자 얼마나 번다고. 미친 소리 하지 말고 그냥 키스의 여왕으로 군림하시라고 해.”
“키스의 여왕 자리에는 별 관심이 없나봐. 뭐 법조계 최강 비주얼로 등극하고 싶은가 보지.”
“화젯거리를 엄청 몰고 다니겠군. 영입 경쟁도 대단하겠어. 아, 네가 유리 씨를 변호사로 영입한다면, 나도 네 사무실에 오라는 제안을 승낙할게.”
“정말이지?”
시원은 고개를 끄덕였다. 그러자 도준의 얼굴에 득의양양한 미소가 스쳤다.
“하하. 이미 영입했어.”
“뭐? 아니 이런 양아치를 봤나! 의뢰인을 그런 식으로 엮어?”
“의뢰인이 먼저 부탁한 일이야.”
“워어. 진짜 어이없네.”
“어쨌든 약속은 약속이야.”
도준은 찡긋 윙크를 하고 커피를 마셨다. 그때 시원의 핸드폰이 울렸다. 액정을 확인한 시원은 고개를 갸웃했다.
“모르는 번호네? 여보세요?”

"차시원 변호사님이십니까?"

"네. 누구시죠?"

"내일 공판에 증인으로 출석하실 톰 아라야 씨의 통역 겸 변호사 한기준이라고 합니다."

뭐라고?! 시원은 자기도 모르게 자세를 고쳐 앉았다.

"톰 아라야 씨가 어젯밤에 입국하셨습니다. 지금 시내 호텔에 묵고 계신데, 오늘 저녁을 함께할 수 있느냐고 여쭤보십니다. 친구분들도 시간이 되면 같이 뵙자고 하십니다."

"친구라면, 누구를 말씀하시는 건지?"

"손유리 씨, 이도준 씨, 백현서 씨. 그리고 차 변호사님."

한기준 변호사의 입에서 네 명의 이름이 또박또박 나오는 순간 시원의 몸에 소름이 돋았다. 혹시 이건…… 선전포고? 시원은 정신을 차리고 대답했다.

"네. 다들 시간이 어떤지 물어보겠습니다."

"시간은 저녁 7시, 장소는 신라호텔 중식당 팔선입니다. 시간과 장소는 문자로 다시 보내드리지요."

전화를 끊고 멍하게 앉아 있는 시원의 팔을 도준이 툭 쳤다.

"왜 그래? 뭔데?"

"톰 아라야가 다 같이 보자네. 우리 둘, 그리고 유리 씨와 백 기자까지."

도준도 예상을 못했는지 눈을 껌벅이며 생각에 잠겼다.

"무슨 꿍꿍이일까?"

"직접 만나본 백 기자의 말에 따르면, 절대 이길 수 없는 상대라는 생각이 든대. 다음 수를 읽을 수가 없는 사람."

"안 만날 이유도 없잖아?"

"우리한테는 만나서 나쁠 게 하나도 없지. 어쨌든 우리 쪽 증인이잖아."

"우리를 만나 전략을 알아낸 다음 문 검사에게 정보를 흘리려는 계획이라면?"

"흘려도 될 만한 정보만 얘기해야지. 우리가 신청한 증인이지만, 왠지 그쪽 편이니까."

"가이드라인을 정해야겠어. 유리하고 백 기자한테도 조심시키고."

"일단 되도록 재판과 관련한 이슈에 대해선 말을 아끼라고 하자. 백 기자한테는 울진에서 톰을 만난 후에 진전된 얘기는 하지 말라고 당부하고."

"타일러 인베스트먼트 이슈는 어디까지 얘기하면 될까?"

기분전환을 위해 만난 자리가 어느새 회의가 되어버렸다.

그렇게 해서 만들어진 식사 자리였다.

유리는 톰 아라야를 한 번도 본 적 없었다. 결혼을 할 때까지 선호의 친구들 중에서 만나본 사람은 거의 없었다. 그에게서 소개받은 사람은 전부 비즈니스 파트너들이었다.

그녀는 가장 화려한 옷을 골랐다. 자신감을 표현하고 싶었다. 팔이 훤히 드러나고 가슴골까지 살짝 엿보이는 민소매 블랙드레스를 입고 다이아몬드 목걸이까지 걸었다. 거울에 비친 그녀의 모습은 한창 배우로 이름을 날릴 때의 모습 그대로였다.

유리 일행이 중식당 팔선에 들어서자 종업원이 VIP룸으로 안내했다. 그곳에 톰 아라야가 앉아 있었다. 적당히 물이 빠진 청바지에 깔끔한 크림색 맨투맨 셔츠를 입은 그는 꽤나 느긋해 보였다. 유리는 톰의 얼굴을 보자마자 발걸음이 턱 멈춰버렸다. 처음 보는 얼굴이 분명한데, 어딘가 익숙한 느낌이 있었다. 그동안 너무 집요하게 그에 대해 추적해서일까?

그녀는 당장이라도 그의 멱살을 잡고 따져 묻고 싶었다. 전부 당신이 꾸민 짓인가요? 말해봐요! 지금 선호 씨는 어디 있나요? 왜, 왜 나를 택한 건가요?

톰은 유리 일행이 방에 들어오자 자리에서 일어났다.

"네 분 다 와주셨군요. 진심으로 감사합니다."

"와주셔서 감사하다는 말은 저희가 할 말이죠. 재판에 출석해주셔서 정말 감사합니다."

시원이 대표로 인사를 건넸다.

"공판을 앞두고 변호인과 증인이 재판에 대해 이야기를 나눠야 하는 건 당연한 과정 아닌가요? 처음에는 시간이 없어서 이럴 기회가 없을 줄 알았지만 다행히 하루 일찍 입국한 덕에 이렇게 여러분을 뵙게 되었습니다."

"저희까지 다 부른 데는 특별한 이유가 있지 않나요?"

유리가 날이 선 목소리로 물었다. 톰은 대답을 하기 전에 유리의 모습을 몹시 흥미로운 표정으로 응시했다.

"실제로 뵙는 건 처음이네요. 화면으로 본 것보다 훨씬 더 아름다우십니다. 의상도 환상적이고요."

"그런 덕담을 주고받을 자리는 아닌 것 같군요."

유리는 눈빛과 목소리로 천명하고 있었다. 당신과 친해질 생각은 눈곱만큼도 없다고.

톰은 여전히 여유로운 말투였다.

"선호가 그런 일을 당하지 않았더라면, 당신과 함께 좋은 자리에서 만날 수 있었을까요?"

"나중에 좋은 자리에서 만나면 되죠."

유리의 입에서 예상치 못한 뼈 있는 말이 나오자, 모두의 얼굴이 얼어붙었다.

"선호는 이미 죽었는데 나중이라니요. 나중에라는 말이 우리가 모두 죽고 난 다음을 뜻하는 말인가요? 저는 천국이니 지옥이니 이런 개념을 믿지 않습니다."

"전 선호 씨가 살아 있다고 믿어요. 그리고 당신이 그가 있는 장소를 알고 있다고 믿고요."

"하하하. 정말 그렇게 생각하시나요? 그럼 제가 왜 선호를 설득하지 않을까요? 얼른 나와서 이 난리를 수습하면 좋을 텐데요. 선호만 발견되면 이 모든 상황이 다 정리되잖아요. 재판을 할 필요도 없고, 나 역시도 저기 백 기자님 같은 분한테 뒷조사를 안 당해도 되고."

자신의 이름이 나오자 백 기자는 움찔한 표정으로 시선을 깔았다. 유리는 더 당당하게 고개를 들었다. 그녀는 당장 내질러버리고 싶었다.

— 당신이 선호 씨를 내놓지 않는 이유는 간단하죠. 게임을 엎을 수는 없으니까요.

그러나 오늘 자리에서 너무 많은 카드를 보이지 말라고 신신당부하던 도준이 떠올라서 겨우 참았다. 중요한 카드일수록 재판에서 까야 한다는 건 유리도 인정하는 바였다. 대신 유리는 이렇게 말했다.

"당신이 선호 씨를 내놓지 않는 이유는…… 당신이 즐기고 있나 보죠. 이 상황들을."

"하하하. 저를 굉장한 변태로 생각하고 있군요. 안타깝습니다."

도준은 당황해서 어떤 액션을 취해야 할지 몰랐다. 유리가 갑자기 저렇게 치고 나올 줄은 상상도 못했으니까. 그는 시원의 눈치를 봤다. 시원 역시 유리가 실수라도 할까봐 안절부절못하는 모습이었다. 결국 시원이 싸움을 말리는 사람처럼 끼어들었다.

"자자, 제가 너무 배가 고파서 그런데 우리 좀 먹으면서 이야기를 나누면 안 될까요? 마침 여기는 제가 제일 좋아하는 중식당이기도 하고요. 하하."

"이런. 제가 키스의 여왕을 처음 보고 배고픔마저 잊었었나 봅니다. 식사를 진행하죠."

톰이 기준에게 눈짓을 하자 기준은 룸 밖으로 나가 종업원에게 서빙을 지시했다. 전복샐러드를 시작으로 상어지느러미수프, 제비집, 불도장 등등 요리들이 줄지어 나왔다. 유리의 강렬한 공격으로 살벌해졌던 분위기가 조금이나마 누그러졌다.

톰은 재판에 대한 이야기는 별로 하지 않고 한국의 경제와 문화, 한류 같은 이야기를 주제로 이것저것 물어보았다. 그는 특히 백 기자를 반가워했다.

"지난번에 뵀을 때보다 더 예뻐지셨네요."

"그런가요? 칭찬 고맙습니다."

식사가 끝날 때쯤 톰은 전혀 다른 억양으로 말했다.

"드릴 말씀이 있습니다. 주목해주시죠. 내일 저는 증인 자격으로 재판에 출석합니다. 아시다시피 백현서 기자님의 제안을 받아들인 결과죠. 저는 제가 아는 한 모든 사실을, 묻는 대로 다 대답해드리겠다는 입장입니다. 물론 검사 측의 질문에도 마찬가지고요. 그런데 아무리 생각해봐도…… 아무리 생각을 하고 또 해봐도 이 재판은 여러분이 질 수밖에 없어요. 다시 말하면, 손유리 씨는 1급 살인죄를 면할 길이 없습니다."

그 말에 시원이 발끈해서 뭔가 말하려 했지만 톰이 손을 들어 제지하고 말을 이었다.

"그 이유를 물어본다면 지금 이 자리에서 답해드릴 수는 없습니다. 다만, 전 확신할 수 있어요. 그래서 여러분께 마지막 제안을 하고 싶습니다. 저에게는 마지막 제안이고 여러분께는 마지막 기회입니다."

톰에게는 마치 신의 뜻을 인간에게 전하는 사제의 분위기가 감돌았다.

"플리바게닝의 기회를 드리죠."

유리는 어렴풋이 책에서 읽은 내용을 떠올렸다. 플리바게닝은 피고가 유죄를 인정하거나 공범에 대한 증언을 하는 대가로 검찰 측이 형을 낮춰주는, 일종의 거래였다. 우리말로는 유죄협상제, 또는 사전형량조정제도라고 하는 이 제도는 우리나라의 형사재판 절차에서는 공식적으로 채택되지 않는다. 그러나 검사의 재량을 폭넓게 인정해주는 제도인 기소독점주의와 기소편의주의를 채택함으로써 우리나라에서도 실질적으로 플리바게닝하고 비슷한 효과를 볼 수 있었다.

시원은 자신만만하게 말했다.

"죄송하지만 저희 피고인은 혐의를 벗을 확신이 있습니다."

"잘못된 확신이죠."

"그건 재판이 끝나보면 알겠죠."

"제안을 거절하시는 건가요?"

"제안이라고 부를 수도 없죠. 당신은 검사가 아니라 증인일 뿐이니까요. 당신이 형량을 제안할 수도 없는 입장이잖아요?"

"구형 15년, 선고 12년. 어때요? 형기를 다 마치고 나와도 마흔도 안 되는 나이입니다. 새 출발이 충분히 가능한 나이죠. 감형 원인은 얼마든지 만들 수 있어요. 그러나 이대로 1급 살인혐의가 인정되면 최소 20년? 아마 30년까지도 받을 겁니다. 선고가 떨어지는 순간, 저 젊고 아름다운 여인의 인생은 끝이죠."

톰의 거침없는 설명에 다들 얼이 빠졌다. 12년? 시원의 머릿속이 복잡해졌다.

"어떻게 그렇게 확신하시죠? 당신 마음대로 형량을 어떻게 정합니까? 문지환 검사와 상의한 사안인가요?"

"먼저 결정하고 상의하면 되죠."

"말도 안 되는 소리 말아요."

"저 톰 아라야를 너무 우습게 보는 것 같은데요?"

"당신의 대단한 자신감에는 경의를 표합니다. 그러나 이렇게 중요한 문제를 장난하듯 이 자리에서 결정해버릴 순 없어요. 검사와 상의하신 다음 다시 제안해주시면 고려는 해보겠습니다."

톰은 피식 웃더니 옆에 앉은 한기준 변호사에게 지시했다.

"미스터 한. 문지환 검사한테 전화 걸어요."

"지금요?"

"네. 다들 들을 수 있게 스피커폰으로."

기준은 난감한 표정으로 톰에게 속삭였다.

"이따가 이분들 가고 나면 전화하는 게 낫지 않을까요?"

톰은 무서운 눈으로 노려보았다.

"저 두 번 말하는 거 싫어한다고 말씀드렸죠?"

기준은 더 이상 토 달지 않고 문 검사에게 전화를 걸었다. 문 검사가 전화를 받자 스피커폰을 통한 그들의 통화가 룸에 있는 유리 측 일행에까지 고스란히 들렸다. 간단하게 인사를 나눈 톰은 바로 용건을 꺼냈다.

"검사님. 손유리 측에게 플리바게닝을 제안하면 어떨까요?"

"네? 그건…… 한 번도 생각 안 해봤는데요? 그쪽에서 받아들일까요? 저희도 최소한의 형량은 확보해야 의미가 있기도 하고요."

"그 최소한의 형량이 어느 정도일까요?"

"글쎄요. 한 번도 생각을 안 해봐서……."

"15년 구형에 3년 감형해서 12년 선고, 어때요? 감형 사유는 여러 가지가 있겠지요."

"대표님. 지금 전화로 결정할 수는 없는 사안입니다. 이미 재판도 상당히 진행된 상태고요. 내일 공판 끝나고 다시 상의해보시면 어떨까요?"

"저는 내일 공판이 끝나는 대로 바로 호주로 갑니다. 이 문제 때문에 더 이상 허락할 시간도 없고요."

"왜 대표님이 나서서 이런 제안을 하는지도 궁금하군요."

"잊으셨어요? 제가 피고 측 증인이라는 걸. 손유리 씨와 변호인과 얼마든지 연락하고 협상할 채널을 갖고 있죠. 저는 진실을 밝히고 싶습니다. 이 제안을 통해 손유리 씨로부터 범행 일체를 자백받는다면, 저는 그걸로 족해요. 검사님의 의견이 중요합니다. 검사님은 재판의 승리를 확신하나요?"

긴 침묵이 흘렀다. 시원은 흔들리고 있었다. 돌발변수가 워낙 많은 재판이기에 아직 재판 결과를 자신할 수 없다. 지금은 비록 우리 쪽에 유리한 흐름을 갖고 가고 있지만 불리한 증거 하나로도 얼마든지 판결이 뒤집힐 수 있는 재판이다. 12년 정도라면 충분히 협의 가능한 형량이다. 일단 제안을 받아들이고 구체적인 협상을 통해 선고 형량을 10년으로 낮춘다면……!

한편, 도준은 톰 아라야의 목을 꺾어버리고 싶은 마음을 겨우 누르고 있었다. 놈은 자신이 이 세상의 조종자라도 되는 것처럼 멋대로 행동하고 있었다. 검사도 판사도 아닌 증인 자격으로 플리바게닝을 제안한다는 발상 자체가 오만함의 끝을 보여주는 행동이었다. 형량 자체로만 보면 분명히 고려할 만한 제안이긴 했다. 그러나 유리가 범행사실을 인정해야 한다는 조건이 걸려 있다. 감옥에서 보내야 할 세월도 끔찍하지만, 그녀가 스스로 살인죄를 인정해야 한다는 사실을 도준은 받아들이기 힘들었다.

무엇보다 문지환 검사가 이렇게 갑작스러운 제안을 수락할 것인지도 의문이었다. 문 검사는 재판 결과에 자신만만해했다. 재판으로도 유리의 유죄를 이끌어낼 수 있다고 확신하던 그의 생각이 바뀌었을까? 길고 긴 침묵이 문 검사의 고뇌를 증명하는 듯했다. 마침내 문 검사의 음성이 룸 안으로 흘러나왔다.

"나쁘지 않은 제안 같군요."

룸 안의 사람들 표정이 제각각 바뀌었다. 톰은 그것 보라는 듯 거만한 미소를 띠며 물었다.

"제가 피고인 측에 똑같은 제안을 해도 될까요?"

"네. 대표님께서 의사를 확인해주시는 게 더 부드러울 수도 있겠네요."

"알겠습니다. 다시 연락드리죠."

문 검사와의 통화는 그렇게 끝났다. 백 기자는 톰 아라야를 보며 다시금 혀를 내둘렀다.

'정말 무서운 사람이야. 대담하고, 창조적이고, 막강해. 가능한 모든 상황과 그에 대한 대안이 전부 머릿속에 들어 있나봐.'

톰은 중국식 차를 홀짝였다.

"자, 어떠십니까? 이제 마음이 좀 놓이세요? 검사 측에서 먼저 답을 줬으니 대답을 해주시죠?"

이제 시원의 차례였다. 시원은 신중한 표정으로 말했다.

"알겠습니다. 일단 저희 의뢰인과 상의를……."

그때였다. 유리가 자리에서 벌떡 일어났다. 그리고 앞에 놓인 찻잔을 들어 차갑게 식은 차를 톰의 얼굴에 끼얹어버렸다. 그녀의 작고 예쁜 입에서 절대 어울리지 않는 말이 튀어나왔다.

"Fuck You."

다들 그대로…… 얼어버렸다.

물을 뒤집어쓴 톰도 그대로 앉아 있고, 기준은 톰의 얼굴에서 뚝뚝 떨어지는 물을 닦아줄 생각도 못하고 있었다. 시원은 멍하니 입을 벌리고, 도준은 눈을 번쩍 뜬 채 경직된 얼굴이었다. 오직 백 기자만이 톰과 유리를 번갈아 보고 있었다.

유리는 부들부들 떨며 말했다.

"플리바게닝 따위는 당신 나라에 가서 하세요. 나중에 당신이 재판을 받을 때 검사한테 제안하시죠."

"유리야!"

정신을 차린 도준이 그녀의 손을 잡고 다시 앉히려고 했으나 유리는 멈추지 않았다.

"난 이선호를 죽이지 않았어요. 내 죄가 있다면 너무 멍청해서 당신들의 덫에 걸려버렸다는 거죠. 그런 죄로 감옥에 갈 수는 없어요. 이미 그 죄에 대한 대가는 다 치르고도 남으니까요. 난 적어도 선호 씨를 죽인 혐의로는 단 하루도 형을 살 수 없어요."

그녀는 핸드백에서 5만 원짜리 한 장을 꺼내 톰 앞에 던지듯 내려놓았다.

"세탁비로 충분할 겁니다."

유리는 그대로 룸을 나가버렸다.

톰은 여전히 석상처럼 멈춰 있었다. 시원이 어떻게든 수습을 하려고 냅킨을 들고 엉거주춤 했으나 톰이 뿌리쳤다.

"괜찮습니다. 염산도 아니고 중국차인걸요. 다만……."

톰은 직접 머리와 얼굴의 물기를 닦아내며 물었다.

"당신 의뢰인이 지금 한 얘기가 최종 입장 표명인가요?"

그사이 도준은 유리를 따라 룸에서 나가버렸다. 시원도 도망쳐버리고 싶은 마음이 간절했지만 내일 공판의 증인을 앞에 두고 그럴 수는 없었다.

"네. 보셨겠지만 저희 의뢰인의 태도가 무척 완강하네요."

"알겠습니다. 저는 다만 호의를 베풀려고 했던 것뿐입니다."

"마음만 감사히 받겠습니다. 그럼 내일 공판에는……."

"걱정 마세요. 약속을 했으니, 당연히 출석해야죠."

시원은 그제야 안도의 한숨을 내쉬었다.

룸을 뛰쳐나간 유리는 신라호텔의 위스키바 '더 라이브러리'로 향했다. 들어오자마자 바에 앉아 위스키를 주문한 그녀 옆에 도준이 와서 앉았다.

"저도 같은 걸로 주세요."

도준이 바텐더에게 주문을 하고, 두 잔의 위스키가 나오고, 깊이 한 모금씩 마시고 난 뒤에야 유리가 입을 열었다.

"오빠. 저 최악의 의뢰인이죠?"

도준은 그저 빙긋이 웃었다.

"지금 웃음이 나와요?"

"문득 우리 둘 다 참 많이 변했다 싶어서."

그 말에 유리는 잠시 멍해졌다. 정신없이 달리다 우연히 거울에 비친 자기 모습을 보게 된 기분이었다. 머리가 헝클어지고 땀이 뚝뚝 떨어지는 모습. 헉헉대는 호흡.

"저, 정말 많이 변해버렸죠?"

"네가 그렇게 독하게 몰아붙일 줄은 상상도 못했어. 보통 사람도 아니고 톰 아라야에게. 네가 욕하는 것도 오늘 처음 봤네."

"후회하지 않아요. 더한 욕도 해주고 싶은데 제가 영어 욕을 잘 몰라서요."

"그 욕이 그렇게 섹시하게 들릴 줄은 몰랐어. 건배."

도준의 너스레에 유리는 긴장이 살짝 풀렸다. 두 사람은 동시에 위스키잔을 입에 가져갔다.

"차 변호사님한테 미안하네요. 톰 아라야가 증언을 안 한다고 마음을 바꾸면 어떡하죠?"

"기도해."

"오빠도 알겠지만 저 원래 그렇게 흥분하는 성격이 아닌데 아까는 정말 갑자기 폭발해버렸어요."

"말했잖아. 너도 나도 이번 사건을 겪으면서 많이 변했다고."

"저한테 실망했죠?"

도준은 고개를 저으며 잔을 비웠다.

"넌 한 번도 날 실망시킨 적 없어. 심지어 날 떠나던 순간에도."

잔을 쥔 유리의 손에 힘이 꾹 들어갔다.

'오빠도 마찬가지예요. 오빠는 단 한 번도 날 실망시킨 적 없어요. 제가 오빠를 떠났던 이유도 오빠에게 실망해서가 아니에요. 제 자신에게 실망해서였죠.'

짧은 순간이었지만, 갑자기 강렬한 감정의 불꽃이 타올랐다. 도준은 그녀를 돌아보지 않고 정면을 응시하고 있었다. 시선을 주지 않는 그가 야속하기도 했지만, 다른 사람의 눈에 연인처럼 보이지 않기 위한 행동임을 알고 있었다.

핸드폰이 울렸다. 시원이었다. 유리는 한숨을 쉬고 전화를 받았다.

"네, 차 변호사님."

"어디로 도망갔어요?"

"나오셨어요?"

"톰 아라야가 열 받아서 당장 미국으로 돌아간대요."

"하…… 그럼 재판은요?"

"증인으로 못 세우는 거죠, 뭐."

"아…… 어떡하죠? 저 때문이에요. 제가 다 망쳐버렸어요."

"유리 씨."

"네?"

"농담이에요. 내일 증인으로 나오겠답니다."

"진짜 사람 이렇게 놀라게 하기 있어요?"

"놀라게 한 사람이 누군데요! 유리 씨 로스쿨에 가서 변호사가 될 계획이라면서요? 그렇게 감정조절이 안 돼서 변호사 하겠어요? 더럽고 치사한 꼴을 얼마나 많이 봐야 하는 직업인데요."

"미안해요."

"하하하. 그런데 좀 속 시원하긴 했어요."

시원의 말에 유리는 고마운 듯 미소를 지었다.

"걱정되는 거 한 가지는, 음……."

시원은 마치 입 밖으로 내면 불길한 이야기인 듯 쉽게 말을 꺼내지 못했다.

"뭔데요?"

"톰 아라야가 마치 기다리고 있는 것 같다는 생각, 들지 않아요?"
"무슨 뜻이죠?"
"유리 씨한테 이런 모욕을 당하면서까지, 그 바쁜 사람이 이번 재판에 증인으로 출석하는 게 이상하지 않냐고요. 처음 백 기자의 돌발 제안에 응한 것도 찜찜했는데 아까 톰을 지켜보면서 그런 생각이 들더라고요. 어쩌면 모든 것이 그의 치밀한 계획일지도 모른다는……."
"그 계획대로 가기 위해서 모욕도 참는다?"
"그렇죠."
"그 계획이 뭘까요?"
"계획이 없기를 기도해야죠. 만약 있다면, 우리가 상상도 하지 못한 것일 테고, 따라서 우리한테는 대비책이 없을 테니까요."
"내일이면 알게 되겠네요."
"기도해요."
"그럴게요."
"도준이하고 같이 있죠?"
시원은 아무렇지도 않게 물었지만 유리는 지레 뜨끔해서 대답을 얼버무렸다.
"아…… 아까 제가 뛰쳐나올 때 도준 씨가……."
"저는 백 기자님하고 택시 타고 돌아갈 겁니다."
"네? 아니에요. 같이……."
"너무 오래 둘이서만 있지 말고, 사람들 눈 조심해서 들어가세요. 혁이가 주차장에서 기다리고 있을 겁니다."
시원의 마음 씀씀이가 너무 고마워서 유리는 순간 울컥했다. 고맙다는 말이 목에 걸려 나오지 않았다.

"좋은 꿈 꿔요. 내일은 당신에게 가장 중요한 날일 테니."

전화가 끊기고도 유리는 한참 핸드폰을 들고 있었다.

"뭐래?"

"톰 아라야가 증인으로 출석하겠대요."

"다행이군. 열 받아서 가버릴 수도 있었을 텐데."

"차 변호사님은 바로 그 점을 걱정하더라고요. 톰에게 무슨 꿍꿍이가 있지 않나 하는. 증인으로 출석해야만 하는 이유랄까."

"흠……."

도준도 수없이 생각해본 질문이었다. 톰 아라야가 굳이 증인으로 출석하려는 이유가 무얼까? 그러나 아무리 생각해봐도 정확한 답이 떠오르지 않았다. 다만 아까부터 뒷목에 기분 나쁘게 어른거리는 감정의 정체는 확실해졌다. 불안이었다. 내일 대체 법정에서 무슨 일이 벌어질지 알 수 없는 불안.

두 사람은 바에서 나와 혁의 차 뒷자리에 나란히 앉았다. 차 안에는 생상스의 피아노 협주곡이 나지막이 흐르고 있었다.

도준은 아까부터 부쩍 짙어진 불안의 안개를 떨쳐내려고 안간힘을 쓰고 있었다. 그의 마음을 읽기라도 한 것처럼, 유리가 도준의 손을 잡아왔다. 부드러운 그녀의 손가락이 자신의 손가락을 파고드는 느낌에 도준은 흠칫 놀랐다. 돌아보자 그녀는 저녁별처럼 따스한 눈빛으로 말하고 있었다.

— 걱정 말아요, 오빠.

도준은 미안해졌다.

— 내가 너를 위로해줘야 하는데.

그는 맞잡은 손에 힘을 주었다. 내일 이 시간, 웃을 수 있기를 간절히 바라면서.

톰 아라야는 신라호텔 스위트룸에서 서울의 야경을 내려다보고 있었다. 그는 오늘 신선한 경험을 했다. 태어나서 이런 식의 모욕은 처음이었다.

'감히 내 얼굴에 물을 끼얹다니.'

그녀가 내뱉은 한마디의 욕이 메아리처럼 귀에서 웅웅거렸다. 분노와는 다른 감정이었다. 오히려 흥미로움에 가까웠다.

'나에게 도발을 했다 이거지? 그 대가가 얼마나 참혹할지는 상상도 못하겠지?'

원래의 계획에서 자꾸 빗나가버리는 상황에 '위대한 손들'이 우려를 표하고 있다는 말이 들려왔다. 게임의 결과가 어떤 쪽으로 흐르든 그건 상관없었다. 다만 '위대한 손들'의 정체가 드러나는 일은 절대 있어서는 안 되었다. 그건 경우의 수에 없다. 그래서 톰이 생각해낸 방안이 플리바게닝이었다. 손유리가 살인혐의로 감옥에 들어가면 게임은 종료된다. 형량은 중요하지 않다. 더 이상 거머리 같은 백 기자나 국정원 녀석들이 얼씬거리는 일도 없을 테고.

그런데 손유리는 제안을 거절했다. 매몰차게. 이렇게 된 이상 압도적인 승부수로 상대를 박살내는 수밖에 없었다. 판정승으로 이기려고 했던 작전을 접고, 상대를 케이오시키기 위해 펀치를 날릴 때였다.

톰의 핸드폰이 울렸다. 안길수였다.

"무슨 일이지?"

"준비가 다 되었다고 연락이 왔습니다. 그런데 마스터께서 서울에 계셔서 지금 사건이 발생하면 괜히 의심을 살 것 같다고……."

백 기자를 처리하는 건이었다. 톰은 최대한 빨리 그녀를 없애라고 했지만 생각해보니 자신이 서울에 머무는 동안 그녀가 죽기라도 하면 괜한 의심을 살 수 있었다. 그런데 또 생각해보면 오히려 그의 동선이 노출된 상황에서 백 기자가 죽는 편이 더 확실한 알리바이가 될 것도 같았다.

"상관없어. 깔끔하게 해결할 타이밍만 잡으면 바로 하라고 해."

"알겠습니다. 마스터께서는 준비가 되셨는지요?"

"보라를 한 번 더 믿어봐야지."

톰의 시선은 호텔 창문 너머 남산타워를 향했다. 형형색색으로 빛나는 조명이 걷잡을 수 없게 되어버린 이번 게임을 빛으로 표현하는 것 같았다. 그는 자신만만하게 스스로에게 암시를 걸었다.

'어차피 이런 짜릿함을 위해 게임을 하는 거니까. 이번에도 너는 이길 거야.'

서울의 야경이 그의 눈 위로 반짝였다.

같은 시간, 보라는 펜트하우스에서 창밖을 보고 있었다. 그녀의 시선은 발아래 빌딩 숲을 향해 있었지만 그녀의 모든 신경은 먼 바다를 지나고 있을 컨테이너선에 가 있었다. 그녀는 10분 전에 들어온 메시지를 다시 읽었다.

— 보냈습니다. 대략 대여섯 시간이면 도착할 겁니다.

이미 돌이킬 수 없게 되어버렸다. 그저 행운을 빌 수밖에.

법원 앞에는 지난번 공판 때처럼 계단과 입구를 가득 메울 만큼 많은 기자들이 몰려와 있었다. 톰 아라야는 증인으로 출석하는 조건으로 자신의 출석 사실을 비밀로 해달라고 부탁했다. 어차피 철저히 얼굴을 숨기고 은둔하는 삶을 살아온 탓에 그를 알아볼 기자는 없었지만, 우연히라도 기자들의 카메라에 노출되는 것을 극도로 꺼리는 모습이었다. 그는 법원 직원들과 섞여 다른 출구로 법정에 들어가 대기하고 있었다.

일찍부터 방청객들이 자리를 꽉 채운 상황에서 문지환 검사와 후배 검사들이 입장하고 뒤이어 유리와 시원, 그리고 후배 변호사가 들어왔다.

유리는 어젯밤에 잠을 제대로 이루지 못했다. 도준을 안심시키기 위해 자신 있는 모습을 보여줬지만 톰 아라야가 숨기고 있는 비장의 카드가 있을 것 같아 불안했다. 피고인석에 앉은 후에도 그녀의 신경은 온통 혹시 있을지 모르는 톰의 히든카드에 쏠려 있었다. 문 검사의 표정만 봐서는 알 수 없었다. 형형한 눈빛으로 관련 서류를 검토하고 있는 걸로 봐서 톰에게 무슨 언질을 받은 것 같지는 않았다.

'뭘까…… 대체 뭘까…….'

검은색 가운에 진보라 깃이 덧대어진 법복을 입은 노정렬 판사가 다른 두 명의 판사와 함께 법정으로 들어왔다.

"일동 기립!"

18화

진실을 지키는 과학의 힘

유리는 자리에서 일어나면서 주먹을 꽉 쥐었다. 드디어 시작이다.

노정렬 판사는 조금 서두르는 듯한 느낌으로 재판을 열었다.

"오늘은 모시기 어려운 분이 증인으로 나왔다고 들었습니다. 증인의 사정상 다시 본 법정에 출석시키기 어려운 증인이기에 바로 증인신문을 시작하도록 하겠습니다. 톰 아라야 씨?"

법정 밖에서 기다리고 있던 톰 아라야가 한기준 변호사와 함께 법정으로 들어섰다. 그가 누구인지 잘 모르는 일반 방청객들은 놀라지도 않고 그저 지켜보고 있을 뿐이었다. 유리는 톰의 표정을 살폈다. 증인석에 선 그의 얼굴에는 분명히 어떤 긴장감이 흐르고 있었다.

'뭔가 있어. 분명히 뭔가를 감추고 있어…….'

유리는 불안해서 미칠 것 같은 가슴을 손으로 꾹 눌렀다. 노 판사가 보통 때보다 조금 더 느리고 정확하게 물었다.

"증인, 이름을 말씀해주세요."

"톰 아라야입니다."

"외국에 살고 계신 분이기 때문에 주민등록번호는 생략하겠습니다. 지금 사는 곳은요?"

"저는 여러 곳에 거주지를 두고 옮겨 다닙니다. 재판 전에는 노르웨이에 있었고 재판이 끝나면 미국으로 갑니다."

"혹시 피고인하고 친인척 관계가 있습니까?"

"없습니다."

"증인선서 하세요. 선서서에 있는 내용을 읽으면 됩니다."

"양심에 따라 숨김과 보탬이 없이 사실 그대로 말하고 만일 거짓말이 있으면 위증의 벌을 받기로 맹세합니다."

"나중에 증언이 거짓말로 밝혀지면 위증죄로 처벌받습니다."

"네, 알겠습니다."

"변호인, 신문하세요."

변호인석에서 일어난 시원은 습관처럼 재킷 단추를 하나 잠그면서 증인석 앞으로 걸어갔다. 그런데 멀쩡하던 재킷 단추가 툭 떨어져 버렸다. 이벤트 매장에서 산 싸구려 양복도 아니고 백화점에서 제값 다 주고 산 이백만 원짜리 슈트에서 갑자기 단추가 떨어지다니! 단추를 주울까 말까, 1초나 망설였을까? 그는 줍지 않고 지나쳤다. 뭔가 불길한 예감을 밟으면서 톰 앞에 멈춰 섰다.

"증인의 직업을 뭐라고 소개해야 좋을까요?"

"투자자라는 표현이 제일 맞겠군요."

"우리가 흔히 아는 워런 버핏 같은?"

"뭐 그 정도로 돈이 많지는 않지만요."

"이번 재판을 위해서 꼭 필요한 자료이기에 공개하겠습니다. 증인은 확인을 부탁드립니다. 증인 측에서 제출한 자료를 보면 증인이 운용하는 투자금의 80퍼센트 이상이 타일러 인베스트먼트에 집중되어 있군요. 타일러 인베스트먼트의 최대주주이기도 하고요."

"맞습니다."

"타일러 인베스트먼트에 들어 있는 증인의 재산만 해도 작년 말 기준으로 5조 원이 넘는군요. 그런데도 워런 버핏만큼 부자는 아니다?"

"자산으로 치자면 그분은 제 열 배가 넘습니다."

"본인과 비교가 안 된다고 생각하십니까?"

"절대. 비교불가죠."

"그렇다면, 사라진 이선호 씨의 재산은 어느 정도나 됩니까?"

문 검사가 벌떡 일어났다.

"이의 있습니다! 변호인은 지난 공판부터 교묘하게 왜곡된 표현을 통해 이번 재판의 본질을 흐리고 있습니다. 이 재판은 이선호 씨의 실종이 아니라 살인사건 재판입니다."

"인정합니다. 변호인은 이선호 씨가 살아 있다고 가정하는 투의 표현을 삼가세요."

문 검사가 계속 말했다.

"그리고 지금 변호인은 증인이 정확히 알 수 없는 정보에 대해 묻고 있습니다. 심지어 이선호 씨의 재산 현황은 이미 저는 물론이고 변호인도 갖고 있는 자료입니다."

"역시 인정합니다. 앞에서 말한 것처럼 이번 증인은 또 참석할 수가 없으니 꼭 필요한 질문만 하도록 하세요."

노 판사의 목소리에는 짜증이 섞여 있었다.

"알겠습니다."

시원은 판사를 향해 목례를 하고는 다시 톰을 보며 말했다.

"제가 말씀드리지요. 손유리 씨와의 결혼이 화제가 되면서 이선호 씨의 자산 규모도 언론을 통해 알려졌는데요, 결혼 당시의 정확한 자산은 우리 돈으로 1조 원쯤 됩니다. 여기 증인 재산의 대략 5분의 1쯤 되는 셈이죠."

시원은 노 판사 쪽으로 몸을 돌리고 말했다.

"제가 이 말씀을 드리는 이유는, 보통 사람들에게 1조 원이라는 재산은 상상을 초월하는 금액이기에 그저 절대적인 부로 느껴지기만 합니다. 그러나 아까 5조 원의 자산을 가진 증인이 본인은 워런 버핏과 비교조차 할 수 없다고 말한 것처럼, 이선호 역시 자산이 5조 원이 넘는 사람, 예를 들면 여기 증인 같은 사람 앞에서는 비교할 수 없이 작은 존재가 되죠. 우리가 생각하기에 이선호는 막대한 재산을 갖고 있으며 누구도 신경 쓸 일이 없는 사람인 것 같지만 그렇지 않다는 사실을 오늘 증인을 통해 밝혀드리고자 합니다."

톰의 표정이 미묘하게 변했다. 워런 버핏과 비교하면서 던졌던 바보 같은 질문이 이런 식으로 풀어질지는 몰랐다.

'얼굴만 그럴 듯한 줄 알았더니 제법 똑똑한 녀석이군.'

톰은 자세를 고쳐 앉았다. 시원이 계속 신문했다.

"이선호 씨는 혁신적인 발상과 아이디어로 실리콘밸리에서 기적을 일궈낸 IT 천재로 알려져 있습니다. 그런데 그에 대한 환상을 부정하는 의견도 많이들 있는 모양이더군요."

문 검사가 다시 외쳤다.

"이의 있습니다! 변호인은 지금 카더라 통신처럼, 정확한 증거나 권위 있는 학자의 주장이 아닌 소문을 정설처럼 말하고 있습니다."

"인정합니다. 변호인은 이선호 대표에 대한 다른 견해를 뒷받침하는 증거를 제시하세요."

이번에는 시원이 호락호락하게 숙이지 않았다.

"아, 증거가 있습니다. 검사님의 말씀처럼 아주 권위 있는 학자의 의견입니다. 카이스트 경영대학원의 송유철 교수. 더 이상의 권위는 필요 없겠죠?"

문 검사는 허를 찔린 표정이었다.

'차시원 저 자식이 이런 자료를 언제 어디서 구해왔지?'

시원은 송유철 교수가 쓴 책을 판사와 배심원들에게 높이 들어 보였다. 책 제목은 『스타 CEO들의 조작된 성공신화(Fake Epic of Celeb CEO's)』.

"이 책은 미국 기업가들 중에서 성공 스토리가 지나치게 과장되어 있는 CEO들의 허상을 꼬집는 내용입니다. 전부 아홉 명의 CEO 이야기가 나오는데 그중 한 명이 이선호입니다. 이 책에 따르면 이선호의 성공신화는 말 그대로 만들어진 신화입니다. 극적으로 보이게끔 조작된. 먼저, 이선호는 다른 벤처 사업가들과는 달리 밑바닥에서 시작하지 않았습니다. 여러분이 흔히 아는 IT 천재들, 빌 게이츠나 스티브 잡스의 성공 스토리를 떠올려보세요. 다들 창고에서, 차고에서 허름하게 사업을 시작했지만 그들의 천재성으로 세상을 바꾸는 기업을 일구어냈죠. 그러나 이선호는 처음부터 막강한 투자처를 업고 사업을 시작했습니다."

시원은 책 일부분을 읽었다.

"이선호가 최초로 설립한 게임회사 '트레져 헌트'는 최초 자기 자본이 무려 250억 원에 달했다. 이것은 스타트업 게임업체로서는 유례없는 액수이다. 이선호의 첫 회사 트레져 헌트의 성공은 이선호의 천재성 덕분이 아니다. 뛰어난 사업 수완 덕은 더더욱 아니다. 이선호는 그 흔한 투자설명회조차 열지 않았다."

배심원들 몇몇이 고개를 갸웃했다. 시원은 때를 놓치지 않고 자신도 궁금한 표정으로 물었다.

"그 흔한 투자설명회 한 번 열지 않고, 대체 어떻게 수백억 원의 투자금을 구했을까요? 바로 다음 페이지에서 비밀이 밝혀집니다."

시원은 힘주어서 다음 부분을 읽었다.

"트레져 헌트의 성공은 자본금 250억 원 중 200억 원이 넘는 돈을 묻지 마 식으로 투자한 타일러 인베스트먼트 덕분이다."

그는 변호인석에 책을 내려놓고 증인석 앞으로 빠르게 다가왔다.

"이 책에 언급된 내용에 대해 알고 계십니까?"

톰의 표정은 의외로 여유로웠다.

"자세히는 기억이 안 납니다. 선호에게 투자를 했던 건 맞는데 금액까지는 모르겠어요."

"현재 타일러 인베스트먼트의 경영책임자인 안길수 대표가 제출한 자료에 따르면 이 책의 내용은 정확합니다. 증인은 이선호 대표와의 개인적인 친분이 있었기에 그런 거액을 투자한 것 아닙니까?"

"제 친구였던 건 맞지만 비즈니스의 가능성도 분명히 봤겠죠."

시원은 『파이트 클럽』 책에서 찾은 폴라로이드 사진 확대본을 들어 보였다.

"사진 속의 두 소년이 바로 어릴 적의 이선호와 톰 아라야 씨입니다. 이때는 톰 아라야 씨가 미국으로 가기 전, 신우성이라는 이름으로 불리던 시절이죠. 그런데 폴라로이드 사진의 하얀 여백 부분을 보면 'From Tyler to Jack'이라는 손 글씨가 적혀 있습니다."

문 검사는 혼란스러워졌다. 그리고 짜증이 나기 시작했다. 톰 아라야는 대체 왜 증인으로 출석하겠다고 한 걸까? 지금 흐름으로 봐서는 의혹만 잔뜩 키워주고 있었다.

톰이 전혀 방어를 하지 않고 있는 가운데, 시원이 계속 공격했다.

"이선호의 학창시절 여자친구 말로는 증인과 이선호가 영화 「파이트 클럽」의 두 주인공 타일러와 잭의 관계라고 했습니다. 실제로 서로를 그런 별명으로 불렀고요."

시원은 판사와 배심원들에게 「파이트 클럽」의 내용을 간략하게 설명해주고 신문을 이어갔다.

"이 사진이 발견된 장소가 놀랍습니다. 바로 이선호의 서재에서죠. 불과 몇 년 전에 인쇄된 책 『파이트 클럽』 안에서요."

시원은 톰 아라야에게 물었다.

"이 폴라로이드 사진을 끼운 책을 이선호 씨에게 선물한 사람이 증인 맞습니까?"

톰은 건조하게 대답했다.

"맞습니다."

"그 책을 이선호 씨에게 보낸 게 언제죠?"

“몇 년 전인데, 정확히 기억은 나지 않습니다.”

“역할 놀이를 할 때, 증인이 타일러, 그러니까 자신의 친구를 앞잡이처럼 조종하는 역이었죠?”

“네.”

“타일러 인베스트먼트라는 회사 이름도 소설 속의 인물이자 증인과 이선호 씨가 어린 시절 역할 놀이를 할 때 썼던 이름 타일러에서 딴 거고요?”

“특별한 의미를 둔 건 아니지만, 그 이름이 마음에 들어서 정했던 것 같습니다. 회사 이름에 큰 의미를 두진 않았습니다.”

순순히 인정하고 받아주는 톰의 태도가 어딘가 이상하긴 했지만, 시원은 계속해서 질문을 던졌다.

“톰 아라야라는 이름은 혹시 슬레이어라는 헤비메탈 그룹의 리더 이름을 딴 건가요?”

“네. 맞습니다.”

시원은 허무하기까지 했다. 이렇게 순순하게 인정할 줄은 몰랐다.

‘뭔가 이상해……. 지금 내가 이렇게 몰아가는데 이런 반응일 리가 없잖아?’

불안해하는 사람은 시원뿐만이 아니었다. 유리도 어딘가로 흘러가고 있는 느낌에 바짝 긴장하고 있었다. 그러나 너무 많이 왔다. 이미 돌이킬 수 없게 되어버렸다. 시원이 계속했다.

“증인은 어린 시절 역할 놀이를 하던 캐릭터의 이름을 따서 투자회사를 만들었습니다. 증인에게 조종당하는 역할이었던 이선호에게 거액을 투자해 IT 업계의 신화로 만들어주었죠. 증인은 이선호와 함께 열광하던 헤비메탈 그룹 리더의 이름을 따서 개명을 하고 은둔의 삶을 살면서 수조원의 자산을 움직이는 거부가 됩니다. 말하자면 이선호는 어릴 때부터 사업가가 된 후까지, 증인이 조종하는 게임판 위의 말에 불과했던 겁니다."

"아, 그건 제 친구에게 너무 지나친 표현이군요. 게임판 위의 말이라니요. 저는 한 사람의 인생을 게임으로 생각하지도 않고 사람을 조종하지도 않습니다. 전 신이 아닙니다."

"증인은 부정하고 있지만, 저를 비롯해서 저희 의뢰인, 그리고 상식을 가진 많은 사람들은 의심할 수 있습니다. 증인과 이선호의 관계가 정상적이지는 않으니까요."

톰 아라야는 시원의 말을 듣고는 있는지 손목시계만 자꾸 들여다보았다.

"증인도 이선호 씨가 죽었다고 믿나요?"

"네. 아내 손유리가 선호를 죽였다고 믿습니다."

"어떤 이유에서죠?"

"간단하죠. 저는 논리와 과학을 신봉합니다. 손유리가 선호를 죽이지 않았다면, 바다 한복판에서 선호가 사라질 수 없기 때문이죠. 상황을 설명하는 유일한 경우의 수란 말입니다. 게다가 요트 바닥이 피범벅이었다고 하고요. 그리고 결혼 전에 선호가 했던 말도 기억이 납니다. 결혼을 결정하고 며칠 안 되어 통화를 했는데 그러더군요. 손유리라는 여자에게 어딘가 무서운 느낌이 있다고요."

그 말에 유리가 소리를 질렀다.

"말도 안 돼요! 그 사람이 그런 얘길 했을 리가 없어요!"

노 판사가 인상을 썼다.

"피고인은 조용히 하세요. 지금 변호인이 신문을 하고 있잖아요! 증인, 계속하세요."

시원 역시 당황한 가운데 톰이 계속 말했다.

"팜므파탈이라는 표현을 썼어요. 위험해 보이지만 그래서 더 갖고 싶은 여자라고요."

톰은 핸드폰을 꺼냈다.

"결혼식을 이틀 앞두고 선호한테 온 이메일이 있는데, 읽어드릴까요?"

시원은 덫에 걸렸음을 깨달았다. 지금껏 톰이 순순히 모든 것을 인정한 것은 판사와 배심원들에게 신뢰를 얻기 위한 과정이었다. 이제 그 신뢰를 바탕으로 칼을 빼든 것이다. 시원은 도저히 그냥 칼을 맞고 있을 수 없었다. 도망이라도 가야 했다. 일단은 살아야 하니까.

"죄송하지만 제가 나중에 확인한 후에 이메일 공개 여부를 결정하겠습니다."

그러자 문 검사가 벌떡 일어났다.

"공평하지 않습니다! 아까 송유철 교수의 책은 증거물 신청도 안 한 상황에서 공개를 허락했습니다. 다시 이 자리에 참석하기 힘든 증인의 이메일을 지금 공개해주기를 요청합니다!"

노 판사는 고개를 끄덕이며 시원을 노려보았다. 내가 지시하기 전에 알아서 마음을 바꾸라는 시선이었다. 시원은 살인마의 손이 뒷덜미를 낚아챈 기분이었다. 빠져나가야 하는데 방법이 없다. 이대로 죽는 건가?

"알겠습니다. 이메일을 읽어주시죠."

시원의 말이 떨어지자 톰은 이메일을 읽었다.

"친애하는 나의 친구 톰에게. 나는 이제 이틀 후면 결혼한 남자가 되어 있을 거야. 지금 마음은 무척 들뜨고 또 두려워. 나는 아직 나의 신부를 잘 모르겠어. 그녀에게는 내가 잘 알지 못하는 어둡고 섬뜩한 기운이 있거든. 어떤 때는 그녀가 날 죽일지도 모른다는 엉뚱한 상상이 들기도 해. 하하. 그런데 왜 결혼하느냐고? 자네도 알다시피 난 언제나 위험하고 신비로운 쪽을 선택했잖아."

"아니에요! 선호 씨가 이런 편지를 썼을 리가 없어요!"

유리가 외쳤다.

"피고인은 조용하세요!"

노 판사가 유리를 막았다. 톰이 계속 이메일을 읽었다.

"신혼여행으로 굳이 둘만의 요트 여행을 떠나고 싶다는 부탁도 엉뚱하지. 자네도 알다시피 난 배를 별로 좋아하지 않잖아. 사교용으로 한 척 갖고 있는 요트도 거의 타지 않고. 하지만 그녀의 소원이니 들어줘야지. 이미 멋진 요트를 꾸미고 있어. 결혼식이 끝나면 바로 신혼여행을 떠날 생각이야. 바다 위에서 그녀와 단둘이 있을 거라고 생각하니 왠지 으스스한 기분도 들지만 난 그런 느낌마저 즐기는 것 같아. 결혼식에 오지 못한다니 유감이지만 행운을 빌어줘. 바이."

"말도 안 돼요. 전 둘만의 요트 여행을 부탁한 적이 없어요. 그건 전적으로 선호 씨가 알아서 준비한 거라고요……."

유리는 흐느꼈지만 재판정 안에서 그녀의 말을 곧이곧대로 듣는 사람은 시원밖에 없는 것 같았다. 시원은 침을 꿀꺽 삼키며 형식적인 요청을 했다.

“지금 증인이 읽은 이메일이…… 어…… 정말 이선호 본인의 계정에서 작성한 것인지 확인을 요청합니다.”

톰은 어깨를 으쓱하며 핸드폰을 건네주었다.

“얼마든지 확인해보세요. 선호가 주로 쓰던 개인용 이메일로 보낸 거니까.”

시원은 눈앞이 캄캄했다. 더 이상 물을 질문도, 물어볼 이유도 없었다. 그는 이미 급소를 찔린 가련한 피해자였고 상대는 칼을 든 살인마였다. 그래도 최후의 발악은 해야 했다. 변호사니까. 끝까지 의뢰인을 포기해선 안 되니까.

“이선호가 보낸 이메일이 피고인의 범죄행위를 증명하는 직접적인 증거가 될 수는 없습니다. 어, 그러니까…… 그것은 다만 이선호의 개인적인 느낌을 적은 글에 불과하니까요. 그것도 매우 농담조로요.”

그때였다. 방청석에서 웅성거림이 들리기 시작했다. 웅성거림은 물에 떨어진 잉크처럼 점점 번져갔고, 마침내 유리와 시원의 귀에도 들릴 정도가 되었다.

“설마…… 말도 안 돼…….”

웅성거림을 들은 문 검사는 핸드폰으로 뉴스 속보를 확인했다.

이선호 대표의 시신, 제주도 해상에서 발견!

문 검사는 용수철처럼 몸을 일으키며 외쳤다. 방청석의 웅성거림과 같은 말을.

"이선호의 시신이 발견되었습니다!"

시원은 희망을 잃은 시선으로 톰을 돌아보았다. 평온한 얼굴로 고개를 끄덕이고 있는 톰의 표정이 시원에게 말해주고 있었다.

— 거봐. 넌 나를 이길 수 없다고 했잖아.

짧은 순간 시원의 머릿속에 수많은 생각이 교차했다.

'어제 톰이 제시한 플리바게닝을 받아들일걸 그랬나? 다시 그 순간으로 돌아갈 수만 있다면 받아들이겠어. 이제 내 의뢰인은 징역 10년이 아니라 20년, 어쩌면 평생을 감옥에서 썩게 될지도 몰라. 나 역시 죄책감과 패배감에 평생 시달리겠지. 잠깐만. 그런데 톰, 이 녀석은 왜 웃고 있지? 자기 친구 시체가 발견되었다는데 지금 웃고 있잖아? 마치 예상대로 일이 풀리기라도 한 것처럼.'

유리는 벌떡 일어선 채 석상처럼 굳어버렸다. 그녀는 남편조차 두려워한 팜므파탈, 잔혹한 살인마, 남편을 죽여놓고도 변호사와 불륜을 즐기는 사이코패스가 되어버렸다. 적어도 이 법정에서는.

도준이 보고 싶었다. 도준이라면, 이 무시무시한 늪에서 그녀를 구해줄 수 있을 것 같았다. 그럴 수 없다 해도 그저 그의 얼굴이 보고 싶었다. 유리는 깨달았다. 이렇게 되어버린 이상 재판에서 이길 확률은 완전히 사라졌다는 것을. 이제 이별해야 한다. 사랑하는 모든 사람들로부터. 그리고 그녀가 그토록 좋아했던 모든 사소한 것들로부터. 눈물도 나지 않았다. 그저 정지해 있을 뿐이었다.

"이거 모두 당신이 계획한 일이지? 그렇지? 이 꼴을 보려고 증인 출석에 응한 거지?"

반쯤 정신이 나간 시원이 반말로 중얼거리자 톰은 여전히 비웃는 표정으로 대답했다.

“저는 마술사가 아닙니다.”

“아냐…… 아냐…… 다 당신이 꾸민 일이잖아!”

시원은 멱살을 잡을 듯이 톰 앞으로 다가갔다. 참다못한 노 판사가 소리쳤다.

“변호인! 자기 증인을 공격하지 마세요! 한마디만 더 하면 법정모욕죄로 체포할 겁니다!”

노 판사의 말을 듣긴 한 건지 시원은 넋이 빠진 사람처럼 중얼거렸다.

“넌 웃고 있었어. 이선호의 시신이 발견됐다는 소리에 여기 법정에 있는 모든 사람들이 놀랐지만, 넌 예상한 일이라는 듯, 기다리고 있던 일이라는 듯 웃고 있었다고!”

톰은 여전히 싱글거렸다. 승부와 게임, 그리고 승리에 중독된 웃음이었다. 시원은 결국 그 표정에 미쳐버렸다.

“이 개자식! 다 네가 한 짓이야! 이 개새끼! Mother fucker!”

문 검사가 황당한 표정으로 어필했다.

“판사님! 지금 변호인은 자기 증인에게 욕설을 퍼붓고 있습니다! 계속 보고만 계실 겁니까?”

결국 노 판사도 소리를 지르고 말았다.

“변호인! 감치재판 하겠습니다.”

시원은 마침내 톰의 멱살을 잡고 흔들기 시작했다.

“이 개자식, 내가 모를 줄 알아? 난 봤어! 네 표정을 봤다고!”

그러자 톰은 시원의 귓가에 속삭였다.

"그런데…… 내가 웃는 거, 너밖에 못 봤어."

시원의 온몸에 소름이 돋았다. 이놈은 정말 악마인가…….

시원의 행동에 방청석에서도 소란이 벌어지고 법정 안은 시장통처럼 시끄러워졌다. 노 판사의 외침이 소음을 뚫고 울렸다.

"경위! 변호인 떼어내세요!"

법원 경위 두 명이 달려와서 시원이 잡은 멱살을 풀고 그를 떼어냈다. 노 판사는 수십 년 동안 판사 생활을 하면서 이토록 당혹스러운 적은 처음이었다. 그는 시원을 노려보면서 말했다.

"이 사건과 관계없이 방금 법정을 모독했기 때문에 법원조직법 제58조 제2항에 따라서 감치재판 합니다. 이제부터 피고인이라고 부릅니다. 피고인 차시원 씨죠? 주민등록번호가 어떻게 됩니까?"

감치재판은 법정에서 재판장의 질서유지명령을 어기거나 소란을 피우는 행위를 한 자에 대하여 즉석에서 구치소에 구금하는 결정을 내리는 재판이다. 일반인도 아니고 변호사가 감치재판의 대상이 되는 것은 그야말로 치욕스러운 일이었다.

시원은 대답하지 않았다. 사실 노 판사의 말이 잘 들리지도 않았다. 그저 모든 것이 끝나버렸다는 절망감에 목이 졸릴 뿐이었다.

"대답 안 하면 감치 기간이 더 길어집니다! 피고인 대답하세요."

시원은 대답 대신 눈을 감아버렸다.

'모든 것이 끝났어……. 이제 다 끝나버렸다고…….'

"피고인에 대해서 앞서 본 바와 같이 법원조직법 및 법정의 질서유지를 위한 재판에 관한 규칙에 따라서 감치 7일을 결정합니다. 불복

하는 방법은 재판 선고일부터 3일 이내에 하여야 합니다. 항고를 함에 있어서는 이유를 기재한 항고장을 재판 법원에 제출하여야 합니다."

판사의 선고를 들은 시원의 다리에 힘이 풀렸다. 그는 무릎을 꿇고 말았다. 법원 경위 두 명이 양쪽에서 그를 부축해 데리고 나갔다. 끌려 나가면서 시원은 톰과 눈이 마주쳤다. 톰은 여전히 웃고 있었다.

시원은 고개를 돌려 유리를 찾았다. 그녀는 뭐라 설명할 수 없는 공허한 표정으로 앉아 있었다. 그녀와 눈이 마주쳤을 때 시원은 마음을 담은 눈길을 보냈다.

— 미안해요. 유리 씨…… 정말 미안해요.

"브라보!"

서초동 법원 근처의 단골 횟집 룸 안에서 문지환 검사는 후배 검사들과 함께 승리의 축배를 들었다. 판결이 나기도 전에 축배를 드는 경우는 거의 없었지만, 오늘만큼은 정말 한잔하지 않을 수 없었다. 어차피 저녁식사와 곁들이는 반주로 딱 한 잔밖에 마실 수 없는 상황이었다. 이선호의 시체가 곧 서울로 도착할 예정이었으니까. 함께 재판정에 있었던 후배 검사가 안도의 한숨을 쉬며 말했다.

"선배님. 처음에는 톰 아라야가 미친놈인 줄 알았어요. 변호인이 제기하는 의혹마다 너무 순순히 인정해주니까."

"나도 사실 당황했다. 게다가 이건 뭐 사전에 제대로 인사조차 못 해봤으니. 어제 비서 겸 따라온 변호사 통해서 간단하게 통화한 게 전부야. 오늘 보니까 알겠더라. 대단한 사람이야. 저런 사람이 진짜 천재지."

"시체까지 확보가 되었으니까, 무기징역 구형해도 무리가 없겠는데요?"

"당연하지. 선고도 20년 밑으로는 힘들 거야. 손유리가 끝까지 반성의 기미 없이 변명만 하고 있으니 선처할 구석이 없지."

"정말 다행입니다. 사실 지난 공판 때까지만 해도 좀 몰리는 기분이었거든요."

문 검사는 후배의 말에 살짝 인상을 썼다. 그는 어떤 경우에도 자신의 능력을 낮게 평가하는 발언은 들어주지 못하는 성격이었다. 말실수를 한 걸 깨달은 후배 검사가 고개를 조아리며 술을 한 잔 더 올렸지만 문 검사는 잔을 치웠다.

"밥이나 어서 먹자. 시체 도착하면 바로 튀어가 봐야 하니까."

문 검사는 전복이 수북이 담긴 제주식 오분자기 국물과 함께 밥을 한 숟갈 떠서 입에 넣었다. 밥이 달았다.

보라는 열 명도 넘게 앉을 수 있는 대리석 식탁에 혼자 앉아 식사를 했다. 프랑스식 스테이크에 와인을 곁들여 아주 천천히 식사를 하는 중에 톰의 전화가 걸려왔다.

"네, 마스터."

"재판은 끝났어. 지금 곧 미국으로 출발할 예정이야."

"별 문제는 없었나요?"

"아주 완벽한 타이밍이었어. 칭찬해주려고 전화를 했지. 재판이 열리고 있는 중에 속보가 떴어. 100점이지."

"다행이군요. 이제 여왕은 도망칠 구석이 없게 되었군요."

"응. 이제 판결을 기다리기만 하면 돼."

"조금 돌아오긴 했지만 결국 마스터가 원했던 목적지에 왔군요."

"우리가 원했던 목적지지."

"그래요. 우리."

보라는 몸을 움직일 때마다 이물감을 느꼈다. 등의 우둘투둘한 흉터와 옷이 닿는 느낌이었다. 그래서 '우리'라는 말을 할 때 마음이 편하지 않았다. '우리'라는 말을 쓰는 사이라면, 채찍으로 등을 걸레처럼 찢어놓지는 않을 테니까.

보라는 전화를 끊고 다시 스테이크를 썰었다. 그런데 고기를 썰던 스테이크 나이프가 불현듯 멈추었다. 이번 게임이 시작되었던 순간이 떠올랐다. 그녀는 자문했다. 그때로 다시 돌아간다면, 또 게임에 참여할까?

7년 전 어느 여름날. 보라는 동생 선호를 통해 톰 아라야를 소개받았다. 톰에게 투자를 받은 선호가 새로 론칭한 게임이 히트를 치면서 엄청난 돈이 밀려들던 즈음이었다.

보라는 전문 경영인으로 다른 회사에서 승승장구를 하고 있었는데 동생 선호의 사업이 커지면서 선호의 요청으로 합류한 직후였다.

— 선호같이 멍청한 녀석에게 이런 훌륭한 누나가 있을 줄은 몰랐네요.

톰은 처음 만난 자리에서 그렇게 말했다. 언뜻 들으면 무례한 발언이었지만 보라의 속을 시원하게 만들어주는 말이기도 했다. 분명히 피가 섞인 동생이긴 했지만 보라는 선호를 조금도 인정하지 않았다. 그녀의 눈에 선호는 천재인 척하고 싶어 하는, 거물이 되고 싶은, 욕심 많고 구역질나는 남자일 뿐이었다. 그런데도 선호는 보라보다 훨씬 더 잘나가고 주목을 받았다. 그 이유를 모르기에 질투심만 계속 끓어 넘쳤는데 톰을 만난 후 모든 비밀이 풀렸다. 바로 톰의 지원 때문이었다.

톰은 평범한 벤처 기업가를 실리콘밸리의 신화로 만들어주었고 상상도 할 수 없는 돈을 벌게 해주었다. 톰은 진정한 자본주의의 천재였다.

보라는 톰에게 빠져들었다. 그에게는 매력적인 부분이 한두 가지가 아니었지만 그녀를 가장 매혹시킨 것은 냉혹함이었다. 그 점이 그를 누구보다 더 강하게 만들어주었다. 그는 철저하게 계획에 의해 움직였다. 그러면서도 무모한 도전과 인간의 영역을 벗어난 욕망을 갈구했다. 그것이 그를 점점 더 강하게 만들어주는 원동력이 되었다.

보라가 보기에 선호는 그저 톰이 조종하는 꼭두각시 이상도 이하도 아니었다. 선호는 톰을 친구라고 소개했지만 보라가 보기에 둘은 절대로 친구가 아니었다.

톰을 몇 번 더 만나면서 톰과 보라의 관계도 돈독해졌다.

— 보라. 당신은 선호와 달라요. 당신에게는 비즈니스를 맡겨도 괜찮겠어요.

톰은 선호를 얼굴마담으로 일으켜놓은 게임 비즈니스를 보라에게 맡기고 싶어 했다. 최고경영자를 바꾸는 일은 톰에게 문제도 되지 않았다. 선호는 톰이 시키는 일에는 절대 토를 달지 않고 무조건 복종이었으니까. 그런데 톰은 이 과정에서 특별한 제안을 했다.

그는 선호와 보라를 불러놓고 차분하게 설명했다. 100년 가까이 이어져온 '위대한 손들'의 위대한 게임에 대해서.

보라는 궁금한 게 많았다. '위대한 손들'의 멤버들은 누구인지, 그동안 벌인 게임에는 어떤 것들이 있는지 등등. 그러나 톰은 그녀의 질문에 대답해주지 않았다. 선호는 지금까지 그랬듯 톰이 제안한 계획에 대해 반문하지 않았다. 다만 이 계획이 완수된 후 당분간 숨어 살아야 한다는 점 때문에 머뭇거렸다. 톰은 그를 설득하려고 하지 않았다. 대신 이렇게 말했다.

— 선택은 너의 몫이야. 강요하지 않아. 다만 이 제안을 거절한다면 우리의 관계도 끝이야. 네 회사는 보라에게 맡길 거고, 난 더 이상 너에게 투자하지 않을 거야. 넌 남은 평생 재산이나 까먹으면서 사람들의 기억에서 천천히 사라지겠지. 너의 성공과 명성이 그저 거품뿐이었다는 것을 너 스스로 증명해 보이면서.

여전히 망설이는 선호에게 톰은 말했다.

— 만약 이번 게임에 동참한다면 넌 영원히 신화로 기억될 거야. 영웅의 필수적인 조건 중에서 가장 중요한 게 뭔지 알아? 비극적인 최후야. 우리가 아는 모든 영웅은 비극적인 최후로 사라지지. 그래서 영원히 살아가지. 영웅으로 영원히 살지, 아니면 그저 잠시 운이 좋았던 녀석으로 사라질지는 지금 너의 선택에 달려 있어.

선호는 알고 있었다. 톰의 도움이 없이는 미래가 없다는 것을. 그저 몰락할 일만 남았을 뿐이라는 것을. 톰은 선택이라고 표현했지만 선택의 문제가 아니었다.

선호는 결국 게임의 일부가 되기로 결정했다. 게임의 설계는 톰이 맡았다. 게임의 구체적인 진행을 맡은 사람은 보라였다. 그리고 플레이어로 움직이는 사람은 선호였다. 안전하게 떨어진 곳에서 돈을 걸고 게임을 즐기는 사람들은 '위대한 손들'이었다. 그리고 키스의 여왕은 게임의 제물이었다. 자신이 왜, 누구에게 희생되는지조차 알 수 없는 제물.

게임은 아주 흥미롭게 잘 진행되는 듯했다. '위대한 손들'이 즐겼던 다른 많은 게임들처럼 세간의 이목을 집중시켰고, 알 수 없는 미스터리로 빠져들었다. 그런데 변수가 발생했다. 제물이, 감히 제물이 반격을 시작한 것이다. 변호사들을 고용해 재판을 준비하는 것까지는 충분히 예상했던, 게임 시나리오의 일부였다. 그러나 게임의 설계자를 추적할 줄은 상상도 못했다.

게다가 선호가 또 문제였다. 성형수술도 하고 머리색도 바꾸고 조용히 살아가기로 해놓고선 자꾸 예전에 자신이 살던 세상을 얼씬거렸다.

톰은 분명히 경고했다.

— 이제 이선호는 죽었어. 넌 완전히 새로운 인생을 살아야 해. 그동안 다니던 곳들은 멀리하고 알던 사람 역시 만나선 안 돼. 넌 죽었으니까.

그러나 선호는 말을 듣지 않았다. 게임에 참여하기 전에 그가 누렸던 화려한 세계에 아직 미련이 있었던 탓이었다. 타일러 인베스트먼트를 찾았던 선호가 백 기자와 마주친 최악의 상황이 발생한 후, 톰은 결정을 내렸다. 선호를 정말로 없애버리기로. 그리고 톰은 결정을 내린 지 3일 만에 정말로 선호를 죽였다.

그는 선호의 시체를 보라에게 넘겼다. 그리고 미션을 주었다.

— 어쩌면 이번 게임에서 네가 맡을 마지막 미션일지도 몰라.

그 미션은 선호의 시체가 제주도 해안에서 발견되도록 하라는 것이었다. 선호의 시체는 부검을 해도 사망시간 추정을 하기 어렵게 과학적으로 변형되고 훼손되었다. 누가 봐도 몇 달 전에 살해당하고 물에 버려진 시체처럼 보이게. 어떤 검사를 해도 사망 시기에 대한 의문은 발견되지 않도록. 톰은 시체가 발견될 타이밍을 신중하게 저울질했고, 보라는 그의 지시를 기다렸다.

마침내 선호를 죽인 지 한 달 만에 보라에게 명령이 하달되었다. 톰이 재판에 증인으로 출석하기 위해 한국에 있는 동안 시체가 발견되도록 하라는 것이었다. 보라는 한 달 넘도록 바닷물에 넣어두었던 선호의 시체를 꺼내 배에 실었다. 그리고 톰이 재판에 출석하기 전날 밤, 조류의 방향을 감안해서 제주도로부터 먼 해상에서 밀어 보냈다. 풍향과 조류 속도를 계산한 대로라면 재판이 시작되기 직전에 선호의 시체는 제주도 앞바다에 밀려갈 예정이었다. 그리고 마침내 재판일. 계산했던 시간보다 두 시간쯤 늦게 선호의 시체가 발견되었다. 톰이 지시한 마지막 미션은 100퍼센트 성공적으로 완료되었다.

보라와 통화를 마친 톰은 핸드폰을 내려놓고 편안하게 의자를 젖혔다. 그의 전용기는 이륙을 기다리고 있었다. 수십 번은 더 경험한 이륙이지만 이번 이륙은 다른 때와 다른 상징적인 의미를 갖고 있었다. 찜찜하게 엉기던 것들을 모두 내려놓고, 개운하게 떠나는 현재 상황을 상징하는 것만 같았다.

'이런 기분에 게임을 즐기지.'

톰은 만족스러운 표정으로 와인잔을 비웠다.

늦은 밤, 유리와 도준은 서울 야경이 내려다보이는 북악스카이웨이에 세워놓은 차 안에 앉아 있었다. 이토록 끔찍한 상황에서, 유리는 서울의 밤이 무척이나 따스하게 느껴졌다. 이상하리만큼 평화로운 풍경이었다. 그녀는 예전에 시한부 환자 역을 연기할 때 공부했던 내용이 떠올랐다.

엘리자베스 퀴블러 로스의 죽음의 5단계라는 것이 있다. 시한부 환자들이 자신이 곧 죽을 거라는 사실을 알았을 때 겪게 되는 심리적 과정을 단계별로 짚어본 연구로, '부정— 분노— 타협— 우울— 수용'이 그 다섯 단계이다.

유리는 그동안 이 다섯 단계를 모두 거친 기분이었다. 처음에는 부정하고, 그다음에는 분노하고 또 타협하고, 좌절하기도 했지만…… 이제 그녀는 어떤 상황도 받아들일 수 있을 것 같았다.

"오빠, 돌려 말하지 말고 얘기해줘요. 형량이 어떻게 나올까요? 오빠가 판사라면?"

도준은 긴 침묵 뒤에 입을 뗐다.

"무기징역."

'그래. 그렇구나. 어차피 이렇게 될 운명이었구나.'

유리는 울지 않았다. 숨도 가빠지지 않았다. 그녀는 천천히 심호흡을 하고 있었다.

"유리야, 우리 아직 포기하지 말자. 공판도 더 남았고……."

도준의 목소리가 떨리고 있었다. 유리는 부드럽게 그의 말을 잘랐다.

"오빠. 가요."

"응?"

"바다가 보고 싶어요. 그리고 취하고 싶어요. 존재하지도 않는 희망을 붙잡으려고 허우적대는 일…… 오늘만큼은 하고 싶지 않아요."

모든 것을 내려놓은 듯한 그녀의 모습에 도준은 울컥했다. 제발 그러지 말라고 멱살이라도 잡고 싶었지만 그녀는 이미 스스로 호흡기를 뗀 환자처럼 평온하게 기다리고 있었다. 문 앞까지 성큼 찾아와서 있는 비극적인 최후를.

그날 밤, 두 사람은 바다가 보이는 횟집에서 밤늦도록 술을 마셨다. 아무 일도 없는 것처럼 환하게 웃으며 취해가는 유리를 보면서, 도준은 가슴이 찢어졌다. 그는 깊고 푸른 밤하늘을 보며 속으로 외쳤다.

'신이시여. 이렇게 아름다운 미소를 진정 창살 안에 가두실 겁니까?'

"오빠. 약속 하나 해줘요."

유리의 눈망울이 촉촉했다. 그 속에 별과 달, 밤바다까지 모두 담겨 있었다.

"무조건 들어줘요."

"떼쓰지 마. 이젠 안 통해."

"그럼 말 안 할래."

"말하지 마."

유리는 차오르는 눈물을 누르며 말했다.

"내가 감옥에 가면…… 면회 오지 마요."

도준은 대답하지 않았다. 아예 듣지도 않은 사람처럼 꼼짝도 하지 않았다.

"죄수복 입은 모습 보여주기도 싫고, 더 이상 하루라도 나 같은 여자 때문에 오빠의 인생이 낭비되는 것도 싫……."

그녀는 말을 맺지 못했다. 도준의 뜨거운 입술이 그녀의 입을 막아 버렸으니까. 저절로 눈이 감겼다. 눈망울에 가득 고여 있던 눈물이 밀려 떨어졌다. 그들의 깊은 포옹과 키스는 신에게 한 번만 봐달라고 애원하는 기도 같았다.

"제주공항에서 이송된 이선호의 시신이 도착했습니다."

식사 중에 국과수 연구원으로부터 전화를 받은 문 검사는 바로 재킷을 걸치고 뛰쳐나왔다. 그는 후배 검사가 모는 차를 타고 국과수로 향했다. 가는 길에 길지환 반장에게 전화를 걸었다.

"반장님. 이선호가 왔습니다. 바로 국과수로 오시죠."

"알겠습니다."

길 반장의 목소리에서도 긴장이 느껴졌다.

이번 사건에서 가장 불리한 지점이 바로 피해자의 시신이 없다는 것이었다. 그러다 보니 살인이라는 행위 자체를 입증하기 위해 이런 저런 정황증거를 끌어모아야 했고, 그 과정에서 변호인 측에서 파고들 만한 허점도 생겼다. 그런데 이제 시체가 손에 들어온 것이다.

피해자의 시신은 살인사건에서 가장 유력한 증거다. 살해 당시의 정황을 고스란히 담고 있기 때문이다. 그래서 수사관들 사이에서는

'시체가 말을 한다'고들 하는 것이다.

문 검사가 탄 차는 양천구 신월동에 있는 국립과학수사연구원 서울 분원 앞에 도착했다. 정문 입구에 적힌 글귀가 예언처럼 엄숙했다.

'진실을 지키는 과학의 힘'.

정문으로 들어가자 회색 건물이 모습을 드러냈다.

문 검사는 느긋한 기분으로 부검실에 들어섰다. 사건이 사건인 만큼 검시관 두 명과 국과수에서 최고의 법의학자로 손꼽히는 남용준 박사가 마스크를 쓴 채 기다리고 있었다.

"오셨습니까?"

남 박사가 문 검사에게 고개를 숙이며 인사를 건넸다. 둘은 사석에서 몇 번 인사를 나눈 사이였다.

"아, 박사님이 계실 줄은 몰랐습니다. 이렇게 늦은 시간까지."

문 검사도 허리를 굽혀 인사하고는 악수를 나누었다.

그들 사이에 이선호의 시체가 누워 있었다. 부패한 시체의 냄새와 소독약 냄새가 뒤섞인 악취가 코를 찔렀다. 문 검사는 인상을 쓰지 않으려고 했지만 미간이 찌푸려지는 생리현상은 어쩔 수가 없었다. 그건 길 반장도 마찬가지였다.

"이걸 쓰시죠."

남 박사가 나눠준 마스크를 쓰니 한결 호흡이 편해졌다.

선호의 시체는 사자우리에서 뜯기다가 꺼내온 시체처럼 참혹했다. 가슴과 배의 살은 거의 남아 있지 않았다. 근육층은 물론이고 뼈까지 곳곳에 드러나 있었다. 물에 잔뜩 불은 피부는 한때 피가 돌던 사람이었다는 사실을 믿기 어렵게 만들었다. 얼굴 역시 부분적으로 뼈가 드러나 있었다. 특히 양쪽 눈알이 없는 모습이 더욱 기괴한 분위기를 자아냈다.

남 박사는 아무 감정도 못 느끼는 사람처럼 건조한 말투로 설명했다.

"바다에 오래 잠겨 있던 시체다 보니까 물고기들에 의해 살점이 많이 뜯긴 상태입니다. 보다시피 부드러운 살이 많은 부분, 복부와 엉덩이 위주로 훼손이 많이 됐죠. 두 눈이 없는 이유도 그래서고요. 그래도 살갗이 얇은 부분은 비교적 손상이 덜합니다. 팔과 목, 등, 발 등등이요."

"사인은 밝힐 수 있을까요?"

"네. 여기……."

남 박사는 시체의 가슴께를 손가락으로 가리켰다. 언뜻 봐서는 잘 보이지 않는데 자세히 보니 근육층에 몇 군데의 상처가 보였다.

"자상이 보이시죠? 가슴 쪽에 세 군데, 그리고 복부에도 있습니다."

복부는 살과 내장이 거의 다 뜯겨나가서 문 검사 눈에는 보이지 않았다.

"복부에는 안 보이는데요?"

"아, 칼날이 뼈에 닿은 흔적이 있습니다. 제일 아래쪽 갈비뼈를 보시죠."

남 박사는 벽에 달린 대형 모니터를 켜고, 카메라 렌즈가 달린 관으로 선호의 갈비뼈를 비쳐 보였다. 정말로 뼈에 예리한 홈이 파여 있었다.

"현재 확인 가능한 자상은 모두 네 군데입니다. 이 정도면 충분히 치명상으로 볼 수 있습니다. 사인은 자상으로 인한 과다출혈입니다."

"다른 가능성은 없나요?"

"독살의 가능성도 있긴 하죠. 그건 육안으로는 확인이 불가능합니다. 부검을 통해 간, 폐, 근육의 샘플을 채취해 검사해야 합니다. 일반 독물, 케톤체류, 알코올류 등등……."

"종류가 무척 많네요."

"그럼요. 청산가리, 농약, 네오스티그민, 아코니틴류, 올레안드린, 칸타리딘 등등 천연독소도 검사해봐야 하고요. 전부 검사를 해보고 모두 음성 결과가 나오면 공식적으로 사인이 발표될 겁니다."

선호의 시체는 온몸으로 웅변하고 있었다. 누군가 나를 칼로 찔러 죽인 후 바다에 던졌다고. 선호와 요트에 함께 있었던 사람은 오직 한 명. 키스의 여왕이었다. 이제 그녀는 빠져나갈 수 없는 덫에 갇혔다.

오케이! 문 검사는 소리라도 지르고 싶었다. 냉혹한 사냥꾼은 덫에 걸린 사냥감의 숨통을 끊을, 가장 극적인 방식을 고민하기 시작했다.

도준와 유리는 아침 일찍 만났다. 국과수에 선호의 시신을 확인하러 가기 전에 구치소에 갇혀 있는 시원에게 잠깐 들렀다. 죄수복을 입은 시원의 모습이 무척이나 낯설게 느껴졌다.

"구치소에 갇힌 의뢰인을 변호사가 찾아와서 재판을 의논하는 경우는 많지만 구치소에 갇힌 변호사를 의뢰인이 찾아와서 회의를 하는 경우는 처음이군."

도준의 푸념에 유리는 소리를 내어 웃을 뻔했다. 그녀는 문득 도준과 시원이 친오빠들처럼 느껴졌다. 믿음직한 큰오빠와 천방지축 작은오빠. 둘 다 좋지만 그래도 큰오빠가 더 좋은 건 어쩔 수 없었다.

이제 남은 공판은 어쩔 수 없이 도준이 맡게 되었다. 시원은 유리에게 차라리 죄를 인정하고 선처를 바라는 방법을 권유했다. 형량을 최소한으로 줄이자는, 실리적인 제안이었다.

"유리 씨, 다시 한번 생각해봐요. 갈릴레오 갈릴레이가 종교재판에 회부되었을 때를 생각해봐요. 종교의 교리에 위배되는 지동설을 주장하던 그는 법정에서는 살기 위해 지구가 돌지 않는다고 말했잖아요. 유리 씨, 남은 생을 위해서라도……."

시원의 말에 유리는 고개를 내저었다. 타협하지 않겠다는 뜻이었다.

"알겠어요. 그럼 뭐, 이제 제가 할 수 있는 일은 기도밖에 없네요."

도준은 마음속으로 최악의 상황을 가정해보았다.

'만약 유리의 유죄가 확정되고 수십 년의 형량이 선고된다면? 유리는 감옥에 갇히겠지. 그래도 나는 유리를 떠나지 않을 거야. 나는 신이 허용하는 최대한의 시간을 그녀와 함께 보낼 거야. 그녀와 가정을 꾸리고 아이를 낳을 수는 없겠지만, 그래도 그녀 곁을 지켜줄 순 있어. 20년 후든, 30년 후든 그녀가 자유의 몸이 된다면, 그때 바닷가 작은 집이라도 짓고 같이 살까?'

그런 생각을 하니 눈물이 차오르려고 했다. 슬픈 것은 사실이지만 절망적이진 않았다. 최악의 상황에도 그녀를 떠나지 않겠다는 자신의 의지를 확인하고 나니 오히려 안심이 되었다. 도준은 애써 밝은 표정을 지으며 시원에게 말했다.

"지금 바로 국과수로 갈 거야."

"그래. 그리고…… 유리 씨, 미안해요."

시원이 고개를 숙였지만, 유리는 빙긋 웃어 보였다.

"전 차 변호사님이 원망스럽지 않아요. 오히려 저 대신 소리라도 질러줘서 고마웠어요."

"도준이로 변호사가 바뀌어서 좋은 게 아니고요?"

"누가 뭐래도 차 변호사님은 우리나라 최고의 변호사예요."

유리는 시원을 꽉 안아주었다.

"와아…… 감동이네. 키스의 여왕께서 포옹도 해주시고."

"여전하시네요. 유치장에서도."

도준은 떠나기 전에 마지막으로 시원의 귀에 속삭였다.

"죄수복이 아주 잘 어울리십니다, 차 변호사님."

시원의 면회를 마친 도준과 유리는 곧장 국과수로 향했다. 혁은 언제나처럼 묵묵히 운전만 했다. 마침내 차가 국과수 정문을 통과했을 때, 첫 번째 관문이 그들을 기다리고 있었다. 떨어진 과일에 몰려든 개미들처럼 수많은 기자들이 국과수 건물 입구를 에워싸고 있었다. 기자들을 뚫고 가본 경험이 많은 혁은 겁먹지 않고 기자들 앞에 차를 세웠다.

"따라오십시오."

그는 뒷문을 열어주며 짧은 말을 남겼다. 그러고는 바이킹 전사의 칼처럼 한쪽 팔로 기자들을 헤치며 유리를 감싸고 나아갔다. 도준 역시 혁을 따라 반대쪽으로 기자들을 밀며 길을 만들었다. 도준과 유리가 함께 차에서 내리자 기자들은 미친 듯이 셔터를 눌러댔고, 장맛비처럼 질문을 쏟아냈다.

"차시원 변호사가 구금되었다고 들었는데, 이도준 변호사가 대신 재판을 진행하는 겁니까?"

"손유리 씨! 변호사를 바꾸신 건가요?"

"두 분, 그동안 계속 연락하고 만나오신 건가요?"

"다음 공판부터 이도준 변호사가 참석하나요?"

"손유리 씨! 남편의 시체를 확인하시는 소감을 말씀해주시죠!"

"그동안 이선호 씨가 살아 있으므로 공소사실 자체가 무효라는 변론을 펼치셨는데, 이제 어떻게 하실 건가요?"

도준이 등을 곧게 세우고, 차분하게 말했다.

"지금까지 손유리 씨의 변호를 맡았던 차시원 변호사가 불가피한 상황으로 변호를 할 수 없게 되어 오늘 이 시간부터 제가 손유리 씨의 변호를 맡게 되었습니다. 아시다시피 저는 피습을 당하기 전까지 손유리 씨의 변호를 맡은 적도 있고, 그 후에도 꾸준히 관심을 갖고 이번 재판을 지켜보았습니다. 앞으로 남은 재판에 있어 저는 최선을 다해 임할 생각입니다. 그리고 저는 여전히 제 의뢰인의 결백을 믿습니다. 이선호의 시체가 발견되었다고 해서 살인행위가 있었다고 단정할 수 없으며, 살인행위가 증명되더라도 그 행위의 주체가 저희 의뢰인이라고 단정할 수는 없습니다."

그의 목소리는 힘이 넘쳤고, 눈빛은 확신에 차 있었다.

"진실은 법정에서 증거를 바탕으로 한 법과 논리에 의해 밝혀질 것입니다. 감사합니다."

부검실 문을 열자마자 유리는 발이 땅에 붙은 것처럼 굳어버렸다.

부검실 중앙에 시체가 누워 있었다. 어제 바로 이 자리에서 문 검사를 맞이했던 남용준 박사가 그들을 맞이했다.

충분히 마음의 준비를 하고 왔다고 생각했지만 유리는 너무 놀라서 주저앉을 뻔했다. 그녀가 알던 선호의 육체는 지구라도 들어 올릴 것처럼 크고 강했다. 학창시절 축구선수로 활약했을 정도로 근육질에 힘이 넘쳤다. 그런데 지금 그녀 앞에 누워 있는 시체는…… 그저 썩은 살덩이일 뿐이었다.

'선호 씨. 겨우 이 꼴이 되려고 나를 유혹하고 나와 결혼하고 나를 지옥의 구렁텅이로 몰아넣었나요? 왜 나였나요? 대체 왜 그랬어요? 당신은 날 사랑한 순간이 단 한 번도 없죠? 당신은 단 한순간도…….'

격한 감정에 사로잡혀 부들부들 떨고 있는 그녀의 어깨 위로 도준의 손이 올라왔다. 그는 아이를 진정시키듯 유리를 서너 번 토닥여주었다.

"보는 것만으로도 힘들겠지만…… 최대한 꼼꼼하게 살펴보도록 하자. 뭐라도 찾아야 하니까. 2퍼센트도 필요 없어. 판사의 확신을 갉아먹을 1퍼센트의 의심만 찾으면 돼."

그녀는 이를 악물었다. 그리고 좀비 같은 기괴한 형태의 시체를 관찰하기 시작했다. 도준도 시체를 살펴보면서 남 박사와 이야기를 주고받았다.

"육안으로 사인이 확인 가능한가요?"

"네. 여기를 보시면……."

남 박사는 문 검사에게 설명해준 것처럼, 선호의 갈비뼈에 난 칼날 흔적을 보여주었다.

"어제 문 검사님이 워낙 일찍 와서 자상을 전부 설명 못 드렸는데, 어젯밤과 오늘 아침에 자상이 더 발견되었습니다. 최소 다섯 군데의 자상이 추정됩니다. 특히 제일 큰 자상을 보니 복대동맥이 잘려져 있습니다. 이게 아마 치명상이었을 겁니다. 대부분의 피가 여기서 쏟아졌을 거고요."

도준은 집요하게 파고들었다.

"칼에 찔려 죽은 게 아니라 이미 물에 빠져 죽은 시체를 나중에 훼손했을 가능성도 있지 않을까요? 물에 빠져 죽은 사람과 죽은 뒤에 물에 던져진 사람의 시체를 구분할 수는 없잖습니까?"

"하하. 물에 빠져 죽은 익사체와 죽은 뒤에 물에 넣은 시체는 구별할 수 있습니다."

남 박사의 말투는 자신만만했다.

"부검을 할 때 검사하겠지만 미리 말씀드리자면, 수중생물인 플랑크톤의 검출이 관건이죠. 플랑크톤은 폐포벽을 통과하여 혈액으로 들어가고 혈액순환을 따라 전신에 퍼집니다. 그러므로 신체 여러 장기에서 플랑크톤이 발견되면 익사했다는 뜻이죠."

"반대로 플랑크톤이 발견되지 않는다면?"

"혈액순환이 멈춘 상태에서 물에 들어갔다는 뜻이죠. 이미 죽은 시체를 누군가 물에 빠뜨렸다는 뜻이죠. 여기 있는 이선호 씨의 경우, 만약 몸 여기저기에서 플랑크톤이 발견된다면 물에 빠져 익사를 했다는 뜻이고, 플랑크톤이 발견 안 된다면 다른 사인으로 사망한 뒤에 물에 던져졌다는 뜻이죠."

선호의 장기 곳곳에서 플랑크톤이 발견되면 유리는 무죄를 받을 확률이 높아진다. 여린 체형의 그녀가 건장한 체격의 선호가 살아 있을 때 강제로 물에 빠뜨려 죽였을 확률이 극히 적은 데다 배에서 발견된 핏자국 등등의 정황도 소용없어지니까. 도준은 선호의 몸에 주사기로라도 플랑크톤을 주입하고 싶은 충동을 느꼈다.

"죽은 지 너무 오래되면 몸 안에 퍼졌던 플랑크톤이 죽거나 하지 않나요? 그래도 발견할 수 있습니까?"

"걱정 마십시오. 다 방법이 있습니다. 특히 플랑크톤 종류 가운데 규조류는 산과 알칼리에 모두 저항하므로 조직을 산과 알칼리로 녹인 후 원심 분리하여 농축하면 관찰할 수 있습니다."

도준이 초조하게 남 박사와 이야기를 주고받는 반면, 유리는 말없이 시체를 보고 또 보았다.

"박사님, 시체를 뒤집어서 볼 수 있을까요?"

바로 누워 있는 시체를 꼼꼼하게 확인한 유리가 물었다. 남 박사가 눈짓을 하자 후배 검시관 두 명이 선호의 시체를 엎드린 자세로 뒤집어주었다. 넓은 등판이 드러났다. 다른 부위에 비해 등은 비교적 훼손이 덜해 보였다.

도준이 또 물었다.

"등은 부패가 많이 진행되지 않았나 봅니다. 꽤 멀쩡한데요?"

"네. 살이 많지 않으니까 물고기들의 공격으로부터 상대적으로 안전했을 겁니다. 몸 뒤쪽도 여기 엉덩이 부위는 별로 남아 있지 않잖아요."

남 박사의 말대로 엉덩이 부분은 골반 뼈가 드러날 정도로 살이 다 파먹힌 상태였다.

"등 부위는 살이 별로 없어서 그런 것도 있지만 부분적으로 시랍화가 진행되던 중으로 보입니다."

"시랍화라고 하면, 미라처럼 된다는 겁니까?"

"미라보다는 왁스처럼 변하는 거죠. 습기가 많고 공기가 안 통하는 곳, 이를테면 물속 같은 곳에 시체가 놓이면 시체 안의 지방이 가수분해되면서 지방산과 글리세린이 만들어집니다. 여기에 알칼리성 금속 이온과 암모니아가 결합하면 비누처럼 변하죠. 그러면 사망 당시의 조직이 고스란히 보관되기도 합니다."

남 박사의 말대로 선호의 등은 문신들이 육안으로 확인될 정도로 깨끗하게 보였다.

도준과 남 박사가 이야기를 나누는 동안, 유리는 보물찾기라도 하듯 시체를 샅샅이 살펴보고 있었다. 짧은 시간이긴 했지만, 한때 남편이라는 이름으로 곁에 있었던 남자가 누워 있다. 참혹하게 부패하고 훼손된 시체가 되어.

'선호 씨. 당신이야말로 누구보다 더 잘 알잖아요. 내가 당신을 죽이지 않았다는 사실을.'

그녀는 기도하듯 두 손을 모았다.

'말해줘요. 정답이 뭔지. 어떻게 해야 이 끝없는 미로를 빠져나갈 수 있는지 알려주세요. 그러면 당신을 용서할게요.'

민정우 요원은 집에서 멀지 않은 공원을 몇 바퀴째 뛰고 있었다. 그는 복잡한 운동을 싫어했다. 달리기와 팔굽혀펴기, 철봉이 제일 좋았다. 특히 일이 안 풀릴 때는 그냥 뛰었다.

지난 공판에서 톰 아라야가 손유리를 침몰시킬 만한 증언을 한 데다가 이선호의 시체까지 발견되면서 손유리가 무죄를 받을 확률은 거의 없어 보였다. 이대로 놔뒀다간 이선호는 손유리가 살해한 걸로 결론이 나고, 송유철의 살인사건은 단순강도의 소행으로 추정만 한 채 장기 미제 사건으로 남을 판이었다.

민정우는 누구보다 확신하고 있었다. 톰 아라야가 그가 쫓던 비밀 결사 단체의 멤버이고, 이선호와 송유철 교수를 살해한 사람도 모두 톰 아라야 수하의 부하들일 거라고. 그 고리를 밝히기 위해서는 손유리가 유죄 선고를 받으면 안 된다. 절대로.

조깅치고는 무척 빠른 속도로 공원을 달리던 그는 나무를 짚고 멈춰 섰다. 목에 걸고 뛰던 핸드폰이 울려서였다. 그의 상관이었다. 민정우는 잠시 숨을 고르고 전화를 받았다.

"네, 전화 받았습니다."

"이봐, 민정우. 내 말 잘 듣게. 이 사건에서 이제 그만 손 떼."

"갑자기 그게 무슨 말씀이십니까?"

전화기 너머로 왠지 미안해하는 낮은 목소리가 들려왔다.

"상부의 명령이야. 톰 아라야를 내버려두라는."

민정우는 기대고 있던 나무를 주먹으로 때렸다. 피부가 까지면서 피가 날 때까지 연이어 쳤다. 주먹에 피가 고일 때쯤 비가 내리기 시작했다.

구용은 이태원의 바에서 혼자 맥주를 마시고 있었다. 컨트리 음악 밴드 딕시 칙스의 흥겨운 노래가 두 곡 연이어 나오고 있었다. 요즘 유행하는 음악을 질색하는 그는 서울에 이런 컨트리바가 있다는 사실에 고마워하고 있었다. 제일 좋아하는 맥주인 아이스하우스 한 병을 막 비웠을 때, 안길수에게 전화가 걸려왔다.

"네, 대표님."

"손유리가 곧 유죄 판결을 받을 모양이야. 그러면 굳이 위험을 무릅쓰고 백 기자를 처리할 필요가 없는 셈이지."

"아…… 그렇군요. 일이 잘된 건가요?"

"중간에 살짝 꼬이긴 했지만 결과적으로는 잘 해결된 셈이지."

"어쨌든 미션을 빨리 처리하지 못해 죄송합니다. 대표님의 심기를 불편하게 한 년인데."

"나도 마음 같아선 산 채로 묻어도 직성이 안 풀리지만, 괜히 쓸데없는 짓을 할 필요는 없지."

구용은 전화를 끊고 자리에서 일어났다. 그런데 그의 발걸음이 딱 멈춰버렸다. 그녀가 눈앞에 있었다. 방금 전까지만 해도 그의 타깃이었던 그녀, 백현서 기자가.

백 기자는 연인인 이 형사와 함께 오랜만에 술을 마시기 위해 들른 터였다. 물론 구용은 백 기자 곁의 남자가 형사라는 사실은 꿈에도 모르고 있었다. 다만 갈등했다. 죽일 필요가 없다는 말과 마음 같아선 산 채로 묻어도 직성이 안 풀릴 것 같다는 말 사이에서. 결국 구용은 조금 늦었지만 미션을 수행하기로 마음먹었다.

맥주를 주문하고 화장실로 들어가는 백 기자의 뒤를 조용히 따라갔다. 잠시 뒤, 여자화장실 안에서 쿵쾅거리는 소리가 들렸지만 음악 소리에 묻혀서 잘 들리지 않았다.

미션을 수행한 구용은 재빨리 화장실을 빠져나왔다. 머뭇거리지 않는 것이 킬러의 제1수칙. 그는 카운터로 가서 만 원짜리 한 장을 놓고 거스름돈을 안 받고 나가려고 했다. 그런데 한 남자가 그의 앞을 막았다. 백 기자의 일행, 이 형사였다.

"무슨 일이시죠?"

"당신 바지에 피가 묻었어요."

구용은 아차 싶었다. 아까 백 기자가 몸부림을 치면서, 피 묻은 손으로 그렇게 바지를 잡고 늘어졌던 이유가 이것이었나?

구용의 주먹이 번개처럼 뻗어나갔다. 이 형사가 본능적으로 피하긴 했지만 특수부대에서도 살인기계로 불리던 구용의 주먹에 스친 턱이 휙 돌아갔다. 이 형사는 비명도 지르지 못하고 쓰러졌다. 눈 깜짝할 사이에 벌어진 일이었다.

구용은 술집 문을 열고 밖으로 나갔다. 뒤에서 이 형사가 따라오는 소리가 들렸다. 구용은 인파로 가득한 이태원 거리를 내달리기 시작했다.

19화

여왕을 찬양하라

얼마나 달렸을까? 멀리서 경찰차의 사이렌 소리가 들려오기 시작했다. 구용은 화려한 복장의 젊은이들이 길게 줄 서 있는 클럽을 지나치자마자 바로 옆의 좁은 틈으로 몸을 숨겼다. 건물과 건물 사이의, 한 사람이 겨우 지나갈 수 있는 틈이었다. 그는 기를 쓰고 옆으로 몸을 움직여 반대편 골목으로 나오는 데 성공했다.

주변을 살폈다. 경찰의 모습은 보이지 않았다. 사이렌 소리는 여전했지만 일단 당장 그를 보는 눈은 없는 것 같았다. 천만다행으로 유니클로 매장이 눈에 띄었다. 그는 얼른 매장으로 들어가 2층으로 올라갔다.

지금 입고 있는 옷과 정반대 색깔의, 화려한 느낌의 옷들을 살펴보았다. 제일 큰 사이즈로. 얼굴을 가릴 모자도 하나 골랐다. 서너 벌의 티셔츠와 바지를 집어서 탈의실로 들어온 뒤에야 겨우 안도의 한숨을 내쉴 수 있었다. 아예 옷을 갈아입은 채 탈의실에서 나왔다. 초록색 면바지와 오렌지색 줄무늬 셔츠가 우스꽝스러웠지만 완전히 모습을 감추려면 어쩔 수 없었다.

모자까지 푹 눌러쓰고 계산을 하려는데, 의외의 복병이 그를 가로막았다. 카운터 알바생이었다.

"손님, 죄송한데 옷은 계산하신 뒤에 입으셔야 합니다."

구용은 분노가 솟구쳤다.

'지금 나는 경찰에게 쫓기고 있다고!'

그러나 이런 상황에서 시비가 생겨봤자 좋을 게 없다는 걸 잘 알기에 이를 꽉 물고 다시 탈의실로 들어가는 수밖에 없었다.

이 형사는 숨이 턱 끝까지 찼다. 술집에서 놈에게 턱을 맞고 쓰러지는 순간 알 수 있었다. 이놈이 보통 녀석이 아니라는 걸. 그리고 그의 바지에 묻어 있던 피가 왠지 불길했다. 정신을 차리고 이태원 인근의 지구대에 모조리 연락을 돌려 지원을 부탁했다. 그리고 계속 구용을 쫓았다.

연락을 받고 바로 합류한 후배 형사와 함께 이태원 골목을 샅샅이 뒤지는데도 구용의 모습이 보이지 않자 이 형사는 초조해졌다. 둘은 골목을 지나가는 사람들에게 구용의 인상착의를 설명하고 본 적 없는지 물었지만 다들 모르겠다는 반응이었다.

"벌써 빠져나갔을까요?"

"그렇진 않을 거야."

그때 이 형사의 핸드폰이 울렸다. 그의 지원요청을 받고 술집으로 출동한 경찰이었다.

"형사님. 화장실에 여자가 쓰러져 있습니다. 금방 죽은 것 같아요!"

분노가 전류처럼 이 형사의 몸에 퍼졌다.

'백 기자가 죽었다! 아까 그놈이다! 넌 내가 꼭 잡는다!'

앳된 얼굴을 한 남녀 커플이 그들에게 다가왔다.

"저기, 혹시 경찰이세요?"

"네. 그런데요?"

"아까 바지에 피가 묻은 사람이 뛰어가는 걸 봤어요."

"어느 방향입니까!"

"저쪽이요."

커플은 이 형사가 가려고 했던 방향과 반대 방향을 가리켰다.

"고맙습니다!"

이 형사와 후배 형사는 행인이 제보한 방향으로 달려갔다. 골목과 다른 골목이 맞닿는 곳에서 이 형사는 가쁜 걸음을 멈추었다. 벌써 온몸이 땀범벅이었다. 그는 골목 끝에서 불을 밝히고 있는 유니클로 매장으로 시선을 돌렸다.

'내가 놈이라면? 옷을 갈아입고 싶겠지?'

이 형사는 숨을 헐떡이며 후배에게 지시했다.

"여기 입구 지키고 있어. 매장을 한번 뒤져볼게."

후배 형사는 이 형사의 뜻을 알아차리고는 고개를 끄덕였다.

이 형사는 총을 잡은 두 손에 힘을 꽉 주고 매장 안으로 들어갔다. 땀이 턱을 타고 뚝뚝 떨어졌다. 총을 본 손님과 종업원들이 놀라서 비명을 질렀다.

"경찰입니다! 밖으로 나가주세요!"

1층을 뒤진 이 형사는 권총 안전장치를 풀고 천천히 계단을 올랐다. 한 걸음 한 걸음이 언덕 하나씩을 오르는 것처럼 힘들었다. 총구를 앞세우고 2층으로 올라갔다. 매장이 너무 넓어서 한눈에 안쪽의 상황을 살필 수가 없었다. 안쪽 구석으로 몸을 트는 순간, 누군가가 그를 향해 몸을 날렸다. 이 형사는 본능적으로 방아쇠를 당겼다. 타앙—! 총소리와 함께 이 형사는 상대와 부딪혀 바닥에 쓰러졌다. 그를 덮친 것은 사람이 아니라 마네킹이었다.

"이런 씨발!"

이 형사는 마네킹을 치우고 일어섰다. 매장 안을 내달리는 사람의 뒷모습이 보였다. 구용이었다.

"개새끼……."

이 형사는 후들거리는 심장을 팔꿈치로 꾹 누른 채 조준을 하고 방아쇠를 당겼다. 타앙—! 총소리가 들리는 동시에, 구용은 몸으로 2층 유리창을 깨고 밖으로 튀어나갔다. 총을 맞고 떨어진 건지 탈출하기 위해 스스로 몸을 날린 건지는 알 수 없었다. 깨진 유리창 밖으로 내려다보니 골목 아래에 후배 형사가 쓰러져 있는 모습이 보였다.

"안 돼!"

이 형사는 그대로 매장 2층에서 아래로 뛰어내렸다. 그러나 이미 늦었다. 후배 형사의 목 한가운데가 눈에 보일 정도로 열려 있었고 대동맥이 끊어진 지점에서 수도를 틀어놓은 것처럼 피가 쏟아지고 있었다.

"정신 차려! 야, 인마! 정신 차려……."

이 형사는 후배의 몸을 흔들면서도 부질없는 짓임을 알고 있었다.

이런 경우, 1분이면 숨이 끊긴다. 그는 주변 사람들에게 부탁했다.

"119 좀 불러주세요!"

사람들이 핸드폰을 꺼내는 모습을 보면서 이 형사는 후배의 목을 손바닥으로 막았다. 우리 체온은 37도가 안 된다고 하는데 손바닥을 밀고 흘러나오는 피는 놀랍도록 뜨거웠다.

"안 돼…… 이런 씨발…… 안 된다고…… 제발……."

이 형사의 눈에서 눈물이 솟아났다. 분노의 결정체였다. 그는 멀리서 나는 비명 소리를 듣고, 바로 일어나 달리기 시작했다. 백 기자에 이어서 후배 형사까지. 놈을 반드시 잡아야 할 또 다른 이유가 생겼다.

사람들의 비명소리를 따라 쫓아간 이 형사의 눈에 뭔가가 보였다. 바닥에 쓰러져 있는 구용의 모습이었다. 그 옆에 차가 멈춰 있는 걸 보니 도망치던 중에 차에 치인 모양이었다. 이 형사는 달리던 걸음을 멈춰 구용 앞에 섰다. 얼마나 긴장하고 정신없이 뛰었는지 온몸에 땀이 줄줄 흐르고 호흡은 끊어질 듯 가빴다.

구용의 오른쪽 허벅지에서 피가 줄줄 흐르고 있었다. 아까 유니클로 2층에서 쏜 총을 맞은 듯했다. 이 형사는 수갑을 꺼냈다. 그런데 구용의 손목에 수갑이 채워지기 직전, 이 형사에게 잡혀 있지 않던 구용의 오른손이 휙 튀어나왔다. 그의 손에 들린 칼이 이 형사의 발목 아킬레스건을 정확하게 끊어버렸다.

"으아아아아악!"

형용할 수 없는 고통에 비명을 지르며 이 형사가 고꾸라졌다. 구용은 총에 맞은 다리를 절뚝이며 일어나 이 형사의 손에서 총을 뺐었다.

"짭새였어?"

그는 이 형사의 얼굴 한복판에 총을 쐈다. 뒤통수가 터지면서 피와 뇌수가 아스팔트 바닥에 구토처럼 흩어졌다. 주변을 에워싸고 구경하던 사람들이 소리를 지르며 도망쳤다. 구용은 그 모습을 보며 키득키득 웃었다.

바로 근처에서 나는 경찰차 사이렌 소리를 들으면서 구용은 생각했다.

'이제 끝났군. 난 경찰에 잡히고, 더러운 꼴만 보다가 생을 마감하겠지. 다 들통이 나겠지. 안길수의 표정이 볼만하겠군. 휴우. 그 꼴을 보고 싶진 않아.'

하지만 그는 더 이상 도망칠 곳도 없음을 깨달았다. 오직 한 곳밖에는.

"꼼짝 마! 손들어!"

방탄복까지 갖춰 입은 기동타격대 요원들이 달려와 구용을 에워쌌다. 그들이 쏘아대는 플래시 라이트에 눈이 부셨다. 1초도 안 되는 시간에 지금껏 살아온 삶의 장면들이 빠른 화면으로 지나갔다.

특수부대원으로 행했던 수많은 훈련들, 용병의 자격으로 참전했던, 살아 돌아올 수 있을까 싶었던 일곱 번의 내전, 그리고 고독한 암살자가 되어 직접 목숨을 끊은 많은 사람들……. 아무리 생각해도 천국에는 도저히 갈 수 없는 인생이었다.

마지막으로 떠올린 건 백 기자의 얼굴이었다.

'안길수의 말대로 그냥 내버려두고 나왔다면 이런 꼴은 당하지 않았겠지? 그 노인네, 인정머리는 없어도 틀린 말은 하지 않아. 이럴 줄 알았으면 맥주나 한 병 더 마시고 나오는 건데. 왜 총에 맞으면 항상

목이 마른 걸까?'

구용은 천천히 권총을 들었다. 자신의 머리에 방아쇠를 당기고 지옥으로 탈출하기 위해. 그러나 기동타격대 대원의 K2 소총이 먼저 불을 뿜었다.

탕— 탕— 탕— . 날아온 탄환이 구용의 이마를 관통함과 동시에 연이어 발사된 다른 대원들의 총알이 그의 몸을 벌집으로 만들었다.

핏빛으로 물든 이태원의 밤이었다.

서울 한복판에서 벌어진 총기 난동 사건은 다음 날부터 며칠 동안 각종 뉴스 채널을 도배하다시피 했다. 도준과 시원, 유리도 충격에 빠졌다.

그들은 함께 백 기자의 영안실을 찾았다. 환하게 웃는 그녀의 영정 사진 앞에서 다들 눈물을 흘렸다. 특히 파트너처럼 함께 현장을 누볐던 봉수는 가족을 잃은 듯 소리 내어 울며 슬퍼했다.

"누나! 왜 이렇게 누워 있어요? 미안해요, 누나……. 누나……."

반드시 재판에 이겨서 백 기자의 죽음을 헛되게 하지 말아야 한다는 생각은 다들 하고 있었지만, 도저히 그럴 가능성이 없어 보이는 현실이 백 기자의 죽음만큼이나 참담했다.

"저 때문에 백 기자님이 당했어요. 제 사건만 아니었다면 분명 이런 일도 없었을 거예요."

벌겋게 부은 눈으로 자책을 거듭하는 유리의 손을 잡으며, 도준은 더한 자책으로 위로할 수밖에 없었다.

"아니야. 백 기자님을 우리 일에 끌어들인 건 나야. 다 나 때문이야."

그들은 자책과 사죄로 밤을 지새우고 영안실 주차장에서 동트는 하늘을 보았다. 밤과 낮이 바뀌듯, 도준은 죄스러운 감정이 분노로 바뀌는 것을 느꼈다.

'너무나도 많은 사람들이 죽었다. 누군가는 반드시 책임을 져야 한다. 그러기 위해선 이겨야 하는데. 반드시…….'

백 기자의 장례식을 치른 다음 날, 백 기자와 톰 아라야를 만났던 민정우 요원이 도준의 사무실을 찾아왔다. 그는 흥분한 목소리로 지금까지 밝혀낸 상황을 전했다.

"이름은 구용. 특전사 출신이에요. 용병으로 참전한 내전만 일곱 군데. 그야말로 살인기계죠. 최근 5년간 행적이 전혀 드러나지 않고 있어요. 지금 통화기록과 은행 입출금 기록을 조사했는데 아주 흥미로운 이름이 등장했어요."

안길수 대표는 캐나다의 별장에서 골프를 즐기던 중이었다. 오늘따라 비거리도 쭉쭉 나오고 퍼팅도 자로 잰 듯 기가 막히게 들어갔다. 구름 한 점 없이 맑디맑은 필드의 하늘이 그의 밝은 미래를 상징하는 것 같았다.

이선호 사건이 꼬였을 때 바닥을 쳤던 그의 기분은 마스터가 직접 나서서 문제를 다 해결해준 뒤로 한결 편안해졌다. 한국의 복잡한 일들을 뒤로하고 여유를 즐기는 기분은 최고였다. 카트를 타고 다음 홀로 이동하는 중에 한 통의 전화를 받기 전까지는.

국정원 수뇌부에 있는 그의 후배 전화였다.

"무슨 일인가?"

"안 대표님, 아주 안 좋은 상황이 발생했습니다."

인사도 없이 '아주 안 좋은 상황'이라는 말부터 듣고 나니 절로 미간이 찌푸려졌다.

"무슨 일인데 그러나?"

"구용이라는 사람을 아십니까?"

안길수는 구용이라는 이름만 듣고도 등골이 서늘해졌다. 그 이름은 절대로 그와 연결되어서는 안 될 이름이었다. 그와 통화할 때는 언제나 다른 명의의 전화를 썼고 보안라인을 사용했다. 금전 거래를 할 때도 은행계좌를 사용하지 않고 직접 만나거나 심부름꾼을 통해 현금 거래만 했다.

'그런데 왜 이 녀석 입에서 구용의 이름이 나오는 거지? 게다가, 죽었다고? 지옥보다 끔찍한 수많은 전투에서도 살아남은 그 구용이?'

안길수는 말을 얼버무렸다.

"구용? 글쎄? 들어본 적이 있는 것 같기도 하고. 누군데?"

이어서 나온 대답에 안길수는 핸드폰을 놓칠 뻔했다.

"서울에서 경찰과 추격전을 벌이다가 총에 맞아 사망했습니다."

"뭐……라고?"

"도심에서 일어난 사건이었습니다. 기자 한 명과 경찰관이 두 명이나 죽은 사건입니다. 문제는 저희 요원 중 한 명이 구용과 대표님의 관계를 캐고 있다는 겁니다."

안길수는 자신을 찾아왔던 민정우의 얼굴을 떠올렸다.

'이런 빌어먹을…….'

"구용은 지난 몇 년간 구체적인 수입이 없었습니다. 그런데도 일산의 번듯한 아파트에서 랜드로버 SUV를 몰면서 살고 있었어요. 누군가 그를 이용하고 그 대가로 돈을 줬다는 얘기겠죠."

안길수는 자꾸 시야가 흐려졌다.

"우리 요원들은 차곡차곡 증거를 모을 것이고 무슨 수를 써서든지 구용과 관계가 있는 사람들을 찾아낼 겁니다. 마치 사다리를 타고 오르듯, 제일 위에 누가 있는지 밝혀낼 겁니다. 아시다시피 저희 국정원은 손발에는 관심이 없습니다. 머리에만 관심이 있지요."

안길수는 하마터면 이렇게 털어놓을 뻔했다.

— 나도 머리가 아닐세! 나도 그저 수족일 뿐이야!

"대표님. 지금부터 제가 하는 말 잘 들으세요."

"듣고 있네."

"지금 바로 귀국하셔서 좋은 변호사를 구하세요. 변호사에게 모든 걸 털어놓고 대비를 하세요. 언젠가 저희 요원들이 버릇없이 대표님의 집에 쳐들어갈 수도 있으니까요. 이 말을 전해드리려고 전화했습니다."

안길수는 얼마나 이를 꽉 물었던지 턱이 아플 지경이었다.

"알겠네……."

"그럼, 행운을 빌겠습니다."

전화는 끊겼다. 안길수는 더 이상 골프를 칠 수 없었다.

다섯 번째 공판이 열렸다. 재판이 시작된 이래 매 공판이 여론의 관심을 모았지만, 이번만큼 취재 열기가 뜨거웠던 적은 없었다.

오늘 공판은 지난 네 번의 공판과는 다른 점이 몇 가지 있었다. 먼저, 유리의 변호인이 K&J 차시원 변호사가 아니라 이도준 변호사라는 점. 유리와 스캔들까지 났던 도준이 다시 변호를 맡았다는 사실만으로도 기자들의 관심은 한껏 증폭되었다.

게다가 선호의 시체가 발견된 상황은 완전히 다른 분위기를 만들었다. 여태껏 시체도 없이 정황증거로만 치렀던 재판이 진짜 살인사건 재판이 된 것이다. 누군가는 이 시체에 대한 책임을 져야 했다. 오늘은 책임을 질 사람이 누군지 가려내는 날이었다.

지금까지와 마찬가지로 오늘도 법정의 방청석이 꽉 찼다. 재판 시작 전에 유리와 도준이 차례로 들어가자 방청석이 술렁거렸다.

"아이고, 염치도 없다. 법정이 무슨 모텔이가? 어디 드러븐 불륜 커플이 얼굴을 들고 나타나나?"

"니 남편한테 안 미안하나?"

"하늘이 보고 있다, 이 연놈들아!"

아직 재판을 시작하기 전이기에 소란을 진정시킬 방도도 없었다. 도준과 유리는 방청객들에게 등을 돌린 채 묵묵히 앉아 있었다. 불화살 같은 비난들이 뒤통수에, 목덜미에, 등에 날아와 박혔다. 살을 찢고 뼈를 부러뜨리는 아픔이었다.

잠시 뒤 문지환 검사가 후배 검사들을 거느린 채 들어섰다. 마치 식민지에 들어서는 총독 같은 분위기였다. 그는 자신만만하게 악수를 청했다.

"하하, 이도준 변호사가 오셨구만. 차시원이처럼 흥분해서 쫓겨나는 일은 없겠죠?"

“그럴 일은 없을 겁니다.”

도준은 간단하게 악수를 받았다. 문 검사는 도준의 귀에 슬쩍 한마디를 남겼다.

“범행 인정하고 선처 호소해요. 이 변호사 봐서 최악의 상황은 면하게 해줄 테니까.”

도준은 그 말이 마치 이렇게 들렸다. ‘잘못했다고 싹싹 빌면 사형은 면하게 해주지.’

솔직히 그렇게라도 하고 싶었다. 무릎을 꿇으라면 꿇고, 빌라면 빌고, 발을 핥으라면 핥을 수 있었다. 유리를 위해서라면. 그녀에게 조금이라도 도움이 될 수 있다면. 그러나 그녀가 원하지 않았다.

검사 측까지 모두 착석하자 배심원들과 판사가 이어서 들어왔다.

“일동 기립!”

재판을 알리는 소리가 도준의 귀에 사이렌 소리처럼 울렸다.

노정렬 판사는 차분한 얼굴이었다. 지난번 공판에서 워낙 결정적으로 전세가 기울어서일까? 어쩌면 마지막 공판이 될 수도 있어서인지 홀가분해 보이기까지 했다.

“지금부터 서울중앙지방법원 2016고합 203호 이선호 살해 및 시신유기 사건에 관한 다섯 번째 공판을 시작합니다.”

판사가 변호인 측을 보며 물었다.

“피고인 출석했나요?”

유리가 낮지만 힘주어 대답했다.

“네.”

“피고인, 변호인을 교체했죠?”

"네."

"법무법인 J&S 이도준 변호사 출석하셨나요?"

"네. 출석했습니다."

도준이 힘주어 말했다.

"수사검사 문지환, 이우영, 주철원 검사님도 출석하셨습니다. 지난번 공판에서 있었던 불미스러운 소동, 다들 아시죠? 오늘 공판에서는 검증해야 할 증거들이 많습니다. 불필요한 감정싸움은 양측 모두 자제하시기 바랍니다. 아시겠어요?"

문 검사와 도준이 함께 알겠다고 대답했다. 노정렬 판사는 문 검사를 보며 말했다.

"먼저 검사 측 증인 신문 시작하세요."

문 검사는 자신만만한 표정으로 자리에서 일어섰다.

"국립과학수사연구원의 남용준 박사님을 증인으로 신청합니다."

양복 차림의 남 박사가 증인석에서 일어서서 증인선서를 했다. 도준은 모든 정신을 집중해 문 검사의 신문을 지켜보았다. 조금의 빈틈이라도 발견되기를 기대하면서. 공격할 수가 없을 때는 상대의 실수를 노리는 수밖에 없는 법.

문 검사는 시신 부검 사진들을 판사와 배심원들에게 나눠주었다. 도준은 미리 사진을 제출받아 갖고 있었다. 이미 신원 확인 때 직접 시체를 확인한 터라 따로 사진을 살펴보진 않았다.

"이 사진들은 열흘 전에 발견된 이번 사건의 희생자 이선호 씨의 시신 부검 사진입니다. 증인은 시체를 직접 부검했지요?"

"네, 그렇습니다."

"직접적인 사인이 뭔가요?"

"사인은 자상으로 인한 과다출혈입니다. 흉부와 복부에 모두 네 군데의 자상이 관찰됩니다. 제출된 사진을 보시면 되고요. 그중에서 흉부 제일 아래쪽과 복부에 있는 상처가 치명상으로 보입니다."

판사와 배심원들은 사진을 보며 자동으로 미간을 찌푸렸다. 당연한 반응이었다.

문 검사가 남 박사에게 다가가서 물었다.

"실수로 바다에 빠져 죽었거나, 아니면 자해를 했을 가능성이 조금이라도 있나요?"

"아니요. 그럴 가능성은 제로에 가깝다고 생각하셔도 좋습니다."

"그렇다면 그날 밤 요트에서 손유리가 이선호를 죽였을 가능성이 100퍼센트에 가깝다는 뜻인가요?"

남 박사가 그렇다고 대답하기 전에 도준이 손을 번쩍 들었다.

"이의 있습니다! 증인은 그날 밤 요트의 상황에 대해 정확히 알지 못합니다. 지금 검사는 추정을 사실처럼 말하고 있습니다."

노 판사는 고개를 갸웃했다.

"그날 밤의 상황은 추정이 아니라 피고인도 자기 입으로 직접 인정한 상황 아닌가요? 피살된 이선호하고 피고인 둘밖에 없었다고 진술하지 않았습니까? 기각합니다."

문 검사는 빙긋이 웃으며 남 박사의 대답을 기다렸다. 남 박사는 어깨를 으쓱 올렸다.

"아마도 그렇겠지요? 둘밖에 없었다면 손유리 씨가 이선호 씨를 죽였을 가능성밖에 안 남습니다."

도준은 점점 두려워지기 시작했다. 재판을 뒤집을 가능성이 1퍼센트라고 했는데 그조차도 너무 낙관적으로 잡았다는 생각이 들었다. 말 그대로 벼랑 끝 승부였다. 문제는 우리가 벼랑을 등지고 몰린 쪽이라는 것. 한 발만 더 밀리면…… 떨어진다.

그런데 옆에 앉아 있는 유리의 분위기가 이상했다. 아까부터 시체 부검 사진만 뚫어지게 보고 있었다. 마치 정신이 나간 사람처럼. 도준은 유리를 돌아보며 물었다.

"유리야. 괜찮아?"

그의 말에 유리는 갑자기 고개를 획 돌려 도준과 마주 보았다. 무척이나 흥분한 표정이었다.

"너 왜 그래?"

유리는 스스로도 믿어지지 않는다는 얼굴로 중얼거렸다.

"오빠…… 나…… 찾은 것 같아요."

"뭘?"

"내가 이선호를 죽이지 않았다는 증거."

멍한 얼굴로 멈춰버린 도준에게 유리가 속삭였다.

"기억하죠? 톰 아라야와 선호 씨 둘 다 슬레이어라는 헤비메탈 그룹의 광팬인 거."

"응. 톰 아라야의 이름도 슬레이어의 리더 이름에서 따왔잖아."

"선호 씨의 문신과 관련해서 제가 했던 얘기도 기억해요?"

도준은 기억을 더듬어 그녀와의 대화를 떠올렸다.

— 선호 씨가 슬레이어라는 그룹을 얼마나 좋아하는지, 제가 기겁을 한 사건이 있었어요. 그런 헤비메탈 음악에 열광하는 사람치고 그

의 팔다리에는 문신이 없었어요. 그런데 유독 등에 문신이 집중되어 있었죠. 그림이 아니었어요. 의미가 이어지지 않는 단어들이었어요. Show, Hell, Raining, South, Seasons……. 열두 개의 단어들이 적혀 있었죠. 알고 보니 슬레이어의 정규 앨범 타이틀 첫 단어를 적어놓은 거였어요. 매번 새 앨범이 나올 때마다 한 단어씩 추가한다고 하더군요. 지금까지 열두 개의 앨범을 냈나 봐요. 단어 개수가 열두 개였어요.

"기억 나. 그런데 그게 왜?"

유리는 도준에게 부검 사진을 내밀었다. 그리고 그 옆으로, 그녀가 핸드폰에 저장해놓았던 사진 한 장을 나란히 보여주었다. 유리는 핸드폰 속 선호의 등에 새겨진 영어 단어들을 손으로 가리키며 말했다.

"1집 앨범 타이틀이 Show no mercy. 2집이 Hell awaits. 3집이 Raining blood……."

유리는 슬레이어의 정규 앨범을 검색해 타이틀을 쭉 부르면서, 선호의 등에 새겨진 단어들을 하나씩 짚어나갔다.

"열 번째 앨범 타이틀이 God hates us all, 열한 번째 앨범이 Christ illusion, 그리고 열두 번째 앨범이 World Painted Blood였죠."

유리가 손끝으로 가리킨 핸드폰 사진에는 문신으로 새겨진 열두 개의 단어가 선명하게 보였다. 마지막 단어가 World로 끝나 있었다.

"결혼식을 며칠 남기고 선호 씨의 집에서 같이 지낼 때 그의 등을 찍어놓았어요. 나이가 몇 살인데 헤비메탈 그룹의 앨범 타이틀을 문신으로 새기냐며, 유치하다고 놀리면서 찍은 사진이었죠. 그런데……."

유리는 핸드폰에 있는 사진과 시체의 등을 비교해 보여주었다. 도준은 어릴 때 오락실에서 하던 틀린그림찾기 게임을 떠올렸다. 언뜻 봐서는 뭐가 다른지 알 수 없었다. 오랜 기간 바다에 있으면서 피부색이 변했다는 것 외에는.

"똑같잖아?"

"아뇨. 자세히 봐요. 달라요. 결혼식 전에 찍은 사진에는 단어 수가 열두 개인데, 부검 사진에 있는 단어는 열세 개예요."

도준은 깜짝 놀라 핸드폰 사진과 부검 사진을 비교해보았다. 정말 그랬다. 핸드폰 사진에는 마지막 단어가 'World'였다. 모두 열두 개. 부검 사진에서는 'World'라는 단어 아래 'Repentless'라는 단어가 더 새겨져 있었다.

그렇다면…… 도준의 등에 소름이 쫙 끼쳤다.

"맙소사……."

마치 먼 메아리처럼 노정렬 판사의 목소리가 들렸다.

"변호인, 증인 신문하세요."

그러나 도준은 움직일 수 없었다. 유리는 정신을 차리라는 듯 도준의 두 팔을 붙잡고 말했다.

"지금 찾아보니 슬레이어의 열세 번째 앨범 「Repentless」는 우리가 결혼식을 올린 날보다 몇 달 뒤에 발매되었어요. 바로 이 앨범이에요."

그녀는 핸드폰을 내밀어 앨범 사진을 보여주었다.

'말도 안 돼…… 이건…….'

도준은 어릴 때 장난을 치다가 감전을 당해 기절했던 기억이 떠올랐다. 마치 220볼트 전기가 몸에 흐르는 것처럼 도준은 충격을 받왔다.

"변호인! 지금 뭐 합니까! 증인 앞에 놓고 피고인하고 잡담을 해요?"

노정렬 판사의 노기 어린 목소리가 법정 안에 쩌렁쩌렁 울려 퍼졌다. 그제야 도준은 정신을 차렸다. 반사적으로 자리에서 벌떡 일어나 노 판사와 눈을 맞추었다.

"3초 안에 증인 신문 안 하면 변호인 신문은 없는 걸로 알고 증인 내보냅니다!"

"아니요! 신문하겠습니다!"

"변호인은 재판에 집중하세요! 재판 중에 핸드폰이나 보면서 잡담이나 하고! 여긴 카페가 아닙니다."

노 판사가 뭐라고 야단을 치고 경고를 해도 상관없었다. 지금 이 순간, 도준은 세상을 다 얻은 것 같았다. 방청객들의 야유조차 환호성으로 들렸다. 그는 국내 최고의 승률을 자랑하는 변호사답게, 예전의 자신만만한 모습으로 돌아와 법정 한가운데에 섰다.

"존경하는 재판장님, 그리고 배심원 여러분. 그리고 남용준 박사님. 모두 이선호의 부검 사진 중에서 등을 찍은 사진을 봐주십시오. 모두 열세 개의 문신이 보일 겁니다."

다들 사진 속의 문신을 세어보는 눈치였다.

"지금 보고 계신 문신들은 이선호가 생전에 광적으로 좋아하던 헤비메탈 그룹 슬레이어의 정규 앨범 타이틀에서 첫 단어를 순서대로 새긴 것입니다. 그중에서도 마지막 열세 번째 단어에 주목하시길 바랍니다."

Repentless.

모두들 생소한 영어 단어에 시선이 쏠렸다. 도준은 더욱 목소리를 높여 말했다.

"슬레이어의 열세 번째 앨범 「Repentless」는 이선호와 저희 의뢰인이 결혼식을 올린 날보다 몇 달 뒤에 발매되었습니다. 당연히, 열세 번째 문신을 새긴 시점도 결혼 후 몇 달 뒤라는 얘기죠."

사람들이 웅성거리기 시작했다.

"이 법정에 계신 분들 모두 슬레이어를 검색해보시죠. 그들의 열세 번째 앨범이 언제 발매되었는지 알 수 있을 겁니다."

마치 도미노가 넘어지듯 노정렬 판사부터 시작해 배심원들이 차례로 흔들리는 모습이 이어졌다. 결국은 문 검사마저 핸드폰을 꺼내 사실 확인에 바쁜 모습이었다.

도준은 법정 안에서 벌어지는 혼돈의 분위기를 마음껏 즐기고 있었다. 철석같이 믿고 있던 사실이, 움직일 수 없는 증거로 인해 무너져버리는 순간. 그건 마치 천동설이 지동설로 바뀌는 순간과도 같았다.

문 검사는 후배 검사들과 잠시 상의를 하다가 번쩍 손을 들었다.

"이의 있습니다! 열세 번째 문신을 이선호가 미리 새겨놨을 가능성이 충분히 있습니다!"

도준이 바로 반박했다.

"유감스럽게도, 저희 의뢰인에게 결혼식 며칠 전에 이선호의 등을 찍어놓은 사진이 있습니다."

도준은 유리의 핸드폰을 손에 들고 소리 높여 말했다.

"불과 결혼식 며칠 전에 찍힌 사진에서 이선호의 등에는 분명 열두 개의 문신이 있습니다. 원하신다면 의뢰인의 핸드폰을 증거로 제출하겠습니다. 사진을 찍은 날짜를 조작할 수는 없으니까요."

"갖고 와보세요."

노 판사가 먼저 요구를 했다. 도준은 사진을 띄운 상태로 핸드폰을 전해주었다. 노 판사는 핸드폰의 사진과 부검 사진을 대조하며 고개를 절레절레 흔들었다. 노 판사의 얼굴을 본 문 검사의 표정이 일그러졌다.

도준은 쐐기를 박듯 확신에 차서 말했다.

"이선호는 그날 밤 죽지 않았습니다. 그 뒤로도 쭉 살아 있었습니다. 열세 번째 문신을 새길 만큼 건강하게. 오히려 그는 저희 의뢰인이 자신을 살해한 혐의를 뒤집어쓰도록 유도했습니다. 부인할 수 없는 증거들이 이런 사실들을 증명하고 있습니다!"

배심원과 검사 측에서도 유리의 핸드폰 사진을 확인했다. 다들 경악한 얼굴이었다. 핸드폰이 다시 유리에게 전해졌다. 그녀는 핸드폰을 받자마자 뭔가를 다시 검색하기 시작했다.

문 검사는 손을 번쩍 들어 반론을 제기했다.

"핸드폰을 확인해보니 사건 날짜보다 3일 일찍 찍힌 사진입니다. 그 3일 사이에 문신을 새겼을 가능성도 충분히 있습니다!"

도준은 여유롭게 받아쳤다.

"아까도 말했지만, 그 앨범 자체가 결혼식 몇 달 뒤에 발매되었다는 점 다시 알려드립니다."

"비록 앨범 발매일은 결혼식을 하고 몇 달 뒤였지만 앨범 타이틀을 사전에 알았을 가능성도 있습니다!"

그때 유리가 손을 번쩍 들었다. 법정 안의 모든 시선이 그녀의 하얀 얼굴로 향했다. 붉디붉은 입술을 꽉 다물고 있는 그녀의 모습은 연약한 여배우가 아니었다. 법이라는 칼과 진실이라는 방패를 든 여전사의 모습이었다.

"제가 발언해도 되겠습니까?"

"변호인과 합의한 발언인가요?"

유리는 도준에게 눈짓을 보냈다. 도준은 찰나의 순간에 눈으로 물었다.

— 괜찮겠니?

유리는 빙긋 웃으며 고개를 끄덕였다.

"네, 판사님. 저와 합의한 발언입니다."

도준이 말했다. 그러자 노 판사가 고개를 끄덕였다.

"말씀하세요, 피고인."

유리는 천천히 자리에서 일어났다. 법정 안의 무거운 분위기를 일순간에 물리쳐버리는, 빛나는 얼굴이었다. 도준은 그녀를 보며 감격스럽기까지 했다.

이토록 아름다운 여자를, 내가 사랑합니다.

이토록 아름다운 여자가, 나를 사랑합니다.

유리는 심호흡을 한 번 하고 입을 뗐다.

"지난 공판에서 증인으로 참석했던 톰 아라야와 이름이 똑같은, 그룹 슬레이어의 리더 톰 아라야가 열세 번째 앨범을 발매한 뒤에 가진 인터뷰 기사 일부분을 인용해보겠습니다."

그녀는 핸드폰으로 검색한 기사를 읽었다.

"이번 앨범의 타이틀은 발매를 한 달 앞둔 시점까지 정해지지 않았어요. 더 이상 미룰 수가 없는 시점에서 프로듀서가 Repentless라는 타이틀을 제안했고, 우리 멤버들은 모두 바로 이거라고 생각했죠."

유리의 낭독에 문 검사는 자리에 털썩 앉아버렸다. 유리는 변호사보다 더 변호사처럼 카랑카랑한 목소리로 발언을 이어갔다.

"제가 읽어드린 인터뷰대로, 이 앨범의 타이틀은 제가 허니문을 떠나고 한참 뒤에 정해졌습니다. 그러므로 선호 씨가 미리 타이틀을 알고 문신을 새겼다는 검사의 주장은 전혀 사실 가능성이 없습니다."

법정 안은 사람이 아무도 없는 것처럼 고요했다. 방청객들은 그녀의 말 한마디 한마디에 주목하고 있었다.

"저희 변호인이 증명한 것처럼, 이선호 씨는 그날 살아서 요트에서 나갔고 몇 달을 더 살면서 열세 번째 문신을 남긴 후에야 죽었습니다. 누군가에게 살해당했지요."

유리는 판사와 배심원, 그리고 마지막으로 문 검사를 똑바로 응시했다.

"저는 이 자리에서, 비록 저를 참혹한 함정에 빠뜨리긴 했지만 한때 제 남편이었던 이선호를 죽인 진짜 살인범을 찾아줄 것을 검찰 측에 정중히 요청하는 바입니다. 이제부터 당신들이 해야 할 일은 저를 무고하는 것이 아니라 진짜 범인을 찾는 것입니다. 이상입니다."

스스로 변론을 마친 유리는 우아한 자태로 자리에 앉았다. 그녀를 지켜보던 도준의 눈에 눈물이 고였다.

'네가 우리 모두를 구했어.'

유리는 빛을 목격했다. 그냥 빛이 아니었다. 심연의 어둠 속에 갇혀 있다가, 단숨에 수면 위로 솟아올라 마주한 찬란한 빛이었다. 그녀의 눈에서 환희의 눈물이 흘러내렸다.

구경꾼처럼 멍하니 앉아 있던 노정렬 판사가 헛기침을 하고는 문 검사에게 물었다.

"검사는 더 이상 신문할 내용 없나요?"

문 검사는 분노의 열기로 온몸이 타버릴 것 같았다. 벌써 몇 번째인가? 다 이긴 승부가 반격으로 뒤집혀버린 것이. 이번에는 완전히 끝내버린 줄 알았다. 정말 이번만큼은…….

그는 좀비처럼 흔들거리며 자리에서 일어났다.

'뭐라도 말해야 했다. 이대로 공판이 끝나면 판결은 뻔하다. 뭐라도…….'

"변호인과 피고인의 진술에는 심각한 허점이 있습니다. 에……."

일단 이렇게 말을 해버리긴 했는데 그다음 이어서 할 말이 없었다. 끔찍한 침묵이 그의 목을 조르고 있었다. 새파란 애송이 변호사 앞에서 이런 망신을 당하다니…….

결국 노 판사가 되물었다.

"검사? 언급한 허점에 대해서 설명하세요."

"네…… 그……."

문 검사의 이마에서 식은땀이 흐르기 시작했다. 1초 1초가 느린 화면처럼 지나갔다. 그는 도준과 눈이 마주쳤다. 압도당하는 기분. 사자와 마주친 사람의 심정이 이럴까? 문 검사는 평소 목소리의 반도 안 되는 크기로 말을 했다.

"그…… 앨범이 나중에 발매되었다고 해도…… 그러니까 이런 가능성도 충분히 있습니다. 피고인이 이선호를 살해한 다음, 나중에 시체에 문신을……."

그는 자신이 무슨 소리를 하는 줄도 모르고 있었다.

"그러니까…… 피고인이 이선호의 시체를 감추고 있다가, 자신의 혐의를 감추려고 열세 번째 문신을 나중에 했을 가능성도 있습니다. 그러고 난 다음에 시체가 발견되도록 한 것입니다. 네! 그럴 가능성이 충분히 있습니다!"

판사는 물론이고 배심원들조차 눈살을 찌푸리게 하는 억지였다. 문 검사가 자리에 털썩 앉자 도준은 여유롭게 걸음을 옮겨서 증인석의 남용준 박사 앞에 섰다.

"증인이 법의학에 몸담은 지는 얼마나 되셨나요?"

"20년이 넘었지요."

"그동안 수많은 시체를 봐왔지요?"

"그렇습니다."

"문신을 한 시체도 보셨겠지요?"

"그럼요. 많죠."

"죽은 다음에 문신을 한 경우도 본 적 있나요?"

"그건…… 한 번도 못 봤습니다."

"가능은 한가요?"

"불가능합니다."

"왜죠?"

"문신의 원리를 알아야 하는데, 먼저 우리 피부조직을 간단하게 설명드리겠습니다. 보기에는 그냥 근육 위에 피부가 덮여 있는 것 같지만 피부의 조직은 겉에서부터 여러 층으로 나뉩니다."

남 박사는 자신의 셔츠 소매를 걷어서 팔뚝을 보여주었다.

"우리가 흔히 피부라고 부르는 조직은 표피입니다. 그 아래 진피가 있지요. 털의 모근과 땀샘 등이 있는 부위입니다. 진피 아래 피하지방층이 있다고 보시면 됩니다. 문신은 진피층에 잉크를 넣는 겁니다."

도준은 침착하게 고개를 끄덕이며 남 박사의 진술을 도왔다.

"바늘을 진피까지 넣어서 색소를 넣고 그다음 피부가 아물면서 색소가 표피 아래 갇히는 원리죠. 그런데 사람이 죽고 나면 피부의 회복기능이 사라집니다. 즉, 상처 난 피부가 아물지 않는다는 거죠. 그러므로 색을 피부 아래에 가둘 수가 없게 됩니다."

문 검사가 부른 증인이 문 검사의 주장을 완벽하게 부정해버렸다. 유리의 협의를 주장할 수 있는 마지막 근거마저, 비록 그것이 억지라 할지라도, 앗아가버린 것이다.

"이상입니다."

도준은 판사와 배심원들에게 정중하게 인사한 후 자리로 돌아왔다. 그는 알 수 있었다. 다른 증거는 필요 없다. 손유리가 이선호를 죽였다는 100가지의 정황증거가 있다고 해도 이 증거 하나로 모조리 뒤집어버릴 수 있다.

법정 안의 분위기는 완전히 뒤바뀌었다. 판사도 배심원도 심각한 얼굴로 보고 있었다. 도저히 부정할 수 없는 증거를. 노정렬 판사는 엄숙한 목소리로 말했다.

“검찰에서 의견 진술하시겠습니까?”

문 검사는 곤혹스러운 표정을 숨기지 못하고 자리에서 일어섰다.

“의견 진술…… 없습니다.”

“변호인?”

도준은 문 검사와는 정반대의 표정으로 일어섰다. 그는 배심원들 앞으로 나가서 당당하게 섰다.

“저는 법으로 먹고사는 사람이지만, 예, 인정합니다. 인간이 완벽하지 않듯이 인간이 만든 법도 완벽하지 않습니다. 그래서 무죄추정의 원칙이 있는 것이지요. 피고인의 유죄를 100퍼센트 확신하지 못한다면 유죄를 내려서는 안 된다는 것입니다. 그것이 우리가 추구할 수 있는 법적 정의의 원칙입니다.”

도준은 손가락을 치켜들고 힘주어 말했다.

“합리적인 의심에 단 1퍼센트라도 의심이 간다면 유죄가 선고되어서는 안 됩니다. 그런데 오늘 공판에서 발견된 증거는 100퍼센트짜리 증거입니다. 과학적으로, 도저히 저희 의뢰인이 유죄일 수 없다는 증거.”

도준은 이번에는 문 검사 앞으로 가서 섰다.

“검사님께 제안드립니다.”

문 검사는 분노로 이글거리는 눈으로 도준과 마주 보았다. 도준은 조금도 겁내지 않고 말했다.

“지금이라도 공소를 취소해주시는 게 검사님의 명성을 조금이라도 지킬 수 있는 길이 아닐까요?”

문 검사가 이를 꽉 물었다. 그 힘이 얼마나 셌는지 빠득 소리가 주위에까지 들릴 정도였다. 서로 법정 다툼을 벌이는 상황에서 공소를 취소한다는 건, 경기로 치면 기권패였다. 검사로서는 상상도 할 수 없는 모욕적인 일이었다.

'이 개새끼…….'

문 검사는 당장이라도 도준의 멱살을 잡고 싶었지만 지난 공판에서 구치소로 끌려갔던 시원의 얼굴이 떠올랐다.

그때 노 판사의 목소리가 들렸다.

"검사? 공소 취소하시겠어요?"

문 검사는 천천히 고개를 내저었다.

"취소하지 않겠습니다."

도준은 어쩔 수 없다는 듯 어깨를 으쓱하고는 손뼉을 짝 쳤다.

"이상입니다."

그는 변호인석으로 돌아왔다. 그가 앉자마자 노 판사의 묵직한 음성이 들렸다.

"결심 공판은 일주일 뒤 11월 15일 오전 10시에 하겠습니다. 재판을 마치겠습니다."

판사가 자리를 뜨자 도준은 유리에게 다가와 버럭 안아버렸다. 사람들의 시선도 상관없었다. 지금은 그녀에게 무한정으로 고마워하고 싶었다. 구사일생으로 살아난 기쁨을 나누고 싶었다. 그는 그녀의 귀에 감격의 속삭임을 퍼부었다.

"됐어, 유리야! 이제 됐어!"

"다 오빠 덕분이에요."

"무슨 소리. 이번 재판의 승리자는 너야."

"저 변호사 소질 있나요?"

"최고의 변호사가 될 것 같은데?"

환희의 포옹을 끝내자 등 뒤에서 문 검사의 목소리가 들렸다.

"이도준 변호사. 이미 증거를 알고 온 건가?"

도준은 피식 웃었다.

"아니요. 재판 중에 제 의뢰인이 발견한 증거입니다."

문 검사는 유리를 보며 고개를 끄덕였다.

"대단하군요."

그는 뒤돌아 가려다가 마지막 말을 남겼다.

"손유리 씨. 안심하지 말아요. 바로 어제까지만 해도 오늘의 일을 예측하지 못한 것처럼, 결심공판까지 남은 1주일 동안 또 무슨 일이 벌어질지, 무슨 증거가 발견될지 모르니까요."

그 말에 도준과 유리는 공손한 목례로 답했다. 마치 두 명이 함께 짝을 이룬 변호사들처럼.

도준은 자꾸만 들뜨는 기분에 정신을 차리기 힘들었다. 이제 마지막 관문만 넘으면 그녀는 완벽한 자유의 몸이 된다. 판사의 입에서 이 말이 나오는 순간,

— 피고인 손유리에게 무죄를 선고합니다.

바로 그 순간만이 남아 있었다.

보라는 호화 저택을 전문으로 다루는 중개인과 함께 제주도의 별장을 막 둘러보는 길이었다. 적당한 크기에 미래적인 인테리어들도 마음에 들었다. 2층으로 올라가려는데 문 검사로부터 전화가 왔다.

'오늘이 공판이 열리는 날이라고 했던가?'

매번 공판을 참관하다가, 지난번에 제대로 망신을 당한 뒤로는 가지 않았다. 그녀는 밝은 목소리로 전화를 받았다.

"네, 검사님."

"대표님. 오늘 다섯 번째 공판이 끝났습니다. 일주일 후에 결심 공판이 있습니다."

"아주 적절한 시간에 전화를 주셨어요. 지금 막 새 별장 계약을 하러 가는 길이에요. 재판이 끝나면 여기로 초대할게요. 멋진 사람들과 파티를 즐겨요."

그녀의 밝은 목소리와 달리 문 검사는 잔뜩 위축된 목소리로 말했다.

"그게…… 문제가 좀 생겼습니다. 아무래도 유죄 판결은 힘들 것 같습니다."

보라는 잠시 침묵을 지켰다. 창밖의 야자수에 시선을 고정한 채.

"유죄 판결이 힘들다니, 그게 무슨 소립니까? 시체까지 발견되었잖아요?"

"네, 그 시체가 문젭니다."

문 검사의 말에 보라는 미간을 확 구겼다.

그럴 리가 없다. 선호를 죽인 건 톰이었지만 시체를 확인하고 처리한 건 보라 자신이었으니까. 선호의 시체는 부검을 해도 사망 시기 추정을 하기 어렵게 과학적으로 변형되고 훼손되었다. 누가 봐도 몇 달 전에 살해당하고 물에 버려진 시체처럼 보이게. 어떤 검사를 해도 사망 시기에 대한 의문은 발견되지 않도록. 완벽하게 수행한 미션이었는데…….

"그게…… 죽기 전에는 없던 열세 번째 문신이 시체의 등에서 발견되었습니다. 자세한 경위는 알 수 없지만, 그 문신으로 봐서는 그날 밤 이선호가 죽은 게 아니라 혼자 요트에서 빠져나갔고, 나중에 죽은 것 같습니다."

이런……. 보라는 온몸에서 힘이 쭉 빠졌다.

'그 망할 놈의 문신이 언젠가는 문제가 될 줄 알았어.'

보라는 선호와 톰의 몇 가지 소년 같은 취향을 이해할 수 없었다. 할리우드 영화와 헤비메탈 음악에 열광하는 것도 그중 하나였다. 특히 등에 앨범 제목을 문신으로 새겨 넣는 건 고등학생들이나 할 법한 짓이라고 무시하곤 했는데……. 기어코 이런 일이 벌어지는군.

"그 증거 하나만으로 재판 결과 자체가 바뀐다고요?"

"그게…… 별것 아닌 것 같지만 정황증거가 아니라 과학적으로 입증이 가능한 증거라서 뒤집을 방법이 없습니다."

"문 검사, 당신의 무능함을 너무 당연하게 얘기하는 거 아닙니까? 지금 당신 말을 요약하면, 내 동생의 등에 있는 문신 때문에 재판에서 지게 되었다는 말입니까?"

"그 문신이 새겨진 시점이 중요하지요."

"이런 바보 같은!"

보라는 소리를 빽 질렀다. 그 소리가 얼마나 컸던지 중개인이 놀라 휘청거릴 정도였다.

보라는 대체 누구에게 소리를 지른 건지 알 수 없었다. 문 검사인지, 선호인지, 자기 자신인지……. 그녀는 입을 다물고 침묵 속으로 침전했다.

'키스의 여왕이 무죄라면, 선호가 나중에 살해된 사실이 증명되었다면, 이제 무슨 일이 일어날까? 진짜 범인을 추적하겠지? 난 이제 어떡해야 하지?'

문득 선호의 얼굴이 떠올랐다. 능력에 비해 욕망이 너무 컸던 아이. 안에 비해 밖이 너무 화려했던 아이.

'지옥이 심심하니? 꼭 누나를 끌고 가야겠어?'

결심 공판이 있는 날. 법정 앞은 다른 공판 때와 마찬가지로 취재진으로 붐볐다. 인터넷을 통해 선착순으로 배포한 방청권은 5분 만에 동이 났지만, 시원은 전임 변호사 자격으로 방청권을 얻을 수 있었다. 그는 자리를 가득 메운 방청객들 틈에 앉아 기다렸다. 주변의 방청객들이 그를 알아보고 인사를 하기도 했다.

공판 시작 시간인 10시가 다가오자 제일 먼저 변호인인 도준과 봉수가 피고인 유리와 함께 들어왔다. 시원은 다가가서 인사를 하려다 말았다. 오늘만큼은 그저 한 명의 방청객으로 재판을 구경하고 싶었다. 법정에서의 감정 폭발만 아니었다면 오늘 저 자리에는 내가 앉아 있을 텐데, 하는 생각도 들었다. 하지만 아쉽진 않았다. 속으로 응원해줄 뿐이었다.

'도준아. 멋지게 끝내줘. 어차피 그녀 곁에 서 있어야 할 남자는 너니까.'

잠시 뒤 문 검사와 후배 검사들이 들어왔다. 도무지 감정을 짐작할 수 없는 무표정한 얼굴이었다. 배심원들도 줄지어 들어오고, 마지막으로 노정렬 판사를 위시한 세 명의 합의부 판사들이 들어오고, 공판이 시작되었다.

문지환 검사가 침착한 표정으로 일어났다. 그는 자기 자리에 선 채 말했다.

"피고인 손유리는 남편 이선호를 잔혹하게 살해하고 시체를 유기하였습니다. 오직 두 사람밖에 없는 망망대해의 요트에서 벌어진 사건이기에 이 사건은 그녀가 저지르지 않고서는 도저히 일어날 수 없는 사건이기도 합니다."

카랑카랑한 목소리가 법정을 울렸다.

"피고인의 혐의를 입증하는 정황과 증언, 간접 증거들은 모두가 서로 완벽하게 일치합니다. 심지어 피고인 스스로가 기억을 더듬어서 사실성 있게 진술한 최초 진술서와도 합치합니다. 지금까지 수차례에 걸친 공판에서 나온 모든 결과를 종합하여 보면 피고인이 의도적이고 계획적으로 남편 이선호를 참혹하게 살해한 것은 너무나 명백하다고 할 것입니다."

그는 심기가 불편한 눈을 유리에게 돌렸다.

"물론 마지막 공판에서 피고인이 직접 항변한 증거. 네. 저도 충분히 그 증거의 의미는 이해합니다. 그러나 다들 아시다시피 지금 우리가 사는 이 세상에는 도저히 설명할 수 없는 일들이 너무나도 많이 일어납니다."

문 검사는 몸을 돌려 배심원들을 향했다.

"이선호의 등에 있는 문신이 조작되었거나, 또는 우리가 알지 못하는 사정이 있었을 가능성도 충분합니다. 우리는 그것보다 더 복잡하고 어려운 조작들을 너무나도 많이 봐왔습니다. 결론적으로 말하자면 이 사건은 밀실사건의 유일한 용의자이자 범인일 수밖에 없는 수많은 증거들, 그리고 그녀의 결백을 증명하는 단 하나의 증거가 동시에 있는 사건입니다. 우리는 어느 한쪽을 선택할 수밖에 없습니다."

문 검사는 배심원들 한 명, 한 명에게 시선을 꽂으며 물었다.

"여러분들은 어느 쪽을 선택하시겠습니까? 누가 봐도 확실하고 짜임새 있는 정황증거입니까, 아니면 의심스럽기 짝이 없는, 단 한 단어의 문신입니까? 저는 지금까지 셀 수 없는 형사사건을 조사해온 검사로서 그녀가 범인일 수밖에 없다는 신념에 도달했습니다. 수십 수백 번을 다시 생각하고 고민해봤지만 저의 선택에는 변함이 없었습니다."

문 검사는 판사와 배심원 모두를 마주 보는 방향으로 꼿꼿하게 섰다.

"본 건 범행의 동기, 범행도구와 방법, 사안의 중대성, 범행 후의 정황, 끝까지 반성하지 않고 뉘우침이 없는 피고인의 태도 등을 감안할 때 피고인에게 엄정한 형을 선고하여 다시는 우리 사회에서 본 건과 같은 범행이 일어나지 않도록 하여야 할 것입니다. 그리하여 다음과 같이 구형합니다."

법정 안이 진공상태처럼 조용해진 가운데 문 검사의 구형이 울려 퍼졌다.

"피고인 손유리. 사형. 이상입니다."

사형. 판사의 선고가 아닌 검사의 구형일 뿐인데도, 그 단어를 듣는 순간 시원은 누군가가 심장을 틀어쥐는 느낌에 얼굴을 찡그렸다. 그러나 유리의 뒷모습에서는 동요가 엿보이지 않았다.

구형을 마친 문 검사는 천천히 자리에 앉았다. 완벽한 고요함이 유지되는 가운데, 노 판사의 목소리가 흘러나왔다.

"변호인, 최후 변론 하세요."

모두의 시선이 도준의 얼굴로 쏠려 있었다. 자리에서 일어난 그는 법정 중앙으로 걸어갔다. 입을 떼기 전에 천천히 심호흡을 하면서 배심원들의 얼굴을 둘러보았다.

"존경하는 재판장님, 그리고 배심원 여러분. 오늘 우리는 역사적인 사건의 종착역에 도착했습니다. 그동안 이 사건은 국내외의 뜨거운 관심을 받으며 온갖 화제를 낳았습니다. 저만 해도 이곳에서 멀지 않은 검찰청 앞에서 총격을 당했으니까요."

그는 걸음을 옮겨 유리를 마주 보고 섰다.

"이 재판이 그토록 열렬한 관심을 모은 이유는 피고인인 손유리가 유명인이었기 때문입니다. 피고인의 얼굴을 보십시오."

모두의 시선이 유리의 얼굴로 향했다.

"다들 피고인의 얼굴을 보며 이런 자극적인 호기심에 사로잡혔을 겁니다. 순백의 천사 같은 얼굴을 가진 이 여인이 정말 신혼 첫날밤에 남편을 참혹하게 살해한 범인일까? 이런 식의 흥미로운 기운이 처음부터 이 재판을 둘러싸고 있었던 것입니다. 마치 영화나 드라마를 구경하듯, 사람들은 스릴과 반전을 기대하며 우리 재판을 지켜본 것입니다."

도준의 목소리가 차분하게 가라앉았다.

"그러나 사건은 사건일 뿐이고, 재판은 재판일 뿐입니다. 우리가 해야 할 일은 극적인 무언가를 원하는 사람들의 호기심을 충족시켜 주는 것도 아니고, 돈과 권력이 있는 자들의 바람에 부응하는 것도 아닙니다. 이 법정에서 우리가 해야 할 일은 논리와 과학이라는 도구로 진실을 밝혀내고 정의를 실천하는 일입니다. 그 이상도 그 이하도 아닙니다."

그는 다시 배심원들 한 명 한 명의 얼굴을 보며 호소하듯 말했다.

"지난번 공판에서 피고인이 무죄일 수밖에 없는 결정적인 증거가 발견되었습니다. 앞서 검사는 그 증거에 대한 의심을 제기하였지만 그 의심을 뒷받침하는 근거는 아무것도 없습니다. 그저 검사의 바람이고 기대일 뿐입니다!"

도준은 자리로 가서 선호의 등이 찍힌 두 장의 사진을 번쩍 들어 올렸다. 한 장은 죽기 전 열두 개의 문신이 있는 사진, 다른 한 장은 죽은 후 열세 개의 문신이 새겨진 사진이었다.

"죽은 사람의 등에는 문신을 새길 수 없습니다. 그것은 과학입니다. 이선호는 그날 죽지 않았고 나중에 열세 번째 문신을 새겼습니다. 그 후에 누군가에게 죽임을 당했습니다. 오직 그것만이, 지금 우리가 알고 있는 진실입니다. 손유리가 아닌 다른 누군가가 이선호를 살해하였다."

도준은 노정렬 판사 앞에 당당하게 섰다.

"저는 이 자리에서 더 이상 피고인의 무죄를 호소하고 싶지 않습니다. 이미 저 가련한 여인이 결백하다는 사실은 뒤집을 수 없는 명명백백한 증거를 통해 밝혀졌기 때문입니다. 제가 마지막으로 드리고 싶은 말씀은! 대체 누가 이선호를 죽였는지, 반드시 끝까지 수사해서 밝혀내야 한다는 것입니다. 왜냐하면 검사가 말한 것처럼 누군가는 이선호를 죽였기 때문입니다."

도준은 지그시 눈을 감았다가 떴다.

"어쩌면 전국을, 우리나라의 모든 분야를 샅샅이 뒤져야 하는 사건일지도 모릅니다. 얼마 전 서울 도심에서의 총격전으로 온 국민을 경악케 했던 살인청부업자의 범죄도 우리 사건과 연관이 있을지도 모릅니다. 수사 과정이 아무리 힘들고, 수사 기간이 아무리 길어지더라도 반드시 수사를 해야 합니다. 저는 손유리 씨의 변호사가 아닌 국민의 한 사람으로서 간절히 호소합니다."

도준은 문 검사 바로 앞에 가서 섰다. 도준의 눈빛이 얼마나 강렬했는지, 놀란 문 검사가 몸을 뒤로 기울일 정도였다.

"존경하는 문지환 검사님. 당신이 해야 할 일은 끝이 아니라 이제 시작입니다. 제발 이 무시무시한 음모의 배후를 밝혀주십시오."

시원은 지금껏 이렇게 멋지고 똑똑한 최후 변론을 들어본 적이 없었다. 같은 변호사로서, 부러웠다.

"이상입니다."

도준은 재판장과 배심원들에게 가볍게 목례를 하고 자리로 돌아왔다. 방청석 곳곳에서 박수가 터져 나왔다. 시원도 마음껏 박수를 쳐주었다.

이제 공은 노정렬 판사에게로 넘어갔다. 장내를 진정시켜야 할 노 판사는 잠시 말이 없었다. 이번 재판은 지금까지 그가 맡았던 재판 중 가장 많은 이목이 쏠려 있던 재판이었다.

'이번 판결은 두고두고 사람들의 기억에 남게 되겠지.'

노 판사는 지그시 눈을 감았다.

"판결을 선고하겠습니다."

노 판사는 심호흡을 한 뒤 판결문을 읽었다.

"우리나라의 법정은 증거재판주의를 채택하고 있습니다. 대법원 판례에 따르면, 논리와 경험법칙에 합치되는 경우, 간접 증거만으로도 범죄 사실의 증명을 인정합니다."

그는 방청석으로 시선을 던졌다.

"다들 아시다시피 이번 재판은 대한민국 헌정 사상 유례없는 수준으로 국내외 일반 국민들의 관심이 쏠려 있었습니다. 그리고 마치 그 관심에 호응이라도 하듯 수차례에 걸친 공판 기간 내내 재판의 흐름은 엎치락뒤치락 바뀌어왔습니다. 그럴수록 재판에 쏠린 대중들의 열기는 더욱 뜨거워졌습니다."

무신론자인 유리는 주먹을 꽉 쥐고 특정되지 않은 신에게 기도를 올렸다.

'신이시여. 저는 제 자신을 구하기 위해 최선을 다했습니다. 이제 당신의 뜻대로 하소서.'

"앞서 검사가 말한 대로, 재판 중에 밝혀진 여러 가지 상황들, 증거들, 또 신뢰성 있는 증언들을 종합해보면 피고인이 남편 이선호를 살해했다는 합리적 의심에 이르게 됩니다. 이 사건에 쏠린 과도한 대중적 관심이 그런 의심을 더욱 증폭시켰다는 것도 사실입니다. 그러나 어떤 간접 증거와 강력한 정황도 그에 반하는 직접 증거를 넘어서지는 못합니다."

유리는 주먹을 꽉 쥐었다.

"마지막 공판에서 변호인 측이 제시한, 그리고 피고인이 직접 설명한 이선호 씨의 열세 번째 문신은 과학적으로 오직 한 가지 경우만을 허락하고 있습니다. 피고인이 마지막으로 이선호 씨와 함께 있었던 그날 밤 이후에도 이선호 씨가 살아 있었다는 것. 따라서 공소사실을 뒷받침하는 다른 정황과 증거들은 충분치 못하다고 하겠습니다."

노 판사는 목을 가다듬고 엄숙하게 말했다.

"이제 선고합니다. 피고인 일어나세요."

유리는 두근거리는 가슴에 손을 얹고 천천히 일어났다.

"사건번호, 2016고합 203호 이선호 살해 및 시신유기 혐의로 기소된 피고인 손유리에게 무죄를 선고합니다."

예스! 도준과 시원, 두 변호사의 주먹이 동시에 불끈 쥐어졌다.

눈물이 유리의 뺨을 타고 흘러내렸다. 하얀 볼을 가로질러 입술에 고이고 턱에 모여 떨어졌다. 그녀는 흐느끼면서 속으로 외쳤다.

'감사합니다. 도와주신 모든 분들, 정말 감사합니다.'

그녀는 영화에서 본 어떤 장면과 지금의 느낌이 겹쳐졌다. 우주선을 타고 길고 긴 암흑의 터널을 지나 구사일생으로 탈출하는 장면. 마치 죽음의 문턱에서 기사회생한 우주인이 된 기분이었다.

누군가 손을 꼭 잡는 느낌에 눈을 떴다. 도준이 옆에 와서 미소 짓고 있었다. 그의 눈이 말했다.

— 유리야. 이제 행복해질 일만 남았어.

"고마워요, 오빠……."

유리의 울음 섞인 말이 채 끝나기도 전에 도준은 그녀를 와락 안았다.

"수고했어, 유리야. 정말 수고했어."

그의 품 안에서 그녀는 울고 또 울었다. 살면서 이토록 행복한 눈물은 처음이었다. 살아 있다는 것, 자유롭다는 것, 앞으로도 그러하리라는 것……. 이런 당연한 사실 모두가 행복이었다. 감사의 대상이었다.

두 사람은 한참 안고 있다가 떨어져 서로를 마주 보았다. 도준의 눈에도 눈물이 고여 있었다. 유리가 피식 웃었다.

"처음 보네요. 오빠 우는 모습."

도준도 빙긋이 웃으며 말했다.

"너 모르게 많이 울었어. 보고 싶어서."

"오빠……."

유리는 다시 그를 안고 싶었지만, 놔주고 싶지 않았지만…… 꾹 참았다.

판사의 선고에 대한 반응이 방청석에서조차 엇갈렸다. 환호성과 야유가 동시에 쏟아졌다. 노정렬 판사는 굳이 소란을 정리할 필요가 없다고 생각한 듯, 남은 주문을 그냥 읽었다.

"검찰은 오늘부터 7일 이내에 항소할 수 있고, 항소법원은 저희 법원입니다."

노 판사는 다른 두 명의 판사와 함께 법정을 빠져나갔다. 방청석에 앉아 있던 시원이 도준과 유리에게 다가왔다.

"수고했어! 정말 이건 법원에서 벌어진 가장 멋진 순간이었어!"

"차 변호사님 덕분이에요."

유리는 시원과도 포옹을 나누었다. 그녀는 이 세상 모든 사람과 포옹하고 싶은 기분이었다.

두 명의 변호사, 그리고 무죄를 선고받은 의뢰인이 나란히 법정을 나섰다. 그들이 모습을 드러내자 카메라 플래시가 폭풍처럼 터져 나왔다.

도준은 쓴웃음을 지었다.

'사람의 마음이라는 게 참 간사하군. 재판 내내 끔찍하기만 했던 플래시 세례가 축포처럼 느껴지다니.'

그는 느긋하게 축포를 즐겼다. 유리 역시 미소를 머금은 얼굴로 기꺼이 카메라 군단을 상대해주었다. 한참 동안 포토타임을 가진 후 천천히 셔터 소리가 잦아들자 이번에는 기자들의 질문이 쏟아지기 시작했다.

"재판 결과에 대해 어떻게 생각하시나요?"

"불리하게 흘러가던 재판 결과를 뒤집은 계기는 뭐였나요?"

"손유리 씨, 지금 심경을 말씀해주시죠!"

"앞으로의 계획은요? 바로 연예계로 복귀하시나요?"

"두 분 스캔들이 있었는데, 연인으로 발전할 가능성도 있나요?"

계속 기다렸다가는 수백 개의 질문이 이어질 것 같았다. 도준이 지휘자처럼 손을 들자, 기자들이 조용히 입을 다물었다. 수많은 카메라와 기자들의 눈앞에서 도준의 입이 열렸다.

20화

손유리 변호사

“아까 어떤 기자분이 여쭤보신 대로, 지난번 공판까지는 저희에게 몹시 불리한 흐름이 이어졌습니다. 원래 정황증거라는 것이 그렇습니다. 사람의 심리가 강력하게 작용하죠. 한번 흐름을 타면 모든 상황이 다 그쪽으로 쏠린다고 할까요? 불리하게 흘러가던 재판 결과를 뒤집은 계기는 바로 우리 의뢰인 손유리 씨의 위대한 발견이었습니다. 이선호 씨의 등에서 결혼 전까지는 없었던 새로운 문신을 발견한 겁니다. 이선호 씨가 그날 이후에도 살아 있었다는 사실을 증명해주는, 움직일 수 없는 증거죠.”

다시 한번, 해일처럼 플래시 세례와 기자들의 추가 질문이 쏟아졌다. 도준은 느긋하게 기다렸다가 입을 열었다.

“저희 의뢰인의 심경에 대해서는 직접 들어보도록 하죠. 저도 아직 물어보지 못했으니까요.”

도준의 농담에 기자들 몇몇이 웃었다. 유리 역시 미소를 머금은 얼굴로 기자들에게 천천히 인사를 했다. 그녀의 모습은 가련한 피고인에서 카리스마 넘치는 배우로 다시 돌아와 있었다. 청순한 향기와 귀족적인 자태, 그리고 섹시한 매력까지 머금은 키스의 여왕이 서 있었다.

"먼저 저의 결백을 믿어주시고 지금까지 응원해주신 많은 분들께 감사를 드립니다. 그리고 최종적으로 무죄를 선고받기까지 밤낮 가리지 않고 고생하신 이도준 변호사님, 그리고 차시원 변호사님께도 고맙다는 말을 전합니다. 긴 재판 과정에서 저에게는 너무나도 많은 일들이 벌어졌습니다. 무엇보다 사랑하는 아버지가……."

유리는 말을 잠시 멈췄다. 그녀의 커다란 눈에 순식간에 눈물이 고이는 모습을 기자들은 놓치지 않고 카메라에 담았다. 그녀의 젖은 눈은 어느 영화에 출연했을 때보다 더 아름답고 진실해 보였다. 진실의 끝과 아름다움의 끝은 통한다고 했던 어느 시인의 말처럼, 긴 속눈썹에 매달려 있는 그녀의 눈물이 그랬다.

"아버지의 죽음은 이번 사건 자체만큼이나 제 인생을 바꿔놓았습니다. 아버지가 주신 마지막 가르침이라고 생각합니다. 억울함을 떠안지 말고 끝까지 진실을 찾으라는 가르침으로 받아들이겠습니다. 이 재판의 결과 역시 그 연장선상에 있다고 봅니다."

그녀의 말이 끝나자마자 기자들의 질문이 터져 나왔다.

"앞으로의 계획은요? 바로 연예계로 복귀하시나요?"

"네. 출연을 약속해놓은 영화가 한 편 있습니다."

"어떤 영화입니까?"

"아직 제목도 내용도 정해지지 않은 걸로 알고 있습니다. 충무로의 떠오르는 신인 감독 김시내 감독의 작품입니다."

"김시내 감독이라면 얼마 전에 개봉한 로맨틱코미디 영화 「마성의 카운슬러」를 찍은 감독 말씀인가요?"

"네, 맞습니다."

"쟁쟁한 영화사에서 다 유리 씨를 모셔가려고 할 텐데, 그런 신인 감독을 선택한 특별한 이유가 있나요?"

"약속을 했습니다. 약속을 한 이상, 이유는 필요 없죠."

유리는 모르고 있었다. 그녀의 말 한마디 한마디가 속보가 되어 뉴스로 퍼져나가고 있다는 사실을.

짧게 잡아도 2~3년. 길게는 5년까지도 걸리는 영화 작업에서 시내가 제일 힘들어하는 과정은 캐스팅이었다. 감독인 그녀의 취향과 제작자나 투자사의 의견이 너무나도 엇갈리기 때문이었다.

전작 「마성의 카운슬러」에서도 남자 주인공을 놓고 그녀와 투자사의 의견이 완전히 달랐다. 결국 그녀가 고집한 남자 배우를 캐스팅해서 영화를 찍고 흥행에도 성공했지만 충무로에 이미 소문이 퍼져버렸다. 다루기 힘든 신인 감독. 시내에게 찍힌 낙인이었다. 그래서인지 전작의 성공에도 불구하고 그녀와 계약하자는 제작사가 나타나지 않았다.

후회하지는 않았다. 어차피 영화판에 들어오는 순간, 인생 쉽게 살 생각은 깨끗이 지워버렸으니까. 지금도 그녀는 시내의 한 모텔에서 이틀째 시나리오 마무리 작업을 하고 있었다. 전작에서 호흡을 함께 맞추었던 작가와 함께. 최소한 비즈니스호텔 정도는 잡아주고 싶었지만 제작사도 나타나지 않은 상황에서 모텔밖에 선택할 수 없는 것이 미안할 따름이었다.

그래도 이번에 선택한 모텔은 비교적 조용하다 싶었는데, 점심시간쯤 옆방에 요란한 커플이 들어온 모양이었다. 에로영화 시나리오에나 쓸 법한, 입에 담기 힘든 민망한 대사들이 벽을 타고 고스란히 들렸다. 거친 호흡과 새된 교성이 협주라도 하듯 울려 퍼졌다. 묵묵히 시나리오를 쓰던 작가가 결국 키보드를 두드리던 손을 멈췄다.

"에이 씨. 진짜 너무하네."

"미안해요, 언니."

"김 감독이 왜 미안해."

"다음에는 돈 많이 벌어서 방음 잘 되는 호텔로 잡을게요."

"아니 사랑을 나누는 건 좋은데 왜 저렇게 요란하게 하냐고. 노처녀 염장 지르는 것도 아니고."

시내는 이 상황이 웃기기도 하고 민망하기도 해서 입술을 깨물었다. 유머감각 충만한 작가가 물었다.

"나한테 남자 생기는 게 빠를까, 김 감독이 돈 많이 버는 게 빠를까?"

시내는 큭, 소리 내어 웃고 말았다. 고마웠다. 화를 낼 법도 한 상황에서 웃음으로 분위기를 풀어주는 작가의 마음 씀씀이가.

"쟤네 끝난 뒤에 다시 써야지. 우리도 잠깐 쉬자."

"그래요, 언니."

작가는 하트 모양의 침대에 털썩 눕더니 리모컨으로 텔레비전을 켰다. 재판에서 승리한 도준과 유리의 기자회견 장면이 생중계되고 있었다.

"야, 재네 결국 이겼구나!"

작가가 탄성을 지르며 볼륨을 높였다.

"이도준 변호사가 김 감독 친구라고 하지 않았어?"

"맞아요! 어머, 진짜! 대박이다!"

시내는 마치 자신이 재판에서 이긴 것처럼 기뻤다. 옆방에서 계속 울려 퍼지는 사랑의 협주곡 소리가 유리의 기자회견 소리에 묻혔다.

한 기자가 앞으로의 계획을 묻자 유리가 대답했다.

"네. 출연을 약속해놓은 영화가 한 편 있습니다."

"어떤 영화입니까?"

"아직 제목도 내용도 정해지지 않은 걸로 알고 있습니다. 충무로의 떠오르는 신인 감독 김시내 감독의 작품입니다."

그 순간, 작가가 들고 있던 리모컨을 떨어뜨렸다. 그리고 슬로모션처럼 천천히 고개를 돌려 시내를 보았다.

"저 김시내가 김 감독 너야?"

시내는 온몸에 소름이 돋아서 대답을 할 수 없었다. 그러고 보니 예전에 그런 말을 하긴 했었다. 사건에 이런저런 도움말을 해달라고 부탁해서 의견을 준 적이 있었는데, 그때 도준이 유리를 인사시켜주면서 농담처럼 말했었다.

— 유리야. 재판에서 이기면 우리 김시내 감독 영화에 출연, 콜?

— 지금 기분으론 재판에서 이길 수만 있다면 엑스트라로도 출연할 수 있겠어요.

— 약속하는 거지?

— 네, 변호사님.

둘이 하는 얘기를 들으면서도 시내는 대수롭지 않게 넘겼었다. 누가 봐도 농담 같았고, 배우들에게 있어서 그런 식의 약속은 언제 밥 한번 사겠다는 말처럼 의미 없는 공수표라는 걸 잘 알고 있었으니까. 그런데 지금 유리는 전국에 생중계되는 수많은 카메라 앞에서 똑똑히 말하고 있었다.

"하아…… 어떡해……."

시내는 감당할 수 없는 횡재에 손으로 입을 막았다. 뉴스를 보던 작가가 시내의 손을 덥석 잡았다.

"김 감독아! 내가 잘할게. 사실 나 모텔 좋아해. 글이라는 게 옆방에서 막 그런 소리도 들으면서 써야 더 생생하게 써지지. 나 여인숙도 괜찮아. 우리 얼른 시나리오 쓰자."

텔레비전 화면에서는 질문이 끊이지 않았다.

"손유리 씨! 이번 사건 자체를 영화로 만들 계획은 없나요?"

"저는 감독도 제작자도 아니고 배우입니다. 제 마음대로 영화를 만들 순 없죠. 하지만 김시내 감독이 이번 사건을 영화나 드라마로 만들겠다면, 출연해야겠죠. 약속했으니까요."

작가가 벌떡 일어났다.

"김 감독! 우리 하자! 지금 쓰고 있는 거 엎어버리고, 손유리 사건 영화로 만들자!"

시내는 여전히 얼떨떨한 얼굴로 텔레비전 화면만 보고 있었다. 그때 이틀 동안 한 번도 울리지 않던 시내의 핸드폰이 요란하게 울렸다. 시내는 겨우 정신을 차리고 전화를 받았다.

"네, 김시내입니다."

"김 감독? 인사가 늦었어요. 나는 SJ엔터테인먼트 영화부문 제작총괄이사 임상훈이라고 합니다."

SJ엔터테인먼트? 국내 최대 극장체인과 배급망, 그리고 제작 시스템까지 갖춘 공룡기업이었다.

'이런 회사에서, 그것도 이사님이 직접 왜 나한테 전화를 했지?'

"네…… 안녕하세요?"

"김 감독 영화 「마성의 카운슬러」 잘 봤어요."

"아, 네. 감사합니다."

"차기작 계약해놓은 데 있어요?"

"아뇨. 아직 없습니다만……."

"잘됐군요. 다음 작품은 우리하고 합시다."

"네?"

"최고 조건으로 맞춰드리죠. 전작 연출료 두 배에 러닝 개런티까지."

시내는 계속해서 벌어지는 얼떨떨한 상황에 목이 마를 지경이었다.

"가…… 감사합니다. 지금 제가 정신이 없어서요. 제가 다시 전화드리겠습니다."

"알겠어요. 그나저나 김 감독. 손유리는 대체 어떻게 잡은 겁니까?"

SJ엔터테인먼트와 통화를 마치자마자 또 모르는 번호로 전화가 왔다.

"김시내 감독님이시죠?"

"네, 전데요?"

"아, 반갑습니다. 저는 쇼맥스 국내영화 제작부문 남유성 대표라고 합니다."

쇼맥스는 배급부문에서는 국내 2위, 영화투자 편수로는 SJ와 1, 2위를 다투는 최고의 영화 투자배급사였다.

"지금 손유리 씨 기자회견을 봤는데, 혹시 김 감독님 차기작 계약한 회사가 있나요? 영화든 드라마든 상관없습니다. 이선호 대표 살인사건을 소재로 하는 조건으로, 저희가 업계 최고 대우로 모시고 싶습니다."

멍하니 듣고만 있는 시내의 눈앞에 작가가 핸드폰 화면을 보여주었다. 뉴스 메인 화면이 가관이었다.

손유리의 다음 행보는 자전적 영화?

이선호 살인사건, 드라마로 만들어지나?

키스의 여왕, 김시내 감독의 차기작으로 연예계 복귀 초읽기

손유리가 지목한 파트너, 김시내 감독은 누구?

기사 헤드라인 옆에 떠 있는 실시간 검색어 1위가 김시내, 2위가 마성의 카운슬러였다.

시내는 그제야 깨달았다. 그녀의 인생에도 행운이 찾아왔음을. 그녀는 텔레비전 화면에서 당당하게 인터뷰를 하고 있는 유리를 보면서 속으로 말했다.

'고마워요, 유리 씨.'

손유리의 답변 하나하나가 뉴스로 만들어져 나가는 현장. 기자들은 쉴 새 없이 손을 들고 질문을 퍼부었다. 연예계 복귀에 관한 질문들이 한바탕 쏟아진 다음 다른 질문이 이어졌다.

"이도준 변호사님하고 스캔들이 있었는데, 두 분이 연인으로 발전할 가능성도 있나요?"

한 번도 답변을 회피하지 않고 솔직하게 대답하던 유리가 멈칫했다. 그녀는 자기도 모르게 도준을 돌아보았다.

"이도준 변호사님은……."

유리는 입을 뗐다가 다시 멈췄다. 도준은 빙긋 웃었다. 마음대로 답하라는 식으로. 유리가 망설일수록 셔터 소리가 점점 커져갔다. 텔레비전 카메라들은 약속이나 한 듯 그녀의 미묘한 표정을 클로즈업으로 당겨 잡았다.

"이도준 변호사님은 제 인생의 은인이십니다. 두 번이나 제 목숨을 구해주셨지요. 평생을 다해 은혜를 갚을 생각입니다."

"그게 무슨 뜻인가요? 평생을 다해 은혜를 갚는다는 의미를 설명해주시죠!"

빗발치는 질문들 앞에서 유리는 차분하게 마무리를 했다.

"오늘은 여기까지 하도록 하겠습니다. 감사합니다."

그녀는 수백 대의 카메라를 향해 공손히 허리 굽혀 인사했다.

"손유리 씨! 질문 하나만 더 대답해주시죠!"

"팬들에게 한마디 해주시죠!"

공연이 끝난 가수를 다시 무대로 불러내듯이 기자들은 기어코 유리를 다시 마이크 앞으로 불러냈다. 유리는 몇 번이나 숨을 고른 뒤 말했다.

“이 말씀은 나중에 천천히 드리려고 했는데…… 팬분들에게 감사의 인사와 함께 이실직고 말할 일이 있습니다. 김시내 감독님과의 다음 작품이…… 그것이 영화가 되든 드라마가 되든…… 저의 마지막 작품이 될 것입니다.”

구름 떼같이 모인 기자들 사이에서 충격과 경악의 탄식이 흘러나왔다.

“지금 은퇴 선언인가요?”

“이유가 뭐죠?”

쏟아지는 추가 질문에 유리는 분명하게 답했다.

“로스쿨에 입학할 계획입니다.”

연예계 복귀작으로 신인 감독의 차기작을 선택한 뉴스보다 몇 배는 더 충격적인 뉴스였다. 도준 역시 황당해서 입이 벌어졌다. 긴 재판 과정에서 유리가 보여준 냉정하고 영리한 액션들은 분명 법조인으로서의 충분한 자질을 증명해 보였다. 하지만 온 국민 앞에서 선언할 정도로 확고한 결정인 줄은 몰랐다.

놀란 기자들이 또 질문들을 퍼부었다.

“변호사가 되겠다는 겁니까?”

“네.”

“갑자기 배우를 그만두고 변호사를 준비하시겠다는 이유는 뭔가요?”

“영화와 드라마를 통해 팬들을 만나는 일은 무척이나 행복하고 감사한 일입니다. 제 주제에 넘치는 사랑, 이미 충분히 받았습니다. 앞으로 남은 생은 저처럼 억울한 사정에 몰린 이들을 위해 일하고 싶습니다."

"뒤늦게 법학 공부를 시작하는 일이 쉽지는 않을 텐데요?"

유리는 당당하게 말했다.

"다들 잘 모르시나 본데, 원래 제 전공이 법학입니다. 이제 전공을 살려보려고요."

유리는 센스 넘치는 대답과 섹시한 윙크로 기자회견을 마쳤다. 유리가 물러나고 도준이 기자들 앞에 서서 입을 열었다.

"이 자리를 빌어 꼭 드릴 말씀이 있습니다. 이번 재판 과정을 통해 손유리 씨의 결백이 밝혀지면서 새로운 과제가 한 가지 생겼습니다. 바로 이선호 씨를 죽인 진짜 범인을 잡아야 하는 일이죠. 저희는 이선호 씨의 살인사건이 얼마 전 이태원에서 벌어진 청부살인마의 총기난동사건, 그리고 다른 몇 건의 살인사건과도 연관이 있다고 생각합니다. 이 모든 사건의 배후로 의심 가는 인물이 있긴 합니다만, 아직 밝힐 상황은 아니고……."

도준은 명예훼손이 되지 않는 한에서 톰 아라야를 향한 첫 공격을 날리고 있었다. 이쯤만 흘려줘도 기자들은 알아서 톰 아라야에 대한 의혹을 쏟아낼 것이다.

페루의 휴양지 와카치나는 지구상에서 가장 특이한 휴양지 중 한 곳이었다. 사막 한가운데 오아시스가 있는데 그 오아시스 주변으로 50개 남짓한 별장과 호텔들이 빙 둘러싸고 있는 곳이었다. 보통 사람들은 평생 이름을 들어보지도 못할 이곳을 톰은 무척이나 사랑했다.

한국에 있는 '하우스 원'이 첨단 테크놀로지의 결정체라면 와카치나 오아시스 옆에 있던 호텔을 통째로 사서 꾸민 '모래 위의 성'은 인터넷 라인과 텔레비전, 엘리베이터 정도의 평범한 시설만 갖춰진 곳이었다. 대신 그곳에는 정원이 있고 열기만 하면 남미 사막의 정취가 밀려드는 넓은 창문이 있었다. 낮에는 세상이 멈춘 것 같은 평화가 머물고, 밤에는 우주인과 교신을 하는 착각에 빠지게 만드는 별빛이 쏟아지는 곳이었다.

톰은 아침에 일어나자마자 한국에서의 재판 결과를 확인했다. 먼 사막의 지평선 위로 태양이라는 이름의 불덩이가 솟아오르던 순간이었다.

— 피고인 손유리 무죄.

톰은 잠시 숨을 쉴 수 없었다.

'이건 아닌데. 이런 식의 전개는 좋지 않은데.'

혼란스러웠다. 그가 '위대한 손들'과 함께 위험한 '인생 게임'을 즐기는 이유는 그들의 삶 속에 위험이 존재하지 않기 때문이었다. 사람은 자신에게 결핍된 것을 갈구하는 법이니까. 그런데 지금 톰의 눈앞에서 벌어지고 있는 현실은 게임이 아니었다. 정말로 위험한 상황이 닥치고 있었다. 어쩌면 그의 막대한 부와 권력, 인맥으로도 해결할 수 없을지도 모르는…….

항상 영화를 관람하거나 게임을 즐기듯 남의 인생이 망가지는 모습을 구경해왔던 톰은 막상 자신의 삶 안으로 밀려드는 모래 폭풍을 어떻게 피해야 할지 몰랐다.

사막의 지평선 위에 걸쳐 있던 태양이 온전히 솟아오르자마자 핸드폰이 울렸다. 그는 액정을 확인하지 않은 채 잠시 예상해보았다.

'안길수일까? 아니면 이보라? 한국의 국정원이나 FBI?'

전화를 받은 그는 예상이 모두 빗나갔음을 깨달았다. '위대한 손들'의 비상 회합이 열린다는 소식이었다.

톰은 침대 매트리스 위에 털썩 주저앉았다.

'어쩌다 이렇게까지 되어버렸지?'

이름을 알 수 없는 검은 새 한 마리가 열려 있는 창가에 잠시 앉았다. 톰과 눈을 마주치고도 새는 눈만 깜빡일 뿐 움직이지 않았다. 톰은 침대 옆 테이블에 놓인 꽃병을 들어 던져버렸다. 새는 날아가고, 벽에 부딪힌 꽃병은 박살이 났다.

유리와 도준, 시원, 그리고 봉수까지. 넷이 함께 향한 곳은 서울 근교에 있는 추모공원이었다. 백현서 기자의 유골함은 쉽게 찾을 수 있었다. 환하게 웃고 있는 백 기자의 사진이 보는 이들의 가슴을 아프게 저며왔다. 사진 옆에 가족과 동료, 친구들이 남긴 메시지가 한 가득 붙어 있었다.

한 번도 자랑스럽지 않았던 적이 없는 딸에게

너는 내가 아는 최고의 기자였다

언제나 웃어주던 나의 친구야

도준은 유골함을 가둔 유리에 손바닥을 올렸다.

'당신은 이토록 많이 사랑받던 사람이었군요. 이토록 많은 사람들

에게 소중한 사람이었군요. 어쩌면, 이런 당신을 내가 죽음의 길로 인도했어요.'

"미안합니다."

도준은 소리 내어 말했다. 그와 동시에, 눈시울이 젖어들었다. 유리도, 시원과 봉수의 눈에서도 눈물이 쏟아지기 시작했다. 도준이 떨리는 목소리로 약속했다.

"반드시 갚아줄게요. 당신을 이렇게 만든 진짜 악당을 반드시 찾아내서 대가를 치르도록 할게요."

서울 시내에 위치한 특급 호텔에서도 일반 투숙객은 존재조차 모르고 있는 초대형 프레지덴셜룸, 일명 숨겨진 방에 그들이 모여 있었다. 위대한 손들. 순은 마스크와 검정색 연미복을 입은 차림은 그들의 보통 회합 때와 같았지만 다른 점이 있었다. 일곱 명이 아니라 여섯 명이었다. '위대한 손들'의 회합은 언제나 일곱 명 전원 참석이 원칙이었다. 여섯 명으로 회합이 이뤄지는 경우는 딱 한 경우, 참석하지 않은 멤버의 처단을 결의할 때뿐이었다.

멤버들은 현재 상황에 대해 잘 알고 있었다. 톰 아라야가 주도한 게임이 결국 통제를 벗어났고, 이제 그들의 안전을 위협할 지경이 되어 버렸다는 것을. 회합의 의장을 맡은, 가장 상석에 앉은 남자가 입을 열었다.

"톰이 혼자 힘으로 이 상황을 수습할 수 있을까요?"

침묵은 오래 흐르지 않았다. 은색 가면 뒤로 밝은 금발머리가 인상적인 한 남자가 손을 들고 말했다.

"어려워 보입니다. 제가 입수한 정보에 의하면 이미 FBI에서 한국 검찰과 공조수사를 하기로 결정되었다고 합니다. 타깃이 톰 아라야고요."

"그렇다면 시간문제란 얘기 아니오?"

의장이 되묻자 다른 멤버 몇몇이 고개를 끄덕였다.

"이미 수사선상에 톰이 올라가 있는 이상, 톰과 그의 수하들을 처리하지 않으면 위험은 사라지지 않는다고 봅니다."

그 말에 의장의 입에서 탄식이 흘렀다. 그 정도가 그들이 가진 최대치의 자비와 연민이었다.

의장은 바로 투표에 들어갔다.

"그렇다면 톰 아라야의 처리에 관한 의견을 여쭤보겠습니다."

멤버의 생사여탈권을 행사하는 일은 흔한 일이 아니었다. 회합 전체가 위험에 빠질 수 있는 경우에만 벌어지는 일이었는데 이번이 딱 20년 만이었다.

투표는 고대 로마의 방식으로 이루어졌다. 의장을 제외한 다섯 명이 엄지를 세운 주먹을 내밀었다.

윤 집사는 집사로서의 자부심이 있었다. 메이드, 운전기사, 정원사 등등 그가 관리하는 사람들만 열 명이 넘었다. 그는 10년 동안 큰 문제 없이 집안 사람들을 다뤄왔고 앞으로도 그럴 것이었다. 그가 일하는 성북동의 저택은 3층으로 되어 있고, 모두 일곱 개의 방과 다섯 개의 화장실이 있었다. 층마다 거실과 서재가 있고 저택 건물 앞에는 작은 연못도 있었다. 윤 집사는 웅장한 저택도 좋아했지만 그보다 저택의 주인인 안길수를 더 좋아했다.

안길수를 한마디로 정의하자면 절제의 화신이었다. 그는 한 번도 집 안에서 소리를 지른 적도 없고 부당하게 화를 낸 적도 없었다. 심지어 술에 취한 모습을 보인 적도 없었다. 부를 과시하지도 않았고, 그렇다고 인색하게 굴지도 않았다. 이웃들에게는 친절하고, 가난한 이들에게는 너그럽고, 자기 자신에게는 엄격한 사람. 안길수는 그런 사람이었고 윤 집사는 마치 종교처럼 그를 존경했다.

그런 그가 요즘 부쩍 침울해 보였다. 10년이 넘도록 매일 마주치다 보니 인상만 봐도 상태를 짐작할 정도는 되었다.

"주인어른께 무슨 일이 생겼나?"

집 안의 다른 사람들에게 물어봐도 다들 전혀 모르겠다는 반응이었다. 특히 어제는 인사도 받지 않을 정도로 혼이 나간 모습이었다. 식사도 거의 하지 않아서 더욱 걱정을 키웠다. 그렇다고 해도 안길수에게 캐물을 생각은 없었다. 10년 넘게 집사로서 지켜온 철칙이 있었으니까. 주인어른이 먼저 얘기해주기 전까지는 함부로 묻지 않는다. 다만 주인어른을 위해 오랫동안 기도를 올릴 뿐이었다.

오늘 아침에도 윤 집사는 깨끗하게 다린 정복을 입고 집 안을 점검했다. 밤새 특별한 일은 없었는지, 집 안 곳곳을 직접 다니고 청소 상태를 확인하는 것으로 하루를 시작했다. 주방에 들른 그는 요리사들이 아침으로 뭘 준비하는지를 확인했다.

"주인어른께서 요즘 입맛이 영 없으신 것 같으니 특별히 더 신경 쓰도록."

신신당부를 하고 주방을 나서는데 젊은 정원사 유철이 집 안으로 헐레벌떡 뛰어 들어왔다.

"집 안에서 망아지처럼 뛰어다니지 말라고 내가 몇 번이나 주의를 주지 않았나?"

그런데 유철의 표정이 평소와는 완전히 달랐다. 바보처럼 매일 헤벌쭉 웃고 다니던 녀석이 하얗게 질려 있었다.

"주인어른이……."

유철이 윤 집사를 데려간 곳은 연못이었다. 연못 한가운데에 사람이 떠 있었다. 잠옷 차림의 안길수였다. 물을 침대 삼아 엎드린 채 팔과 다리를 벌린 자세로.

"오, 하느님……."

윤 집사는 그 자리에 주저앉았다.

이보라는 겁에 질려 있었다. 안길수가 죽었다는 소식을 듣자마자 스케줄을 모두 취소하고 방 안에서 나오려고 하지 않았다. 경호원인 수지만이 그녀의 곁을 지켰다. 수지 역시 마음이 편하지만은 않았다.

"경찰에서는 자살로 보고 있는 모양이던데요?"

"천만에. 그는 절대 스스로 죽을 사람이 아니야. 남을 죽이면 죽였지."

"기사를 보니까 타살 흔적이 없다는 것 같던데요?"

"흔적이 남지 않게 죽였겠지."

"누가요?"

보라는 말을 할 수가 없었다. 수지는 톰 아라야와 '위대한 손들'에 대해서는 자세히 모르고 있으니까.

톰 아라야, 아니면 '위대한 손들'. 어느 쪽이 벌인 일인지 궁금했다. 만약 톰이 안길수를 죽였다면 '위대한 손들'까지 수사망이 번지지 않기 위해 자신의 아래쪽 라인을 정리하려는 맥락에서일 것이다. 그럴 경우 안길수 다음 타깃은 보라 자신이 될 가능성이 높았다. 만약 톰이 아니라 '위대한 손들'이 직접 안길수를 처리한 거라면 예측은 복잡해진다. 그럴 경우 그녀는 살아남을 가능성도 있었다.

"와인이나 한잔 해야겠어."

그 말에 수지는 곤란한 표정을 지었다.

"미안해요, 보스. 그건 안 되겠어요."

그녀는 권총을 꺼내 보라의 이마에 겨누었다. 보라의 표정이 일그러졌다.

"수지……."

"보스. 당신과 함께했던 시간, 나쁘지 않았어요."

"누가 시켰어? 톰? '위대한 손들'?"

보라는 이성을 잃고 수지에게 달려들었다. 그러나 수지는 손날로 보라의 목을 찍고, 발을 걸어 밀어버렸다. 그러고는 마술처럼 손쉽게 보라를 바닥에 넘어뜨렸다. 마비가 된 것처럼 움직이지 않는 몸을 느끼며 보라는 씁쓸한 생각이 들었다.

'수지. 네가 격투기 선수 출신이라는 걸 깜박했군.'

권총 소음기의 싸늘한 감촉이 보라의 이마에 와 닿았다.

"어차피 우린 지옥에서 다시 만날 거예요. 둘 다 천국에 가긴 글렀으니까."

수지의 손가락이 방아쇠를 당겼다. 총알이 보라의 머리뼈를 부수고 뇌를 파괴하고 숨을 끊어놓는 데 1초도 걸리지 않았다. 수지는 총에서 자신의 지문을 닦아내고는 죽은 보라에게 선물이라도 하듯 그녀의 손에 총을 쥐여주었다. 그리고 119에 전화를 걸어 황급한 목소리를 연기했다.

"사람이 죽었습니다!"

민정우 요원은 사무실 책상을 주먹으로 내리쳤다. 그 바람에 책상 귀퉁이에 있던 컵이 바닥에 떨어져 박살이 났지만, 그는 신경도 쓰지 않았다.

"이보라도 자살을 했다고?"

"네. 금방 입수한 정보입니다. 이보라의 개인 경호원이 시신을 발견하고 119로 신고했다고 합니다."

민정우는 화가 머리끝까지 났다. 톰 아라야의 하수인으로 짐작되는 안길수 대표가 죽은 지 하루도 지나지 않아 이보라 대표까지 죽었다. 그것도 모두 자살이라고?

민정우는 당장 전화를 걸었다. 톰 아라야 사건을 계기로 국정원에 파견 나와 있는 강동훈 형사가 전화를 받았다.

"지금 저하고 잠깐 나갔다 올 수 있어요?"

"무슨 일이죠?"

"이보라가 죽었어요."

"안길수가 아니고요?"

"바로 이어서 죽었어요. 자살이라는데, 믿을 수가 없어서요."

"제가 한번 현장을 보죠."

"같이 가봅시다."

민정우 요원과 강동훈 형사는 이보라의 집으로 향했다. 다행히 현장은 고스란히 보존되어 있었다. 수많은 살인 현장을 경험한 강 형사는 주의 깊게 보라의 시체와 주변 상황을 살폈다. 그는 오래 걸리지 않아 답을 내놓았다.

"자살이 아닙니다."

민정우는 원하는 답을 얻은 표정으로 주먹을 꽉 쥐었다.

"그렇죠?"

"두 가지 정황증거가 타살임을 입증하고 있어요. 첫째, 이보라의 자세를 보세요. 바로 누운 자세잖아요. 보통 총으로 자살을 하는 경우, 열에 아홉은 앉은 자세입니다. 누워서 자살을 하는 경우에도 침대나 소파에 비스듬하게 눕지, 저렇게 바닥에 바로 누워서 방아쇠를 당기진 않아요."

"서서 방아쇠를 당긴 다음에 넘어졌을 경우도 있지 않을까요?"

"그렇다면 절대 이렇게 정돈된 자세가 나오지 않아요. 절대로."

"그렇군요. 그럼 두 번째 증거는?"

"총알 자국을 보세요. 정확히 앞쪽 이마를 관통했어요. 총기 자살의 경우는 두 가지 총상 흔적을 보입니다. 관자놀이를 쏘거나, 입에 총을 물거나. 제가 본 수십 건의 총기 자살 현장에서 이마에 총알 구멍이 난 경우는 처음이에요. 게다가."

강 형사는 자신의 총을 꺼내 실제로 자기 이마에 대고 시범을 보였다.

"이마를 쏜다고 생각하면 손목이 심하게 꺾여 방아쇠를 당기는 게 무척 불편합니다. 저 같은 건장한 남자도 그런데 여자의 경우에는 상식적으로 불가능하죠."

"그렇군요. 이보라의 주변을 조사해봐야겠어요. 지금 제일 시급한 건 톰 아라야의 신원을 확보하는 일인데…… 대체 그놈이 어디 있는지 알 수가 없단 거죠. 수배를 내린 지 이틀이 되었는데 전혀 찾지를 못하고 있어요."

"FBI에서도 공조하고 있다면서요?"

"네. 미국에서도 찾고 있는데 소득이 없네요."

일주일, 열흘, 보름이 지나도 FBI의 수사망에 톰 아라야의 행적은 포착되지 않았다. FBI 헤드쿼터에서는 이미 톰에 관한 두 가지 경우를 상정하고 있었다. 죽었거나, 미국 본토를 빠져나갔거나. 어느 쪽이든 수사가 장기화되는 것은 피할 수 없었다.

2년이라는 시간이 흐르고, 그 후 1년의 시간이 더 흘렀다.

톰 아라야는 잡히지 않았다. 잡히기는커녕 살았는지, 죽었는지 흔적조차 발견되지 않았다. 톰 아라야라는 근원적인 불안은 해결되지 않았지만, 도준과 유리는 굳건하게 하루하루를 살아냈다.

도준의 사무실은 서초동으로 이전했다. 수임 사건이 많아져서 변호사도 두 명을 더 고용했다. 그는 최고 승률을 자랑하는 형사사건 전문 변호사라는 영예를 다시 찾았다.

유리가 주연을 맡은 영화 「키스의 여왕」이 개봉했다. 전국 관객 천만 명을 돌파했고, 해외 판매액 신기록도 세웠다. 대종상과 청룡영화상에서 유리는 여우주연상을 휩쓸었다. 수많은 방송 출연과 광고 제의가 쏟아졌지만 유리는 단 한 편도 찍지 않았다. 로스쿨 일정을 소화하기도 벅차서였다.

3년간의 로스쿨 과정 내내 그녀는 가장 열심히 하는 학생이었다. 물론 성적이 최고인 것은 아니었지만, 항상 상위권을 유지했다. 함께 다니는 학생들은 그녀를 보고 두 번 놀랐다. 화장을 전혀 하지 않아서 놀라고, 화장기 없는 얼굴이 너무 예뻐서 놀랐다.

로스쿨을 다니는 내내 유리는 노메이크업에 질끈 머리를 묶은 헤어스타일을 고수했다. 옷은 편한 티셔츠나 후드에 스키니진을 입었고, 신발은 항상 운동화였다. 공부하느라 시간이 없기도 했지만 연예인으로 살아왔던 흔적을 지우려는 의도도 있었다.

그렇다고 그녀가 사람들과 담을 쌓고 자기 공부만 챙긴 건 아니었다. 로스쿨 학생들의 모임이나 술자리가 있으면 빠짐없이 참석했고, 누구보다 적극적으로 친구를 사귀고 어울렸다. 그녀의 열성적인 학교생활을 달갑지 않게 여기는 유일한 사람이 있었으니, 바로 도준이었다. 유리가 친구들과 어울려 늦게까지 술이라도 마시는 날이면 도준은 어김없이 투덜대고는 했다.

"손유리, 너 아주 어리고 잘생긴 남학생들하고 학교 다니더니 신났구나?"

그런 말을 들을 때마다 유리는 도준이 귀여워서 죽을 것 같았다. 천하의 이도준도 질투를 한다는 생각에.

그러면 일부러 남학생들과 같이 찍은 사진을 전송해주기도 했는데, 그런 날은 예외 없이 도준이 달려와서 술자리에 합석하고 결국 계산까지 하게 되었다. 로스쿨 학생들 입장에서는 나쁠 게 하나도 없는 상황이었다. 슈퍼스타 친구와 술도 마시고, 돈 많은 훈남 변호사 선배가 와서 술값도 내주고.

막상 도준이 학생들과의 술자리에 끼면, 이번에는 여학생들의 눈이 반짝였다. 손유리라는 넘을 수 없는 산이 있기에 오히려 더 대놓고 편하게 좋아할 수 있었다. 그들은 도준 옆에 찰싹 붙어서 술을 마시고는 했는데, 그러면 또 유리의 질투가 폭발하고는 했다.

원래 계획보다 결혼이 1년이나 미뤄진 이유도 유리의 공부 때문이었다. 결국 유리가 로스쿨을 졸업하고 나서, 두 사람은 결혼을 하게 되었다. 오늘이 바로 그날이었다.

여러 가지 상황을 고려해 결혼식은 극도의 보안 속에 비공개로 치러졌다. 결혼식을 올릴 장소는 동해안 시골마을의 바닷가였다. 결혼식 바로 전날, 결혼업체 스태프들이 내려가서 야외 결혼식장을 꾸며 놓았다. 바다가 훤히 보이는 들판에 아치를 세우고 하객 의자를 놓고 버진 로드를 깔았다. 신랑 신부의 요청에 따라 꽃 장식은 최소로 했다.

도준은 클래식한 블랙 턱시도를, 유리는 화려하지 않은 순백의 웨딩드레스를 선택했다. 신부 대기실도 따로 없어 도준과 유리가 함께 서서 하객들을 맞이했다.

손님들 역시 초대장을 받은 극소수의 하객들만이 참석했다.

"야, 다 좋은데 너무 멀다. 오다가 멀미할 뻔했어."

불평을 하면서 나타난 사람은 시원이었다. 문지환 검사도 아내와 함께 식장을 찾았다. 사실 그는 처음부터 초대받은 사람은 아니었는데, 도준이 유리를 설득해서 하객 명단에 이름을 올렸다. 앞으로 변호사 생활을 하려면 문 검사 같은 법조인 거물과의 인맥은 필수라는 이유에서였다. 한때는 적이었지만, 이제는 같은 법조인 선후배가 된 문 검사는 웃으며 도준에게 악수를 건넸다.

"고맙네. 이렇게 초대해줘서."

"별말씀을요. 저보다는 아내를 잘 부탁드립니다."

"하하. 당연하지. 어디 우리가 보통 인연인가?"

문 검사는 유리에게 물었다.

"바로 사무실을 낼 계획이라고요?"

"네. 신혼여행을 다녀오는 대로요."

"아이고, 급하기도 하시지. 하여튼 제가 힘닿는 데까지 도와드리겠습니다."

"고맙습니다, 검사님."

뒤이어 도착한 사람은 유리의 예전 기획사 식구들이었다. 특히 그녀의 전담 매니저였던 지희는 눈물을 글썽이며 말을 잇지 못했다.

"유리야…… 유리야……."

"왜 그래, 언니. 이렇게 좋은 날에."

그러면서 지희를 안아주는 유리의 눈가도 촉촉해졌다. 그도 그럴 것이, 선호와의 결혼식에서도 유리의 곁을 지키던 사람이 바로 지희였다.

"야아, 이도준. 너 원래 이렇게 멋있었어?"

「키스의 여왕」의 김시내 감독도 결혼식장을 찾았다.

"시내야, 왔구나."

도준은 우정을 담아 가벼운 포옹을 했다. 감독과 배우로 같이 일했던 사이였기에 유리도 시내와 친근하게 인사를 나누었다. 시내는 「키스의 여왕」의 성공 이후 충무로의 러브콜이 쇄도하는 가운데 이미 블록버스터 액션영화의 감독을 맡기로 한 상황이었다.

"감독님, 새 작품 들어가신다면서요?"

"네. 좀 쉬려고 했는데…… 그게 그렇게 되었네요."

"천만 감독이신데, 제작사들이 가만 놔두겠어요?"

"에이, 다 유리 씨 덕분이잖아요."

"앞으로 배우 생활은 안 하더라도 감독님 영화는 꼭 챙겨 볼게요."

"혹시라도 나중에 몸이 근질근질해서 영화 출연하고 싶으시면 언제든 연락 주세요. 하하."

혁과 지석현 회장의 모습도 보였다. 지 회장의 배려로 혁은 신도시의 작은 상가 하나를 받아 커피하우스를 열었다. 꽃미남 바리스타를 보러 온 근처 여자 직장인 손님들로 점심시간이면 줄이 길게 늘어섰다. 노골적으로 혁에게 호감을 표시하는 여자들도 많았지만 혁은 누구에게도 눈길을 주지 않았다. 그의 핸드폰 화면은 아직도 영화 「키스의 여왕」 포스터였다.

그렇게 멀리 동해 바닷가까지 찾아온 하객들이 모두 서른 명 남짓이었다. 결혼식의 주례는 따로 없었다. 사회를 맡은 시원은 초청한 하객들이 빠짐없이 도착했음을 확인하고는 마이크를 들었다.

"오늘 이렇게 특별한 결혼식의 사회를 맡게 되어 정말 영광으로 생각합니다. 다들 바쁘신 와중에 이렇게 먼 곳까지 결혼식을 축하해주러 와주신 하객 여러분께 신랑 신부를 대신해 감사의 인사를 드리겠습니다."

그가 꾸벅 인사하자 가벼운 박수가 나왔다. 시원은 주변을 둘러본 뒤 감탄을 했다.

"처음에는 솔직히 좀 황당했습니다. 아무리 비밀 결혼식이지만 무슨 이런 곳에서 결혼식을 하나 싶었는데 막상 와보니 정말 아름답네요. 저 멀리 끝도 없이 펼쳐진 동해바다에 파도 소리도 들리고……. 정말 희망으로 가득 찬 공간이라는 생각이 듭니다."

그의 말처럼 날씨부터 풍경까지 새로운 커플의 새 출발을 완벽하게 축하해주고 있었다. 적당한 바닷바람이 기분 좋게 부는 가운데 결혼식이 계속 이어졌다.

"먼저 저의 소중한 벗이자 대한민국 최고의 변호사, 신랑 이도준 군이 입장하겠습니다!"

시원의 진행에 따라 도준이 버진 로드를 씩씩하게 걸어왔다. 하객들의 박수 속에 늠름한 모습은 더욱 빛이 났다. 아치 아래 선 그는 하객들에게 허리 굽혀 인사했다. 얼핏 보기에는 침착한 얼굴이었으나 그의 심장은 어느 때보다 더 빠른 속도로 뛰고 있었다.

'드디어 기다리고 기다리던 순간이 찾아왔다. 이제 그녀는 나의 아내가 된다.'

처음 그녀를 만난 지 햇수로는 10년 만이었다. 그녀에게 버림받기도 했다. 오래 헤어져 있던 시절도 있었다. 다시 그에게 찾아온 그녀. 생의 낭떠러지에 매달려 있던 그녀를 구하기 위해 목숨을 걸었다. 그리고 길고 긴 싸움과 기다림 끝에, 기적처럼 찾아온 바로 이 순간. 도준은 그저 감사하기로 했다.

신랑을 위한 박수가 한참 이어진 뒤에 시원이 외쳤다.

"자, 그럼 오늘 이 결혼식의 진짜 주인공! 키스의 여왕, 손유리 양이 행진하겠습니다!"

결혼식의 음악을 맡은 현악4중주 팀이 웨딩마치 연주를 시작했다. 그리고 순백의 드레스를 입은 유리가 천천히 걸음을 옮겼다. 내딛는 걸음마다 다양한 감정들이 흩뿌려졌다. 그토록 사랑하는 도준 오빠와 부부로 맺어진다는 기쁨. 무죄 선고가 난 뒤 3년이 넘는 긴 시간을 기다리게 했다는 미안함. 앞으로 시작된 변호사로서의 새로운 인생에 대한 두근거림. 그리고…… 마음 깊숙이 아주 먼 곳으로 밀어놓았던 두려움도 슬쩍슬쩍 끼어들었다.

아직…… 그놈이 살아 있다.

두려움 뒤에는 스스로를 다독이고 안심시키는 목소리가 이어졌다.

'3년이 넘도록 아무런 접촉이 없었다면 이제 다시 내 인생에 나타나지 않겠지. 국정원과 FBI가 쫓고 있는 1급 수배범이야. 아무리 복수를 하고 싶다 해도 섣불리 나서진 못할 거야. 어쩌면 아무도 모르는 사이에 죽었을 수도 있고.'

"자, 신랑 신부는 마주 보고 서세요."

시원의 목소리에, 도준과 유리는 아치 아래 서로의 눈을 바라보며 마주 섰다.

도준의 눈이 말하고 있었다. 사랑해, 나의 신부. 유리는 가슴이 벅차올랐다. 사랑해요, 나의 신랑.

시원은 차분하게 남은 결혼식 절차를 하나하나 마쳤다. 어떤 역경에도 서로를 믿고 사랑하겠냐는 질문에 도준과 유리는 확신에 찬 목소리로 네, 하고 대답했다.

“자, 그럼 이제…….”

막 성혼선언문을 낭독하려던 순간이었다. 하객들 사이에서 작은 웅성거림이 들려왔다. 멀리 바닷가에서 누군가 결혼식장을 향해 다가오고 있었다. 결혼식에 초대받지 않은, 아무도 상상 못한 사람이.

경호업체 직원들이 막아서자 걸음을 멈춘 그는 청바지에 낡은 폴로셔츠를 입은 삼십 대 남자였다. 그의 손에는 작은 상자가 들려 있었다.

“이쪽으로 오시면 안 됩니다. 무슨 일이시죠?”

경호원이 남자에게 물었다. 남자는 얼떨떨한 표정을 지으며 중얼거렸다.

“이야, 진짜 여기서 결혼식을 하고 있네? 신랑 신부한테 꼭 전하라는 물건이 있어서요.”

경호원은 어리둥절했다. 이 결혼식은 당사자와 하객들 외에는 아무에게도 시간과 위치를 알리지 않은 비밀 결혼식인데? 지금 여기서 결혼식을 하는지 어떻게 알고 물건을 보냈단 말일까? 대체 누가?

“누구시죠?”

경호원이 좀 더 완강한 태도를 취하며 물었다.

“아, 저는 심부름센터 직원인데요, 며칠 전에 여기로 물건을 배달해달라는 의뢰가 들어와서요. 장난인가 싶었는데 진짜 결혼식을 하고 있네요?”

경호팀장이 달려와서 상황을 전해 들었다. 팀장은 심부름센터 직원으로부터 상자를 받아 들었다.

뜻밖의 불청객 때문에 하객들의 관심이 온통 흐트러져버렸다. 하객뿐만이 아니었다. 사회를 보던 시원도, 심지어 주인공인 신랑 신부도 의아함을 감출 수 없었다. 도준이 시원에게 작은 목소리로 말했다.

"일단 식을 마치자. 얼른."

"알겠어."

시원은 고개를 끄덕이고는 성혼선언문을 읽어 내려갔다.

"오늘 이 성스럽고 기쁜 자리에서 신랑 이도준 군과 신부 손유리 양이 부부가 되었음을 양가 친지와 내빈 여러분께 선언합니다!"

시원의 우렁찬 목소리가 바닷가의 특별한 공간에 울려 퍼졌다. 동시에 하객들의 박수와 환호가 뒤따랐다.

"이제 신랑 신부는 키스해도 좋습니다."

이 말을 하면서 시원은 마치 친형제를 결혼시키는 듯한 뭉클함을 느꼈다.

축복으로 넘쳐나는 박수와 환호 속에서 키스의 여왕이 그녀의 기사에게 키스했다. 그도 그녀도 서로가 첫키스의 상대였다. 그리고 지금 결혼식장에서의 이 키스는 첫키스만큼이나 떨리는 키스였다. 연인이 아닌 부부로서의 시작을 알리는 징표이자 둘 사이의 봉인이기 때문에.

하나로 합쳐진 새로운 인생을 위한 행진이 시작되었다. 현악기의 선율과 함께 그들은 새로운 출발점을 향해 걸어 나갔다.

그렇게 결혼식이 끝났다. 마지막에 나타난 의문의 방문자를 제외하면 모든 것이 완벽한 결혼식이었다. 식이 끝난 후 하객들의 축하를 받으면서도 도준과 유리의 관심사는 수상쩍은 선물에 쏠려 있었다.

둘 다 같은 이름을 떠올리고 있었다.

톰 아라야.

아니겠지. 설마 아니겠지…….

아무리 부인해도 의식의 저 멀리에서 기분 나쁘게 희번덕거리는 눈동자가 보였다. 결국 두 사람은 턱시도와 웨딩드레스를 벗기도 전에 경호팀장을 불렀다.

"아까 왔던 사람이 누구죠?"

도준이 물었다.

"심부름센터 직원이요. 누가 이걸 전해주라고 했답니다."

경호팀장은 작은 상자를 내밀며 말했다.

"무게도 가볍고 크기도 별로 크지 않은 걸 보니 위험한 물건 같진 않습니다. 흔들어봤는데 소리도 안 나고요."

도준도 상자를 들어보았다. 경호팀장의 말대로 한 손으로도 쉽게 들 수 있을 정도로 가벼웠다. 유리도 상자를 들어보고 흔들어보면서 안에 든 물건이 뭔지를 짐작해보았다. 상자 밖에는 또렷한 한글로 이렇게 적혀 있었다.

결혼을 축하해. 옛 친구로부터.

도준은 직접 상자를 열었다. 외관도, 포장상태도 아주 평범한 택배 상자였다. 상자의 뚜껑을 열자 파손방지용 스티로폼 조각들이 잔뜩 들어 있고 그 안에 물건이 있었다. 옛 친구로부터 온 결혼선물. 그건 CD였다. 재판의 마지막 순간에 판결을 뒤집을 수 있었던 결정적인 증거. 슬레이어의 2015년 앨범 「Repentless(후회 없는)」.

악마와 칼, 화염과 시체들이 난무하는 앨범 재킷을 확인하자마자 도준의 손에 힘이 풀리면서 상자를 떨어뜨리고 말았다. 유리 역시 충격에 몸을 떨고 있었다. 도준은 유리를 품에 안았다. 그녀의 등을 천천히 쓸어내리며 속삭였다.

"오늘은 기쁜 날이야. 사이코 살인마 녀석한테 방해받을 날이 아니라고."

유리는 그의 품 안에서 고개를 끄덕였다.

"오늘 하루 정도는 우리 그냥 행복하자. 우린 그럴 자격이 있어."

"행복해요. 오빠와 함께여서, 행복해요."

유리는 깨달았다. 도준이 아닌 다른 남자와는 그녀의 인생을 나누고 공감할 수 없다는 것을. 그는 단순한 남편이 아니라 그녀의 절반이었다. 생활뿐 아니라 공포와 절망까지도 함께 나누는…….

그녀는 고개를 들어 도준의 등 뒤로 보이는 동해바다를 바라보았다.

'푸르디푸른 저 바다 너머…… 무엇이 있을까? 절망이? 희망이? 어쩌면 인생이란 공포와 맞서 싸우면서 끝없이 희망을 갈구하는 과정이 아닐까?'

유리는 지금 그 어느 때보다 삶에 대한 갈망이 절실했다.

어쨌든, 오늘은 새로운 인생의 첫날이다.

'괜찮을 거야. 괜찮을 거야…….'

그들이 신혼여행을 떠난 곳은 그리스였다. 일주일간 지중해와 바다와 고대 신들의 신전, 그리고 하얀 집들이 늘어선 거리에서 오직 둘만의 달콤한 시간을 보냈다. 언제나 잡은 손을 놓지 않았고, 틈만 나면 서로를 바라보고, 하루에도 몇 번씩 입을 맞추고 사랑을 나누었다.

서로에게 말하지는 않았지만 톰 아라야라는 보이지 않는 괴물은 이국의 땅 곳곳에서도 그들을 엿보고 있는 것 같았다. 그러다 불쑥 죽음의 가면을 쓰고 나타나 그들을 해칠 것만 같았다. 그들의 안도감은 100퍼센트가 될 수 없었고, 그들의 행복도 100퍼센트가 될 수 없었다. 그래서 더더욱 씩씩하고 즐겁게 지내려고 노력했다.

원래 허니문베이비를 생각했던 도준의 계획도 어쩔 수 없이 틀어질 수밖에 없었다. 괴물이 지켜보고 있는데 아이를 낳아 키울 수는 없었다. 아마 결혼식에 톰의 선물이 도착하지 않았다면 톰이 완전히 사라졌다고 생각하고 아이를 가졌을지도 모를 일이지만……. 톰은 마치 그들의 행복을 그냥 두고 볼 수는 없다는 듯 결정적인 순간에 존재감을 과시했다.

2세 계획이 미뤄진 것만 빼고는 행복한 신혼생활이 흘러갔다.

도준과 시원은 장난처럼 말하고는 했던 두 사람의 합작회사, 법무법인 J&S를 오픈했다. 변호사만 열 명이 넘는 중견 로펌으로 오픈 전부터 세간의 화제를 모았다. 도준은 변호사 자격증을 딴 유리에게 합류할 것을 간곡히 권했지만…….

"미안해요. 저는 하고 싶은 일이 따로 있어요. 오빠와 차 변호사님에게는 도움이 되지 않을 일이에요."

그녀는 조금도 흔들리지 않았다.

그리고 그해 겨울, 유리는 드디어 변호사 사무실을 오픈했다.

초겨울 추위가 맹위를 떨치던 12월의 첫날. 손유리 변호사는 강남 고속터미널 상가 계단을 부지런히 올랐다. 어제 사무실 개업식을 치렀고, 오늘이 드디어 근무 첫날이었다.

로펌을 갓 졸업한 신참 변호사가 바로 사무실을 여는 일은 흔치 않았다. 사건을 수임하기가 어렵기 때문이었다. 그러나 유리는 상관없었다. 돈을 벌기 위해 차린 사무실이 아니기 때문에. 이미 인터뷰를 통해 억울한 사건에 휘말린 이들을 위해 변호사 사무실을 열겠다고 공언하기도 했고.

변호사는 그녀 혼자이고 직원이 두 명 있었다. 각종 행정업무를 담당하는 여직원 보미와 유리의 비서이자 든든한 남자직원…… 혁이었다. 신도시에서 오픈한 커피숍이 몇 년째 장사가 잘되고 있던 차였는데, 그녀가 제안하기도 전에 혁이 먼저 자원을 해왔다. 말수가 워낙 적은 혁은 무척이나 수줍게 고백했다.

"누나가 사무실을 연다는 말을 처음 했을 때부터 결심했던 일입니다. 제가 도울 일이 있으면 무조건 돕겠다고요."

"답답할지도 모르는데, 괜찮겠어?"

"커피숍보다 더 답답하려고요?"

"거긴 널 쫓아다니는 여성 팬들이 엄청나다고 들었는데?"

유리의 짓궂은 말에 혁은 그저 고개를 숙이고 멋쩍게 웃을 뿐이었다.

"가게는 어떡하려고?"

"아는 동생에게 맡기기로 했습니다."

유리는 혁을 볼 때마다 이율배반적인 감정에 휩싸이고는 했다. 그녀도 알고 있었다. 혁이 그녀를 대하는 태도는 단순한 보디가드의 태도가 아니라는 걸. 하도 과묵하고 눈도 잘 마주치지 않는 성격이긴 해도 가끔씩 느껴지는 혁의 감정은 분명 연정이었다. 그는 남자의 순정을 유리에게 바치고 있었다. 벌써 몇 년째. 이미 남의 아내가 된 뒤에도. 자기 나름으로는 꽁꽁 감춘다고 감추지만 재채기처럼 터져 나오고 마는 것이 바로 순정이다.

유리는 그 사실을 알면서도 그를 막거나 밀어내지 못했다. 그녀가 그렇게 한다 해도 그가 멈추지 않을 것임을 알기 때문이었다. 그저 어서 혁의 마음을 가져갈 다른 여자가 나타나기를 바랄 뿐.

도준도 어렴풋이 혁의 감정을 눈치 채고 있었다. 시시콜콜하게 유리에게 말한 적은 없지만 그 역시 암묵적으로 아내인 유리와 혁의 기묘한 관계를 인정하고 있었다.

어쨌든, 그렇게 유리의 변호사 사무실이 꾸려졌고, 오늘은 바로 영업 첫날이었다.

낡은 계단을 오르는 유리의 입에서 하얀 입김이 규칙적으로 새어 나왔다. 변호사 사무실이 밀집된 서초동을 놔두고 굳이 강남고속버스터미널 상가에 사무실을 낸 이유는 아주 간단하고 명쾌했다. 억울한 사건에 휘말린 사람들이 꼭 서울이 아니라 전국적으로 많을 거라는 생각에서였다. 고속버스를 타고 전국 어디에서도 쉽게 찾아올 수 있도록.

법률사무소 유리. 그녀의 이름을 걸었다. 유리처럼 투명하게, 있는 그대로의 진실을 밝히겠다는 의미도 있었다.

아침 9시 반, 그녀는 사무실 문을 열고 들어갔다. 이미 여직원 보미와 혁이 출근해서 기다리고 있었다.

"변호사님, 오셨습니까?"

둘이 동시에 인사를 했다.

변호사님. 배우로 살아왔던 그녀에게는 생경한 호칭이었다. 그러나 동시에 원하고 원하던 호칭이었다.

"굿모닝!"

유리는 반갑게 인사하고 책상에 앉았다.

— 변호사 손유리.

책상 위에 놓인, 아직 낯선 명패를 손으로 쓰다듬어 보았다. 그녀는 변호사의 첫 번째 윤리강령을 떠올렸다. 변호사는 기본적 인권의 옹호와 사회정의의 실현을 사명으로 한다. 오직 그것이었다. 그녀가 이렇게 사무실을 낸 이유. 그리고 앞으로 그녀의 열정과 시간을 헌신할 목적.

그녀는 배우 시절에는 좀처럼 입지 않던 검은색 재킷에 청바지를 입고 있었다. 머리끈으로 질끈 묶은 머리는 로스쿨 시절과 달라지지 않았고, 기동성이 좋은 운동화도 마찬가지였다.

모닝커피를 마시면서 새로 올라온 뉴스들을 살펴보았다. 매일매일 쏟아지는 수많은 사건사고들…… 토막살인, 행방불명, 패륜범죄, 사기, 횡령, 불륜치정극…….

정말로 우리 주변에서 일어나는 일이라고 믿기조차 힘든 이 사건들 중에 있는 그대로의 진실이 밝혀지는 비율은 얼마나 될까? 가려지고 왜곡된 수사로 피해를 입은 사람은 또 얼마나 많을까?

유리는 차분하면서도 비장한 태도로 각오를 되새겼다. 그때 보미의 카랑카랑한 탄성이 들렸다.

"어, 눈 온다!"

창밖을 보니 정말 눈이 오고 있었다. 그것도 함박눈이. 소나기처럼 펑펑……. 모두의 시선이 창밖으로 향한 가운데 사무실의 문이 조용히 열렸다.

'법률사무소 유리'의 첫 번째 클라이언트가 모습을 드러냈다.

끝

작가의 말

이 소설을 처음 구상했을 때가 떠오릅니다. 이 세상에 파란색밖에 없나 싶을 정도로 하늘이 푸르렀던 늦여름의 어느 오후, 야외 수영장에서 지칠 때까지 수영을 하다가 누워서 책을 보고 있었습니다.

스릴러 소설의 대가 중 한 명으로 꼽히는 딘 쿤츠의 소설이었습니다. 그다지 재미있게 읽지 않아서인지, 마지막 장을 덮는 순간 이 정도는 나도 쓰겠다 싶은 생각이 들었습니다. 동시에 할리우드 영화 같은 소설을 한 편 써보고 싶다는 욕심이 생겼습니다. 그것이 한국식 동남아 음식이나 번역투 문장처럼 본질적인 약점을 지니게 되더라도, 그냥 한번 질러버리고 싶었습니다.

그날 저녁 작업실에서 첫 페이지를 쓰기 시작했고, 그 결과물이 바로 여러분이 보고 계신 이 책입니다.

창작 의도에서 알 수 있듯이 이 책에는 제가 재미있게 보았던 많은 할리우드 영화들이 실제 제목으로 등장합니다. 심지어 사건을 해결해나가는 데 단서가 되기도 하죠. 「더블 제퍼디」, 「나를 찾아줘」, 「파이트 클럽」 등등. 그리고 소설 끝 부분의 결혼식에서 택배가 배달되는 장면은 영화 「세븐」의 오마주입니다. 원본을 알면 재미있는 것이 패러디, 원본을 알아줬으면 하는 것이 오마주, 원본을 감추고 싶은 것이 표절이랍니다. 소설을 읽으면서 못 알아차리셨다면 지금이라도 알아주시길.

『키스의 여왕』은 네이버에서 웹소설로 연재되었던 작품이기도 합니다. 무려 1년이 넘는 기간 동안 과분한 사랑을 받았지요. 이렇게 종이책으로 다시 손을 보면서 많은 수정이 있었습니다. 무엇보다 길이가 절반으로 짧아졌어요! 지금도 꽉 찬 장편소설 두 권 분량의 긴 소설이지만, 연재했던 내용을 그대로 옮겨놓았다면 네 권이 필요했을 겁니다.

소설이든 영화든 드라마든 같은 내용이라면 길이가 짧은 편을 훨씬 더 좋아합니다. 고백컨대, 제가 소설가가 된 이유는 고작 몇 줄에 마음과 이야기를 담아낼 줄 아는 시인의 재능이 없어서입니다. 그런

면에서 보자면 웹소설 버전에서 절반 길이로 응축된 이 종이책 버전이 완성도 면에서만큼은 더 뛰어나다고 생각합니다.

길이도 문제지만, 책을 내면서 다시 원고를 보다 보니 아차 싶은 부분이 한두 가지가 아니었습니다. 완벽하진 않더라도 부족하거나 실수했던 부분을 바로잡아 종이책으로 낼 수 있어서 정말 다행입니다. 질척거리는 감이 있었던 러브라인도 손보고, 연재의 흥미를 극대화시키기 위해 등장시켰던 몇몇 불필요한 인물들도 걷어내고 나니, 화면으로 치면 해상도가 높아진 기분이네요.

작가의 말을 쓰기 전에 한번 세어봤더니 이 책이 저의 스물일곱 번째 책이더군요. 에세이를 빼고 소설로만 치면 꼭 스무 번째 소설이고요. 꽤 많이 썼다 싶은데 매번 작가의 말을 쓸 때마다 이제 시작이라는 기분이 드는 건, 그만큼 아직도 부족하다는 뜻이겠지요?

레이첼 야마가타의 노래를 들으면서, 창밖으로부터 새어 들어오는 어둠에 젖은 채 이 글을 쓰고 있습니다. 그녀가 이렇게 노래하는 것 같아요. 그리운 사람이 있다는 건 축복이라고. 하고 싶은 이야기가 있다는 건, 또 저를 기다리는 독자 여러분이 있다는 건 작가로서 축복이겠지요. 그래서 감사합니다.

언제나와 같은 마지막 문장으로 작가의 말을 마칩니다.

더 재미있는 이야기와 함께 돌아올게요. 곧.

2017년 2월

이재익

키스의 여왕 2

초판 1쇄 인쇄 2017년 3월 3일 **초판 1쇄 발행** 2017년 3월 10일

지은이 이재익
펴낸이 연준혁

출판 1본부 이사 김은주
출판 7분사 분사장 최유연
편집 최유연
디자인 이세호

펴낸곳 (주)위즈덤하우스 **출판등록** 2000년 5월 23일 제13-1071호
주소 경기도 고양시 일산동구 정발산로 43-20 센트럴프라자 6층
전화 031)936-4000 **팩스** 031)903-3893 **홈페이지** www.wisdomhouse.co.kr

값 13,000원
ISBN 978-89-5913-488-5 03810
978-89-5913-489-2 (SET)

* 잘못된 책은 바꿔드립니다.